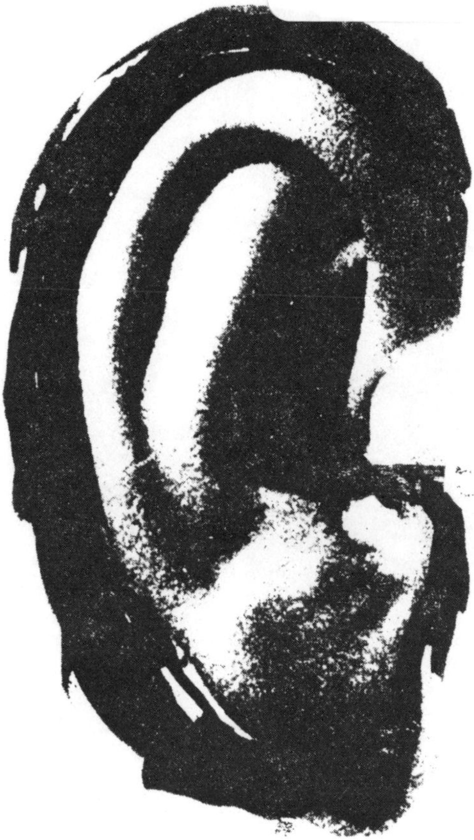

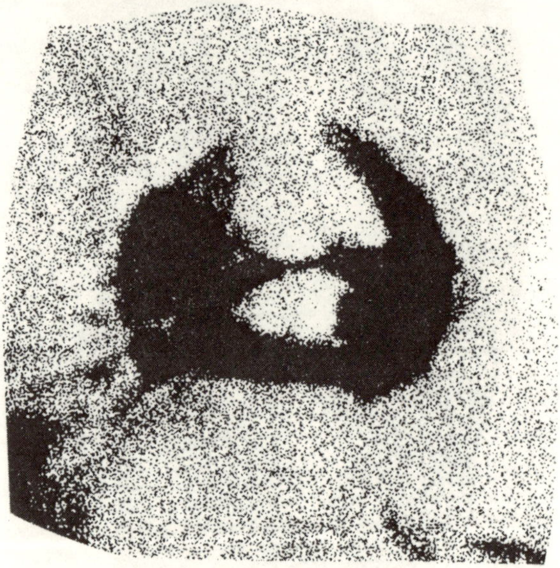

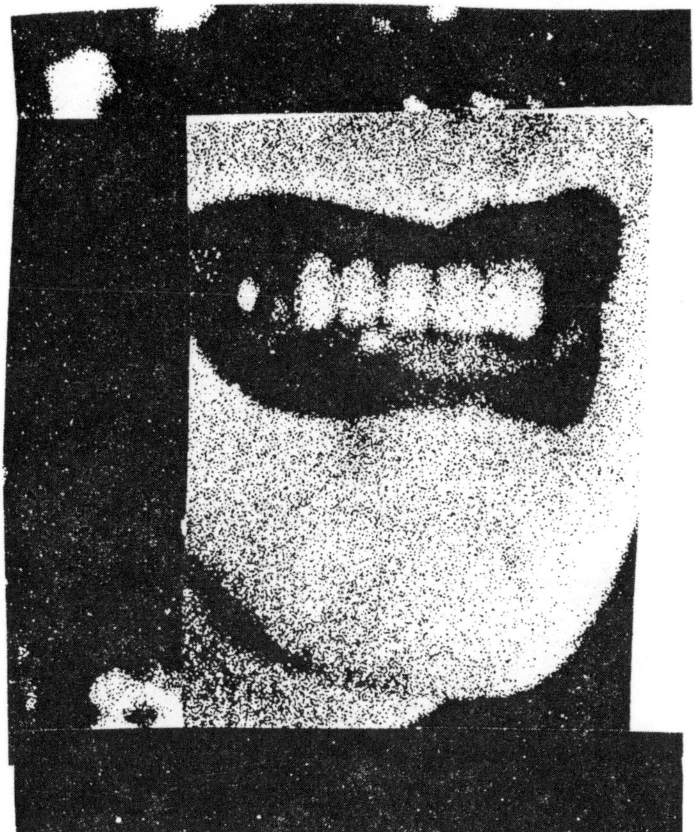

N

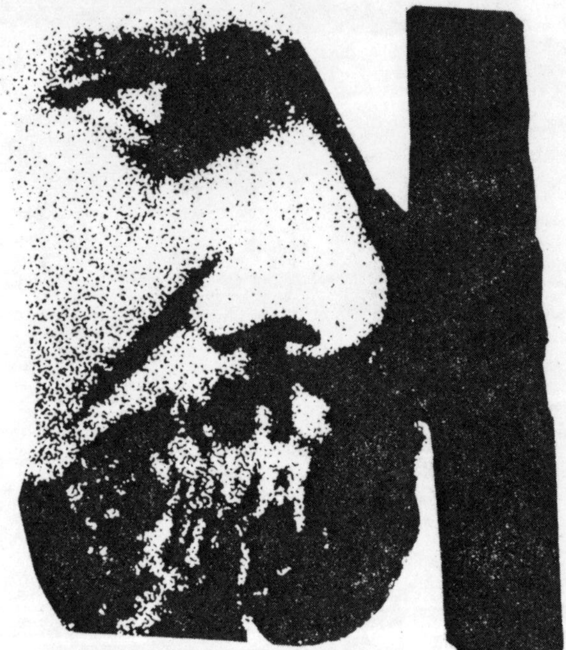

G

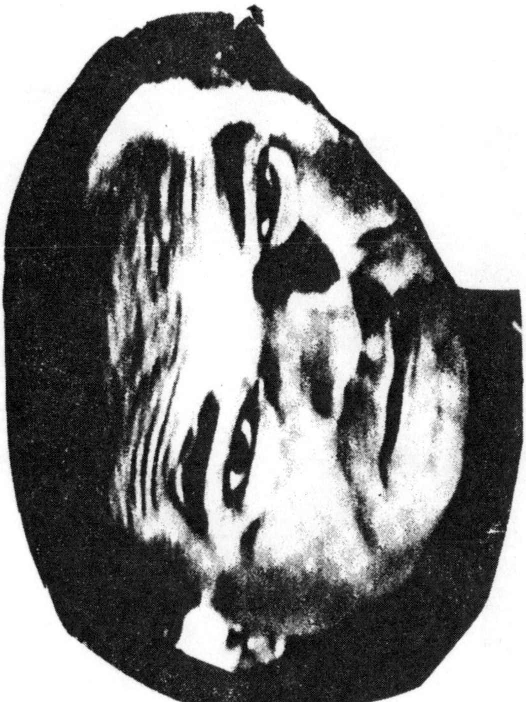

H

A

Mervyn Peake:
Gormenghast
Drittes Buch:
Der letzte Lord Groan

Aus dem Englischen übersetzt
von Annette Charpentier

Hobbit Presse/Klett-Cotta

EINS

Ob Norden, Süden, Osten oder Westen, wie er sich auch drehte, es dauerte nicht lange, bis die vertraute Landschaft verschwand. Verschwunden war die Umrißlinie seiner bergigen Heimat. Verschwunden die zerrissene Welt der Türme. Verschwunden die Flechten; verschwunden der schwarze Efeu. Verschwunden das Labyrinth, das seine Träume speiste. Verschwunden das Ritual, sein Mark und Fluch. Verschwunden die Kindheit.

Verschwunden.

Jetzt war es nur mehr eine Erinnerung; eine verwehende Flutwelle; ein Tagtraum oder der Laut eines im Schloß sich drehenden Schlüssels.

Von der grünen Küste zur kühlen Küste: durch Regionen schenkeltief in üppigem Staub: durch Lande so hart wie Metall – er zog seinen Weg. Manchmal waren seine Schritte lautlos. Manchmal erklangen sie auf Stein. Zuweilen beobachtete ihn ein Adler aus seinem Felsenhorst. Zuweilen ein Lamm.

Wo ist er nun? Titus, der Ketzer? Komm aus den Schatten, Verräter, und stelle dich auf die wilde Schwelle meines Hirns!

Er kann nicht wissen, wo immer er auch sein mag, daß durch die wurmzerfressenen Türen und zerbröckelnden Mauern, durch zerbrochene Fenster, die, weich vor Fäulnis, gähnen, ein Sturm in Gormenghast eindringt. Er fetzt über die Steine, wühlt den stumpfen Graben auf, schiebt die langen Balken aus den mürben Verstrebungen, und wie es heult!

Er kann nicht wissen, wie mit jedem verstreichenden Augenblick seine Heimstatt vielfältig reagiert.

Ein Schaukelpferd, von Spinnweben gesäumt, wiegt sich einsam auf einem zugigen Dachboden.

Er kann nicht wissen, als er den Kopf wendet, daß drei Bataillone schwarzer Ameisen in Schlachtordnung wie Schatten über die Buchrücken einer großen Bibliothek ziehen.

Hat er vergessen, wo die Brustpanzer brennen wie Blut unter den Lidern und riesige Kuppeln unter dem Husten einer Ratte erzittern?

Er weiß nur, daß er jenseits des Horizontes etwas Unmäßiges, etwas Brutales, etwas Zärtliches, etwas Halbwirkliches, einen

Halbtraum, sein halbes Herz, sein halbes Selbst zurückgelassen hat.

*

Und die ganze Zeit über das ferne Lachen von Hyänen.

ZWEI

Aufschluchzend sank die Sonne, und Dunkelheit watete von allen Horizonten herein, so daß sich der Himmel zusammenzog und kein Licht mehr in der Welt herrschte, und in genau diesem Augenblick der Auslöschung segelte der Mond, als habe er nur auf sein Stichwort gewartet, den Nachthimmel herauf.

Der junge Titus, kaum wissend, was er tat, befestigte sein kleines Boot an dem Ast eines Uferbaumes und stolperte an Land. Die Flußufer rauschten vor Binsen, eine große Armee, deren vergiftendes Flüstern an Unzufriedenheit denken ließ, und mit diesem Laut in den Ohren schleppte er sich durch die Gräser, wobei die Füße knöcheltief im Morast versanken.

Ihm schwebte vage vor, sich den ansteigenden Boden zunutze zu machen, der sich am rechten Ufer hinaufquälte, und den naheliegendsten Hügel zu erklimmen, um ein Bild dessen zu gewinnen, was vor ihm lag, denn er hatte sich verirrt.

Aber als er durch die dichte Vegetation einen Weg bergauf gefunden und zu jenem Zeitpunkt bereits ein paar Mißgeschicke erlitten hatte, die zusätzliche, lange Risse in seinen Kleidern hinterließen, so daß es Wunder nahm, wie sie überhaupt noch zusammenhielten – zu jenem Zeitpunkt fand er sich zwar auf der Kuppe eines stumpfen Grashügels, hatte aber keine Augen mehr für die Landschaft, sondern fiel am Fuß eines vermeintlich schwankenden Felsbrockens zu Boden, aber es war Titus, der schwankte und der erschöpft vor Anstrengung und Hunger niederfiel.

Dort lag er, zusammengerollt und verletzlich in seinem Schlaf, aber auch ebenso liebenswert wie alle Schläfer aufgrund ihrer Hilflosigkeit: die Arme weit von sich gestreckt, den Kopf in einem sonderbaren Winkel zum Körper, der das Herz rührt.

Aber die Klugen verschenken ihr Mitgefühl nur vorsichtig, denn Schlaf kann wie Schnee auf einem rauhen Felsen sein und beim ersten Tupfen Gefühl fortschmelzen.

So war es auch mit Titus. Als er sich umdrehte, um den kribbelnden Arm zu bewegen, sah er den Mond, und er haßte ihn, haßte die gemeine Heuchelei des Lichts, haßte das einfältige Gesicht, haßte es mit einem so echten Ekel, daß er ausspuckte und »Lügner!« schrie.

*

Und dann ertönte wieder, nicht mehr so weit entfernt, das Lachen der Hyäne.

DREI

Eine Spanne entfernt von Titus' Fuß spiegelten sich die Mondstrahlen auf dem glänzenden Rücken eines winzigen Wappenkäfers. Sein Schatten, dreimal so lang wie er selbst, glitt an einem Kieselstein entlang und erkletterte einen Grashalm.

Titus hockte sich auf die Knie, und die Nachwehen eines Traums blieben wie Reue, wenn er sich auch an nichts erinnern konnte, außer, daß es wieder Gormenghast gewesen war. Er nahm einen Stock und begann mit dessen Spitze im Staub zu malen, und das Mondlicht war so strahlend, daß jede gezogene Linie wie ein schmaler, tintengefüllter Graben wirkte.

Als er sah, daß er eine Art Turm gezeichnet hatte, fühlte er automatisch in seiner Tasche nach dem kleinen Feuerstein, den er bei sich trug, als wolle er sich beweisen, daß seine Jugend wahr gewesen und der Pulverturm aus Feuerstein immer noch ebenso stand wie vor Jahrhunderten und alles andere Steinwerk seiner uralten Heimstatt überragte.

Er hob den Kopf, und sein Blick wanderte zum ersten Mal über alles unmittelbar vor ihm Liegende, wanderte in nördlicher Richtung über die langen, phosphoreszierenden Hänge mit Eichen und Ilex, bis er auf einer Stadt zu ruhen kam.

*

Es war eine schlafende und totenstille Stadt in der Leere der Nacht, und Titus stand auf und zitterte, als er sie sah, nicht nur vor Kälte, sondern vor Erstaunen, daß die ganze Zeit, als er geschlafen und die Spuren in den Staub gezeichnet und den Käfer beobachtet hatte, diese Stadt dort gewesen sein sollte und nur eine Kopfdrehung seine Augen mit Kuppeln und Silbertürmen, mit schimmernden Slums, Parks und Bögen und einem geschlängelten Fluß gefüllt hätte. Und das alles auf den Flanken eines großen Berges, mit Wäldern silbrig-grau behaart.

Aber als er so auf die hohen Hänge der Stadt starrte, waren seine Gefühle nicht die eines Kindes oder Jugendlichen, noch die eines Erwachsenen mit romantischer Ader. Seine Reaktionen waren nicht mehr schlicht und klar, denn er hatte viel durchgemacht, seit er dem Ritual entkam, und er war weder Kind noch Jugendlicher, sondern aufgrund seines Wissens über Tragödie, über Gewalt und aufgrund des Gefühls seiner eigenen Perfidie mehr als all dies, wenn auch immer noch weniger als ein Mann.

Als er dort kniete, wirkte er unendlich verloren. Verloren in der hellen, grauen Nacht. Verloren in seiner Trennung. Verloren in einem Teil des Raums, in dem die Stadt wie eine Monade lag, sicher in ihrem Zusammenhang, ein großes, mondgebadetes Wesen, das in seinem Schlaf pulsierte wie mit einem einzigen Schlag.

VIER

Titus stand auf und begann zu gehen, nicht über die Hügel in Richtung auf die Stadt, sondern einen tiefen Abhang hinab auf den Fluß zu, wo sein Boot angetäut lag, und dort im Dunkel der nassen Binsen fand er es am Ufer angebunden und wispernd.

Aber als er sich bückte, um die Vorleine zu lösen, traten zwei Gestalten aus dem hohen Schilf, und wie ein Vorhang fielen die Binsen hinter ihnen wieder zu. Das plötzliche Auftauchen der beiden Männer ließ sein Herz zusammenzucken, und noch ehe er wußte, was er tat, hatte er einen langen Satz rückwärts getan und war im nächsten Moment in sein Boot gefallen, das sich aufbäumte und schaukelte, als wolle es ihn hinauswerfen.

Sie trugen eine Art militärische Uniform, diese beiden, wenn es auch schwierig war, zu erkennen, wie sie genau aussah, denn Köpfe und Körper waren von den Schatten der Binsen gestreift und mit Mondflecken übersät. Einer der Köpfe war in helles Mondlicht getaucht, abgesehen von einem dicken Streifen über Stirn und einem Auge, welches im Dunkel ertrunken war, über den Wangenknochen und dem langen Kinn des Mannes.

Die andere Gestalt hatte überhaupt kein Gesicht; es war Teil der alles auslöschenden Dunkelheit. Aber seine Brust brannte unter einem lindgrünen Tuch, und ein Fuß wirkte wie ein Ding aus Phosphor.

Als sie sahen, wie sich Titus mit dem langen Ruder abmühte, gaben sie keinen Laut von sich, sondern traten sogleich und ohne das geringste Zögern ins Wasser und wateten so tief hinein, bis nur noch die gefiederten Helme über der Oberfläche des stumpfen Wassers verblieben; und diese Köpfe erschienen Titus auch in der Hektik seiner Flucht wie abgelöst auf dem Wasser zu schweben, als könne man sie hin- und hergleiten lassen wie Könige und Springer auf einem Schachbrett.

Das war nicht das erste Mal, daß sich Titus jemand unvermittelt in einer augenscheinlich verlassenen Gegend näherte. Er war zuvor entkommen, und jetzt, als sein Boot über das Wasser tanzte, erinnerte er sich, daß es immer gleich ablief – das plötzliche Auftauchen, der fliehende Sprung und die sonderbare nachfolgende Stille, wenn seine Verfolger in der Ferne kleiner wurden, um zu verschwinden ... aber nicht auf immer.

FÜNF

Er hatte, als er in der hellen, grauen Luft schlief, eine Stadt gesehen, und er verwarf die Erinnerungen an seine verlassene Heimat, seine Mutter und den Schrei eines Fliehenden im Herzen, und trotz all seines Hungers und der Erschöpfung grinste er, denn er war so jung, wie man mit zwanzig Jahren nur sein kann, und so alt, wie es gerade eben möglich war.

Er grinste wieder, glitt aber gleichzeitig aus, und ohne zu merken, was geschah, fiel er in totenähnlicher Ohnmacht auf die Seite, und sein Grinsen wurde verschwommen und löste sich von seinen Lippen, und das Ruder entfiel seiner Hand.

SECHS

Vom größten Teil der Nacht wußte er nichts, nichts davon, wie sein kleines Boot trieb und sich drehte, nichts von der auf ihn zugleitenden Stadt. Nichts von den großen Bäumen, die den Fluß zu beiden Seiten säumten, mit den marmornen Wurzeln, die sich halb ins Wasser schlängelten und naß im Mondlicht glänzten, nichts davon, wie im Halbdunkel ein Buckliger da, wo abschüssige Stufen zum Fluß hinführen, aufhörte, sein elendes Netz zu entwirren, und als er sah, wie ein scheinbar leeres Boot, Heck voraus, auf ihn zuhielt, spritzte er durch das Wasser und griff nach der Rudergabel, blickte dann erstaunt auf den Jungen und zerrte ihn aus der mondhellen Wiege, so daß das Boot allein weiter den Fluß hinabsauste.

Titus wußte von alldem nichts, noch, wie der Mann, der ihn gerettet hatte, den zerlumpten Vagabunden auf den abschüssigen Stufen anstarrte, denn dort hatte er das Bündel Erschöpfung abgelegt.

Hätte der Alte den Kopf gesenkt, um zu lauschen, hätte er vielleicht ein fernes Geräusch gehört und das Zittern auf Titus' Lippen gesehen, denn der Junge murmelte bei sich:

»Wach auf, du blutige Stadt ... laß die Glocken dröhnen!
Ich bin unterwegs, dich zu verschlingen!«

SIEBEN

Die Stadt begann in der Tat, sich im Schlaf zu regen, und aus dem Halbdunkel tauchten erste Gestalten an den Ufern auf, einige zu Fuß, die Arme wegen der Kälte um sich geschlungen, andere in holprigen Eselskarren. Die großen Tiere blähten in der scharfen Luft die Nüstern, und die groben Knochen spannten das rauhe Fell über Hüften und Schultern; die Augen böse, der Atem sauer.

Und dann gab es welche, zum größten Teil Alte und Abgearbeitete, die sich aus den Schatten entwickelten wie aus Dunkelheit gesponnene Wesen. Sie machten sich in Schubkarren auf den Weg zum Fluß, geschoben von den Söhnen und den Söhnen ihrer Söhne, oder in Handwagen oder in Eselskarren. Alle mit Netzen oder Angeln, und die Räder rasselten über das Kopfsteinpflaster der Uferstraße, während sich die Dämmerung reckte, und unter Kreischen tauchte ein langes, schattenhaftes Automobil aus der Düsternis auf. Die Haube war blutfarben. Das Wasser kochte. Es schnaubte wie ein Pferd und schüttelte sich, als sei es lebendig.

Der Fahrer, ein großer, hagerer, rudernasiger Mann mit kantigem Kinn und langen muskulösen Gliedern, schien sich des Zustands des Automobils nicht bewußt, noch der Gefahr, in der er oder die Ansammlung von Gestalten sich befanden, die ineinander verknäult mit ihren Netzen im vergammelten ›Heck‹ der mürben Maschine lagen.

Er lag eher, anstatt zu sitzen, den Kopf tiefer als die Knie, die Füße faul auf Kupplung und Bremse, und dann, als sei das Schnauben eines fernen Esels sein Stichwort, rollte er vom Fahrersitz und kam neben dem zischenden Automobil auf die Beine, wo er sich ausstreckte, die Arme dabei weit von sich reckend, so daß er einen Moment wie ein Orakel wirkte, das Mond und Sonne ihre Richtungen anwies.

Warum er sich so oft bemühte, sein Automobil in der Morgendämmerung zu den Flußtreppen zu bringen und so jedem Bettler, dem es gefiel, in das schimmelige Heck zu klettern, einen Gefallen zu tun, ist nicht leicht zu ergründen, denn er war vornehmlich ein Mann mit wenig Mitgefühl, ein gewalttätiger Mann, ein frecher und liebloser Mensch, der niemanden neben sich auf den Vordersitzen duldete, außer zuweilen einen alten Pavian.

Angeln tat er auch nicht. Noch verspürte er irgendein Bedürfnis, den Sonnenaufgang zu betrachten. Er ragte lediglich in den nachtalten Schatten auf und zündete sich eine alte, schwarze Pfeife an, während die Frierenden und Hungrigen dem Fluß zuströmten, eine dunkle Masse, und der erste Blutfleck am Horizont auftauchte.

Und als er an diesem besonderen Morgen so dastand, die Arme in die Hüften gestemmt, und zusah, wie die Boote hinausgeschoben wurden und dunkle Gischt sich vor den stumpfen Bugen teilte, sah er auf den Stufen den Buckligen, vor dem der Junge ausgestreckt lag.

ACHT

Der alte Bucklige wußte offensichtlich überhaupt nicht, was er mit diesem plötzlichen Besucher aus dem Nichts beginnen sollte. So wie er allerdings Titus umklammert und aus dem treibenden Boot geschleppt hatte, mochte man vielleicht denken, daß er trotz seines Alters ein Mann des schnellen Verstandes und der Tat war. Aber nein. Was er getan hatte, erstaunte auf immer in späteren Zeiten sowohl ihn als auch seine Freunde, denn sie kannten ihn als unbeholfen und dumm. Und so kniete er, seinem Typus eher entsprechend, als die Gefahr vorüber war, neben Titus und starrte ihn hilflos an.

Man hatte weiter stromabwärts Fackeln angezündet, und der Fluß erstrahlte rosig unter den Lichtspiegelungen. Die Kormorane, die man aus den Arbeitskörben befreit hatte, glitten ins Wasser und tauchten unter. Ein Maultier, vor dem Fackellicht nur ein Umriß, hob den Kopf und bleckte die ekelerregenden Zähne.

Muzzlehatch, der Wagenbesitzer, war hinüber zu dem Buckligen und dem Jungen gegangen und beugte sich nun über Titus, weder aus Sorge noch Anteilnahme, wie es schien, sondern mit augenscheinlicher Unbeteiligtheit – stolz, selbst angesichts der mißlichen Lage eines anderen.

»In die Kutsche damit«, murmelte er. »Was er ist, kann ich überhaupt nicht sagen, aber er hat einen Puls.«

Muzzlehatch entfernte Daumen und Finger von Titus' Handgelenk und deutete mit einem dicken Zeigefinger auf das lange, vibrierende Automobil.

Zwei Bettler schoben sich durch die Menge, die nun den am Boden liegenden Titus umringte, stießen den Alten aus dem Weg und hoben den jungen Grafen von Gormenghast, eine ebenso zerlumpte Gestalt wie sie selbst, hoch, als sei er ein Sack Kies, schlurften mit ihm zum Automobil und legten ihn ins Heck dieses unbeschreibbaren Vehikels – dieses Chaos aus schimmeligem Leder, feuchtem Laub, alten Käfigen, zerbrochenen Federn, Rost und allgemeinem Elend.

Muzzlehatch folgte ihnen mit langen, langsamen, arroganten Schritten und war halbwegs bei seinem diabolischen Automobil angekommen, als sich am Himmel eine Haut Dunkelheit bewegte und der scharlachrote Rand einer gigantischen Sonne sich den Weg wie mit einem Rasiermesser frei schnitt, und sogleich waren die Boote und ihre Besatzungen und die Kormoranjäger und die flaschenhälsigen Vögel und das Schilf und das schlammige Ufer und die Maultiere und die Wagen und die Netze und die Speere und der Fluß selbst flammengefleckt.

Aber Muzzlehatch hatte für all dies kein Auge, und das war für Titus nur gut so, denn als er den Kopf von diesem Tagesanbruch abwandte, als sei dieser ebenso interessant wie ein alter Socken, sah er beim Licht, welches dieser ausstrahlte, zwei Männer rasch und geschmeidig herankommen, Helme auf den identischen Köpfen und Pergamentrollen in den Händen.

Muzzlehatch zog die Brauen hoch, so daß seine leicht niedrige Stirn so zerfurcht wurde wie das schrumpelige Leder auf den Rücksitzen seines Wagens. Er wandte den Blick zu seiner Maschine, als wolle er beurteilen, wie weit entfernt diese stand, und schritt weiter, wobei sich sein Schritt kaum merklich verlängerte.

Die beiden sich nähernden Männer schienen eher zu gleiten als zu gehen, so geschmeidig bewegten sie sich, und die am kopfsteingepflasterten Ufer zurückgebliebenen Fischer wichen zurück, als sie sich näherten, denn sie gingen unbeirrt auf die Stelle zu, wo Titus lag.

Wie sie wissen konnten, daß er in dem Wagen lag, ist nur schwer zu ergründen, aber sie wußten es sicher, und mit geisterhafter Zielstrebigkeit und mit ihren in den Morgensonnenstrahlen glänzenden Helmen hielten sie direkt auf ihn zu.

NEUN

Genau da richtete sich Titus auf und hob das Gesicht aus den Armen, und er sah nichts außer dem rosigen Morgenhimmel über sich und ein paar schwach leuchtende, verstreute Sterne.

Was nützten diese ihm? Sein Magen schrie vor Hunger, und er zitterte vor Kälte. Er stützte sich auf einen Ellbogen und befeuchtete die Lippen. Wie Tang klebten die nassen Kleider an seinem Körper. Langsam zwang sich der saure Geruch des schimmelnden Leders in sein Bewußtsein, und dann starrte er, als wolle er sich eine Abwechslung anbieten, in das Gesicht eines großen, rudernasigen Mannes, der sich im nächsten Augenblick auf den Fahrersitz geschleudert hatte, wo er in fast horizontale Position glitt. In diesem Winkel liegend begann er eine Reihe von Knöpfen zu drücken, von denen ein jeder als Reaktion auf die drückenden Finger dazu beitrug, einen Tumult zu erzeugen, der gemein gegen seine Trommelfelle dröhnte. Auf dem Höhepunkt dieser Kakophonie krachte eine Fehlzündung, daß sich ein Hund vier Meilen entfernt im Schlaf herumdrehte, und dann schüttelte sich das wilde Ding mit einem Aufbäumen der Haube, die sich hob und unter metallischem Krachen niedersauste, als sei sie bereit zur Selbstvernichtung, brüllte auf und sprang hinein in die quälenden Gäßchen, die immer noch schwarzglänzend in Nachtschatten lagen.

Straße auf Straße flog an ihnen vorbei, als sie durch die erwachende Stadt rasten; flog auf sie zu und zerbrach vor der bugartigen Haube. Die Straßen, die Häuser huschten an beiden Seiten vorbei, und Titus, der sich an einen alten Messinggriff klammerte, keuchte unter der Luft, die seine Lungen wie Eiswasser durchrann.

Das war alles, was Titus tun konnte, um sich davon zu überzeugen, daß dieses ungestüme Vehikel in der Tat gefahren wurde, denn vom Fahrer selbst konnte er nichts sehen. Es schien, als habe der Wagen eine eigene Existenz und fälle eigene Entscheidungen. Was Titus aber sehen konnte, war, daß dieser Fremde, der ihn fuhr, (wenn er auch nicht wußte, warum und wohin) anstelle eines normalen Maskottchens auf dem Messingdeckel des Kühlers den sonnengebleichten Schädel eines Krokodils befestigt hatte. Die kalte Luft pfiff durch dessen Zähne, und die lange Kuppe des Schädels errötete im Sonnenaufgang.

Denn nun hatte sich die Sonne über den Horizont erhoben und stieg höher, während die Welt vorbeiraste, so daß sich Titus nun zum ersten Male des Charakters der Stadt bewußt wurde, in die er wie ein welkes Blatt getrieben war.

An seinen Ohren rauschte eine Stimme vorbei: »Festhalten, du Armseliger!«, und der Laut flog fort in die kalte Luft, während das Automobil in eine schwindelerregende Kurve fegte, noch einmal und noch einmal, und Mauern stiegen vor ihnen auf, nur, um in einer hohen Flut aus Stein wieder fortzuströmen, und dann tauchten sie schließlich unter einen niedrigen Bogen, und der Wagen wendete, langsamer werdend, und kam in einem ummauerten Hof zum Stillstand.

Der Hof war kopfsteingepflastert, und zwischen den Steinen wucherte Gras.

ZEHN

An drei Seiten des Hofes blendeten die Mauern eines massigen Steingebäudes den Sonnenaufgang aus, außer an einer Stelle, wo die schrägen Strahlen durch ein hohes Ostfenster einfielen und aus einem noch höheren Westfenster wieder hinaus, um ihre Reise in einem Strahlenteich auf einem kalten Schieferdach zu beenden.

Sich seiner Umgebung und der gewaltigen Länge seines Schattens nicht bewußt, nicht wissend, daß die schmale kleine Brust im Sonnenaufgang glühte, pickte ein Spatz an seinem gefärbten Flügel. Es war, als sei ein sich kratzender Bengel, vertieft in sein Tun, verklärt worden.

Inzwischen war Muzzlehatch von dem Fahrersitz gerollt und hatte das Automobil wie ein Tier an den Maulbeerbaum in der Mitte des Hofes gebunden.

Dann schlängelte er sich mit langen, lässigen, lockeren Schritten auf eine dunkle Nordwestecke zu und pfiff dabei mit der Durchdringlichkeit einer Dampflok zwischen den Zähnen. In einem Fenster oberhalb seines Kopfes erschien ein Gesicht. Dann noch eines. Und noch eines. Man hörte ein lautes Poltern von Schritten auf Treppen und das Klingeln einer Glocke, neben diesen Lauten ein weiteres Geräusch, fortdauernder und vielfältiger, das an Vögel und anderes Getier denken ließ, an Heulen, Husten und Schreien, auch eine Art Kreischen, aber alles in der Ferne und abgehoben vom Vordergrundgeräusch der lauten Schritte auf Stufen und dem Klingeln einer nahen Glocke.

Und dann stürmte aus den Schatten, die wie schwarzes Wasser von den Mauern des großen Gebäudes hingen, eine Gruppe Diener aus dem Haus und auf den Herrn zu, der zu seinem Wagen zurückgekehrt war.

Titus richtete sich auf, das Gesicht verkniffen, und als er so vor dem riesigen Muzzlehatch saß, wurde er ohne eine Überlegung, ohne eine Erkenntnis irrational wütend, denn vor seinem inneren Auge schwebte eine andere Zeit, als er trotz all der Schrecken und des Aufruhrs und der wiederholten Idiotie seiner unsterblichen Heimat Herr einer Domäne aus eigenem Recht gewesen war.

Hunger brannte in seinem Magen, doch er spürte ein anderes Brennen, das Herzbrennen des Deplazierten, des Unerkannten, des Nichtanerkannten.

Warum wußten sie nichts von ihm? Welches Recht hatte irgendein Mensch, ihn anzufassen? Ihn auf vier schimmeligen Rädern fortzuschleppen? Ihn zu entführen und in einen Hof zu zwingen? Sich über ihn zu beugen und ihn mit erhobenen Brauen anzustarren? Welches Recht hatte irgend jemand, ihn zu retten? Er war kein Kind mehr! Er hatte Schrecken gekannt. Er hatte gekämpft, und er hatte getötet. Er hatte seine Schwester und seinen Vater verloren und den langen Menschen Flay, loyal wie die Steine Gormenghasts. Und er hatte einen Elf in den Armen gehalten und gesehen, wie er von einem Blitz in Asche verwandelt wurde, als der Himmel zusammenstürzte und der Welt schwindelte. Er war kein Kind mehr ... kein Kind ... überhaupt kein Kind mehr, und zitternd erhob er sich auf die Füße, stand schwankend vor Schwäche da und schleuderte seine Faust in Muzzlehatchs Gesicht – ein riesiges Gesicht, das sich vor ihm aufzulösen schien, um sich wieder neu zu bilden ... nur, um sich wieder aufzulösen ...

Seine Faust wurde von der breiträumigen Pranke des Rudernasigen aufgefangen, der seinen Dienern bedeutete, Titus in einen niedrigen Raum zu tragen, der vom Boden bis zur Decke mit Glaskästen behangen war, wo Tausende von Motten, wunderschön auf Korkplatten aufgespießt, ihre Flügel in einer großartigen Geste der Kreuzigung ausbreiteten.

In diesem Zimmer gab man Titus eine Schale Suppe, die er in seiner Schwäche immer wieder verschüttete, bis man ihm den Löffel abnahm, und ein kleiner Mann, dem ein Stück Ohr fehlte, fütterte ihn fürsorglich, während er halb zurückgelehnt in einem länglichen Korbstuhl saß. Noch ehe er die Suppe halb gegessen hatte, fiel er zurück in die Kissen und war innerhalb des nächsten Augenblicks in die Leere eines tiefen Schlafes gesunken.

ELF

Als er erwachte, war das Zimmer voller Licht. Bis zum Kinn war er in eine Decke gehüllt. Auf einem Faß neben ihm lag sein einziger Besitz, ein eiförmiger Steinsplitter vom Pulverturm von Gormenghast.

Der Schlitzohrige trat ein.

»Hallo, junger Bengel«, sagte er. »Bist du wach?«

Titus nickte.

»Habe noch nie eine Vogelscheuche gesehen, die so lange schlief.«

»Wie lange denn?« fragte Titus und stützte sich auf einen Ellbogen.

»Neunzehn Stunden«, antwortete der Mann. »Hier ist dein Frühstück.« Er stellte das vollbeladene Tablett neben dem Sofa ab und drehte sich um, blieb aber an der Tür stehen.

»Wie heißt du, Junge?« fragte er.

»Titus Groan.«

»Und wo kommst du her?«

»Gormenghast.«

»Das ist das Wort. Genau das ist das Wort. ›Gormenghast‹. Das hast du bestimmt zwanzigmal gesagt.«

»Was? Im Schlaf?«

»Im Schlaf. Immer und immer wieder. Wo liegt das, Junge? Dieser Ort? Dieses Gormenghast?«

»Ich weiß es nicht«, erwiderte Titus.

»Ach«, meinte der kleine Mann, dem ein Stück Ohr fehlte, und er blinzelte Titus schräg unter den Lidern her zu. »Das weißt du also nicht? Das ist aber komisch. Aber iß erstmal dein Frühstück. Du mußt hohl wie eine Kesselpauke sein.«

Titus setzte sich auf und begann zu essen, und beim Essen griff er nach dem Feuerstein und ließ die Finger um die vertrauten Konturen gleiten. Das war sein einziger Anker. Für ihn bedeutete dies, im Mikrokosmos, seine Heimat.

Und während er ihn umklammerte, nicht aus Schwäche oder Sentimentalität, sondern aufgrund seiner Schwere und als Beweis seines Daseins, und während mittägliches Sonnenlicht den Raum durchschwebte, erhob sich ein gräßlicher Laut im Hof, und der Türrahmen zu seinem Zimmer wurde auf einmal verdunkelt, nicht durch den schlitzohrigen Mann, sondern, viel wirkungsvoller, durch die Hinterbacken eines riesigen Maultiers.

ZWÖLF

Titus richtete sich kerzengerade auf und starrte ungläubig auf das Hinterteil dieses großen, struppigen Tieres, das sich mit dem Schwanz gnadenlos selbst peitschte. Nun begann eine Gruppe unwahrscheinlicher Muskeln, die nur selten zum Einsatz gebracht wurden, über den Rumpf zu zucken. Es kämpfte *in situ* mit etwas auf der anderen Seite der Tür, bis es sich Stück für Stück wieder den Weg hinaus in den Hof bahnte, wobei es ein gut Teil der Mauer mitnahm. Und die ganze Zeit über diese grauenhaften, Übelkeit erregenden Laute des Hasses; denn in der Brust von Maultieren und Kamelen, wenn sie einander riechen, regt sich etwas, was die Phantasie verdunkelt.

Titus sprang auf die Füße, durchquerte den Raum und starrte ehrfürchtig die Antagonisten an. Ihm war Gewalt nicht fremd, aber dieses Duell hatte etwas sonderbar Fürchterliches. Hier standen sie, keine dreißig Schritt voreinander, verbunden in einem tödlichen Kampf, einem Konflikt ohne Maß.

In jenem Kamel vereinten sich alle Kamele, die es jemals gegeben hatte. Blind in einem Haß jenseits seiner eigenen Einbildungskraft kämpfte es gegen eine Welt der Maultiere, die seit der Dämmerung der Welt ihre Zähne gegenüber einem persönlichen Feind gebleckt haben.

Was für eine Kulisse gab dieser kopfsteingepflasterte Hof ab, nun im Sonnenschein warm und golden, die Dachrinnen der Gebäude dicht mit Spatzen besetzt; der Maulbeerbaum badete im Licht, und seine Blätter hingen still herab, während die beiden Tiere auf Leben und Tod kämpften.

Inzwischen war der Hof von Dienern dicht bevölkert, man hörte Rufe und Gegenrufe, dann eine grauenhafte Stille, denn man sah, wie sich die Zähne des Maultieres im Hals des Kamels trafen. Dann hörte man ein Schniefen, als würde Flutwasser aus einer Höhle gesaugt, ein Prasseln von Geröll und das Knirschen von Kiesel.

Und dennoch schien dieser Biß, der ein Dutzend Menschen getötet hätte, nur ein kleiner Zwischenfall in der Schlacht zu sein, denn nun lag das Maultier unter dem Gewicht des Feindes und litt große Schmerzen, weil sein Kiefer durch einen Hufschlag und einen lähmenden Stoß mit dem Schädel gebrochen war.

Titus wurde übel, doch aufgeregt tat er einen Schritt auf den Hof, und als erstes fiel sein Blick auf Muzzlehatch. Dieser Mann gab mit sonderbarer Unbeteiligtheit Befehle, ohngeachtet der Tatsache, daß er, abgesehen von einem Feuerwehrhelm, splitternackt war. Ein paar Diener wickelten einen alten, aber kräftig aussehenden Schlauch ab, dessen eines Ende bereits an einem dicken Messinghydranten angeschraubt worden war. Das andere Ende zischte und gurgelte in Muzzlehatchs Armen.

Die Öffnung zielte auf das Doppelwesen; der Schlauch zuckte und sprang wie ein Meeraal, und plötzlich schoß ein langer, biegsamer Strahl eiskalten Wassers über den Hof.

Dieser weiße Strahl stach wie ein Messer hier und dort zu, bis das Kamel und das Maultier, als sei das Feuer ihres Hasses ausgelöscht, nachgaben, langsam, entsetzlich blutend auf die Beine kamen und eine Wolke animalischen Dunstes sich um sie erhob.

Dann richtete sich jeder Blick auf Muzzlehatch, der seinen Messinghelm abnahm und über das Herz legte.

Als sei dies noch nicht merkwürdig genug, sollte Titus als nächstes erleben, wie Muzzlehatch seinen Dienern befahl, das Wasser abzudrehen, sich auf den nassen Hof zu setzen und still zu sein –

und das allein mit Hilfe seiner ausdrucksstarken Augenbrauen. Dann, noch merkwürdiger, hörte er überrascht, wie der Nackte die zitternden Tiere anredete, von deren Rücken Dunstwolken aufstiegen.

»Meine atavistischen, ungehörigen Tiere«, flüsterte Muzzlehatch mit einer Stimme wie Sandpapier. »Ich weiß sehr wohl, daß ihr unruhig werdet, wenn ihr einander riecht, ihr gedankenlos werdet, und dann geht ihr ... einfach zu weit. Ich gestehe euch den reifen Zustand eures Blutes zu, die Dunkelheit eures eingeborenen Hasses, die Abgründe eures Zorns. Aber hört mir mit euren Ohren zu und richtet eure Blicke auf mich. Wie immer die Versuchung, wie immer euer ursprüngliches Drängen ist, dennoch« (er redete das Kamel an) »dennoch gibt es auf der Welt keine Entschuldigung, weil die Welt aller Entschuldigungen überdrüssig ist. Du hattest kein Recht, dich gegen die Eisenstangen deines Kerkers aufzulehnen, noch, sie niederzureißen, um deine Wut an diesem, unserem Maultier auszulassen. Und du hattest kein Recht« (nun sprach er das Maultier an), »dich auf diese Balgerei einzulassen, noch aus schier unheiliger Kampfeslust so zu schreien. Ich dulde dies nicht noch einmal, meine Freunde! Das war genug der Aufregung. Was habt ihr schließlich für mich getan? Wenn überhaupt, dann nur sehr wenig. Aber ich – ich habe euch mit Früchten und Zwiebeln genährt, eure Rücken mit Enterbeilen gekratzt, eure Ställe mit perlmuttgefaßten Spaten gesäubert und euch sicher vor Fleischfressern und dem krummbeinigen Adler gehalten. Oh, diese Undankbarkeit! Verderbt und widerwärtig! Ihr habt euch also gegen mich gewandt – und euch abgekehrt!«

Die beiden Tiere begannen unruhig hin und her zu treten, das eine auf kissenartigen Polstern, das andere auf hornigen Hufen.

»Zurück in die Käfige mit euch! Sonst, beim gelben Licht in euren schändlichen Augen, werde ich euch rasieren und einsalzen!«

Er deutete auf den Bogengang, durch welchen sie sich den Weg in den Hof gekämpft hatten – ein Bogengang, der den Hof, in welchem sie standen, mit jenen zwölf Ar verband, wo Tiere aller Arten in ihren engen Gehegen auf- und abschritten oder auf langen Zweigen in der Sonne hockten.

DREIZEHN

Kamel und Maultier senkten die schrecklichen Köpfe und begannen den Rückweg durch den Bogen, durch den sie Seite an Seite trotteten.

Was ging in jenen beiden Schädeln vor? Vielleicht eine Art Befriedigung, daß sie nach so langen Jahren der Einkerkerung ihrem uralten Haß endlich Ausdruck verleihen und die Zähne in den Feind hatten graben können. Vielleicht auch eine Art Vergnügen am Gefühl der Bitterkeit, das sie in den anderen Tieren hervorriefen.

Sie traten aus dem Tunnel, jenem langen Bogengang, auf der Südseite hervor und hatten unvermittelt mindestens ein Dutzend Käfige im Blick.

Sonne lag wie ein Goldschleier über dem Zoo. Die Gitterstäbe wirkten wie Goldruten, und die Tiere durch die hellen, schrägen Strahlen flach, so daß sie aus bunter Pappe ausgeschnitten schienen oder wie aus einem Tierbilderbuch.

Jeder Kopf wandte sich dem unartigen Paar zu, bepelzte und nackte Köpfe, Köpfe mit Schnäbeln und Köpfe mit Hörnern, Köpfe mit Schuppen und Köpfe mit Federn. Alle wandten sie sich in eine Richtung und verharrten sodann reglos.

Aber dem Kamel und dem Maultier war dies beileibe nicht peinlich. Sie hatten die Freiheit geschmeckt, und sie hatten Blut geleckt, und mit recht unbeschreibbarer Arroganz trotteten sie auf ihre Käfige zu, die dicken blauen Lippen über den ekelerregenden Zähnen hochgezogen, mit geblähten Nüstern, die Augen gelb vor Stolz.

Wenn Haß töten könnte, an die hundert Mal wären sie auf dem Weg zu ihren Käfigen verblichen. Die Stille war wie ein unter den Rippen verhaltener Atem.

Und dann zerbrach sie, denn ein schriller Schrei durchbohrte die Luft wie ein Splitter, und der Affe, um dessen Stimme es sich handelte, rüttelte in einem Überschuß an Eifersucht mit Händen und Füßen an seinen Gitterstäben, so daß das Eisen ratterte, während sich der Schrei fortsetzte und durch die Gefängnisse dröhnte, während andere Stimmen einfielen und jedes Tier Teil des Irrsinns wurde.

Die Tropen brannten und brachen in uralten Lenden auf.

Phantomlianen hingen gifttriefend herab. Der Dschungel heulte, und jedes Heulen heulte zurück.

VIERZEHN

Titus folgte einer Gruppe Diener durch den Bogengang auf die andere Seite, wo das Getöse fast unerträglich wurde.

Keine fünfzig Fuß von ihm entfernt saß Muzzlehatch rittlings auf einem gefleckten Hirsch, einem ebenso kräftigen und mageren Wesen wie sein Reiter. Mit der einen Hand umklammerte er das Geweih des Tieres, mit der anderen machte er ein paar Männern Zeichen, die bereits unter seiner Anleitung begannen, die verbogenen Käfige zu reparieren, hinter denen die Bösewichter sich die Wunden leckten und entsetzlich grinsten.

Ganz allmählich ließ der Lärm nach, und Muzzlehatch, sich umwendend, erblickte Titus und forderte ihn mit einer Geste auf, zu ihm zu kommen. Aber Titus, der gerade den intellektuellen Grobian hatte grüßen wollen, der wie ein wilder Gott auf seinem Hirsch saß, blieb, wo er war, denn er sah keinen Grund, wie ein Hund einer Pfeife zu gehorchen.

Als Muzzlehatch erkannte, daß der junge Vagabund nicht reagierte, grinste er, wendete den Hirschen und wollte vorbeireiten, als sei er nicht vorhanden, doch Titus, in Erinnerung, wie sein Gastgeber für eine Nacht ihn vor der Gefangenschaft gerettet, ihn verköstigt und beherbergt hatte, erhob die Hand, als wolle er den Hirsch stoppen. Titus starrte den Hirschreiter an und merkte, daß er das Gesicht eigentlich noch nicht richtig gesehen hatte, denn nun war er nicht mehr müde, noch sein Blick verschwommen, und der Kopf rückte in ein erstaunliches Zentrum – ein Zentrum, das sich eher auszudehnen als zusammenzuziehen schien, ein Kopf in einem großen Maßstab mit kurzgeschnittenem schwarzem Haar, einer Nase wie ein Ruder, die Augen aufgebrochen in kleinen Flecken und Lichtern wie Diamanten oder zerbrochenes Glas, der Mund breit, grob, lippenlos und fast gotteslästerlich beweglich, denn niemand mit einem solchen Mund konnte laut zu Gott beten, denn dieser Mund war nicht für Gebete geschaffen. Dieser Kopf wirkte wie eine Herausforderung oder Bedrohung gegenüber jedem anständigen Bürger.

Titus wollte Muzzlehatch schon danken, aber während er auf das zerklüftete Gesicht starrte, erkannte er, daß sein Dank keine Antwort finden würde, und es war denn auch Muzzlehatch selber, der die Information von sich gab, daß er Titus für ein weiches, fauliges Ei hielt, wenn dieser sich vorstellte, daß er, Muzzlehatch, jemals in seinem Leben einen kleinen Finger gerührt hätte, jemanden zu retten, ganz zu schweigen, jemand so Zerlumptes aus dem Fluß zu fischen.

Wenn er Titus geholfen habe, dann nur, um sich zu belustigen und die Zeit zu vertreiben, denn das Leben könne ziemlich langweilig sein ohne Handlungen, und diese wiederum langweilig ohne Gefahren.

»Außerdem«, fuhr er mit einem Blick über Titus' Schulter auf einen fernen Pavian fort, »mag ich Polizei nicht. Ich mag ihre Füße nicht. Ich mag diesen Geruch aus Leder, Öl und Fell, Kampfer und Blut nicht. Ich mag keine Offiziellen, die nichts sind, mein lieber Junge, als der schweinsköpfige, korrupte Abfall der Erde. Aus der Dunkelheit wird er geboren.«

»Was?« fragte Titus.

»Es nützt nichts, eine Statue zu errichten«, sagte Muzzlehatch, ohne von Titus' Frage Notiz zu nehmen, »es sei denn, jemand anders reißt sie wieder ein. In keiner Regel liegt irgendein Wert, wenn sie nicht gebrochen wird. Es gibt nichts im Leben, wenn nicht der Tod dahinter steht. Tod, lieber Junge, der sich über den Rand der Welt beugt und grinst wie ein Knochenhaufen.«

Sein Blick glitt von dem fernen Pavian ab, und er zerrte an dem Geweih des Hirsches, bis der Kopf des Tieres gen Himmel wies. Dann starrte er Titus an.

»Belaste mich nicht mit Dankbarkeit, lieber Junge. Ich habe keine Zeit für ...«

»Ist schon gut«, antwortete Titus. »Ich werde Ihnen niemals danken.«

»Dann geh«, sagte Muzzlehatch.

Titus stieg das Blut ins Gesicht, und seine Augen glänzten.

»Was glauben Sie, mit wem Sie reden?« flüsterte er.

Muzzlehatchs Kopf ruckte hoch. »Nun«, meinte er, »mit wem rede ich denn? Deine Augen brennen wie die eines Bettlers – oder die eines Herrn.«

»Warum nicht?« entgegnete Titus. »Das bin ich schließlich auch.«

FÜNFZEHN

Er ging zurück durch den Tunnel und über den Hof, verließ das Anwesen, bis er zu einem Spinnennetz quälender Sträßchen gelangte, ging weiter und weiter und fand sich schließlich auf einer breiten Steinstraße.

Von dort aus sah er weit unter sich den Fluß und wie Rauch in rosigen Wölkchen aus zahllosen Schornsteinen hochstieg.

Aber Titus kehrte diesem Panorama den Rücken, und als er weiter hinaufstieg, fegten zwei lange Automobile geräuschlos an ihm vorbei. Zwischen ihnen lag trotz der Geschwindigkeit nur ein Zoll Abstand.

Auf den Rücksitzen jener Automobile saß jeweils eine sehr aufrechte, dunkelhaarige, schmuckbehangene, hohlbrüstige Frau, die beide keinen Blick für die vorbeifliegende Landschaft hatten, sondern sich mit ungesunder Konzentration anlächelten.

Weit hinter jenen Fahrzeugen und jeden Moment in größerem Abstand zu ihnen rannte ein kleiner, häßlicher Hund, dessen Beine viel zu kurz im Verhältnis zum Körper waren, mit lächerlich konzentrierter Zielstrebigkeit in der Mitte der langen, gewundenen Straße.

Als Titus höher stieg und auf beiden Seiten der Straße Bäume auftauchten, staunte er über die Veränderung, die mit ihm passiert war. Die Reue, die ihn kürzlich mit einer so dunklen Wolke umhüllt gehabt hatte, hatte sich verbraucht, und sein Blut wallte, und sein Schritt federte nun.

Er wußte, er war ein Deserteur, ein Verräter an seinem Geburtsrecht, die »Schande« von Gormenghast. Er wußte, wie sehr er das Schloß verletzt hatte ... jeden einzelnen Stein seiner Heimstatt verletzt, seine Mutter ... all dies wußte er, aber es belastete ihn nicht.

Er konnte jetzt nur die Wahrheit sehen – daß er die Seiten nie wieder zurückblättern konnte.

Er war Titus, der Siebenundsiebzigste Graf von Gormenghast, aber er war auch ein Teil des Lebens, ein Ableger, ein Abenteurer, bereit zu Liebe und Haß, bereit, seinen Verstand in einer fremden Welt einzusetzen, bereit zu allem.

Und das alles lag jenseits der fernen Horizonte. Das war der Kern des Ganzen. Neue Städte und neue Berge, neue Flüsse und neue Lebewesen. Neue Männer und neue Frauen.

Aber dann überzog ein Schatten sein Gesicht. Wie kam es, daß sie so selbstzufrieden waren, diese Frauen in ihren Wagen, oder Muzzlehatch mit seinem Zoo? – daß sie Gormenghast nicht kannten, das doch das Herz aller Dinge war?

Er stieg weiter, und sein Schatten stieg neben ihm her über den wunderschönen hellen Stein, aus dem die Straße gebaut war, bis er fast an eine Kreuzung kam – der östliche Arm, eine mächtige Eichenallee, und der westliche … aber Titus war nicht in der Lage, seine Aufmerksamkeit auf die Bäume oder sonst irgend etwas zu richten, denn aus den Schatten glitten in ihrem schrecklichen, gelassenen Tempo die beiden großen Gestalten, identisch in jedem Zug. Die Helme warfen tiefe Schatten über die Augen, und die Körper bewegten sich geschmeidig über den Boden.

SECHZEHN

Ohne auf einen Befehl des Gehirns zu warten, hatte ein Dämon in Titus' Füßen ihn bereits tief zwischen die Bäume am Rand getrieben, und durch diesen parkähnlichen Wald rannte er nun und rannte und rannte, wandte sich bald hierhin, bald dorthin, bis man hätte meinen können, er habe sich unwiderruflich verirrt, wenn er dies nicht immer schon gewesen wäre.

Aber als er, nachdem er erschöpft zu Boden gefallen war, sich auf die Knie hockte und durch ein paar Zweige blickte, starrte er auf eben die nämliche Straße, von welcher er geflohen war. Doch niemand war mehr zu sehen, und nach einer Weile trat er kühn hinaus und stellte sich in die Straßenmitte, als wolle er sagen: »Ich stelle mich dem Schlimmsten.« Aber nichts geschah, außer daß das, was Titus für einen alten Dornbusch gehalten hatte, aufstand und auf ihn zu schlurfte, sein Schatten wie ein Krebs auf den hellen Steinen. Als er so dicht herangekommen war, daß Titus ihn mit ausgestreckten Armen hätte berühren können, sprach der Dornbusch.

»Ich bin ein Bettler«, sagte er, und das leise Knirschen der schrecklichen Stimme ließ Titus' Herz bis zum Hals schlagen. »Daher strecke ich meinen verkümmerten Arm aus. Siehst du ihn? Eh? Findest du den etwa schön mit dieser Kralle am Stumpf? Kannst du sie sehen?«

Der Bettler starrte Titus durch die roten Ringe seiner Lider an und schüttelte abwechselnd seine alte knorplige Faust oder öffnete sie mit nach oben weisender Handfläche.

Diese Handfläche sah aus wie das Delta eines fauligen, ausgetrockneten Flusses. In der Mitte saß eine Art Schwiele, eine hornige Scheibe, ein verräterisches Zeichen, das vom Empfang manch einer Münze erzählte.

»Was willst du?« fragte Titus. »Ich habe kein Geld für dich. Ich habe dich für einen Dornbusch gehalten.«

»Ich werde dir was dornbuschen!« sagte der Bettler. »Wie kannst du mich zurückweisen? Mich! Einen Kaiser! Hund! Welpe! Bastard! Wirf dein Gold in meine heilige Kehle!«

»Heilige Kehle? Was meint er damit?« dachte Titus, aber nur für einen Augenblick, denn plötzlich stand der Bettler nicht mehr am gleichen Fleck, sondern zwanzig Schritt weit entfernt, starrte die weiße Straße hinab und sah mehr als je zuvor wie ein Dornbusch aus. Einer seiner Arme war wie ein Zweig gekrümmt, so daß die Klaue am Ende bequem hinter die Ohrmuschel greifen konnte.

Dann hörte Titus es: den fernen surrenden Laut einer schnellen Maschine, und einen Moment später raste ein haiförmiges Automobil aus dem Süden herauf.

Es schien, als sei der streitsüchtige alte Bettler kurz davor, überfahren zu werden, denn er stand in der Straßenmitte, die Arme wie eine Vogelscheuche ausgestreckt, aber das gelbe Automobil fegte an ihm vorbei, und dabei wurde vom Fahrer eine Münze in die Luft geschleudert – oder vielmehr von dem Umriß, der nur der Fahrer sein konnte, denn nichts anderes saß hinter dem Steuer als etwas in einem Laken.

Es war ebenso rasch verschwunden, wie es herbeigekommen war, und Titus wandte den Blick zum Bettler, der die Münze eingesteckt hatte. Als der Bettler merkte, wie er betrachtet wurde, schnitt er Titus ein Gesicht und streckte eine Zunge heraus wie eine verschimmelte Schuhlasche. Dann warf der faulige alte Mann zu Titus' Erstaunen den Kopf zurück, schleuderte sich die Silbermünze in den Schlund und schluckte sie mit einem Mal.

»Sag mir, alter, schmutziger Mann«, sagte Titus leise, denn ihn erfüllte eine heiße Wut und das Bedürfnis, die Kreatur unter seinen Füßen zu zermalmen, »warum frißt du Geld?« Und Titus hob vom Straßenrand einen Stein auf.

»Welpe!« sagte der Bettler schließlich. »Glaubst du, ich vergeude meinen Reichtum? Münzen sind zu groß, du Hund, um durch mich hindurchzugleiten. Zu klein, um mich zu töten. Zu schwer, um verlorenzugehen! Ich bin ein Bettler.«

»Du bist eine Spottgeburt«, sagte Titus, »und wenn du stirbst, wird die Erde aufatmen.«

Titus ließ den schweren Stein fallen, den er in seiner Wut hochgehoben hatte, und wandte sich ohne einen Blick zurück zur rechten Abzweigung, wo ihn mit tiefem Seufzen eine Zedernallee anhauchte, als sei er eine Gnitze.

SIEBZEHN

Baum um Baum glitt im Tempo seiner Schritte an ihm vorbei. Im Dämmerlicht der Zedern fühlte sich sein Herz glücklich. Glücklich in dem fröstelnden Tunnel. Glücklich in der Gefahr all dessen. Glücklich, sich an seine Kindheit erinnern zu können und wie er sich in dem Efeutunnel bewiesen hatte. Glücklich trotz der behelmten Spione, wenn sie auch in ihm dunkle Beunruhigung hervorriefen.

Er hatte sich schon eine so lange Zeit ehrlich durchs Leben geschlagen, daß er nun ein völlig anderer Mensch war als der Junge, der fortgeritten war.

Diese Allee hatte endlos geschienen, aber plötzlich und unerwartet, wie durch Handauflegen, glitt die letzte Zeder an ihm vorbei, und ein weiter Himmel blickte herab, und dort vor ihm lag das erste der Konstrukte.

Er hatte von ihnen gehört, aber nichts erwartet, was sich so grundsätzlich von allen ihm bekannten Gebäuden unterschied, von der Architektur Gormenghasts ganz zu schweigen.

Das erste, was seinen Blick fesselte, war ein hellgrünes Gebäude, sehr elegant, aber so schlicht gestaltet, daß Titus' Blick keinen Halt auf der glatten Oberfläche fand.

Neben diesem Gebäude stand eine Kupferkuppel, geformt wie ein Iglu, aber annähernd neunzig Fuß hoch, mit einem spitz zulaufenden, spinnenzarten und im Sonnenschein glänzenden Mast. Auf dem Querbalken saß eine häßliche Krähe und beschmutzte von Zeit zu Zeit die darunterliegende Kupferkuppel.

Titus setzte sich an den Straßenrand und runzelte die Stirn. Er war mit der Vorstellung aufgewachsen, daß Häuser von Natur aus alt seien und sich auf immer und ewig im Prozeß des Zerfalls befänden. Der weiße Staub, der zwischen auseinanderklaffenden Ziegeln aufwolkte; der Wurm im Holze. Das Unkraut, das Steinwerk auseinandertrieb; Korrosion und Schimmel; abbröckelnde Patina, verblichene Farben, die Schönheit von Verfall.

Er konnte nicht ruhig sitzen bleiben, denn seine Neugier war stärker als sein Sehnen nach Ruhe, und er stand auf, fragte sich, warum kein Mensch zu sehen war, und machte sich auf den Weg zu dem, was immer dort jenseits der Kuppel lag, denn die Gebäude beschrieben eine lange Kurve, als umgäben sie einen großen Kreis oder eine Arena. Und in der Tat gelangte etwas Ähnliches in sein Blickfeld, als er die Kuppel umrundet hatte, und vor schierer Verwunderung blieb er stehen: denn es war riesig. Riesig wie eine graue Wüste, und die marmorne Oberfläche glänzte in stumpfem, undurchsichtigem Licht.

Das einzige, was die Leere unterbrach, war die Spiegelung der umgebenden Gebäude.

Diejenigen Gebäude, die am weitesten entfernt von Titus waren, mit anderen Worten, diejenigen, die sich in einem glitzernden Bogen fächerförmig auf der anderen Seite der Arena erstreckten, waren aus Titus' Blickfeld nicht größer als Briefmarken, Dornen, Nägel, Eicheln oder winzige Kristalle, abgesehen von einem riesigen Konstrukt, das alle anderen überragte und wie eine azurblaue aufgestellte Streichholzschachtel aussah.

ACHTZEHN

Hätte Titus eine Welt der Drachen betreten, er hätte wohl kaum erstaunter sein können als durch diese Phantasien aus Glas und Metall, und er drehte sich mehr als einmal um, als sei es möglich, einen letzten Blick von der quälenden, elenden Stadt zu erhaschen, die er hinter sich gelassen hatte, aber das Reich Muzzlehatchs lag in einer Bergfalte verborgen, und die Ruinen Gormenghasts schwebten in einem Dunst aus Zeit und Raum.

Doch wenn seine Augen auch vor Erregung über diese Entdeckung glänzten, erfuhr er doch zugleich einen Schlag der Ablehnung – Ablehnung, daß dieses fremdartige Reich in einer Welt existieren sollte, die keinen Bezug zu seiner Heimstatt zu haben schien und ausgesprochen selbstzufrieden wirkte. Eine Welt, die niemals von Fuchsia und ihrem Tod gehört hatte, noch von ihrem Vater, dem melancholischen Grafen, noch von seiner Mutter, der Gräfin mit ihrem sonderbar weichen Pfeifen, das wilde Vögel aus den fernsten Hainen herbeibrachte.

Waren sie Zeitgenossen? Existierten sie gleichzeitig? Diese Welten, diese Reiche – konnten sie beide wahr sein? Gab es keine Brücken? Gab es keinen gemeinsamen Boden? Beschien sie die gleiche Sonne? Die gleichen Sternbilder bei Nacht?

Wenn der Sturm über diese Kristallkonstrukte fegte und der Himmel schwarz vor Regen war, was war dann mit Gormenghast? Blieb Gormenghast trocken? Und wenn in seiner uralten Heimstatt der Donner grollte, hat man da hier niemals ein Echo vernommen?

Und die Flüsse? Waren sie voneinander getrennt? Gab es nicht einmal einen Nebenfluß, der seinen Weg in die andere Welt fand?

Wo lagen die langen Horizonte? Wo pulsierten die Grenzen? Oh, grausame Teilung! Weit und fern. Nacht und Tag. Ja und nein.

EINE STIMME: »Titus, kannst du dich nicht erinnern?«
TITUS: »Ich kann mich an alles erinnern, außer ...«
STIMME: »Außer ...?«
TITUS: »An den Weg.«
STIMME: »Welchen Weg?«
TITUS: »Den Weg zurück.«
STIMME: »Heim?«
TITUS: »Heim. Heim, wo sich der Staub sammelt und die Legenden sind. Aber ich habe die Richtung verloren.«
STIMME: »Aber dir bleibt doch die Sonne und der Polarstern.«
TITUS: »Aber ist es die gleiche Sonne? Und sind die Sterne die Sterne von Gormenghast?«

Er blickte auf und sah sich zu seiner Überraschung allein. Seine Hände waren kalt vor Schweiß, und die Furcht, verirrt zu sein und keinen Beweis für die eigene Identität zu haben, erfüllte ihn mit unvermitteltem, bohrendem Entsetzen.

Er blickte sich in diesem glatten, fremdartigen Land um, und dann flog innerhalb eines Atemzugs etwas über den Himmel. Es rief kein anderes Geräusch hervor, als wenn ein Finger über Schiefer gleitet, obgleich es so dicht wie eine Sichel vorbeigesirrt war.

Nun landete es, ein scharlachroter Fleck, auf der anderen Seite der Marmorwüste, wo die fernsten Gebäude glänzten. Es hatte flügellos geschienen, war aber von unglaublicher Zielstrebigkeit und Schönheit wie ein Stilett oder eine Nadel, und als Titus den Blick auf das Gebäude richtete, in dessen Schatten es lag, vermeinte er nicht eines, sondern einen ganzen Schwarm zu sehen.

Und so war es auch. Dort befand sich nicht nur eine ganze Flotte fischförmiger, nadelförmiger, messerförmiger, haiförmiger, splitterförmiger Geräte, sondern alle Arten von Maschinen in den sonderbarsten Ausgestaltungen.

NEUNZEHN

Vor ihm erstreckte sich der graue Marmor, Tausende von Ar, und seine Ränder besetzten die Spiegelbilder der Häuser.

Allein hinüberzugehen, angesichts all der fernen Fenster, Terrassen und Dachgärten, bedeutete, nackte, schändliche Arroganz an den Tag zu legen. Aber genau dies tat er, und als er eine Weile gelaufen war, löste sich ein kleiner grüner Pfeil aus den Geräten auf der anderen Seite der Arena und schoß auf ihn zu. Der glasgrüne Bauch glitt über den Marmor, und einen Moment später war es auch schon bei ihm, bog im letzten Augenblick ab und sirrte in die Stratosphäre, stürzte wieder hinunter, umrundete in enger werdenden Kreisen Titus' Kopf und schnellte wieder wie eine Peitschenschnur zu dem schwarzen Gebäude zurück.

So erstaunt und verdutzt Titus war, begann er doch zu lachen, wenn sein Lachen auch nicht völlig frei von einem Unterton der Hysterie klang.

Dieses exquisite Luftwesen; diese flügellose Schwalbe; dieser Flugleopard; dieser Fisch des Wasserhimmels; dieser Mondstrahlenwanderer; dieser Dandy der Dämmerung; dieser metallische Playboy; dieser Wanderer in dunklem Raum; dieser Blitz in der Nacht; dieser an der eigenen Geschwindigkeit Berauschte; dieses gottähnliche Kind eines heruntergekommenen Hirns – was hatte es getan?

Was hatte es anderes getan als jeder gemeine Schnüffler, der Mann und Kind beschleicht und Informationen aufsaugt wie eine Fledermaus Blut; unmoralisch; hirnlos; auf eine nutzlose Mission geschickt, handelnd so wie sein Schöpfer auch, sein einfältiger Schöpfer – daß seine Schönheit für sich steht, schön allein, weil seine Funktion es so formt; und da es kein Herz hat, wird es sinnlos – das sinnlose Abbild eines sinnlosen Plans –, so daß es unangemessen wird oder die Unangemessenheit in einem so außerordentlichen Maße verschlingt, daß Lachen der einzige Ausweg bleibt.

Und so lachte Titus, und während er hoch und haltlos lachte (denn im Grunde hatte er doch Angst und genoß nur wenig die Vorstellung, von einem mechanischen Hirn auserkoren, untersucht und überprüft worden zu sein), während er also lachte, begann er zugleich zu rennen, denn etwas Bedrohliches hing in der Luft, etwas

Bedrohliches und Lächerliches – etwas, was ihm sagte, daß, bliebe er noch ein wenig länger auf diesem Marmorfeld, dies Unruhe herbeizaubern hieße und er als Vagabund, Spion oder Verrückter angesehen würde.

Und in der Tat erfüllten bald Fluggeräte jedweder Form die Luft, und über die Arena breitete sich eine Menschentraube aus wie ein Fleck.

ZWANZIG

Von oben mußte Titus sehr klein ausgesehen haben, wie er rannte und rannte. Von oben konnte man auch feststellen, wie abgelöst die Arena mit ihrem hellen Ring aus Kristallgebäuden von der übrigen Welt war: wie bizarr und erfinderisch alles war und wie bezugslos zu den knochenweißen, höhlengepockten kahlen Bergen, den Fiebersümpfen und Dschungeln im Süden, den durstigen Landen, den hungrigen Städten und den dahinterliegenden Regionen von Wolf und Gesetzlosigkeit.

Als Titus nur noch hundert Meter vom Olivpalast entfernt war und die Wartungsprinzen sich umdrehten und in der Arbeit innehielten, um den zerlumpten Jungen anzustarren, dröhnte eine Kanone, und eine Minute lang herrschte vollkommenes Schweigen, denn alle hörten zu sprechen auf, und in allen Fluggeräten stoppten die Motoren.

Die Kanone dröhnte gerade rechtzeitig, denn hätte sie einen Moment noch gezögert, hätte man Titus sicher ergriffen und verhört. Zwei Männer, durch die Detonation zum Stillstand gebracht, bleckten die Zähne und furchten vor Enttäuschung die Stirn; die Hände erstarrten in der Luft.

Überall um ihn waren Gesichter, Gesichter, die ihm zum größten Teil zugewandt waren. Böse Gesichter, erwartungsvolle, leere, verschmitzte Gesichter – alle Arten von Gesichtern. Es war ganz offensichtlich, daß er nicht unbemerkt vorbeigehen konnte. War er zuvor verirrt und verwirrt gewesen, so war er nun das Zentrum der Aufmerksamkeit. Und jetzt, als sie in jeder Haltung stehengeblieben waren, steif wie Vogelscheuchen, eingefangen im vollen Flug des Lebens, die Gesten halb ausgeführt – jetzt war der richtige Zeitpunkt zur Flucht.

Er hatte keine Ahnung, welche Bedeutung dem Abfeuern der Kanone zukam. Doch dieses Unwissen nützte ihm, und er rannte mit klopfendem Herzen los wie ein Reh, schob sich hier und dort durch die Menge, bis er zum majestätischsten der Paläste kam. Er rannte über die flachen Glassteine, in die gespenstisch durchsichtige Dämmerung der großen Hallen, und so dauerte es nicht lange, bis er die gewohnheitsgefesselten Hierophanten hinter sich gelassen hatte. Gewiß, es gab eine größere Anzahl Menschen im Gebäude, die Titus anstarrten, wann immer er ihr Blickfeld betrat. Aber sie konnten weder die Köpfe drehen, noch ihm mit Blicken folgen, weil die Kanone gedröhnt hatte, aber wenn er an ihnen vorbeischritt, wußten sie sogleich, daß er nicht einer der Ihren war und kein Recht hatte, im Olivpalast zu sein. Und dann dröhnte die Kanone noch einmal, und sogleich wußte Titus, daß die Welt ihm auf den Fersen war, denn die Luft wurde von Schreien und Rufen zerrissen, und plötzlich bogen vier Männer um eine Ecke des langen Glasganges, ihre Spiegelbilder auf dem glatten Boden so genau und scharf wie sie selbst.

»Da ist er!« schrie eine Stimme. »Da rennt der Lump!« Aber als sie an die Stelle kamen, wo Titus einen Moment stehengeblieben war, merkten sie, daß er verschwunden war, und sie starrten die geschlossenen Türen eines Aufzugschachtes an.

Titus, der sich in die Ecke gedrängt sah, hatte sich in den riesigen, schnurrenden, topasbesetzten Aufzug gewandt, ohne genau zu wissen, was es war. Daß die eleganten Fänge geöffnet und bereit klafften, war seine Rettung. Er sprang hinein, und die Tore schlossen sich von allein, schlossen sich, als glitten sie durch Butter.

Innen war dieser Aufzug wie eine Unterwassergrotte, erfüllt von gedämpftem Licht. Etwas Dunstiges, Üppiges schien in der Luft zu schweben. Aber Titus befand sich nicht in der Stimmung, Feinheiten zu bemerken. Er war ein Flüchtling. Und dann erkannte er, daß in dieser Unterwasserwelt Reihen von Elfenbeinknöpfen waberten, ein jeder Knopf zu einer Blume, einem Gesicht oder Schädel geschnitzt.

Er hörte das Geräusch rascher Schritte und wütender Stimmen vor der Tür, und ohne nachzudenken, drückte er auf Knöpfe, sauste sogleich in einem Gesurr von Stahl an Stockwerk auf Stockwerk vorbei, und dann schien der Aufzug seine eigene Geschwindigkeit einzusaugen, und die Türen öffneten sich automatisch.

Wie still es war, und wie kühl. Es gab keinerlei Möbel; nur eine Palme wuchs aus dem Boden. Auf einem der oberen Wedel saß ein kleiner roter Papagei und putzte sich. Als er Titus sah, legte er den Kopf schräg und wiederholte dann mehrmals rasch hintereinander: »Das hat mir der verdammte Typ gesagt!« Dieser Satz wurde mindestens ein dutzendmal wiederholt, ehe der Vogel weiter an seinen Flügeln pickte.

In dieser kühlen oberen Halle gab es vier Türen. Drei führten auf Gänge, doch die vierte, als Titus sie öffnete, zum Himmel: Dort lag vor ihm und ein wenig unterhalb das Dach ausgebreitet.

EINUNDZWANZIG

Niemand fand ihn den ganzen sonnendurchwärmten Abend lang, und als sich Zwielicht senkte und die Schatten ausblichen, konnte er sich auf der weiten Dachlandschaft hin- und herstehlen und sehen, was in den darunterliegenden Räumen vor sich ging.

Das Glas war größtenteils zu dick, als daß Titus mehr hätte sehen können als verschwommene bunte Formen und Schatten, aber schließlich gelangte er an ein erleuchtetes Dachfenster, durch welches er ungehindert eine Szene großer Vielfältigkeit und Pracht betrachten konnte.

Zu sagen, dort habe eine Party stattgefunden, wäre eine schwache und beleidigende Beschreibung. Der lange Raum, oder besser: Salon, keine zwölf, fünfzehn Fuß unter ihm, strahlte. Das Leben erging sich in Überfluß.

Musik sprang aus diesem langen Raum und schwärmte zu dem Dachfenster hinaus, wo Titus bäuchlings auf dem warmen Glasdach lag, die Augen vor Verzauberung aufgerissen. Die untergegangene Sonne hatte eine dämmrig-rote Schwere in der Luft zurückgelassen. Jeden Augenblick strahlten die Sterne heller, als die Musik unvermittelt in einer Tonkette endete wie in bunten Blasen, und an ihre Stelle traten hundert Zungen, um den Faden aufzunehmen.

Titus kniff die Augen vor einem üppigen Kerzenwald zusammen, vor dem funkelnden Glas und den Spiegeln, den lebendigen Reflektionen von poliertem Holz und Silber. Alles war so nah, daß, hätte er gehustet, ein Dutzend Gesichter trotz der Lautstärke im Raum sich zum Dachfenster gewandt und ihn entdeckt hätten. Es war anders als alles, was er bislang gesehen hatte, und selbst auf den ersten flüchtigen Blick schien es ebenso eine Ansammlung von Lebewesen, von Vögeln, Blumen und anderen Tieren, als eine Versammlung von Menschen zu sein.

Alle waren da. Der Giraffenmensch und die Flußpferdmenschen. Die Schlangendamen und die Reiherfrauen. Die Espen und die Eichen, die Disteln und die Farne – Käfer und Motten – Krokodile und Papageien. Die Tiger und die Lämmer, Geier mit Perlenschnüren um die Hälse und Bisons mit Bratenrock.

Aber das war nur ein blitzartiger Eindruck, denn als Titus tief Luft holte und wieder hinabsah, schienen die Verzerrungen, die Extreme, sich aufzulösen, aus der Masse der Köpfe unter ihm fortzugleiten, und er befand sich wieder unter seiner eigenen Spezies.

Titus spürte die Hitze aus dem langen, blendenden Raum hochsteigen, der so dicht unter ihm lag – und doch so fern wie ein Regenbogen schien. Die heiße Luft war duftgeschwängert, ein Dutzend feinster Parfums kämpften ums Überleben. Alles kämpfte ums Überleben – mit Lungen und bereitwilliger Leichtgläubigkeit.

Überall waren Glieder, Köpfe und Körper – und Gesichter! Da gab es die Vordergrundgesichter, die in mittlerer Distanz und die fernen Gesichter. Und in den unregelmäßigen Räumen zwischen den Gesichtern gab es Gesichtsteile und Hälften und Viertel in jeder Haltung und in jedem Winkel.

Dieses Tiefenpanorama befand sich ständig in Bewegung, ganze Köpfe drehten sich, bald hier, bald dort, während die ganze Zeit über ein Kontrapunkt von kaulquappenähnlicher Raschheit, etwas wie weitverbreitete Aufregung stattfand, weil es für jeden Kopf oder Körper, der seine Haltung veränderte, hundert zuckende Lider, flatternde Lippen, eine fluktuierende Arabeske von Händen gab. Das ganze wirkte in etwa wie ein Laubdach, wenn grüne Brisen in Pappeln flirren.

So beherrschend Titus' Blick auf dieses Menschenmeer unter ihm auch war, konnte er doch trotz angestrengter Versuche nicht den Gastgeber ausmachen. Vermutlich hatte vor ein, zwei Stunden, als ein tiefer Atemzug noch möglich war, ohne einer Schulter oder einem angrenzenden Busen Unbehagen zu bereiten – hatte vermutlich der prächtig ausstaffierte Lakai (nun gegen eine Marmorstatue gepreßt) die Namen der Gäste bei deren Ankunft verkündet – das war nun vorbei. Der Lakai, dessen Kopf zu seiner Verlegenheit zwischen die ausladenden Brüste der Marmorstatue gepreßt wurde, konnte nicht einmal mehr die Tür sehen, durch die die Gäste ankamen, geschweige denn Luft holen, sie anzukündigen.

Titus beobachtete von oben, staunte über das Spektakel, und während er dort auf dem Dach lag, ein Halbmond über ihm mit kühlem, grünlichem Licht, das warme Glühen der Party unter ihm, konnte er nicht allein die Verschiedenartigkeit der Gäste bestaunen, sondern auch der Unterhaltung derjenigen direkt unter ihm lauschen.

ZWEIUNDZWANZIG

Gottseidank ist nun alles vorbei.«

»Was?«

„Meine Jugend. Sie dauerte zu lange und stand mir im Weg.«

»In Ihrem Weg, Mister Thirst? Wie meinen Sie das?«

»Sie dauerte so lange«, entgegnete Mister Thirst. »Ich hatte etwa dreißig Jahre davon. Sie wissen, was ich meine. Experimente, Experimente, Experimente. Und jetzt...«

»Ach!« flüsterte jemand.

»Ich pflegte Gedichte zu schreiben«, sagte Thirst, ein blasser Mensch. Er tat, als wolle er seine Hände auf die Schultern seines Vertrauten legen, aber der Druck war zu groß. »Das half mir, die Zeit zu vertreiben.«

»Gedichte«, sagte eine pontifikale Stimme direkt hinter ihren Schultern, »... sollten die Zeit stillstehen lassen.«

Der blasse Mensch, der einen kleinen Sprung getan hatte, murmelte lediglich: »Meine nicht«, ehe er sich umdrehte, um den Herrn zu betrachten, der interpoliert hatte. Das Gesicht des Fremden war recht ausdruckslos, und es war schwer zu glauben, daß er den Mund geöffnet hatte. Aber nun war eine weitere Zunge freigesetzt.

»Wo wir gerade von Gedichten reden«, sagte ein dunkelhaariger, kadavröser, überkandidelter, nüsternblähender Mann mit langem blauem Kinn und chronisch überanstrengten Augen, »das erinnert mich an ein Gedicht.«

»Ich frage mich, warum?« gab Thirst gereizt zurück, denn er hatte gerade weiter ausholen wollen.

Der Mann mit den müden Augen nahm von dieser Bemerkung keine Notiz. »Das Gedicht, an welches ich mich erinnere, habe ich selbst geschrieben.«

Ein Kahler zog die Brauen zusammen: der päpstliche Herr zündete sich eine Zigarre an, das Gesicht so ausdruckslos wie zuvor; und eine Dame, deren Ohrläppchen durch das Gewicht zweier gigantischer Saphire ruiniert waren, öffnete den Mund halb in spöttischer Ahnung.

Der dunkle Mann mit den überanstrengten Augen faltete die Hände vor sich.

»Es ist nicht ganz gelungen«, sagte er, »... wenn es auch ohne Zweifel etwas Bestimmtes hat.« (Er schürzte die Lippen.) »Nämlich vierundsechzig Stanzen.« (Er hob den Blick.) »Ja, ja – es war sehr lang und anspruchsvoll – aber nicht erfolgreich. Und warum? ...«

Er hielt inne, nicht weil er auf Antworten wartete, sondern um tief und nachdenklich Luft zu holen.

»Ich werde es Ihnen sagen, meine Freunde. Es war nicht erfolgreich, weil es die ganze Zeit in Versen ging.«

»Blankvers?« fragte die Dame, deren Kopf vom Gewicht der Ohrringe nach vorn gezogen wurde. Sie wollte gern behilflich sein. »Waren es Blankverse?«

»Es ging so«, sagte der Mann, löste die Hände, faltete sie hinter dem Rücken und stellte zugleich die Ferse des linken Schuhs vor die Spitze des rechten, so daß beide Füße eine einzige, ununterbrochene Lederlinie bildeten. »Es ging so.« Er hob den Kopf. »Aber vergessen Sie bitte nicht, es handelt sich nicht um Dichtkunst – abgesehen vielleicht von drei klingenden Zeilen am Rande.«

»Nun, um der Liebe Parnaß' willen – wir lauschen«, unterbrach ihn die klagende Stimme des Blassen, der sich nicht mehr um gute Manieren scherte.

»W-e-n-n-g-l-e-i-c-h«, überlegte der Mann mit dem langen blauen Kinn, der die Zeit und Geduld anderer Leute für so unerschöpfliche Güter wie Luft oder Wasser zu halten schien, »w-e-n-n-g-l-e-i-c-h« (er verweilte bei diesem Wort wie eine Amme bei einem kranken Kind) »es Stimmen gegeben hat, die behaupteten, das Ganze klänge rein, ja die es für die reinste Dichtkunst unserer Generation hielten – ›glühendes Zeug‹, wie es ein Herr formulierte – aber da haben wir's – sehen Sie – wie kann man das wissen?«

»Ah«, flüsterte eine Stimme aus Quark und Molke, und ein Mann mit Goldzähnen wandte den Blick zu der Dame mit den Saphiren, und sie tauschten den schelmischen Blick derjenigen aus, die sich, wie unwürdig auch immer, als Zeugen eines historischen Augenblicks finden.

»Stille, bitte«, sagte der Poet. »Und hören Sie bitte genau zu.«

Ein betender Esel – laß ihn geh'n,
Bis unser goldener Liebeswagen,
Aus sieben Keksdosen bestehen'd,
Uns in den Rhabarberwald getragen.

Dies ist kein Ort für Troll und Fee,
Um hinter Pilzen eins zu schmunzeln!
S'ist am Strand mit wogender See,
Wo unsereins die Stirnen runzelt.

Hier, wo Rhabarber sein Spiegelbild
In Wellen wirft, da lassen wir
Die Liebesdrachen fliegen wild
Ganz ohne Kunst, ganz ohne Zier,

Denn Liebe ist wüst im Rhabarberwald,
Wo Spiegelbilder narren und lügen.

Oh, lebendiges Blut, wie wirst du mich bald,
Wenn der Morgen naht, so übel betrügen!

In giftiger Leere die blasigen Träume
Allmählich steigen in grünlichem Duft,
Wie ein Ballon in hohe Bäume,
Wie ein Blauwal hochkommt an die Luft.

Man weiß nicht, wie die dunklen, wilden
Pflaumen der Ahnung sich dehnen und strecken,
Zu Zwetschen der Weisheit sich ausbilden,
Den Geist der Lieb' in sich wecken.

Was ruft man nach dem Steinbock schier;
Er segelt über das Atlasfeld
Des Herzens, wo das Wappentier
Gelassen nur den Sturm anbellt.

Nicht weinen wollen wir, denn heute
Schlingern wir unsern kiesigen Weg,
Wo einer grübelnden Hundemeute
Mitternächtlich Girlanden gewebt...

Es war offensichtlich, daß sich dieses Gedicht noch in einem Frühstadium befand. Die Überraschung, einen so vornehm aussehenden Mann so angeberisch, so selbstbewußt und zugleich so zurückhaltend zu sehen, hatte Titus derart gefesselt, daß er seit Beginn des Gedichts die Ankunft von mindestens dreißig weiteren Gästen versäumt hatte. Die Dame mit den Saphiren und der Blasse hatten sich schon länger entfernt, aber eine zunehmende Menge umschwebte den Dichter, der beim Deklamieren blind geworden war, und es hätte für ihn wohl das gleiche bedeutet, hätte er sich allein im Raum befunden.

Titus wandte den Kopf ab, und sein Gehirn pochte in der Schädelhülle von Worten und Bildern.

DREIUNDZWANZIG

Nun da das Poem verklungen war und mit ihm der Dichter verschwunden, denn er schien etwas zu folgen, das größer als er selbst war, wurde sich Titus eines sonderbaren Zustands bewußt, einer Unruhe, einer Aufregung, einer wogenden oder sich schlängelnden Bewegung – und dann begann völlig unvermittelt eine jener Flutwellen, die sich von Zeit zu Zeit auf überfüllten Partys ereignen. Es gibt nichts, was man dagegen tun kann. Sie bewegen sich nach einem eigenen Rhythmus.

Das erste von den Gästen verspürte Gefühl war, daß er oder sie aus dem Gleichgewicht gerieten. Man stieß mit den Ellbogen zu und verspritzte seinen Geist. Als der Druck zunahm, begann eine Art feines Fußstampfen. Auf allen Seiten brachen Entschuldigungen aus. Jene an den Wänden wurden ernsthaft gequetscht, während jene in der Mitte sich in intimen Haltungen zueinander lehnten. Alle unternahmen winzige, idiotische Schrittchen, als die Menge begann, sich sinnlos und unkontrollierbar im Raum herumzuschieben. Jene, die in diesem Augenblick noch miteinander redeten, sahen ein paar Sekunden später keine Spur mehr vom anderen, denn Unterwasserströmungen und Kreuzwirbel verlangten ihren Zoll.

Und immer noch kamen neue Gäste an. Sie traten durch die Tür, wurden von der schwer duftenden Luft gefangen, wogten wie Geister, schwebten einen Moment auf den dampfenden Wogen und wurden dann langsam, aber unwiderstehlich in den unsichtbaren Mahlstrom gezogen.

Titus, der nicht hatte vorhersehen können, was geschehen würde, konnte nun rückblickend die Handlungen einschätzen, zum Beispiel die eines Paares alter Wüstlinge, die er einige Minuten zuvor am Büfett beobachtet hatte.

Wohl versiert in den Unbeständigkeiten des Partylebens, hatten sie die Gläser abgestellt und lehnten sich zurück wie in den Armen einer Strömung, und nun konnte man sie in einem unmöglichen Winkel zueinander in angeregter Unterhaltung um den Raum kreisen sehen, aber ihre Füße berührten den Boden nicht mehr.

Als das Gleichgewicht einigermaßen wiederhergestellt war, war es beinahe Mitternacht, und allgemein zog man die Manschetten herab, strich sich Kleider glatt, befingerte Frisuren und Toupées, rückte Krawatten gerade, überprüfte Lippen und Brauen und richtete sich allgemein wieder her.

VIERUNDZWANZIG

Und so stand aufgrund einer Laune des Zufalls eine neue Gruppe Gäste unter ihm: Einige waren fortgehumpelt, andere weggeglitten. Einige waren fröhlich gewesen, andere hochmütig.

Diese besondere Gruppe war weder das eine noch das andere, sondern beides, was den Auswüchsen ihres Gehirnspiels zugute kam. Es waren hochgewachsene Gäste, und sie merkten nicht, daß sie durch ihre zufällige Größe und Schlankheit zusammen einen Hain bildeten – einen Menschenhain. Sie drehte sich um, diese Gruppe, dieser Gästehain, drehte sich um, als ein Neuankömmling sich zentimeterweise seitlich weiterschob und zu ihnen stieß. Er war klein, dick und saftlos und höchst unpassend in diesem luftigen Wäldchen, wo er wirkte, als sei er gestutzt worden.

Eine aus dieser Gruppe, ein schlankes Wesen, dünn wie eine Rute, gehüllt in Schwarz, das Haar ebenso schwarz wie das Kleid und die Augen so schwarz wie das Haar, wandte sich an den Neuankömmling.

»Treten Sie zu uns«, sagte sie. »Sprechen wir miteinander. Wir brauchen Ihren beständigen Verstand. Wir sind so bedauerlich emotional. Solche Babys.«

»Nun, ich möchte kaum ...«

»Sei still, Leonard. Du hast schon genug geredet«, sagte die schlanke, ziegenäugige Mrs. Grass zu ihrem vierten Ehemann. »Entweder Mister Ackerblatt oder gar nichts. Kommen Sie, mein lieber Ackerblatt. So ... hier ... ja ... ja ...«

Der saftlose Ackerblatt schob sein Kinn vor – ein staunenswerter Anblick, denn selbst wenn er sich entspannte, wirkte das Kinn noch wie eine Dampframme, etwas, mit dem man zustieß – eine Waffe.

»Liebe Mrs. Grass«, sagte er, »Sie sind immer so unberechenbar freundlich.«

Der magere Mister Spill hatte einen Kellner herbeigewunken, aber nun kauerte er sich plötzlich nieder, so daß sich sein Ohr auf gleicher Höhe mit Ackerblatts Mund befand. Er sah Mister Ackerblatt beim Niederhocken nicht an, sondern erhielt, indem er die Augen an ihre östlichen Extrempunkte rollte, einen sehr deutlichen Blick auf Ackerblatts Profil.

»Ich bin ein bißchen taub«, sagte er. »Würden Sie das bitte wiederholen? Sagten Sie ›unberechenbar freundlich‹? Wie komisch!«

»Seien Sie nicht albern«, sagte Mrs. Grass.

Mister Spill richtete sich auf volle Arbeitshöhe auf, was vielleicht noch eindrucksvoller hätte sein können, wären seine Schultern nicht so gebeugt gewesen.

»Meine liebe Dame«, sagte er. »Wenn ich albern bin, wer hat mich dann so gemacht?«

»Wer denn, mein Lieber?«

»Das ist eine lange Geschichte ...«

»Dann lassen wir es, oder?«

Sie drehte sich langsam in der Hüfte, bis die kleinen konischen, auf Mister Kestrel gerichteten Brüste auf alle Welt wie eine Art köstlicher Bedrohung wirkten. Ihr Mann, Mister Grass, der dieses Manöver mindestens hundertmal gesehen hatte, gähnte furchterregend.

»Erzählen Sie mir«, sagte Mrs. Grass, während sie eine neue Breitseite nackten Erotizismus' auf Mister Kestrel losließ, »erzählen Sie mir, mein lieber Ackerblatt, alles über sich.«

Mister Ackerblatt gefiel es nicht mehr, auf so lässige Weise von Mrs. Grass angeredet zu werden, und wandte sich an deren Gatten.

»Ihre Frau ist eine ganz Besondere. Sehr selten. Neigt zu Spekulationen. Sie spricht mit mir mit dem Hinterkopf und starrt dabei Mister Kestrel an.«

»Aber das ist genau, wie es sein sollte!« rief Mister Kestrel, und seine Augen traten vor Aufregung heraus, »denn das Leben muß anders, unpassend, anstößig und elektrisch sein. Das Leben muß rücksichtslos und so voller Liebe sein, wie man es zwischen Jaguarfängen findet.«

»Ich mag Ihre Art zu reden, junger Mann«, sagte Grass, »nur weiß ich nicht, was Sie sagen.«

»Was murmeln Sie da?« fragte der luftige Spill, beugte einen Arm wie einen Ast und umfaßte sein Ohr mit einem Büschel Zweigen.

»Sie sind irgendwie göttlich«, flüsterte Kestrel, und meinte Mrs. Grass.

»Ich glaube, ich sprach mit Ihnen, mein Lieber«, sagte Mrs. Grass über die Schulter zu Mister Ackerblatt.

»Ihre Frau spricht wieder mit mir«, sagte Ackerblatt zu Mister Grass. »Hören wir, was sie zu sagen hat.«

»Sie reden auf merkwürdige Weise über meine Frau«, sagte Grass. »Ärgert sie Sie?«

»Würde sie, wenn ich mit ihr leben würde«, erwiderte Ackerblatt. »Und wie steht's mit Ihnen?«

»Oh, mein lieber Mann, wie naiv Sie sind. Da ich mit ihr verheiratet bin, sehe ich sie doch nur selten. Was nützt einem die Ehe, wenn man ständig dabei auf seine Frau stößt? Da könnte man ebensogut nicht verheiratet sein. Oh, nein, mein Lieber. Sie macht, was sie will. Es ist eigentlich ein Zufall, daß wir uns heute abend hier getroffen haben. Sehen Sie? Und wir genießen das – es ist wie das erste Mal verliebt sein, ohne das Herzeleid – ohne das Herz eigentlich. Kalte Liebe ist die herrlichste von allen. So klar, so scharf, so leer. Kurz: so zivilisiert.«

»Sie sind wie aus einem Märchen«, sagte Kestrel mit einer Stimme, die vor Leidenschaft so gedämpft klang, daß Mrs. Grass gar nicht merkte, daß sie gemeint war.

»Mir ist so heiß wie einem gekochten Rübchen«, sagte Spill.

»Aber sagen Sie mir, Sie schrecklicher Mensch, wie ich mich fühle?« rief Mrs. Grass, als sie einen Neuankömmling sah, und säumte ihre Schönheit mit der Schärfe ihrer Stimme. »Ich sehe dieser Tage so gut aus, daß es selbst mein Gatte bemerkte, und Sie wissen, wie Gatten sind.«

»Ich habe keine Ahnung, wie sie sind«, sagte der eben an ihrem Ellbogen angekommene fuchsartige Mann, »aber Sie müssen es mir verraten. Wie sind sie? Ich weiß nur, was aus ihnen wird ... und vielleicht ... was sie dazu getrieben hat.«

»Oh, Sie sind aber gerissen. Schlau und gerissen. Aber Sie müssen mir alles erzählen. Wie bin ich, mein Lieber?«

Der fuchsartige Mann (ein schmalbrüstiges Wesen mit rötlichem Haar über den Ohren, einer spitzen Nase und einem Gehirn, das viel zu groß für ihn war, um damit fertig zu werden) erwiderte:

»Sie fühlen, meine liebe Mrs. Grass, ein Bedürfnis nach etwas Süßem. Zucker, schlechte Musik oder etwas Ähnliches erfüllt vielleicht zunächst diesen Zweck.«

Das schwarzäugige Wesen, die Lippen halb geöffnet, die Zähne glänzend wie Perlen, die Augen in aufgeregter Lebhaftigkeit auf das Fuchswesen vor sich geheftet, verschlang die feingliedrigen Hände vor den konischen Brüsten.

»Sie haben ganz recht! Oh, ja, so recht«, sagte sie atemlos. »So absolut und wunderbar recht. Sie brillanter, brillanter kleiner Mann; etwas Süßes brauche ich.«

Inzwischen machte Mister Ackerblatt Platz für eine langgesichtige Gestalt in einem Löwenfell. Über Kopf und Schultern hing eine schwarze Mähne.

»Ist es nicht ein bißchen heiß hier?« fragte der junge Kestrel.

»Ich bin in Agonie«, erwiderte der Mann mit dem fahlen Fell.

»Aber warum?« fragte Mrs. Grass.

»Ich dachte, es sei ein Kostümfest«, sagte das Fell, »aber ich darf mich nicht beklagen. Alle waren sehr freundlich zu mir.«

»Das hilft aber nicht gegen die Hitze, die Sie hier erzeugen«, sagte Mister Ackerblatt. »Warum schmeißen Sie es nicht einfach von sich?«

»Es ist alles, was ich auf dem Leib trage«, sagte das Löwenfell.

»Wie köstlich!« rief Mrs. Grass. »Ich finde Sie unendlich aufregend! Wer sind Sie?«

»Aber meine Liebe«, sagte der Löwe und blickte Mrs. Grass an. »Sicher wirst du ...«

»Was, oh, König der Tiere?«

»Erinnerst du dich nicht an mich?«

»Ihre Nase läßt etwas bei mir klingeln«, sagte Mrs. Grass.

Mister Spill senkte seinen Kopf aus den Rauchwolken. Dann drehte er ihn, bis er breitseits vor Mister Kestrel kam. »Was hat sie gesagt?« fragte er.

»Sie ist eine Million wert«, sagte Kestrel. »Lebhaft, glänzend, was für ein verspieltes Ding!«

»Verspieltes Ding?« fragte Mister Spill. »Wie meinen Sie das?«

»Das würden Sie doch nicht verstehen«, erwiderte Kestrel.

Der Löwe kratzte sich mit einem gewissen Charme. Dann sprach er Mrs. Grass an.

»Meine Nase bringt also etwas zum Klingeln – ist das alles? Hast du mich vergessen? Mich? Deinen einstigen Harry?«

»Harry? Was … mein …?«

»Ja, dein Zweiter. Lange her. Wir heirateten, erinnere dich, in der Tyson Street.«

»Täubchen!« schrie Mrs. Grass. »Genau! Aber nimm diese schlimme Mähne ab und laß dich ansehen. Wo bist du die ganzen Jahre gewesen?«

»In der Wildnis«, antwortete der Löwe und warf zuckend die Mähne über die Schulter.

»Was für eine Wildnis, Liebling? Moralisch? Spirituell? Oh, erzähl uns alles darüber!« Mrs. Grass streckte die Brüste vor und ballte die kleinen Fäuste an den Seiten, eine Haltung, die ihrer Vorstellung nach anziehend wirkte. Sie lag nicht ganz falsch damit, und der junge Kestrel trat einen Schritt nach links, was ihn ihr näherbrachte.

»Ich glaube, Sie sagten ›Wildnis‹«, sagte Kestrel. »Sagen Sie, wie wild ist diese? Oder vielleicht gar nicht wild? Man ist so den Worten ausgeliefert. Und würden Sie behaupten, mein Herr, daß die Wildnis des einen ein Kornfeld für den anderen ist mit kleinen Bächen und Büschen?«

»Was für Büsche«, fragte der längliche Mister Spill.

»Was spielt das für eine Rolle«, gab Kestrel zurück.

»Alles spielt eine Rolle«, sagte Mister Spill. »Alles. Das ist Teil des Plans. Die Welt wird von Menschen heimgesucht, die denken, manche Dinge spielten eine Rolle und andere nicht. Alles ist von gleicher Wichtigkeit. Das Rad muß vollständig sein. Und die Sterne. Sie sehen klein aus. Aber sind sie es? Nein. Sie sind groß. Einige sogar sehr groß. Nun, ich erinnere mich …«

»Mister Kestrel«, sagte Mrs. Grass.

»Ja, meine Liebe?«

»Sie haben eine unmögliche Angewohnheit, Lieber.«

»Was ist es, um Himmels willen? Sagen Sie es mir, daß ich sie ausmerze.«

»Sie sind mir zu nahe, mein Schätzchen. Zu nahe. Wir haben unsere kleinen Territorien, wissen Sie? Wie das Wasser zu Hause oder Fischereirechte. Betreten verboten. Ziehen Sie sich ein wenig zurück. Sie wissen, was ich meine, oder? Ungestörtheit ist sehr wichtig.«

Der junge Kestrel nahm die Farbe gekochten Hummers an und zog sich von Mrs. Grass zurück, die ihm den Kopf zuwandte und als Vergebung ein Licht in ihrem Gesicht anknipste – so schien es Kestrel jedenfalls –, ein Licht, das die Luft um sie her mit einem Lächeln entzündete wie eine Eruption. Dies hatte die Wirkung, den betörten Kestrel wieder an ihre Seite zu rücken, wo er blieb und sich an ihrer Schönheit weidete. »Wie gemütlich«, flüsterte sie.

Kestrel nickte und zitterte vor Erregung, bis Mister Grass sich den Weg durch eine Mauer von Gästen zwängte und seinen Fuß hart auf Mister Kestrels Rist landete. Mit einem Aufkeuchen vor Schmerz wandte sich der junge Kestrel mitleidheischend an die makellose Lady, nur um erkennen zu müssen, daß sie das strahlende Lächeln auf ihren Mann richtete, wo es einige Momente verweilte, ehe sie ihnen beiden den Rücken kehrte, den Strom abstellte und mit einem recht entleerten Ausdruck durch den Raum blickte.

»Auf der anderen Seite«, sagte der lange Spill zu dem Mann im Löwenfell, »hat die Frage des jungen Mannes etwas für sich. Diese Wildnis. Werden Sie uns mehr darüber erzählen?«

»Aber oh! Bitte ja!« klang die Stimme von Mrs. Grass, und sie umklammerte grausam fest das Löwenfell.

»Wenn ich ›Wildnis‹ sage«, meinte der Löwe, »dann spreche ich nur von der des Herzens. Eigentlich müßten Sie Mister Ackerblatt fragen. Sein Ödland ist die Erde selbst.«

»Ach, Ödland«, sagte Ackerblatt und schob das Kinn vor, »geknöchelt mit eisenhaltigen Bergen. Bevölkert mit Termiten, Schakalen und den nordwestlichen Eremiten.«

»Und was haben Sie da draußen gemacht?« fragte Mister Spill.

»Ich habe einen Verdächtigen beschattet. Einen Jungen, den man in diesen Breiten nicht kennt. Er stolperte vor mir her in einem

Sandsturm, eine verschwommene Gestalt. Manchmal hatte ich ihn ganz aus den Augen verloren. Manchmal fand ich mich fast neben ihm und mußte mich ein Stück zurückziehen. Manchmal hörte ich ihn singen, wahnsinnige, wilde, sinnlose Lieder. Manchmal schrie er wie im Delirium – Worte, die klangen wie ›Fuchsia‹, ›Flay‹ und andere. Manchmal schrie er ›Mutter!‹, und einmal fiel er auf die Knie und weinte: ›Gormenghast, Gormenghast, komm zurück zu mir!‹

Ich sollte ihn nicht verhaften – ihm nur folgen, denn meine Vorgesetzten hatten mich informiert, daß seine Papiere nicht in Ordnung seien, nicht einmal existent.

Aber am zweiten Abend wirbelte der Sand schrecklicher als zuvor, und es machte mich blind, so daß ich in einer rotkiesigen Wolke seine Spur verlor. Ich konnte ihn nicht mehr wiederfinden, und ich habe ihn seitdem auch nicht mehr gefunden.«

»Liebling.«

»Was ist?«

»Sieh dir Gumshaw an.«

»Warum?«

»Seine polierte Platte spiegelt einen Kerzenleuchter.«

»Nicht von meinem Platz aus.«

»Nein?«

»Nein. Aber sieh doch – links von der Mitte sehe ich ein winziges Bild, man könnte fast sagen, das Gesicht eines Jungen, wenn es nicht so ungewöhnlich für Gesichter wäre, an Decken zu wachsen.«

»Träume. Man kommt immer wieder auf Träume zurück.«

»Aber die Silberpeitsche RK 2053722220 – der Mond dreht sich, erster der neuen ...«

»Ja, ich weiß alles darüber.«

»Aber Liebe war nicht zu sehen.«

»Der Himmel war verdunkelt von Flugzeugen. Einige von ihnen, wenn auch ohne Piloten, bluteten.«

»Ah, Mister Flax, wie geht es Ihrem Sohn?«

»Er ist letzten Mittwoch gestorben.«

»Entschuldigen Sie, das tut mir leid.«

»Ja? Mir nicht. Ich habe ihn nie gemocht. Aber immerhin – ein ausgezeichneter Schwimmer. Er war Bester in seiner Schule.«

»Diese Hitze ist fürchterlich.«

»Ah, Lady Crowgather, darf ich Ihnen den Herzog Crowgather vorstellen, oder kennen Sie sich vielleicht?«

»Doch ja. Wo sind die Gurkensandwiches?«

»Erlauben Sie mir …«

»Oh, entschuldigen Sie. Ich habe Ihren Fuß für eine Schildkröte gehalten. Was geht hier vor?«

»Nein, wirklich. Es gefällt mir nicht.«

»Kunst sollte kunstlos sein, nicht gunstlos.«

»Ich bin immer schon für Schönheit gewesen.«

»Schönheit, ein obsoletes Wort.«

»Sie baten um die Frage, Professor Salvage.«

»Ich bat um nichts. Nicht einmal um Ihre Verzeihung. Ich bitte nicht einmal darum, anders zu sein. Ich unterscheide mich, ohne zu bitten, und würde eher von einem alten, rippenstarrenden, augenlosen Speichellecker am Fuß einer Säule etwas erbitten als von Ihnen, Sir. Die Wahrheit liegt nicht bei Ihnen, und Ihre Füße stinken.«

»Da … und da … und da …«, murmelte der Beleidigte und riß einen Knopf nach dem anderen vom Jackett seines Gegners.

»Was für einen Spaß wir doch miteinander haben«, sagte der Knopflose, stellte sich auf die Zehenspitzen und küßte das Kinn seines Freundes. »Partys wären unerträglich ohne Mißbrauch, also bleiben Sie, Harold. Sie bringen mich zum Kotzen. Was ist das?«

»Nur Marblecrust mit seinen Vogellauten.«

»Ja, aber …«

»Immer, irgendwie …«

»Oh, nein … nein … und dennoch gefällt es mir.«

»Und so ist mir der junge Mann, ohne es zu wissen, entkommen«, sagte Ackerblatt, »und aufgrund der Härten, die er zu ertragen hatte, muß er irgendwo in der Stadt sein … denn wo sonst sollte er sein? Hat er ein Flugzeug gestohlen? Ist er geflohen …?«

FÜNFUNDZWANZIG

Dann schlug es Mitternacht, und ein paar Minuten kroch Gänsehaut an jedem Bein entlang auf Lady Cusp-Canines Party, zog an den Schenkeln hinauf und musterte seine gräßlichen Truppen an jedem Wirbelknochen, schickte furchterregende Vorposten über die Lumballandschaft. Dann am Rückgrat empor, sich windend wie tödlicher Efeu, breitete sich fächerförmig schließlich von den Zervikalen aus, hing sich wie eisiger Musselin über Brüste und Bauch. Mitternacht. Und beim letzten kalten Schlag streckt Titus auf dem Dach einen verkrampften Arm, verschiebt das Gewicht auf dem Ellbogen, bricht unvermittelt durch das Dachfenster und fällt ohne Verzögerung in einem Splitterschauer durch das Glasdach.

SECHSUNDZWANZIG

Für alle Beteiligten günstig war, daß niemand ernsthaft verletzt wurde. Titus selbst hatte sich ein paar Schnittwunden zugezogen, aber diese waren leichter Natur, und er hatte besonderes Glück, weil eine kuppelschultrige, schneeballbrüstige Dame direkt unter ihm stand, als er fiel.

Sie stürzten übereinander und blieben einen Moment, einer neben dem anderen, auf dem dicken weichen Teppichboden liegen. Überall um sie her glitzerten Glassplitter, aber sowohl für Juno, die neben Titus lag, ebenso wie für alle anderen, die durch sein plötzliches Erscheinen in der Luft und dann auf dem Boden betroffen waren, war nicht Schmerz das vorherrschende Gefühl, sondern Schock.

Denn diese fast biblische Erscheinung eines Jungen in Lumpen war mehr als in nur einem Sinn schockierend.

Titus hob sein Gesicht, das gegen eine nackte Schulter gedrückt worden war, und stand benommen auf, und dabei bemerkte er, daß der Blick der Dame auf ihn geheftet war. Selbst in ihrer horizontalen Lage war sie superb. Ihre Würde unbeeinträchtigt. Als sich Titus zu ihr hinabbückte und die Hand ausstreckte, um ihr aufzuhelfen, berührte sie seine Fingerspitzen und erhob sich sogleich und ohne ersichtliche Mühe auf die Füße, die sehr klein und sehr schön waren. Zwischen diesen kleinen Füßen und dem edlen römischen Kopf lag wie zwischen den Polen eine goldene Welt der Spezereien.

Jemand beugte sich zu dem Jungen. Es war der Fuchs.

»Wer zum Teufel bist du?« fragte er.

»Was spielt das für eine Rolle?« fragte Juno. »Bitte bewahren Sie Distanz. Er blutet... Reicht das nicht?« und mit recht unbeschreibbarem *élan* riß sie einen Streifen von ihrem Kleid und begann Titus' Hand zu verbinden, die heftig blutete.

»Sie sind sehr freundlich«, sagte Titus.

Juno schüttelte sanft den Kopf, und in den Winkeln ihres großzügigen Mundes entwickelte sich ein kleines Lächeln.

»Ich muß Sie erschreckt haben«, sagte Titus.

»Es war eine überstürzte Vorstellung«, sagte Juno. Sie hob eine Braue. Diese sah aus wie ein Rabenflügel.

SIEBENUNDZWANZIG

Haben Sie gehört, was er sagte?« schnaubte eine unziemliche Stimme. »›Ich muß Sie erschreckt haben.‹ Du verdammter Bastard, du hättest die Dame umbringen können!«

Plötzlich begann ein verärgertes Stimmengesurre, und Dutzende von Gesichtern erhoben sich zum zerbrochenen Dachfenster. Zugleich trug der nahe Teil der Menge, der nur wenige Momente zuvor voll freundlicher Frivolität geschienen hatte, andere Mienen zur Schau.

»Wer von Ihnen«, fragte Titus, der blaß geworden war, »hat mich einen Bastard genannt?« In der Tasche seiner zerlumpten Hose umkrallte seine Faust den Steinknochen von den hohen Türmen Gormenghasts.

»Wer war das?« gellte seine Stimme, denn plötzlich kochte Wut in ihm auf, und er sprang vor und ergriff die nächste Person an der Kehle. Aber sofort wurde er in seine Ausgangsposition neben Juno zurückgezerrt. Dann sah Titus vor sich den Rücken eines großen, kantigen Mannes, auf dessen Schulter ein kleiner Affe saß. Diese Gestalt, deren Proportionen unzweideutig diejenigen Muzzlehatchs waren, bewegte sich nun langsam entlang dem Halbkreis wütender Gesichter, und dabei lächelte er mit einem Lächeln, das nichts von Liebe an sich hatte. Es war ein breites Lächeln. Es war ein lippenloses Lächeln. Es bestand aus nichts anderem als Anatomie.

Muzzlehatch streckte seinen langen Arm aus; die Hand verweilte und ergriff dann den Mann, der Titus beleidigt hatte, hob ihn hoch und zog ihn durch die heiße, wallende Luft bis in Schulterhöhe, wo er von dem Affen empfangen wurde, der ihn in den Nakken küßte, und zwar so, daß der Mann in todesähnliche Ohnmacht fiel und dann, da der Affe bereits das Interesse an ihm verlor, auf den Teppich glitt.

Muzzlehatch wandte sich an die ihn anstarrenden Gesichter im Halbkreis und flüsterte: »Kleine Kinder. Hört Orakel zu. Weil Orakel euch liebt.« Und Muzzlehatch zog ein bösartig aussehendes Taschenmesser hervor, schnellte es heraus und begann es über seinen Daumenballen zu ziehen.

»Ihr gefallt ihm nicht. Nicht eigentlich, weil ihr irgendwie böse gewesen seid, sondern weil eure Seele riecht – eure gemeinsame Seele – euer kleiner getrockneter Scheißhaufen von einer Seele. Stimmt's, meine Kleinen?«

Der Affe begann sich mit ausgiebigem Vergnügen zu kratzen, und seine Lider zitterten.

»Ihr wolltet ihm also drohen, oder?« fragte Muzzlehatch. »Ihm drohen mit euren schmutzigen kleinen Hirnen und entsetzlichen kleinen Lauten. Und die Damen mit ihren falschen Busen und dummen Mündern. Habt auch ihr ihm gedroht?«

Man hörte es überall schurfen und räuspern, und jene, denen dies ungesehen gelang, begannen, sich in die Menge hinten im Raum zurückzuziehen.

»Kleine Bälger«, fuhr er fort, und die Messerklinge bewegte sich über den Daumen, »nehmt euren Kollegen vom Boden mit und lernt von ihm, eure Hände von diesem Würstchen von einem Jungen zu halten.«

»Das ist kein Würstchen«, sagte eine schneidende Stimme. »Das ist der Junge, dem ich auf der Spur bin. Er ist mir entkommen. Er ist durch die Wildnis gekommen. Er hat keinen Paß. Man sucht ihn. Kommen Sie her, junger Mann.«

Im ganzen Raum breitete sich Schweigen aus.

»Was für ein Unsinn«, sagte schließlich eine tiefe Stimme. Es war Juno. »Er ist mein Freund. Was die Wildnis angeht – gütiger Gott – da deuten Sie die Lumpen falsch. Er trägt Kostüm.«

»Treten Sie beiseite, Madame. Ich habe Auftrag, ihn als Vagabunden festzunehmen. Er ist ein Fremder, ein Unerwünschter.«

Dann trat er aus der Menge der Gäste, wo Titus, Juno, Muzzlehatch und der Affe stumm warteten.

»Wunderschöner Polizist«, sagte Muzzlehatch. »Sie üben nur Ihre Pflicht aus. Das hier ist eine Party – oder war es zumindest –, doch Sie machen es zu etwas Schändlichem.«

Muzzlehatch schob die Schultern vor und zurück und schloß die Augen.

»Gibt es denn niemals Urlaub vom Verbrechen? Nehmen Sie die Welt niemals, wie ein Kind eine Kristallkugel nimmt – ein Ding aus vielen bunten Farben? Lieben Sie niemals diese lächerliche, unsere Welt? Das Böse und Gute in ihr? Die Diebe und die Engel? Alles in ihr? Und sie pulsiert, lieber Polizist, in Ihrer Hand? Und zu wissen, wie alles unvermeidlicherweise so ist und daß ohne das Dunkel des Lebens Sie auf dem Trockenen säßen? Aber wie sehen Sie es? Pässe, Visa, Ausweise – bedeutet das Ihrem offiziellen Verstand so viel, daß sie den schmutzigen Filz mit auf diese Gesellschaft bringen müssen? Öffnen Sie die Tore Ihres Hirns, mein lieber Polizist, und lassen Sie den kleinen Knirps entwischen.«

»Er ist mein Freund«, wiederholte Juno mit einer Stimme, so reif und tief wie eine Unterwasserhöhle, das Laubdach eines Meerwaldes. »Er trägt Kostüm. Er hat nichts mit Ihnen zu tun. Was sagten Sie? Durch die Wildnis? Oh, ha, ha, ha, ha«, und Juno, die ein Stichwort von Muzzlehatch aufnahm, trat vor und hatte sogleich den Blick des Polizisten verstellt, und dabei sah sie links von sich, die Köpfe ein wenig höher als die Köpfe der Menge, zwei Männer in Helmen, die eher zu gleiten als zu gehen schienen. Für Juno waren sie lediglich zwei weitere Gäste und nichts weiter, aber als Muzzlehatch sie sah, ergriff er Titus beim Arm, gerade oberhalb des Ellbogens, und hielt auf die Tür zu, hinterließ dabei einen Kanal durch die Gästemenge, wie einen Hohlweg durch ein reifes Kornfeld, durch welches Kinder einem Anführer in einer Reihe gefolgt sind.

Inspektor Ackerblatt versuchte, ihnen zu folgen, doch jedes Mal, wenn er sich bewegte oder ein paar Schritte tat, wurde ihm von Juno der Weg abgeschnitten, einer Dame mit einer so superben Haltung und so edlen Proportionen, daß nicht in Frage kam, sie anzustoßen.

»Bitte, gestatten Sie . . .«, sagte er. »Ich muß ihnen sogleich folgen.«

»Aber Ihre Krawatte. So können Sie nicht herumlaufen. Lassen Sie sie mich zurechtrücken. Nein . . . nein . . . nicht bewegen. Sooo. Das hätten wir . . . das . . . hätten . . . wir . . .«

ACHTUNDZWANZIG

Inzwischen wandten sich Muzzlehatch und Titus willkürlich mal nach rechts, mal nach links, denn das Gebäude glich mit seinen Räumen und Korridoren einem Bienenstock.

Muzzlehatch, der ein paar Schritte vor Titus herrannte, sah aus wie eine Art Schlachtroß, so wie er den großen, groben Kopf zurückgeworfen hatte und die Brust herausdrückte.

Er blickte sich nicht um, um zu sehen, ob Titus mit seinem Trampeltempo Schritt halten konnte. Seine dunkelrote Rudernase deutete gegen die Decke, und er galoppierte weiter mit dem nun hellwachen kleinen Affen, der sich an seine Schulter klammerte und dessen Topasblick auf Titus, nur wenige Schritte hinter ihm, geheftet war. Ab und zu kreischte er auf, nur um sich darauf fester an den Hals seines Herrn zu klammern, als habe er vor seiner eigenen Stimme Angst.

So wie Muzzlehatch rasch Boden gewann, gewann er auch monumentale Selbstsicherheit – fast Würde. Es war keine reine Flucht. Es war etwas Besonderes, wie es ein Tanz sein muß, ein ritueller Tanz.

»Bist du noch da?« murmelte er plötzlich über die Schulter. »Eh? Bist du noch da? Junger Lumpenkerl? Komm neben mich!«

»Ich bin hier«, keuchte Titus. »Aber wie lange noch?«

Muzzlehatch nahm davon keine Notiz, sondern hüpfte links

um eine Ecke, dann wieder nach links und dann rechts, wieder links, und allmählich langsamer werdend gelangten sie schließlich in eine schlecht beleuchtete Halle, von der sieben Türen abgingen. Die Flüchtlinge öffneten irgendeine und fanden sich in einem leeren Zimmer.

NEUNUNDZWANZIG

Muzzlehatch und Titus verharrten einen Moment, bis sich ihre Augen an die Dunkelheit gewöhnt hatten. Dann sahen sie auf der anderen Seite des Raumes ein stumpfgraues Rechteck, das aufrecht in der Dunkelheit stand. Es war die Nacht.

Es waren keine Sterne zu sehen, und der Mond stand auf der anderen Seite des Gebäudes. Irgendwo weit unten hörten sie das Flüstern eines abhebenden Flugzeugs. Unvermittelt war es auch schon in ihrem Blickfeld, ein schlankes, flügelloses Ding, das scheinbar ziellos durch die Nacht glitt, aber wo war es plötzlich geblieben?

Titus und Muzzlehatch standen am Fenster, und lange Zeit sprach keiner von beiden ein Wort. Schließlich wandte sich Titus zu dem verschwommenen Umriß seines Gefährten.

»Was machen Sie hier?« fragte er. »Sie scheinen hier nicht am richtigen Platz.«

»Gottes Gänse, hast du mich erschreckt«, sagte Muzzlehatch, und hob eine Hand, als wolle er einen Angriff abwehren. »Ich hatte ganz vergessen, daß du hier bist. Ich habe nachgedacht, Junge. Als gäbe es keinen geruhsameren Zeitvertreib. Es erstickt einen mit fauligen Federn. Es gibt dumpfe Musik von sich. Es ist der Geruch der Heimat.«

»Heimat?« fragte Titus.

»Heimat«, erwiderte Muzzlehatch. Er nahm eine Pfeife aus der Tasche und füllte sie mit einer guten Handvoll Tabak, steckte sie an, füllte seine Lungen mit dem scharfen Rauch und stieß ihn aus, während der Pfeifenkopf wie eine Wunde in der Dunkelheit brannte.

»Du fragst mich, warum ich hier bin – hier unter einem fremden Volk. Das ist eine gute Frage. Fast so gut, als würde ich dich das gleiche fragen. Aber sag es mir nicht, mein Junge, noch nicht. Ich rate lieber.«

»Ich weiß nichts von Ihnen«, sagte Titus. »Sie sind jemand, der auftaucht und wieder verschwindet. Ein zäher Mensch: ein Schattenmensch: ein Wesen, das mich vor Gefahren rettet. Wer sind Sie? Sagen Sie ... Sie scheinen nicht Teil ... dieser ... dieser Glasregion zu sein?«

»Da, wo ich herkomme, ist es nicht glasig, Junge. Hast du die Slums vergessen, die sich bis an meine Gärten schieben? Hast du die Menschen beim Fluß vergessen? Hast du den Gestank vergessen?«

»Ich erinnere mich an den Gestank Ihres Wagens«, sagte Titus, »... scharf wie Säure, dick wie Haferschleim.«

»Sie ist eine miese Hündin«, sagte Muzzlehatch. »Und sie riecht wie eine.«

»Ich kenne Sie überhaupt nicht«, sagte Titus. »Sie mit den Riesenflächen großer Käfige, den wilden Katzen, den Wölfen und Raubvögeln. Ich habe sie gesehen, aber sie verraten nur wenig. Woran denken Sie? Warum sitzt Ihnen dieser Affe auf der Schulter wie eine fremde Fahne – ein Emblem des Trotzes? Ich habe ebensowenig Zugang zu Ihrem Gehirn wie zu diesem kleinen Schädel«, und Titus tastete sich in der Dunkelheit zu dem kleinen Affen und strich ihm mit dem Zeigefinger über den Kopf. Dann starrte er in die Dunkelheit, von der Muzzlehatch einen Teil bildete. Die Nacht schien dichter als zuvor.

»Sind Sie noch da?« fragte Titus.

Es dauerte zwölf lange Sekunden, ehe Muzzlehatch antwortete.

»Bin ich. Ich bin noch hier, oder zumindest ein Teil von mir. Der Rest von mir lehnt über der Reling eines Schiffes. Die Luft ist würzig, und das tiefe Salzwasser scheint phosphoreszierend. Ich bin allein auf Deck, und niemand sonst sieht, wie der Mond aus einer Wolke gleitet, so daß eine Kette Palmen wie eine Prozession beschienen wird. Ich sehe die dunkelweiße Brandung, wie sie auf dem Strand aufdonnert, und ich sehe und erinnere mich nun, wie eine Gestalt über den mondbeschienenen Sandstreifen rennt, die Arme hoch über den Kopf gehoben, und ihr Schatten rennt neben ihr her und zuckt, denn der Strand ist uneben, und dann gleitet der Mond wieder hinter eine Wolke, und die Welt wird schwarz.«

»Wer war das?« fragte Titus.

»Wie kann ich das wissen?« entgegnete Muzzlehatch. »Es könnte jeder gewesen sein. Ich hätte es sein können.«

»Warum erzählen Sie mir das alles?« fragte Titus.

»Ich erzähle dir doch gar nichts. Ich erzähle es mir selbst. Meine Stimme, anderen schneidend, klingt mir wie Musik.«

»Sie haben grobe Manieren«, sagte Titus. »Aber Sie haben mich zweimal gerettet. Warum helfen Sie mir?«

»Keine Ahnung«, entgegnete Muzzlehatch. »Irgend etwas muß falsch laufen in meinem Gehirn.«

DREISSIG

Wenn man auch keinen Laut vernahm, bewirkte das Öffnen der Tür doch eine Veränderung im Raum hinter ihnen; eine Veränderung, die ausreichte, in Titus und seinem Gefährten ein Bewußtsein wachzurufen, von dem ihr Verstand nichts ahnte.

Nein, nicht den leisesten Laut, noch auch nur ein Lichtzucken. Doch der dunkle Raum hinter ihnen lebte.

Muzzlehatch und Titus hatten sich zugleich umgedreht, und soweit sie wußten, aus keinem anderen Grund, als die Muskeln zu lockern.

Eigentlich wußten sie gar nicht genau, daß sie sich umgedreht hatten. Sie erkannten nur wenig in dem nachterfüllten Raum, aber als einen Moment später eine Dame vortrat, brachte sie ein wenig aus der Halle hinter sich mit. Es war kaum eine Beleuchtung zu nennen, aber stark genug, um Titus und seinem Gefährten zu zeigen, daß unmittelbar links von ihnen ein gestreiftes Sofa und auf der anderen Seite des Zimmers, im Bühnenhintergrund sozusagen, wenn die Nacht das Publikum darstellte, ein hoher Wandschirm standen.

Beim Anblick der sich öffnenden Tür nahm Muzzlehatch den kleinen Affen von Titus Schulter, hielt ihm mit der Rechten die Schnauze zu, packte mit der Linken seine vier Füße und bewegte sich lautlos durch die Schatten, bis er hinter dem hohen Wandschirm verborgen war. Titus, der sich um keinen Affen kümmern mußte, war im nächsten Augenblick neben ihm.

Dann erfolgte das Klicken, und der Raum war sogleich mit korallenfarbenem Licht erfüllt. Die Dame, die die Tür geöffnet hatte, trat lautlos vor. Trotz ihres Gewichts bewegte sie sich zierlich in die Raummitte, wo sie den Kopf auf eine Seite neigte, als warte sie, daß etwas Merkwürdiges geschehe. Dann setzte sie sich auf das gestreifte Sofa und schlug mit seidigem Zischen die großartigen Beine übereinander.

»Er muß hungrig sein«, flüsterte sie, »dieser Dachschwärmer, der Dachfenster-Zertrümmerer... der zerlumpte Junge von Nirgendwo. Er muß sehr hungrig und sehr einsam sein. Wo kann er bloß sein, frage ich mich? Zum Beispiel hinter diesem Wandschirm mit seinem bösen Freund Muzzlehatch?« Es folgte ein recht albernes Schweigen.

EINUNDDREISSIG

Während Juno dort saß, öffnete sie einen Korb, den sie auf der Party gefüllt hatte, ehe sie dem Jungen und Muzzlehatch gefolgt war.

»Bist du hungrig?« fragte Juno, als sie hervortraten.

»Sehr«, antwortete Titus.

»Dann iß«, sagte Juno.

»Oh, meine süße Flamme. Meine Betrügerische. An was denkst du?« fragte Muzzlehatch, aber mit so gelangweilter Stimme, daß es fast wie eine Beleidigung klang. »Kannst du dir vorstellen, wo ich ihn gefunden habe, mein Schätzchen?«

»Wen?« fragte Juno.

»Diesen Jungen«, sagte Muzzlehatch. »Diesen ausgehungerten Jungen.«

»Erzähl's mir.«

»Angeschwemmt wurde er«, sagte Muzzlehatch, »... in der Morgendämmerung. Ist das nicht poetisch? Er lag da auf den Stufen am Fluß – ausgestreckt wie ein toter Fisch. Da habe ich ihn mit nach Hause genommen. Warum? Weil ich noch niemals etwas so

Unwahrscheinliches gesehen habe. Am nächsten Tag habe ich ihn fortgetrieben. Er gehörte nicht zu mir. Nicht zu meinem absurden Leben, und er ist fortgegangen, ein Wesen von Nirgendwo, überflüssig wie eine Kerze in der Sonne. Recht lächerlich – etwas, was man rasch wieder vergißt – aber was geschieht?«

»Ich lausche«, sagte Juno.

»Ich werde es dir erzählen«, sagte Muzzlehatch. »Er nimmt auf sich, durch ein Dachfenster zu fallen, und fällt dabei auf eine der wenigen Frauen, die mich jemals interessiert haben. Oh, ja. Ich habe alles mitangesehen. Sein Kopf lag neben deinem prächtigen Busen, und eine kleine Weile lang war er der Herr jenes tropischen Abgrunds zwischen deinen mitternächtlichen Brüsten, jener Heimat von Moos und Grün, diesem üppigen Spalt. Aber genug. Ich bin zu alt für derartige Schluchten. Wie hast du uns gefunden? Wir sollten eigentlich den Teufel selbst abgeschüttelt haben – aber da wanderst du hier herein, als seist du auf meinem Schwanz geritten. Wie hast du mich gefunden?«

»Ich werde es dir erzählen, Muzzle-Taube, wie ich dich gefunden habe. Daran ist nichts Wundersames. Meine Intuition ist ebenso nichtexistent wie Geruch von Marmor. Der Junge hat euch beide verraten. Seine Füße waren naß und sind es immer noch. Sie hinterließen auf den Gängen eine glitzernde Spur.«

»Glitzer? Was ist Glitzer?« fragte Muzzlehatch.

»Was seine nassen Füße hinterließen – eine bloße Schicht. Ich brauchte ihr nur zu folgen. Wo sind deine Schuhe, Pilgerkind?«

»Meine Schuhe?« fragte Titus, ein Hühnerbein in der Hand. »Irgendwo im Fluß, glaube ich.«

»Also, Juno, meine Liebesfalle, wo du uns nun gefunden hast – was willst du von uns? Allein oder getrennt? Ich bin schließlich, wenngleich unbeliebt, kein Flüchtling. Daher brauche ich mich nicht zu verbergen. Aber der junge Titus hier (Lord von irgendwas mit einem ebenso unwahrscheinlichen Namen) – er, das müssen wir zugeben, befindet sich auf der Flucht. Warum, dessen bin ich mir nicht ganz sicher. Was mich angeht, so möchte ich nichts lieber, als euch beide loswerden. Ich sehne mich nach nichts anderem als den Tieren, über die ich nachdenke. Aber mit diesem jungen Mann ist es etwas anderes – diesem Grafen von Gorgon-Paste oder wie auch immer er heißt –, ich muß auch ihn loswerden, denn ich verspüre keinen Wunsch, mich mit einem anderen menschlichen Wesen einzulassen – besonders nicht mit einem in Gestalt eines Rätsels. Das Leben ist zu kurz für solche Ablenkungen, und ich kann mich nicht dazu durchringen, in mir irgendein Interesse für die Probleme in seiner Brust aufzubringen.«

Der kleine Affe auf Muzzlehatchs Schulter nickte und begann daraufhin in den Tiefen des Haarwusts seines Herrn zu graben; die faltigen, aber geschickten Finger probierten es hier und dort und waren ebenso zärtlich und neugierig wie die eines Liebenden.

»Sie sind fast ebenso grob wie ich hungrig war«, sagte Titus. »Was die Bewegungen meines Herzens und meine Abstammung angeht, so sind Sie so ignorant wie der Affe auf Ihrer Schulter. Und was mich anbetrifft, werden Sie auch so bleiben. Aber bringen Sie mich hier heraus. Es ist ein Schwein von einem Gebäude und riecht wie ein Krankenhaus. Sie sind gut zu mir gewesen, Mister Marrow-Patch, aber ich sehne mich danach, nichts mehr von Ihnen zu sehen. Wohin kann ich gehen? Wo kann ich mich verbergen?«

»Du mußt mit mir kommen«, sagte Juno. »Du brauchst saubere Kleider, Essen und Schutz.« Sie wandte den großartigen Kopf zu Muzzlehatch. »Wie kommen wir ungesehen von hier fort?«

»Nur einen Schritt jeweils«, sagte Muzzlehatch. »Als erstes müssen wir den nächsten Aufzugschacht finden. Inzwischen dürfte alles schlafen.« Er schritt zur Tür, öffnete sie lautlos und entdeckte den gebückten jungen Mann. Er hatte keine Zeit gehabt, sich vor dem Schlüsselloch aufzurichten, geschweige denn zu entkommen.

»Aber meine liebste Essenz eines Wiesels«, sagte Muzzlehatch und zog den Mann an seinen gelben Revers allmählich in das Zimmer (denn es handelte sich um einen Lakaien des Haushalts) – »du bist höchst willkommen. Juno, Liebste, nimm Gorgon-Paste mit. Lehn dich mit ihm über die Brüstung und starre in die Dunkelheit. Es wird nicht auf lange sein.«

Titus und Juno gehorchten seiner merkwürdig autoritären Stimme, denn sie hatte trotz der lächerlichen Worte Macht, und dann hörten sie ein merkwürdig schlurfendes Geräusch und einen Moment später: »Nun, Gorgon-Blast, überlaß dieser schönen Dame die Nacht und komm her.«

Titus drehte sich um und sah, daß der Lakai praktisch nackt war. Muzzlehatch hatte ihn entblättert, wie der Herbststurm einen Baum der goldenen Blätter entkleidet.

»Herunter mit den Lumpen und hinein in die Livree«, sagte Muzzlehatch zu Titus. Er wandte sich zu dem Dienstboten. »Ich hoffe, es wird dir nicht zu kalt. Ich habe nichts gegen dich, mein Freund, aber ich habe keine andere Wahl. Dieser junge Mann muß nämlich entkommen, weiß du.«

»Schnell, Gorgon«, rief er dann. »Das Automobil wartet schon und wird unruhig.«

Er wußte nicht, daß sich bei diesen Worten bereits die ersten Fäden von Dämmerung ihren Weg durch die niedrige Wolkendecke suchten und nicht nur die Luftfahrzeuge beleuchteten, die wie Erscheinungen strahlten, sondern auch jenes Monsterwesen, Muzzlehatchs Wagen. So nackt wie der Lakai, nackt in den ersten Sonnenstrahlen, wirkte es wie ein Fluch, ein Spott, die Nase zu den eleganten Flugzeugen gerichtet, seine Form, Farbe, das Skelett, die Sehnen, der Schädel, die Muskeln aus Leder – der niedrige liederliche Bauch und seine allgemeine Ausstrahlung von Blut und Meuterei auf hoher See. Da wartete es weit unterhalb des Zimmers, wo der Kapitän stand.

»Zieh dich um«, sagte Muzzlehatch. »Wir können nicht die ganze Nacht auf dich warten.«

In Titus' Magen begann etwas zu brennen. Er merkte, wie ihm das Blut aus dem Gesicht wich.

»Sie können also nicht die ganze Nacht auf mich warten«, sagte er mit einer Stimme, die er kaum als die eigene erkannte. »Muzzlehatch, der Zoodirektor, ist in Eile. Aber weiß er eigentlich, mit wem er redet? Ja?«

»Was ist los, Titus?« fragte Juno, die sich beim Laut der Stimme vom Fenster umgedreht hatte.

»Was los ist?« rief Titus. »Ich werde es Ihnen sagen, Madame. Es ist die Ignoranz dieses Klotzes. Weiß er denn überhaupt, wer ich bin?«

»Wie können wir das wissen, mein Lieber, wenn du es uns nicht erzählst? Komm, komm, hör auf zu zittern.«

»Er will fortrennen«, sagte Muzzlehatch. »Aber ins Gefängnis willst du auch nicht, oder? Eh? Du willst doch sicher aus diesem Gebäude heraus.«

»Aber nicht mit Ihrer Hilfe«, schrie Titus, wenn er auch beim Rufen erkannte, wie gemein er war. Er blickte auf zu dem groben zerfurchten Gesicht mit dem stolzen Ruder einer Nase und dem lebendigen Flackern in den Augen, und zwischen ihnen schien ein Funke der gegenseitigen Anerkennung überzuspringen. Aber es war zu spät.

»Dann zur Hölle mit dir, Kind«, sagte Muzzlehatch.

»Ich kümmere mich um ihn«, sagte Juno.

»Nein«, meinte Muzzlehatch. »Laß ihn gehen. Er muß das lernen.«

»Verdammt, lernen«, sagte Titus, und alle seine aufgestauten Gefühle brachen hervor. »Was wissen Sie vom Leben, von Gewalt und List? Von Wahnsinnigen und Auflehnung und Verrat? Meinem Verrat. Meine Hände haben vor Blut geklebt. Ich habe in meinem Königreich geliebt und getötet.«

»Königreich?« fragte Juno. »Deinem Königreich?«

Eine Art furchtsamer Liebe schwebte in ihren Augen. »Ich werde mich um dich kümmern«, sagte sie.

»Nein«, sagte Muzzlehatch. »Soll er seinen Weg allein finden. Er wird es dir niemals verzeihen, wenn du ihn jetzt an die Hand nimmst. Laß ihn ein Mann werden, Juno, Liebste – oder das, was er für einen Mann hält. Saug ihm nicht das Blut aus, meine Liebe. Stoß ihn nicht zu früh herum. Denk daran, wie du unsere Liebe mit Würze umgebracht hast, eh? Mein schöner Vampir?«

Titus war weiß vor Unentschiedenheit, denn für ihn schienen Juno und Muzzlehatch in einer Privatsprache miteinander zu reden, und er tat einen Schritt auf den lächelnden Mann zu, der den Kopf über die Schulter gedreht hielt, so daß der kleine Affe seine pelzige Wange an die des Herrn lehnen konnte.

»Haben Sie diese Dame einen Vampir genannt?« flüsterte er.

Muzzlehatch nickte langsam und lächelnd. »Das stimmt.«

»Er hat es nicht so gemeint«, warf Juno ein. »Titus, mein Liebling ... Oh ...«

Denn Titus' Faust war mit solcher Schnelligkeit vorgeschnellt, daß es Wunder nahm, wie er nicht hatte treffen können. Es gelang ihm nämlich nicht, denn Muzzlehatch fing die Faust auf wie einen geworfenen Stein, hielt sie fest und drehte dann ohne sichtbare Anstrengung Titus langsam zur Tür, durch die er den Jungen schob, ehe er sie hinter ihm schloß und den Schlüssel umdrehte.

Ein paar Minuten lang war Titus wegen seiner Hilflosigkeit schockiert und schlug gegen die Tür, während er brüllte: »Laß mich rein, du Feigling! Laß mich herein! Laß mich herein!« bis dieser Lärm Diener aus allen Teilen des großen Hauses aus olivgrünem Glas herbeirief.

Während sie den sich wehrenden und schreienden Titus fortschleppten, hielt Muzzlehatch Juno fest am Ellenbogen, denn sie sehnte sich nach der Nähe des aufbrausenden jungen Mannes, halb in Lumpen und halb in Livree gekleidet, aber sie sagte kein Wort, während sie sich gegen den Griff ihres einstigen Liebsten wehrte.

ZWEIUNDDREISSIG

Wild und zerrupft brach der Tag an. Was an Licht vorhanden war, sickerte in die großen Glasgebäude, als schäme es sich. Nahezu alle Gäste der Cusp-Canine-Party lagen wie Fossile in ihren jeweiligen Betten oder warfen sich aus den verschiedensten versunkenen Gründen in Meeren von Träumen umher.

Von jenen, die wach und auf den Beinen waren, gehörte mindestens die Hälfte zu den Dienern des Hauses. Von jenen wenigen strebte ein Trupp (beim Hören des Tumults) auf das Zimmer zu, beim Rennen die Lichter anknipsend, bis sie Titus fanden, wie er von außen gegen die Tür schlug.

Es half ihm nichts, daß er sich wehrte. Ihre unbeholfenen Hände ergriffen ihn und schoben ihn sieben Stockwerke hinab in die Dienerzimmer. Dort hielt man ihn den größten Teil des Tages als Gefangenen, während die Zeit durch Besuche von Gesetz und Polizei interpunktiert wurde, und, gegen Abend, von einer Art Gehirnspezialisten, der Titus minutenlang unter seinen Brauen her anstarrte und sonderbare Fragen stellte, die zu beantworten Titus sich nicht der Mühe unterzog, weil er sehr müde war.

Lady Cusp-Canine selbst erschien eine flüchtige Minute lang.

Sie war seit dreißig Jahren nicht mehr unten in der Küche gewesen und wurde von einem Inspektor begleitet, der den Kopf auf eine Seite geneigt hielt, wenn er mit Ihrer Ladyschaft sprach, wobei der Blick auf den Gefangenen gerichtet blieb. Die Wirkung ließ Titus irgendwie an ein gefangenes Tier denken.

»Ein Rätsel«, sagte der Inspektor.

»Dem stimme ich nicht zu«, sagte Lady Cusp-Canine. »Er ist nur ein Junge.«

»Ach«, meinte der Inspektor.

»Und mir gefällt sein Gesicht«, fügte Lady Cusp-Canine hinzu.

»Ach«, sagte der Inspektor.

»Er hat strahlende Augen.«

»Aber hat er auch strahlende Manieren, Euer Ladyschaft?«

»Das weiß ich nicht«, erwiderte Lady Cusp-Canine. »Warum? Haben Sie das?«

Der Inspektor zuckte die Achseln.

»Da gibt es kein Achselzucken«, sagte Lady Cusp-Canine. »Überhaupt gar nicht. Wo ist mein Küchenchef?«

Dieser Herr hatte, seit sie die Küche betreten hatte, neben ihr geschwebt. Nun zeigte er sich. »Madam?«

»Haben Sie den Jungen mit Essen versorgt?«

»Jawohl, Mylady.«

»Haben Sie ihm nur das Beste vorgesetzt? Nur Nahrhaftes? Haben Sie ihm ein Frühstück serviert, an das er sich erinnern wird?«

»Noch nicht, Euer Ladyschaft.«

»Aber worauf warten Sie dann?« Ihre Stimme schwoll an. »Er hat Hunger! Er ist verzagt. Er ist jung!«

»Jawohl, Ihre Ladyschaft.«

»Sagen Sie nicht ›Jawohl‹ !« Sie erhob sich auf Zehenspitzen zu voller Größe, wozu es nicht viel bedurfte, denn sie war winzig. »Geben Sie ihm zu essen und lassen Sie ihn frei«, und damit fegte sie durch den Raum auf ihren winzigen, siebzigjährigen Füßen, und der Federhut schwankte gefährlich zwischen Lendenstücken und Rouladen.

DREIUNDDREISSIG

Inzwischen hatte der kräftige Muzzlehatch Juno aus dem Gebäude geleitet und ihr in sein grauenerregendes Automobil geholfen. Er hatte vor, sie in ihr Haus oberhalb des Flusses zu bringen, um dann nach Hause zu rasen, denn selbst Muzzlehatch war erschöpft. Aber wie gewöhnlich, wenn er hinter dem Steuer saß, waren alle seine Pläne nur noch wie Spelzen im Wind, und bereits eine halbe Minute nach dem Start hatte er es sich anders überlegt und sauste nun auf jenen breiten, sandigen Streifen am Fluß zu, wo das Ufer sanft ins flache Wasser abfiel.

Der Himmel war nicht mehr sehr dunkel, wenn man auch noch den einen oder anderen Stern sehen konnte, als Muzzlehatch, der eine lange und gänzlich unnötige Kurve nach Westen eingeschlagen hatte, von der Straße abschwebte, nach links und rechts den Wacholderbüschen auswich, die das obere Ufer verunzierten, und plötzlich in die Untiefen des breiten Stroms steuerte. Im Wasser beschleunigte er sein Tempo, und hohe Bögen Bracke spritzten lee- und luvseits von den Rädern auf.

Was Juno anbetraf, so lehnte sie sich ein wenig nach vorn; ihr Ellbogen ruhte an der Tür, und ihr Gesicht lag seitlich in der behandschuhten Handfläche. Soweit man es erkennen konnte, schien sie das Tempo und die Gischt nicht wahrzunehmen, noch nahm sie irgendwelche Notiz von Muzzlehatch, der in seiner Lieblingshaltung praktisch auf dem Boden des Wagens lag, ein Auge oberhalb des ›Bullauges‹, von wo aus eine Art Lied ertönte:

»Ich habe meinen Preis, der ist nicht klein
(So ungefähr drei Meter hoch),
Doch wenn du lieb bist, werd' ich feil
Und senke ihn, und senke ihn –
Und senke ihn, und senke ihn
Am Seil herab, das ist gestrickt
Aus gelbem Gras und lila Heu,
Wo Stricken ein Tabu ...«

Nach einer leisen Berührung des Steuerrades schoß das Automobil noch weiter in den Fluß, so daß bald Wasser hineinfloß, doch eine weitere Bewegung ließ es wieder herausschießen, während Dampf zischte wie tausend Katzen.

»Gestrickt aus Perlen ...« (brüllte Muzzlehatch)
»Gedrillt wie Twill,
Und einige stricken die Perlen zu Kerlen
Und andere den Twill zu Dill,
Die liebe Wolle zu necken!
Doch ach, die Finger des Gestern –
Keine Seele denkt an Gestern doch,
Wo man noch träumte, noch und noch,
Wo man noch träumte ...«

Als Muzzlehatchs Stimme verklang, begann die Sonne aus dem Fluß zu steigen.

»Bist du fertig?« fragte Juno. Sie hatte die Augen halb geschlossen.

»Ich habe alles gegeben«, antwortete Muzzlehatch.

»Dann hör mir bitte zu!« Ihre Augen waren ein wenig größer geworden, doch der Gesichtsausdruck immer noch entrückt.

»Was ist es, meine liebe Juno?«

»Ich denke an diesen Jungen. Was werden sie mit ihm tun?«

»Sie werden ihn schwierig finden«, sagte Muzzlehatch, »sehr schwierig. Eher wie einen Ableger von mir. Es ist wohl eher eine Frage, was *er* mit ihnen anfängt. Aber warum? Hat er in deiner Brust ein Spatzenflattern hervorgerufen? Oder einen räuberischen Kondor geweckt?«

Er erhielt jedoch keine Antwort, denn in diesem Augenblick fuhr er unter lautem Metallkreischen vor Junos Haus vor. Es war ein großes Gebäude, staubig-rosa, und stand vor einem kleinen Hügel, einer Kuppe, die von einem Marmormann gekrönt wurde. Sogleich hinter dem Hügel lag eine Biegung des Flusses. Zu beiden Seiten von Junos Haus lagen zwei ähnliche Gebäude, doch beide waren verlassen. Die Fenster waren eingeschlagen. Die Türen waren verschwunden, und in die Zimmer tropfte Regen.

Aber Junos Haus befand sich in perfektem Zustand, und als die Tür von einem Diener in gelbem Gewand geöffnet wurde, konnte man erkennen, wie gewagt, doch sorgfältig die Eingangshalle möbliert war. Wegen der Dunkelheit beleuchtet, präsentierte sie eine Farbmischung aus Elfenbein, Asche und Korallenrot.

»Kommst du noch mit hinein?« fragte Juno. »Können dich Pilze verlocken? Oder Regenpfeifereier? Oder Kaffee?«

»Nichts, meine Liebe.«

»Wie du willst.«

Eine Weile saßen sie reglos da.

»Wo, glaubst du, ist der Junge jetzt?« fragte sie schließlich.

»Ich habe keine Ahnung«, erwiderte Muzzlehatch.

Juno stieg aus dem Wagen. Es war wie ein lupenreiner Stapellauf. Was immer sie auch tat, verriet Stil.

»Dann gute Nacht«, sagte sie. »Und süße Träume.«

Muzzlehatch starrte ihr nach, als sie durch den dunklen Garten in die beleuchtete Halle trat. Ihr Schatten, der von dem Licht geworfen wurde, streckte sich hinter ihr fast bis zum Wagen, und als sie einen geschmeidigen Schritt nach dem anderen hineinging, zuckte Muzzlehatchs Herz, denn er sah in der langsamen Lässigkeit ihres Schritts etwas, was er im Moment nicht gern wahrhaben wollte.

Es war, als kehrten die fernen Tage, als sie einander geliebt hatten, in einer Flutwelle zurück, Bild auf Bild, Schatten auf Schatten, ungetröstet, ungebeten, und ein jeder forderte die Deiche heraus, die sie gegeneinander errichtet hatten. Denn sie wußten, daß jenseits der Deiche die großen Meere des Gefühls wogten, auf deren Busen sie sich verirrt hatten.

Wie oft hatte er ihr in Wut oder wilder Liebe nachgestarrt. Wie oft hatte er sie bewundert. Wie oft hatte er sie gehen sehen, aber niemals so wie nun. Das Licht aus der Halle, wo immer noch der Diener stand, überschwemmte den Garten, und Juno bildete vor dem beleuchteten Eingang eine Silhouette. Über den vollen, gerundeten und glockengleichen Hüften, die beim Gehen unmerklich schwankten, erhob sich die Säule ihres fast militärisch geraden Rückens, und auf den Schultern erhob sich perfekt zylindrisch der Hals mit dem klassischen Kopf.

Während Muzzlehatch ihr nachstarrte, schien er auf sonderbare Weise sich selbst zu sehen. Er sah sie als sein Scheitern – und er wußte, er stellte das ihre dar. Denn sie hatten beide alles bekommen, was der andere zu bieten hatte. Was nur war falsch gelaufen? Brauchten sie es nicht mehr zu versuchen, weil sie einander durchschauten? Wo lag das Problem? Hundert Dinge waren es. Seine Untreue. Sein Egoismus. Seine ewige Schauspielerei, sein gigantischer Stolz, sein Mangel an Zärtlichkeit, seine betäubende Großschnäuzigkeit, seine Selbstsüchtigkeit.

Sie empfand keine Liebe mehr, oder sie war aus ihr herausgeprügelt worden. Nur Freundschaft blieb zurück, umfassend und unverbrüchlich.

Daher war es sonderbar, dieses Herzflattern, sonderbar, daß sein Blick ihr folgte, sonderbar, daß er so langsam den Wagen wendete, und es war ebenfalls sonderbar (als er im Hof vor seinem Haus ankam), wie nachdenklich er dreinblickte, als er den Wagen an den Maulbeerbaum band.

VIERUNDDREISSIG

Am Spätnachmittag des nächsten Tages ergriff man Titus und warf ihn in eine Zelle. Es war ein kleiner Raum mit einem vergitterten Fenster nach Südwesten.

Als Titus die Zelle betrat, erfüllte dieses Rechteck goldenes Licht. Die schwarzen Stangen, die das Fenster in ein Dutzend aufrechter Sektionen unterteilten, waren Silhouetten vor dem Sonnenuntergang.

In einer Ecke stand ein grobes Bettgestell mit einer dunklen Wolldecke. Den größten Raum nahm ein Tisch in der Zimmermitte ein, der nur auf drei Beinen stand, denn der Steinboden war uneben. Auf dem Tisch standen ein paar Kerzen, eine Schachtel Streichhölzer und ein Becher Wasser. Neben dem Tisch ein Stuhl, ein brüchiges Ding, das jemand anzustreichen begonnen hatte, aber der jemand (wer immer es gewesen sein mochte) war der Sache überdrüssig geworden, so daß der Stuhl schwarz und gelb gescheckt blieb.

Als Titus stehenblieb und die Einzelheiten des Raumes betrachtete, schloß der Wärter hinter ihm die Tür, und er hörte, wie der Schlüssel sich im Schloß drehte. Aber da waren die Sonnenstrahlen, die niedrigen, schrägen Strahlen honigfarbenen Lichts; sie fluteten zwischen den Stäben hindurch und schenkten dem Gefangenen eine Art Willkommensgruß – so daß er ohne zu zögern auf das breite Fenster zutrat, mit beiden Händen je eine Eisenstange umfaßte und hinausblickte.

Es schien, die Landschaft war verändert. So ätherisch war das Licht, daß große Zedern auf ihm schwammen und Hügelkämme das Gold zu durchwandern schienen.

In der Ferne sah Titus etwas, was wie die Verkrustung einer Stadt aussah, und, obzwar die Sonne sie in schrägem Winkel beschien, blitzte bald hier, bald dort golden ein Fenster auf, als sprühe ein Stein Feuer.

Plötzlich flog ein Vogel aus dem vergoldeten Abend direkt auf das Fenster zu, wo Titus durch die Stangen starrte. Rasch kam er näher, flog eine Schleife, stand unvermittelt auf der Fensterbank.

So wie er rasch den Hals hin- und herbewegte schien er irgend etwas zu suchen. Offensichtlich hatte der letzte Bewohner der Zelle seine Krumen mit dem gescheckten Vogel geteilt – aber heute gab es keine Krumen, und die Elster begann schließlich anstelle eines besseren Mahles an den Federn zu picken.

Und dann strömte aus jener goldenen Atmosphäre, aus den Steinen der Zelle, aus den Zedern, aus dem Geflatter der Elsterflügel ein langer Erinnerungspfeil, so daß die Bilder vor seinen Augen verschwammen und er deutlicher als den Sonnenuntergang und die bewaldeten Hügel den langgezogenen, funkelnden Umriß von Gormenghast und die Steine seiner Heimstatt sah, wo die Eidechsen dösten, und dort, alles andere ausblendend, seine Mutter, so, wie er sie zuletzt gesehen hatte, an der Tür ihrer Baracke, das große, tropfnasse Schloß wie eine Kulisse hinter ihr.

»Du wirst zurückkommen«, hatte sie gesagt. »Alle Wege führen zurück nach Gormenghast«; und plötzlich sehnte er sich nach seiner Heimat, um des Schlechten willen dort ebenso wie um des Guten – sehnte sich nach ihrem Geruch und dem Geschmack des bitteren Efeus.

Titus kehrte dem Fenster den Rücken, als wolle er die Nostalgie vertreiben, aber die bloße Bewegung innerhalb des Raums stellte keine Hilfe dar, und so setzte er sich auf die Bettkante.

Unterhalb des Fensters ertönte das Flöten einer Amsel; das goldene Licht wurde allmählich dunkler, und er wurde sich einer Einsamkeit bewußt, die er noch nie zuvor so gespürt hatte.

Er beugte sich vor, drückte gegen die gespannten Muskeln unter seinen Rippen und begann wie ein Pendel vor- und zurückzuschwingen. Sein Wiegen erfolgte so regelmäßig, daß es schien, ein so mechanischer Rhythmus könne keinen Kummer besänftigen.

Aber er zog einen Trost daraus, denn während sein Verstand weinte, wiegte sich sein Körper.

Die Sehnsucht, noch einmal in dem Land zu weilen, in dem er aufwuchs, ließ ihn nicht ruhen. Es gibt keine Ruhe für die Entwurzelten. Sie bleiben Wanderer, heimwehkrank und trotzig. Liebe selbst bleibt hilflos, sie zu heilen, wenn sich auch bei jedem Schritt der Staub wolkt – die Gänge hinabtreibt – sich in Nischen oder Zweigen festsetzt – jeder Atemzug ein Inhalieren der Vergangenheit, so daß die Lungen, wie die der Bergarbeiter, dunkel sind von vergangenen Zeiten.

Was immer sie essen, was immer sie trinken, es ist niemals das Brot der Heimat oder das Korn ihres eigenen Tals. Es ist niemals der Wein vom eigenen Berg. Es ist fremdes Gebräu.

So schaukelte sich Titus in der Wiege des Kummers hin und her, hin und her, während die Zelle dunkler wurde, und irgendwann im Verlauf der Nacht fiel er in Schlaf.

FÜNFUNDDREISSIG

Was war das? Er richtete sich kerzengerade auf und starrte umher. Es war sehr kalt, aber nicht das hatte ihn geweckt. Es war ein leises Geräusch. Jetzt hörte er es ganz deutlich. Es ertönte nur wenige Fuß von ihm entfernt. Eine Art Klopfen, aber es schien nicht von der Wand herzurühren. Es erklang unter dem Bett.

Dann hörte es eine kleine Weile auf, und als es zurückkehrte, schien es eine Art Botschaft zu enthalten, denn es hatte einen bestimmten Rhythmus und eine Abfolge, etwas, was wie eine Frage klang: »Tap ... tap ... tap ... – Tap ... tap ... tap ...« – »Bist ... du ... da ...? – Bist ... du ... da ...?«

Dieses Pochen, so sinister es klang, hatte zumindest die Wirkung, Titus' Gedanken von der fast unerträglichen Nostalgie abzulenken, die ihn bedrückte.

Er schob sich leise von dem klapprigen Bettgestell, blieb mit klopfendem Herzen daneben stehen, und dann hob er es von seinem Platz und stellte es in die Mitte des Zimmers.

Dann fielen ihm die Kerzen auf dem Tisch wieder ein, und er tastete nach einer, zündete sie an, kehrte auf Zehenspitzen zurück, wo das Bett gestanden hatte, und bewegte die kleine Flamme über den Steinen hin und her. Dabei begann das Pochen erneut.

»Bist ... du ... da ...?« schien es zu sagen. »Bist ... du ... da ...?«

Titus kniete nieder und richtete die Kerzenflamme unmittelbar auf den Stein, der das Pochen auszusenden schien.

Zuerst schien er ganz gewöhnlich, dieser Stein, doch bei genauerem Untersuchen sah Titus den dünnen Spalt, der ihn umgab, und daß er dünner und schärfer als bei den angrenzenden aussah. Kerzenlicht enthüllte, was Tageslicht verborgen hatte.

Wieder begann das Pochen, und Titus nahm den Steinknochen vom Pulverturm aus der Tasche und wartete auf die nächste Pause. Dann schlug er mit zitternder Hand zweimal auf den Boden.

Einen Moment lang erfolgte keine Antwort, doch dann hörte er sie: »Eins ... zwei ...«

Es war ein rasches, scharfes »eins–zwei«, anders als das vorsichtige Pochen, das diesem vorausging.

Es war, als habe sich die *Stimmung* des Rätsels, welches unter der Steinplatte stand oder lag oder kauerte, verändert. Das Wesen, was immer es auch war, hatte an Zuversicht gewonnen.

Was dann geschah, war aber sonderbarer und furchterregender. Etwas noch Erstaunlicheres als das Pochen erfolgte. Dieses Mal wurde der Blick gefangen. Was sahen die Augen, daß der ganze Körper zu zittern begann? Titus spähte auf die kerzenbeschienene Steinplatte und sah, daß sie sich bewegte.

Titus sprang von dem ruckenden Stein zurück, hob die Kerze hoch in die Luft und blickte sich wild nach einer Waffe um. Seine

Augen kehrten zu dem Stein zurück, der sich nun einen Zoll über dem Boden befand.

Von seinem Platz in der Mitte der Zelle konnte Titus nicht erkennen, daß der Stein von einem Paar Händen gestützt wurde, die unter dem Gewicht zitterten. Er sah lediglich, daß sich ein Teil des Bodens langsam und unaufhaltsam hob.

Aus dem Schlaf zu erwachen und sich in einem Gefängnis zu finden, dann ein Klopfen im Dunkeln zu hören – dann vor etwas so Phantasmagorischem zu stehen – einem Stein, offensichtlich lebendig, der sich hob, um heimlich die oberen Gewölbe zu inspizieren – all dies und sein tiefes Heimweh – zu was konnte es führen als zu einem Schwindel? Aber dieser Schwindel, der fast ein irres Lachen im Gefolge hatte, hinderte ihn nicht, in dem halb angestrichenen Stuhl eine Waffe zu sehen. Er griff nach ihm, den Blick auf den Stein gerichtet, zerbrach ihn, zerrte hin und her, bis er aus dem Skelett ein Vorderbein losgerissen hatte. Dieses in der Hand lachte er lautlos und kroch auf seinen Feind, den Stein zu.

Aber während er kroch, sah er unter der Steinplatte, die nun fünf Zoll hochragte, ein Paar dicke, graue Handgelenke.

Sie zitterten unter dem Gewicht des Steins, und als Titus sie mit erwartungsvoll aufgerissenen Augen anstarrte, begann die dicke Platte zu kippen und sich über den angrenzenden Stein zu schieben, bis allmählich das gesamte Gewicht verlagert war und ein viereckiges Loch im Boden klaffte.

Die dicken, grauen Hände hatten sich zurückgezogen und die Finger mitgenommen – aber einen Augenblick später nahm etwas anderes ihren Platz ein. Es war der Kopf eines Mannes.

SECHSUNDDREISSIG

Wohl kaum war er sich bewußt – jener, der sich aus den Steinen erhob –, daß sein Kopf wie der eines geschlagenen Gottes aussah – noch, daß er, bei einem solchen Antlitz, seine Großartigkeit mit Reden unterminierte, denn keine Stimme konnte für ein solches Gesicht großartig genug sein.

»Erschrick dich nicht«, wimmerte er, und es klang weich wie

Teig. »Alles ist gut, alles ist schön; alles ist, wie es sein sollte. Akzeptiere mich. Das ist alles, um was ich bitte. Akzeptiere mich. Man nennt mich den Alten Verbrecher. Immer machen sie diese kleinen Witze. Sind aber liebe Jungs, haha! Daß ich durch ein Loch im Fußboden zu dir komme, ist gar nichts. Leg das Stuhlbein hin, Freund.«

»Was willst du?« fragte Titus.

»Hör sich das einer an«, erwiderte die weiche Stimme. »›Was willst du?‹ fragte er. Ich will nichts, liebes Kind. Nichts als Freundschaft. Süße Freundschaft. Daher bin ich dich besuchen gekommen. Dich einzuweihen. Man muß doch den Hilflosen beistehen, nicht wahr? Und Balsam verteilen, weißt du, und alle Arten von Verletzungen baden.«

»Ich wünschte, verdammt nochmal, du hättest mich in Ruhe gelassen«, antwortete Titus wild. »Deinen Balsam kannst du behalten.«

»Ist das vielleicht nett?« fragte der Alte Verbrecher. »Ist das etwa freundlich? Aber ich verstehe. Du bist nicht an so etwas gewöhnt, oder? Es dauert eine Weile, bis man den Bienenstock lieben lernt.« Titus starrte das Löwenhaupt an.

Die Stimme hatte es aller Pracht beraubt, und er legte das Stuhlbein in Reichweite auf den Tisch.

»Der Bienenstock? Was ist das?« fragte Titus endlich. Der Mann hatte ihn eindringlich angestarrt.

»Das ist der Name, mein Junge, den wir dem geben, was andere Gefängnis nennen würden. Aber wir wissen es besser. Für uns ist es eine Welt innerhalb einer Welt – und ich müßte es doch wissen, oder? Ich bin schon mein ganzes Leben hier – oder fast das ganze. In den ersten Jahren lebte ich im Luxus. Es gab Tigerfelle auf den duftenden Dielen unseres Hauses – goldene Bestecke und goldene Teller. Geld gab es wie Sand am Meer. Denn ich stamme aus einem großen Haus. Wahrscheinlich hast du von uns gehört. Wir sind die älteste Familie der Welt – wir sind das Original.« Er schob sich langsam aus dem Loch.

»Aber glaubst du, nur weil ich hier bin, im Bienenstock, vermisse ich irgend etwas? Glaubst du, ich bin neidisch auf meine Familie? Glaubst du, ich vermisse die Goldteller und die Tigerfelle? Nein! Auch nicht die Spiegelbilder auf dem polierten Boden. Ich habe meinen Luxus hier gefunden. Das ist meine Freude. Ein Gefangener im Bienenstock zu sein. Sei also nicht erschreckt, mein liebes Kind. Ich bin gekommen, dir zu sagen, daß unter dir ein Freund wohnt. Du kannst jederzeit anklopfen. Klopf deine Gedanken heraus. Klopf deine Freude und deinen Kummer. Klopf deine Liebe. Wir werden zusammen alt werden.«

Titus wandte ruckartig den Kopf. Was meinte sie, diese gemeine, ungesunde Kreatur?

»Laß mich in Ruhe!« schrie Titus. »... laß mich in Ruhe!«

Der Mann aus der unteren Zelle starrte Titus an. Dann begann er zu zittern.

»Das war einmal meine Zelle«, sagte er. »Vor endlosen Jahren. Ich war ein Feuermacher. ›Brandstifter‹ nannten sie es. Ich habe so gern Feuer. Die Flammen entschädigen einen für alles. Bring mir die Ratten und Mäuse! Bring mein Enthäutmesser! Bring mir die neuen Jungs!«

Er tat einen Schritt auf Titus zu, der sich wiederum näher an seine Stuhlbeinwaffe schob.

»Das ist eine gute Zelle. Sie war einmal meine«, jammerte der Alte Verbrecher. »Ich habe etwas daraus gemacht, das kann ich dir sagen. Ich habe sie genau kennengelernt. Ich war traurig, sie zu verlassen. Dieses Fenster ist das beste im ganzen Gefängnis. Aber wen schert das nun? Wo sind die Fresken? Meine gelben Fresken? Feenzeichnungen. Zeichnungen, verstehst du? Und jetzt sind sie überdeckt, und nichts von der ganzen Arbeit ist übriggeblieben. Nicht einmal eine Spur.«

Er hob den stolzen Kopf, und wären seine Beine nicht so kurz gewesen, er hätte Jesaja sein können.

»Leg das Stuhlbein auf den Tisch, Junge. Vergiß dich. Iß deine Krumen.«

Titus sah hinab auf den alten Sträfling und die zerklüftete Großartigkeit des hochgereckten Gesichts.

»Du bist am rechten Ort«, sagte der Alte Verbrecher. »Weg von dieser schmutzigen Angelegenheit mit Namen Leben. Komm zu uns, lieber Junge. Du wärest eine Bereicherung. Meine Freunde sind einzigartig. Werd bei uns alt.«

»Du redest zuviel«, erwiderte Titus.

Der Mann von drunten streckte langsam die kräftigen Arme aus. Seine rechte Hand umklammerte Titus' Bizeps, und als sie sich schloß, konnte Titus eine unheilvolle Kraft spüren, eine Ahnung, daß die Kraft des Alten Verbrechers grenzenlos war, und wenn er gewollt hätte, er mit Leichtigkeit den Arm hätte ausreißen können.

Doch er nötigte Titus lediglich mit einem einzigen Ruck an seine Seite, und weit hinten in der zerrütteten Adligkeit seiner Miene sah Titus zwei kleine Feuer brennen, kaum größer als Stecknadelköpfe.

»Ich wollte so viel für dich tun«, sagte der Mann von unten. »Ich wollte dich meinen Kollegen vorstellen. Ich wollte dir alle Fluchtwege zeigen – falls du so etwas suchen solltest –, ich wollte dir von meinen Gedichten erzählen und wo die Huren spazierengehen. Schließlich wollen wir doch nicht krank werden, oder? Das wäre doch nichts.

Aber du hast gesagt, ich rede zuviel, daher werde ich etwas ganz anderes tun und dir den Schädel wie eine Eierschale zerbrechen.«

Und im gleichen Atemzug ließ der schreckliche Mann Titus los, wirbelte auf dem Absatz herum, hob den Tisch über den Kopf und schleuderte ihn mit aller zur Verfügung stehenden Kraft auf Titus. Aber trotz seiner Schnelligkeit war er zu spät. Sobald Titus sah, wie der Mann nach dem Tisch griff, sprang er zur Seite, und das schwere Möbelstück schmetterte gegen die Wand hinter ihm.

Als er sich dann zu der breitbrüstigen und muskulösen Kreatur umdrehte, hörte er zu seiner Überraschung ein Schluchzen. Sein Gegner hockte nun auf den Knien, das riesige, archaische Gesicht in den Händen vergraben.

Titus wußte nicht, was tun, zündete eine der Kerzen wieder an, die auf dem Tisch gestanden hatte, und setzte sich dann auf sein Bettgestell, dem einzigen Möbelstück in der Zelle, das nicht zerbrochen war.

»Warum mußtest du das sagen? Warum mußtest du das tun? Oh, warum nur, warum?« schluchzte der Mann.

»Oh, Gott«, sagte Titus bei sich. »Was habe ich getan?«

»Ich rede also zuviel? Oh, Gott, ich rede zuviel.«

Ein Schatten flog über das Gesicht des Alten Verbrechers.

Zugleich hörte man schwere Schritte hinter der Tür und darauf, nach dem Rasseln von Schlüsseln, wie sich einer davon im Schloß drehte. Der Alte Verbrecher hatte sich bereits in Bewegung gesetzt, und als die Tür sich zu öffnen begann, war er in dem Loch im Fußboden verschwunden.

Titus wußte kaum, was er tat, schleppte das Bettgestell über das Loch und legte sich darauf, als sich die Tür öffnete.

Herein trat ein Wächter mit einer Taschenlampe. Er ließ sie durch die Zelle blitzen, und der Lichtstrahl verharrte auf dem zerbrochenen Tisch, dem zerbrochenen Stuhl und dem augenscheinlich schafenden Jungen.

Vier Schritte brachten ihn an Titus' Seite. Er zerrte ihn aus dem Bett, gab ihm einen gemeinen Schlag auf den Kopf und stieß ihn wieder zurück.

»Das soll dir bis morgen früh reichen, du alberner Welpe!« schrie der Wächter. »Ich werde dich schon lehren, dich zu beherrschen! Ich bring dir schon bei, Sachen zu zerstören.« Er sah Titus stirnrunzelnd an. »Mit wem hast du geredet?« schrie er, doch Titus, halb benommen, konnte kaum antworten.

Als er am frühen Morgen aufwachte, dachte er, alles sei ein Traum gewesen. Aber die Bilder waren so lebhaft, daß er nicht umhin konnte, sich auf den Boden zu rollen und in das Halbdunkel unter dem Bettgestell zu spähen.

Es war kein Traum gewesen, denn da war sie, die schwere Steinplatte, und er begann sogleich, sie Zoll für Zoll zu bewegen, bis sie an ihre alte Stelle fiel. Doch ehe das Loch endlich wieder geschlossen war, hörte er die Stimme des alten Mannes, weich wie Haferschleim, aus der Dunkelheit drunten.

»Werde mit mir alt ...«, sagte sie. »Werde mit mir alt.«

SIEBENUNDDREISSIG

Über dem Kopf Seiner Ehren glühte ein schwaches Licht. In dem hallenden Gerichtssaal hörte man, wie jemand einen Bleistift spitzte. Ein Stuhl knarrte, und Titus, der in der Anklagebank stand, begann, die Hände aneinander zu reiben, denn der Morgen war bitter kalt.

»Wer klatscht da Beifall?« fragte der Richter, aus einem Tagtraum aufwachend. »Habe ich etwas Profundes gesagt?«

»Nein, aber ganz und gar nicht, Euer Ehren«, sagte der große, pockennarbige Gerichtsbeamte. »Genauer gesagt, Sir, Sie haben gar nichts gesagt.«

»Schweigen kann sehr profund sein, Mister Drugg. Sehr sogar.«

»Ja, Euer Ehren.«

»Was war es also?«

»Es war der junge Mann, Euer Ehren, der in die Hände geklatscht hat, vermutlich, um sie zu wärmen.«

»Ach ja, der junge Mann. Welcher junge Mann? Und wo ist er?«

»Auf der Anklagebank, Euer Ehren.«

Der Richter runzelte leicht die Stirn, schob seine Perücke auf die andere Seite und dann wieder zurück.

»Ich scheine sein Gesicht zu kennen«, sagte er.

»Aber sicher, Euer Ehren«, sagte Mister Drugg. »Dieser Gefangene hat bereits mehrere Male vor Ihnen gestanden.«

»Das beweist es«, sagte der Richter. »Und was hat er bislang angestellt?«

»Wenn ich Euer Ehren erinnern darf«, sagte der große, pockennarbige Gerichtsbeamte, nicht ohne eine gewisse Grämlichkeit in der Stimme, »haben Sie sich erst heute morgen mit seinem Fall befaßt.«

»Ganz genau. Jetzt kommt es mir wieder in den Sinn. Ich habe immer schon ein ausgezeichnetes Gedächtnis gehabt. Man stelle sich einmal einen Richter ohne Gedächtnis vor.«

»Ich stelle es mir vor, Euer Ehren«, sagte Mister Drugg, während er mit gereizter Hand einen Stapel unwichtiger Papiere durchblätterte.

»Landstreicherei. War es nicht das, Mister Drugg?«

»Genau«, antwortete der Gerichtsbeamte. »Landstreicherei, Sachbeschädigung und Hausfriedensbruch.« Er wandte das große graufarbene Gesicht Titus zu und hob wie ein Hund einen Winkel der Oberlippe von den Zähnen. Und dann glitten, wie aus freien Stücken, seine Hände in die Tiefen seiner Hosentaschen, als verschwänden zwei Füchse plötzlich in der Erde. Ein gedämpftes Geräusch von gegeneinander klingelnden Schlüsseln und Münzen vermittelte den Eindruck, Mister Drugg habe etwas Spielerisches, etwas von einem Playboy an sich. Aber dieser Eindruck verschwand ebenso rasch wieder, wie er entstanden war. In Mister Druggs dunklen, schweren Zügen, in seiner Haltung, in seiner Stimme lag nichts, was diesem Gedanken Farbe verliehen hätte. Nur der Klang der Münzen.

Aber das Klingeln, so gedämpft es auch ertönte, erinnerte Titus an etwas anderes Halbvergessenes, eine schreckliche, wenn auch vertraute Musik; an ein kaltes Königreich; an Riegel und steinerne Gänge; an zierliche Tore aus verrostetem Eisen; an Feuersteine und Masken und an Vogelschnäbel.

»Landstreicherei, Sachbeschädigung und Hausfriedensbruch«, wiederholte der Richter. »Ja, ja, ich erinnere mich sehr wohl. Fiel irgendwo durch ein Dach. Stimmt das?«

»Genau, Sir«, antwortete der Gerichtsbeamte.

»Kein erkennbares Einkommen?«

»So ist es, Euer Ehren.«

»Heimatlos?«

»Ja und nein, Euer Ehren«, erwiderte der Beamte. »Er spricht von ...«

»Ja, ja, ja, ja. Jetzt habe ich es. Ein reizvoller Fall, und ein schwieriger junger Mann. Ich erinnere mich, ich begann seiner Geheimniskrämerei müde zu werden.«

Der Richter lehnte sich auf die Ellbogen und stützte sein langes, knochiges Kinn auf die Knöchel der verschränkten Finger.

»Das ist nun das vierte Mal, daß ich dich hier vor den Schranken des Gerichts sehe, und soweit ich es beurteilen kann, war das Ganze für das Gericht reine Zeitverschwendung und für mich nur Ärger. Deine Antworten, wenn sie überhaupt erfolgten, waren entweder idiotisch, nebulös oder phantastisch. Das darf nicht so weitergehen. Deine Jugend bedeutet keine Entschuldigung. Magst du Briefmarken?«

»Briefmarken, Euer Ehren?«

»Sammelst du sie?«

»Nein.«

»Schade. Ich habe eine kostbare Sammlung, die vor sich hingammelt. Jetzt hör mir mal zu. Du hast bereits eine ganze Woche im Gefängnis zugebracht – aber nicht deine Landstreicherei bereitet mir Sorgen. Das ist einfach, wenn auch strafbar. Nein, daß du wurzellos und abgestumpft bist. Es scheint, du weißt irgend etwas, was vor uns verborgen bleibt. Du bist sonderbar, deine Worte haben keine Bedeutung. Ich werde dich noch einmal fragen. Was ist dieses Gormenghast? Was hat es zu bedeuten!«

Titus wandte das Gesicht dem Gericht zu.

Wenn er jemals einem Menschen hatte trauen können, dann Seiner Ehren.

Uralt, faltig wie eine Schildkröte, aber mit Augen so klar wie graues Glas.

Aber Titus gab keine Antwort und fuhr sich lediglich mit dem Mantelärmel über die Stirn.

»Hast du die Frage Seiner Ehren gehört?« sagte eine Stimme neben ihm. Es war Mister Drugg.

»Ich weiß nicht«, antwortete Titus, »was er mit einer solchen Frage meint. Er könnte mich ebensogut fragen, was ist diese meine Hand? Was hat sie zu bedeuten?« Und er hob sie mit seesternförmig gespreizten Fingern in die Luft. »Oder, was ist dieses Bein?« Und er stand auf einem Bein und schüttelte das andere, als sei es locker. »Verzeihung, Euer Ehren, aber ich begreife das nicht.«

»Es ist ein Ort, Euer Ehren«, sagte der Gerichtsbeamte. »Der Gefangene besteht darauf, daß es ein Ort ist.«

»Ja, ja«, sagte der Richter. »Aber wo liegt er? Im Norden, Süden, Osten oder Westen, junger Mann? Hilf mir, damit ich dir helfen kann. Ich nehme an, daß du nicht dein Leben damit zubringen willst, auf fremden Dächern in fremden Städten zu schlafen? Was ist, Junge? Was ist mit dir los?«

Ein Lichtstrahl glitt durch ein hohes Fenster des Gerichtsaals und traf auf den kurzen Nacken von Mister Drugg, als enthülle er dort etwas von mystischer Bedeutung. Mister Drugg rückte den Hals beiseite, und das Licht wanderte vor und ließ sich auf seinem Ohr nieder. Titus beobachtete es, während er sprach.

»Ich würde es Ihnen sagen, wenn ich könnte, Sir«, sagte er. »Ich weiß lediglich, daß ich mich verirrt habe. Nicht etwa, daß ich nach

Hause zurückkehren würde – das will ich nicht. Selbst wenn ich dies wünschte, ich könnte es nicht. Nicht, daß ich weit gereist wäre, ich habe lediglich die Richtung verloren, Sir.«

»Bist du fortgelaufen, junger Mann?«

»Fortgeritten«, antwortete Titus.

»Von ... Gormenghast?«

»Ja, Euer Ehren.«

»Deine Mutter zurückgelassen ...?«

»Ja.«

»Und deinen Vater ...?«

»Nein, keinen Vater.«

»Aha ... Ist er tot, Junge?«

»Ja, Euer Ehren. Er wurde von den Eulen gefressen.«

Der Richter zog eine Braue hoch und begann, etwas auf ein Stück Papier zu schreiben.

ACHTUNDDREISSIG

Diese Notiz, die offensichtlich für eine wichtige Person bestimmt war, wahrscheinlich eine, die dem örtlichen Asyl vorstand oder einem Heim für straffällig gewordene Jugendliche – diese Notiz fiel in Streit mit den Intentionen des Richters, und nachdem sie hingefallen und plattgetreten worden war, wurde sie aufgehoben und wanderte von Hand zu Hand, bis sie schließlich ein kleines Weilchen in der runzligen Pfote eines Halbirren blieb, der sie schließlich, nach dem Versuch, sie zu lesen, in einen Flieger verwandelte und diesen aus den Schatten in eine weniger düstere Ecke des Gerichts segeln ließ.

Ein wenig hinter dem Halbidioten stand eine Gestalt, die fast gänzlich in dem Schatten verloren war. In ihrer Tasche lag zusammengerollt ein Salamander. Die Augen waren geschlossen, und die Nase, wie ein großes Ruder, wies gegen die Decke.

Zur Linken saß Mrs. Grass mit einem Hut wie ein gelber Kohl. Sie hatte mehrere Versuche unternommen, Muzzlehatch etwas ins Ohr zu flüstern, aber keine Antwort erhalten.

Ein wenig entfernt, links von diesen beiden, saß ein halbes Dutzend starker Männer, stämmig und sehr gerade. Sie waren dem

Verfahren mit gesammelter, wenn auch stirnrunzelnder Aufmerksamkeit gefolgt. In ihren Augen war der Richter zu nachgiebig. Immerhin hatte sich der junge Mann auf der Anklagebank nicht als Gentleman erwiesen. Man brauchte sich doch nur seine Kleidung anzusehen. Abgesehen davon war sein Einbrechen in Lady Cusp-Canines Party unverzeihlich.

Lady Cusp-Canine saß da und hatte das kleine Kinn mit dem kleinen Zeigefinger abgestützt. Ihr Hut war, anders als die Kohlkreation, schwarz wie die Nacht und wirkte eher wie ein Krähennest. Unter dem vielgestaltigen Zweigrand war das kleine geschminkte Gesicht pilzweiß, außer dem Mund, der eine kleine rote Wunde war. Ihr Kopf verharrte reglos, aber die kleinen schwarzen Knopfaugen schossen hier- und dorthin, um ja nichts zu versäumen.

Und nur sehr wenig wurde versäumt, wenn sie in der Nähe war, und sie war auch die erste, die den Flieger aus der Düsternis hinten in der Halle gleiten sah, wie er einen langen, lässigen Halbkreis durch die dämmrige Luft beschrieb.

Der Richter, dessen Lider schwer über den unschuldigen Augäpfeln hingen, begann in seinem hohen Stuhl nach vorn zu gleiten, bis er eine Haltung einnahm, die an Muzzlehatch hinter dem Lenkrad seines Automobils erinnerte. Aber hier endete auch die Ähnlichkeit, denn die Tatsache, daß beide die Augen geschlossen hatten, bedeutete wenig. Wichtig war, daß der Richter halb schlief, während Muzzlehatch hellwach war.

Er hatte trotz seiner augenscheinlichen Stumpfheit bemerkt, daß in einer Wandnische, halb von einer Säule verdeckt, zwei Gestalten mit einer Elastizität des Ausdrucks, einer unmerklichen Vibration der Wirbelsäule sehr aufrecht und sehr still saßen. Sie saßen bis zum Punkt der Unnatürlichkeit aufrecht. Sie regten sich nicht. Selbst die Federn auf ihren Helmen blieben unbewegt und waren in jeder Hinsicht identisch.

Er, Muzzlehatch, hatte auch den Inspektor Ackerblatt ausgemacht (eine angenehme Abwechslung von den hochgewachsenen geheimnisvollen Gestalten), denn es gab kaum etwas Erdverbundeneres als diesen Mann, der an nichts so sehr glaubte wie an seinen Hundejob, von der Fährte bis zum Knorpel: die trockenen

Knochen seines Handwerks. In seinem Kopf gab es immer eine Beute. Häßlich oder schön – eine Beute. In seiner Karriere gab es keine hohe Moral. Er war ein Jäger – das war alles. Sein aggressives Kinn schob sich in die Luft. Seine gedrungene Gestalt hatte etwas Unerschrockenes.

Muzzlehatch beobachtete ihn durch Lider, die nur einen Faden schmal geöffnet waren. Es gab nicht viele Leute im Gerichtssaal, die nicht von Muzzlehatch beobachtet wurden. Eigentlich nur eine Person. Sie saß recht still und unbemerkt im Schatten einer Säule und beobachtete Titus auf der Anklagebank, überragt von dem Richter wie von einer Wolke. Sein vergeßliches Gesicht war unsichtbar, aber der Scheitel seiner Perücke wurde von der über ihm hängenden Lampe beleuchtet. Und während Juno dorthin starrte, runzelte sie ein wenig die Stirn, und dieses Stirnrunzeln war ebenso ein Ausdruck von Freundlichkeit wie das warme, fragende Lächeln, das gewöhnlich ihre Lippen umspielte.

NEUNUNDDREISSIG

Was war nur mit diesem Frischling vor den Gerichtsschranken? Warum rührte er sie so? Warum hatte sie um ihn Angst? »Mein Vater ist tot«, hatte er geantwortet. »Er wurde von den Eulen gefressen.«

Eine Gruppe älterer Männer, Arme und Beine um die Lehnen und Armstützen von kirchenbankartigen Sofas geschlungen, bildeten für sich eine lärmende Ecke. Der Gerichtsbeamte hatte sie mehr als einmal zur Ordnung gerufen, aber ihr Alter machte sie Kritik gegenüber unempfindlich, und die alten Kiefer ratterten ohne Unterlaß weiter.

In diesem Augenblick begann der Papierpfeil in einer grazilen Kurve herabzuschweben, so daß die zentrale Gestalt der Gruppe Älterer – der Dichter selbst – auf die Füße sprang und ausrief: »Harmageddon!«, und zwar mit so lauter Stimme, daß der Richter die Augen öffnete.

»Was soll das?« murmelte er, während der Pfeil sein Sehfeld durchschnitt. Er erhielt keine Antwort, denn in diesem Augenblick setzte der Regen ein. Zuerst hatte es nur getröpfelt, hatte sich dann jedoch zu Wasserpulsen verdichtet, nur um nach einer Weile in langgezogenes Zischen überzugehen.

Das Zischen erfüllte den gesamten Gerichtssaal. Selbst die Steine zischten, und mit dem Regen senkte sich frühzeitige Dunkelheit, die die bereits finstere Halle vertiefte.

»Kerzen!« rief eine Stimme. »Laternen! Lichter und Fackeln! Elektrizität! Gas und Glühwürmchen!«

Inzwischen war es unmöglich geworden, jemanden anders als aufgrund seiner Silhouette zu erkennen, denn was an Lichtern entzündet worden war, wurde aufgesaugt von der dichten Dunkelheit.

Genau da zog jemand an einem kleinen Nothebel an der Hinterwand, und der Raum wurde in einen Krampf nackter Helligkeit gejagt.

Eine Weile lang saßen der Richter, der Beamte, die Zeugen, die Öffentlichkeit geblendet da. Dutzende von Lidern schlossen sich, Dutzende von Pupillen zogen sich zusammen. Und alles war anders, abgesehen vom Dröhnen des Regens auf dem Dach. Während dieses Geräusch es unmöglich machte, etwas zu hören, wurde dagegen jedes Detail dem Auge wichtig.

Nichts Geheimnisvolles war übriggeblieben, alles lag entblößt zutage. Der Richter hatte niemals zuvor ein so quälendes Rampenlicht erdulden müssen. Die Essenz seiner Profession war ›Entrückt‹-heit, aber wie konnte er ›entrückt‹ sein, wenn ihn dieses harte, skrupellose Licht als einen ›besonderen‹ Menschen enthüllte. Er war ein Symbol. Er war das Gesetz. Er war die Gerichtsbarkeit. Er war die Perücke, die er trug. Wenn die Perücke verschwunden war, dann würde auch er verschwunden sein. Er wurde wieder zum kleinen Mann unter kleinen Menschen. Ein kleiner Mann mit recht schwachen Augen; daß sie blau waren und klar, sprach für eine gewisse Großzügigkeit, wenn er zu Gericht saß, aber sie wurden aufreizend schwach und leer, sobald er die Perücke abnahm und nach Hause ging. Doch nun lag dieses unnatürliche Licht auf ihm, kalt und gnadenlos, die Art von Licht, bei dem gemeine Taten verübt werden.

Als er diese strahlende Helligkeit auf dem Gesicht verspürte, fiel ihm die Vorstellung nicht schwer, daß er der Gefangene sei.

Er öffnete den Mund, um zu sprechen, doch kein Wort war zu hören, weil der Regen auf das Dach drosch.

Das Geplapper der alten Männer, deren Stimmen nun ertränkt waren, hatte sich in ihre Panzer zurückgezogen, und die alten Schildkrötengesichter hatten sich vor dem heftigen Licht abgewandt.

Muzzlehatch folgte Titus' starrem Blick und sah, daß dieser das Behelmte Paar ansah, und das Behelmte Paar Titus. Die Hände des jungen Mannes zitterten auf der Brüstung der Anklagebank.

Einer aus der Sechsergruppe hatte den Papierpfeil aufgehoben und mit einer großen, empfindsamen Hand glattgestrichen. Beim Lesen runzelte er die Stirn, und dann schoß er einen Blick auf den jungen Mann hinter der Absperrung. Über die Schulter des Mannes spähte Spill, der große, taube Herr. Seine Taubheit ließ ihn staunen über die wenigen Worte bei Gericht. Er konnte nicht wissen, daß ein schwarzer Himmel sich auf das Dach stürzte, noch daß das Licht, das den walnußgetäfelten Gerichtssaal überflutete, mit dem Guß in der Außenwelt zusammenhing.

Aber er konnte lesen, und was er las, ließ ihn einen Blick auf Titus abschießen, der, als er schließlich den Blick von dem Behelmten Paar abwandte, Muzzlehatch bemerkte. Das blendende Licht hatte ihn aus den Schatten gerissen. Was tat er? Er machte ihm eine Art Zeichen. Dann sah Titus Juno, und einen Moment lang spürte er eine Wärme, sowohl für sie als auch von ihr. Dann sah er Mrs. Grass und dann den Dichter.

Alles war entsetzlich nah und deutlich. Muzzlehatch, der nun an die drei Meter groß aussah, hatte die Mitte des Gerichtssaales erreicht, wählte den richtigen Augenblick und erleichterte den Mann um die zerknitterte Notiz.

Als er sie las, ließ der Regen nach, und als er geendet hatte, war der schwarze Himmel wie eine feste Masse und in einem Stück verschwunden, und man hörte, wie er in eine andere Gegend glitt.

Im Saal herrschte Schweigen, bis eine anonyme Stimme rief: »Schaltet dieses gräßliche Licht aus!«

Diesem zwingenden Befehl gehorchte jemand ebenso Anonymes, und die Laternen und Lampen gelangten wieder zu ihrem Recht: Schatten breiteten sich aus. Der Richter beugte sich vor.

»Was lesen Sie, mein Freund?« fragte er Muzzlehatch. »Wenn die Falte zwischen Ihren Brauen irgend etwas verrät, dann möchte ich meinen, sie verrät Neuigkeiten.«

»Nun, ja, Euer Ehren, nun, ja, in der Tat. Schauderhafte Neuigkeiten«, antwortete Muzzlehatch.

»Dieser Papierfetzen in Ihrer Hand«, fuhr der Richter fort, »sieht bemerkenswerterweise wie eine Notiz aus, die ich meinem Gerichtsbeamten herabgereicht hatte, so zerknittert und schmutzig sie auch inzwischen ist. Kann das sein?«

»Kann sein«, meinte Muzzlehatch, »und ist es auch. Aber Sie haben unrecht; das ist er nicht. Nicht mehr als ich auch.«

»Nein?«

»Nein!«

»Ist was nicht?«

»Können Sie sich nicht erinnern, was Sie geschrieben haben, Euer Ehren?«

»Erinnern Sie mich!«

Muzzlehatch schlich sich, anstatt den Inhalt der Notiz vorzulesen, zum Tisch des Richters und überreichte ihm das schmutzige Papier.

»Das haben Sie geschrieben«, sagte er. »Es ist nicht für die Öffentlichkeit bestimmt. Und auch nicht für den jungen Gefangenen.«

»Nein?« sagte der Richter.

»Nein«, sagte Muzzlehatch.

»Lassen Sie mal sehen ... lassen Sie mal sehen«, sagte der Richter und schürzte den Mund, als er die Notiz von Muzzlehatch entgegennahm und leise las:

Betr.: Nr. 1721536217

Mein lieber Filby,

ich habe hier vor mir einen jungen Mann, einen Landstreicher, einen Hausfriedensbrecher, einen ganz sonderbaren Jungen, der aus Gorgonblast oder einem ähnlich unwahrscheinlichen Ort zu stammen vorgibt und nirgendwohin will. Als Namen gibt er Titus an, manchmal auch Groan, ob jedoch Groan sein wirklicher Name ist oder eine Erfindung, ist schwer zu sagen.

Mir ist recht klar, daß dieser junge Mann an Größenwahn leidet und unter eingehende Beobachtung gestellt werden muß – mit anderen Worten, Filby, lieber alter Freund, der Junge, um es ganz klar zu sagen, ist übergeschnappt. Hast Du einen Platz für ihn? Er kann natürlich nicht bezahlen, aber er könnte Dich interessieren und vielleicht Berücksichtigung in Deiner Abhandlung finden. Wie soll sie doch gleich heißen? »Bei den Herrschern«?

Oh, mein Lieber, dieses Gericht. Manchmal frage ich mich, was das alles soll. Das menschliche Herz ist zuviel. Die Dinge gehen zuweit. Sie werden ungesund. Aber ich bin lieber an meiner Stelle als an Deiner. Du sitzt in den Eingeweiden von allem. Ich fragte den jungen Mann, ob sein Vater noch am Leben sei. »Nein«, sagte er, »er wurde von den Eulen gefressen.« Wie findest Du das? Ich schicke ihn Dir herüber. Wie geht es Deiner Neuritis? Laß bald von Dir hören, Alter.

Dein Freund Willy.

Der Richter blickte von dem Zettel auf und starrte den Jungen an.

»Das scheint alles zu stimmen«, sagte er, »und doch ... du siehst eigentlich ganz in Ordnung aus. Ich wünschte, ich könnte dir helfen. Ich werde es noch einmal versuchen – weil ich mich vielleicht geirrt habe.«

»Worin?« fragte Titus; sein Blick war auf Ackerblatt geheftet, der seinen Platz gewechselt hatte und nun dicht bei ihm saß.

»Was ist nicht in Ordnung an mir, Euer Ehren? Warum sehen Sie mich so an?« fragte Titus. »Ich habe mich verirrt – das ist alles.«

Der Richter beugte sich vor. »Sag mal, Titus – erzähl mir von deiner Heimat. Du hast uns vom Tod deines Vaters berichtet. Was ist mit deiner Mutter?«

»Sie war eine Frau.«

Diese Antwort rief Gelächter im Saal hervor.

»Ruhe!« schrie der Gerichtsbeamte.

»Ich möchte ungern den Eindruck gewinnen, daß du dich dem Gericht gegenüber verächtlich benimmst«, sagte der Richter, »aber wenn das so weitergeht, werde ich dich Mister Ackerblatt übergeben müssen. Lebt deine Mutter noch?«

»Ja, Euer Ehren«, antwortete Titus, »es sei denn, sie ist gestorben.«

»Wann hast du sie zuletzt gesehen?«

»Vor langer Zeit.«

»Warst du nicht glücklich bei ihr? Du hast uns erzählt, du seist von zu Hause fortgelaufen.«

»Ich möchte sie gern wiedersehen«, sagte Titus. »Ich habe sie nicht oft zu Gesicht bekommen; sie war für mich zu groß. Aber vor ihr bin ich nicht geflohen!«

»Wovor bist du dann geflohen?«

»Vor meinen Pflichten.«

»Deinen Pflichten?«

»Ja, Euer Ehren . . .«

»Was für Pflichten?«

»Meinen Erbpflichten. Ich habe es schon erzählt. Ich bin der letzte der Linie. Ich habe mein Geburtsrecht verraten. Ich habe meine Heimat verraten. Ich bin wie eine Ratte aus Gormenghast fortgelaufen. Gott sei mir gnädig. Was wollen Sie von mir? Ich habe das alles satt. Satt, verfolgt zu werden. Was habe ich falsch gemacht – außer an mir selbst? Meine Papiere sind also nicht in Ordnung, oder? Aber dann mein Herz und mein Verstand auch. Eines Tages werde ich mich selbst beschatten.«

Titus klammerte sich an die Anklagebank und sah dem Richter voll ins Gesicht.

»Warum hat man mich eingesperrt, Euer Ehren?« flüsterte er, »als sei ich ein Verbrecher? Mich? Den Siebenundsiebzigsten Grafen und Erben des Namens?«

»Gormenghast«, murmelte der Richter. »Erzähl uns mehr, lieber Junge.«

»Was kann ich schon sagen? Es breitet sich in alle Himmelsrichtungen aus. Es hat kein Ende. Doch mir scheint nun, es hat Grenzen. Es kennt Sonnenschein und Mondlicht auf seinen Mauern ebenso wie dieses Land. Es gibt Ratten und Motten – und Reiher. Es hat Glocken, die ertönen. Es hat Wälder und Seen, und es ist voller Menschen.«

»Was für Menschen, lieber Junge?«

»Sie hatten zwei Beine, Euer Ehren, und wenn sie sangen,

dann öffneten sie den Mund, und wenn sie weinten, dann fiel Wasser aus ihren Augen. Verzeiht, Euer Ehren, ich möchte nicht witzig sein, aber was kann ich sonst sagen? Ich bin in einer fremden Stadt, in einem fremden Land. Laßt mich frei, denn ich kann das Gefängnis nicht mehr ertragen. Gormenghast war auch eine Art Gefängnis. Ein Ort des Rituals. Aber plötzlich, und heimlich, mußte ich ihm Lebewohl sagen.«

»Ja, mein Junge. Erzähl weiter.«

»Es gabe eine Flut, Euer Ehren. Eine große Flut. Das Schloß schien in ihr zu treiben. Als die Sonne schließlich wieder hervorkam, trieften und glänzten die Mauern ... Ich hatte ein Pferd, Euer Ehren ... Ich habe ihm die Fersen in die Flanken gegraben und bin ins Verderben galoppiert. Ich wollte es einfach wissen.«

»Was wolltest du wissen, mein junger Freund?«

»Ich wollte wissen«, sagte Titus, »ob es noch einen anderen Ort gab.«

»Einen anderen Ort?«

»Ja.«

»Hast du deiner Mutter geschrieben?«

»Ich habe ihr geschrieben. Aber meine Briefe sind immer wieder zurückgekommen. Adresse unbekannt.«

»Wie lautete diese Adresse?«

»Ich weiß nur eine Adresse«, sagte Titus.

»Komisch, daß du die Briefe zurückbekommen hast.«

»Warum?« fragte Titus.

»Weil dein Name kaum glaubhaft ist. Oder?«

»Das ist aber mein Name«, sagte Titus.

»Was? Titus Groan, Siebenundsiebzigster Graf?«

»Warum nicht?«

»Unwahrscheinlich. Jene Art von Titeln gehört einer anderen Zeit an. Träumst du des Nachts? Hast du Erinnerungslücken? Bist du ein Dichter? Oder ist alles ein ausgefeilter Scherz?«

»Ein Scherz? Oh, Gott«, sagte Titus.

Sein Aufschrei klang so leidenschaftlich, daß das Gericht verstummte. So klang nicht die Stimme eines Scherzboldes. Es war die Stimme eines, der von seiner eigenen Wahrheit völlig überzeugt ist – der Wahrheit in seinem Kopf.

VIERZIG

Muzzlehatch beobachtete den Jungen und fragte sich, warum er den Zwang verspürt hatte, an der Gerichtsverhandlung teilzunehmen. Warum nahm er ein solches Interesse am Kommen und Gehen dieses jungen Vagabunden? Er hatte den Jungen von Anbeginn an nicht für verrückt gehalten, wenn es auch bei Gericht einige gab, die, überzeugt, Titus sei so verrückt wie ein Vogel, nur aus dem einzigen Grund gekommen waren, um ihre Neugier zu befriedigen.

Nein. Muzzlehatch war zur Verhandlung gekommen, weil er, wenn er es auch niemals zugegeben hätte, Interesse an Schicksal und Zukunft dieses rätselhaften Wesens gefunden hatte, das er halb ertrunken auf den Flußtreppen gefunden hatte. Daß er dieses Interesse hegte, ärgerte ihn, denn er wußte, während er dort saß, daß sein kleiner brauner Bär sich nach ihm sehnte und ein jedes seiner Tiere in diesem Augenblick auf ihn wartend durch die Käfigstäbe spähte.

Während ihn solche Gedanken beschäftigten, durchbrach eine Stimme das Schweigen des Gerichts, die um Erlaubnis bat, den Richter anzusprechen.

Schwerfällig nickte Seine Ehren, doch als er sah, um wen es sich handelte, setzte er sich aufrecht hin und rückte die Perücke zurecht. Denn es war Juno.

»Lassen Sie ihn mir«, sagte sie, und ihre beredten und verzehrenden Augen hefteten sich auf das Gericht Seiner Ehren. »Er ist einsam und feindselig. Vielleicht kann ich herausfinden, wie man ihm am besten helfen kann. Und ansonsten, Euer Ehren, ist er hungrig, verschmutzt von der Reise und müde.«

»Ich erhebe Einwand, Euer Ehren«, sagte Inspektor Ackerblatt. »Alles, was diese Dame sagt, trifft zu. Aber er steht hier wegen einer ernsten Gesetzesübertretung. Wir können uns keine Sentimentalität leisten.«

»Warum nicht?« fragte der Richter. »Seine Sünden sind doch nicht ernsthafter Natur.«

Er wandte sich ihr zu, mit einem fast aufgeregten Unterton in der alten, müden Stimme. »Wollen Sie die Verantwortung übernehmen?« fragte er, »mir gegenüber und für ihn?«

»Ich übernehme die volle Verantwortung«, antwortete Juno.

»Und Sie werden mit mir in Verbindung bleiben?«

»Gewiß, Euer Ehren – aber da ist noch etwas anderes.«

»Was denn, Madame?«

»Die Haltung des jungen Mannes. Ich werde ihn nicht zu mir nehmen, wenn er es nicht wünscht. Das kann ich in der Tat nicht.«

Der Richter wandte sich an Titus und wollte gerade zu sprechen anheben, als er seine Meinung zu ändern schien. Wieder wandte sich sein Blick ihr zu.

»Sind Sie verheiratet, Madame?«

»Das bin ich nicht«, antwortete Juno.

Es erfolgte eine Pause, ehe der Richter wieder das Wort ergriff.

»Junger Mann«, sagte er, »diese Dame hat dir angeboten, als dein Vormund zu agieren, bis es dir wieder besser geht ... Was hast du dazu zu sagen?«

Alles, was in Titus schwach war, stieg hoch wie Öl in tiefem Wasser. »Danke«, sagte er. »Danke, Madame. Danke.«

EINUNDVIERZIG

Zuerst – was war es anderes als eine Ahnung, so süß wie das Lied eines Vogels – ein zitterndes Ding – ein Bewußtsein, daß das Schicksal sie zusammengeworfen hatte – eine Welt war geboren – war entdeckt worden? Eine Welt, ein Universum, über dessen Grenzen, in dessen Wälder sie sich nicht vorgetraut hatten. Eine Welt, die man flüchtig erspähen konnte, nicht von irgendeinem Gipfel der Phantasie aus, sondern durch simple Worte, in sich selbst leer wie Luft, und durch Sätze, die recht farblos und leer waren, doch sie ließen ihre Pulse rasen.

Was sie sprachen, war nur Geplauder – das die unermeßlichen Avenuen der Nacht hervorzauberte und die grünen Lichtungen des Mittags. Wenn sie einander: ›Hallo‹ sagten, erschienen neue Sterne am Himmel; wenn sie lachten, schüttelte sich diese wilde Welt vor Lachen, doch was so komisch war, das wußten sie beide nicht. Es war ein Spiel der phantastischen Sinne; fiebrig, zart, auf dem Kopf stehend. Zuweilen lehnten sie auf der Fensterbank von Junos wunderschönem Zimmer und starrten stundenlang auf die fernen Berge, wo die Bäume und Häuser so dicht nebeneinanderstanden, so eng verwoben waren, daß man unmöglich sagen konnte, ob es eine Stadt im Wald oder ein Wald in der Stadt war. Dort lehnten sie im goldenen Licht, manchmal fröhlich, miteinander zu reden, zuweilen aber in wunderbarer Stille schwelgend.

War Titus in seinen Vormund verliebt und sie in ihn? Wie hätte es anders sein können? Ehe noch einer auch nur die entfernteste Vorstellung vom Charakter des anderen hatte bilden können, zitterten sie schon, nach nur ein paar Tagen, beim Geräusch der Schritte des anderen.

Doch des Nachts, wenn sie wach dalag, verfluchte sie ihr Alter. Sie war vierzig. Ein wenig mehr als doppelt so alt wie Titus. Neben anderen ihres Alters oder selbst Jüngeren schien sie immer noch unvergleichlich, mit einem Kopf wie eine Kriegerin aus der Sage – aber mit Titus neben sich hatte sie keine andere Wahl, als sich mit der Natur abzufinden, und sie verspürte Wut und aufrührerischen Schmerz im Busen. Sie dachte an Muzzlehatch, und wie er sie vor zwanzig Jahren von den Füßen gerissen hatte, von ihren Reisen zu den fremden Inseln, wie seine Leidenschaft sie verrückt gemacht hatte, wie sie beide gleich stark, gleich eigenwillig gewesen waren, wie ihre gemeinsamen Reisen für beide zur Agonie geworden waren, denn sie brachen gegeneinander wie Wellen gegen das Festland.

Aber mit Titus war es so anders. Titus von Nirgendwo – ein Junge mit dem gewissen Etwas, trug über seinen Schultern eine private Welt wie einen Umhang, und von seinen Lippen erfuhr man sonderbare Geschichten seiner Kindertage, daß sie sich zu den Grenzen dieses Schattenlandes hingezogen fühlte. »Vielleicht«, dachte sie, »bin ich in etwas so Geheimnisvolles und Flüchtiges wie einen Geist verliebt. Einen Geist, den man nie umarmen kann. Etwas, was immer entfliehen wird.«

Und dann dachte sie daran, wie glücklich sie zuweilen waren, wie sie jeden Tag gemeinsam auf der Fensterbank lehnten, einander nicht berührend, doch die seltenste Frucht von allen genießend – die scharfe Frucht der Spannung.

Aber es gab auch Zeiten, wenn sie in der Dunkelheit aufschrie und sich auf die Lippen biß – anschrie gegen ihr Alter: denn es war jetzt, wo sie jung sein sollte; jetzt vor allen anderen Zeiten, mit aller Klugheit, der Klugheit, die in ihren ›Teenagerjahren‹ vergeudet worden war, in den Zwanzigern vernachlässigt und jetzt spürbar dalag, da vierzig Sommer vergangen waren. Sie schlang die Hände zusammen. Was nützte ihr die Klugheit, was nützte ihr das alles, wenn das Rehkitz aus dem Hain geflohen?

»Gott!« flüsterte sie. »Wo ist die Jugend, die ich in mir spüre?« Und dann stieß sie einen langen, zitternden Seufzer aus, warf den Kopf auf den Kissen hin und her, nahm alle ihre Kraft zusammen und lachte; denn sie war auf ihre Weise unbesiegbar.

Sie stützte sich auf einen Ellenbogen und sog tief die Nachtluft ein. »Er braucht mich«, murmelte sie dann mit einer Art goldenem Knurren. »Es liegt an mir, ihm Freude zu schenken – ihm eine Richtung zu zeigen – ihm Liebe zu geben. Soll die Welt doch sagen, was sie will – er ist mein Auftrag. Ich werde immer an seiner Seite sein. Er wird es vielleicht nicht wissen, doch ich werde dasein. Ob in Geist oder Körper, immer bei ihm, wenn er mich am meisten braucht. Mein Kind von Gormenghast. Mein Titus Groan.«

Und dann, in diesem Augenblick, verdunkelte sich das Licht über ihren Zügen, und ein Schatten des Zweifels nahm seinen Platz ein – denn wer war dieser Junge? Was war er? Warum war er? Was hatte er an sich? Wer waren jene Menschen, von denen er sprach? Diese innere Welt? Jene Erinnerungen? Waren sie wahr? War er ein Lügner? Ein listiges Kind? Ein wilder Spinner? Oder war er verrückt? Nein! Nein! Das konnte nicht sein. Das durfte nicht sein.

ZWEIUNDVIERZIG

Es war nun vier Monate her, seit Titus zuerst seinen Fuß in Junos Haus gesetzt hatte. Wäßriges Licht erfüllte den Himmel. In der Ferne hörte man Stimmen. Blätterrascheln – eine Eichel fiel herab – das Bellen eines Hundes in der Ferne.

Juno lehnte den superben, tropischen Kopf gegen das Fenster in ihrem Wohnzimmer und starrte auf die fallenden Blätter, doch um genauer zu sein, sie starrte durch sie hindurch, wenn sie wirbelnd und kreiselnd fielen, denn ihre Gedanken waren woanders. Hinter ihr in dem eleganten Raum brannte ein Feuer und warf einen roten Schein auf die Marmorwange einer kleinen Büste auf einer Säule.

Dann, ganz unvermittelt, war er da! Ein Wesen, keineswegs aus Marmor, winkte ihr aus dem Statuengarten zu, und sein Anblick fegte die Nachdenklichkeit aus ihren Zügen, als werde ein feiner Schleier von ihrem Gesicht gerissen.

Als der junge Titus dies sah, wie sich ihre Miene so veränderte, die Bewegung ihres wunderbaren Busens, erfuhr er wie in einem Blitz eine ganze Reihe von Gefühlen gleichzeitig. Ein Schuß Begierde, grünfleischlich bis ins Mark, sang, klang, wie eine Glocke, seine Hoden spannten sich; es floß durch seine Lenden und die empfindlichen Gewebe und begann wie Eis zu brennen: der zitternde Kleine in Flammen. Und dennoch war gleichzeitig eine Entrücktheit in ihm – eine Art Mißtrauen, eine unerwünschte Perversität. Etwas, das Juno immer schon geahnt hatte – etwas, das sie über alles Scheitern hinaus fürchtete, dieses Ding, das sie mit den Armen nicht umfangen konnte.

Doch noch schlimmer war das Mitleid ihr gegenüber in ihm. Ein Mitleid, das Liebe durchlöchert. Sie hatte ihm alles gegeben, und dafür hegte er ihr gegenüber Mitleid. Er wußte nicht, daß dies tödlich und unendlich traurig war.

Und dann gab es noch die Furcht, gefangen zu werden – gefangen in den großzügigen Falten ihrer Liebe – ihrer hilflosen Liebe: heftig und loyal.

Sie starrten einander an: Juno mit einer recht unglaublichen Zärtlichkeit, etwas, was man nicht leicht mit einer Dame der Gesellschaft in Beziehung setzt, und Titus, dessen Begierde zurückkehrte, als er sie betrachtete, breitete die Arme in einer wilden, expansiven Geste aus, die ganz falsch war, ganz melodramatisch, und er erkannte sie auch als solche wie sie auch, aber in diesem Augenblick war sie richtig, denn seine Lust war echt, und Lust ist eine arrogante und hochmütige Bestie und weit davon entfernt, fein zu sein.

So rasch flossen sie ineinander, diese Gefühle von Mitleid, körperlicher Begierde, Ablehnung, Aufregung und Zärtlichkeit, daß sie zu einem überwältigenden Trieb vereint wurden, dem Wunsch, alles in den ausgebreiteten Armen zu umfangen, die Summe ihrer Beziehung zu einem brennenden Kern zu bringen. Es alles zu einem Ende zu bringen. Das war die Traurigkeit darin. Keine Schöpfung, die Ruhm hervorbringen würde, sondern ein Ende – süße Liebe zu erdolchen, sie zu ermorden. Frei zu sein davon.

Nichts davon ging in seinen Gedanken vor sich. Das war weit fort in einer anderen Nische seines Wesens. Was nun wichtig war, als sich ihr Blick auf ihn heftete und der Schatten eines Zweiges über ihrer Brust zitterte, war das unsterbliche Spiel der Liebe, und zwar nichts weniger als ein Spiel, wenn es auch ernst war. Nicht weniger ernst als wild. Ernst wie ein großer grüner Himmel. Ernst wie das Skalpell eines Chirurgen.

»Du hast dir also überlegt, zurückzukommen, du Ungezogener. Wo bist du gewesen?«

»In der Hölle«, antwortete Titus, »habe Blut geschlürft und Skorpione gefressen.«

»Das war bestimmt ganz toll, mein Liebling.«

»Es geht«, meinte Titus. »Man überschätzt allgemein die Hölle.«

»Aber du bist ihr entkommen?«

»Ich habe ein Flugzeug erwischt. Das schmalste Ding, was ich je gesehen habe. In einer halben Minute glitten eine Million Jahre vorbei. Ich habe den Himmel aufgeschlitzt. Und wozu das alles?«

»Nun ... wozu?«

»Um mich an dir zu weiden.«

»Und was ist mit dem schlanken Luftgefährt?«

»Ich habe auf einen Knopf gedrückt, und es ist davongeflogen.«

»Ist das gut oder schlecht?«

»Das ist sehr gut. Wir wollen doch nicht beobachtet werden, oder? Maschinen sind so neugierig. Du bist so weit weg. Kann ich hinaufkommen?«

»Natürlich, sonst renkst du dir etwas aus.«

»Bleib, bleib wo du bist. Geh nicht – ich bin schon unterwegs«, und mit einer verrückten und sonderbaren Kopfbewegung verschwand er aus dem Statuengarten, und wenige Minuten später hörte Juno seine Schritte auf der Treppe.

Er befand sich nicht mehr in einem Netz von verschiedenen

Stimmungen. Was immer in seinem Unbewußten geschah, es unternahm keinen Versuch, an die Oberfläche zu dringen. Sein Verstand schlief ein. Seine Gedanken versanken. Sein Penis zitterte wie eine Harfensaite.

Als er die Tür aufriß, sah er sie sogleich: stolz, monumental, entspannt, ein Ellenbogen auf dem Kaminsims, ein Lächeln auf den Lippen, eine Braue ein wenig hochgezogen. Sein Blick war so starr auf sie geheftet, daß es nicht überraschte, als er über eine Fußbank stolperte, die direkt in seinem Weg stand, und als er das Gleichgewicht wieder zu erlangen suchte, stolperte er noch einmal und fiel kopfüber hin.

Ehe er sich wieder hochrappeln konnte, saß sie bereits auf dem Boden neben ihm.

»Das ist schon das zweite Mal, daß du mir zu Füßen stürzst. Hast du dir wehgetan, Liebling? Ist das symbolisch?« fragte sie.

»Natürlich«, antwortete Titus, »... aber natürlich.«

Hätte er sie weniger gut gekannt, hätte ihn dieser absurde Fall vielleicht von seinem recht unoriginellen Ziel abgelenkt, aber da Juno über ihm schwebte und wie das Paradies roch, nahm seine Leidenschaft, weit davon entfernt, erloschen zu sein, eine solche Qualität an – eine so lächerliche und liebenswerte –, daß Lachen zu einem Teil ihrer Zärtlichkeit wurde. Als Juno lachte, begann dieser Prozeß wie das Kichern eines Kindes und endete wie eine üppige Herbstglocke. Und Titus platzte sein Lachen hinaus.

Es war das Totenglöcklein falscher Gefühle, jeden Clichés oder anerkannten Verhaltens. Das war etwas ihrer eigenen Erfindung. Ein neuer Bestandteil.

Ihn erfaßte ein Krampf. Er schlängelte sich am Zwerchfell vorbei und glitt durch seine Eingeweide. Schoß hoch wie eine Rakete an die Hinterwand seiner Kehle, strahlte an den verschiedenen Biegungen aus. Dann sammelte er sich wieder und schlug um, purzelbaumte in ein Land von Halbwahnsinn, wo er Juno traf. Worüber sie lachten, das wußten sie nicht, aber das ist komischer als aller Witz der Welt.

Titus drehte sich mit einem Aufschrei um, warf die Hand von sich und fand sie einen Moment später auf Junos Schenkel wieder, und unvermutet endete sein Lachen, wie auch das ihre, so daß sie aufstand, und als er ebenfalls aufgestanden war, legten sie die Arme umeinander und gingen zur Tür, die Treppe hinauf, einen Gang entlang in ein Zimmer, dessen Wände voller Bücher und Bilder waren, überflutet vom Licht der Herbstsonne.

In diesem fernen Raum herrschte ein Gefühl von Frieden, mit den langen Strahlen des Sonnenlichts, wabernd vor Staubkörnchen. Ohne im geringsten unordentlich zu sein, war die Bibliothek doch seltsam gemütlich. Sie hatte etwas von der Entrücktheit eines Schiffes auf See – eine Entrücktheit vom normalen Leben draußen, als sei sie niemals von Zimmerleuten und Bauarbeitern zusammengefügt worden, sondern das Produkt von Junos Gedanken.

»Warum?« fragte Titus.

»Warum was, mein Süßer?«

»Dieser unerwartete Raum?«

»Gefällt er dir?«

»Natürlich. Aber warum die Geheimniskrämerei?«

»Geheimniskrämerei?«

»Ich habe nicht gewußt, daß es ihn gibt.«

»Er existiert eigentlich auch nicht, nicht wenn er leer ist. Er kommt nur zum Leben, wenn wir darin sind.«

»Zu schlagfertig, meine Süße.«

»Bestie.«

»Ja. Aber sieh nicht traurig drein. Wer hat das Feuer angezündet? Sag nicht, die Zwerge, hörst du.«

»Ich werde niemals wieder von Wichteln reden. Ich habe es angezündet.«

»Wie sicher bist du meiner?«

»Nicht sehr. Ich spüre lediglich eine Nähe, das ist alles. Etwas hält uns zusammen. Trotz unseres Altersunterschieds. Trotz allem anderen.«

»Oh, das Alter spielt keine Rolle«, sagte Titus und ergriff ihre Arme.

»Danke«, sagte Juno. Ein ironisches kleines Lächeln trat auf ihre Lippen und verwelkte darauf. Ihr gemeißelter Kopf blieb zurück. Der wunderschöne Raum wurde unter dem Abendlicht weich, als Juno und Titus aus den Kleidern schlüpften, zitternd zu Boden sanken und zu ertrinken begannen.

Das Feuer zuckte und wurde kleiner, tanzte auf und erstarb wieder. Ihre Körper warfen einen einzigen Schatten durch den Raum. Er glitt über den Teppich, stieg an einer Bücherwand empor und zitterte vor Freude über die würdige Decke.

DREIUNDVIERZIG

Lange Zeit später, als der Mond aufgegangen war und Juno und Titus umschlungen bei dem verlöschenden Feuer schliefen, war Muzzlehatch, in schurkischer Stimmung, weil er keine Antwort auf sein Klopfen erhalten hatte, auf die Kastanie gestiegen, deren hohe Zweige gegen das Fenster der Bibliothek fegten, hatte, unter Einsatz von Leben und Gesundheit, einen Sprung breitseits ins Dunkel getan und war auf der Fensterbank von Junos Zimmer gelandet, wo er sich am offenen Fenster festhielt. Mehr aus Glück denn aus Geschicklichkeit hatte er das Gleichgewicht gehalten und dabei keinen Laut verursacht, außer, daß die zurückschnellenden Blätter raschelten und das Fenster leise klapperte.

Eine ganze Zeitlang schon hatte er Juno nur selten gesehen. Sicher, nur wenige Tage nach dem unvorhergesehenen Entschluß ihres Herzens, als er ihr nachgesehen hatte, wie sie die Auffahrt zu ihrem Haus hinaufging, hatte er sie gesehen; er hatte gemerkt, daß man die Vergangenheit niemals zurückbringen kann, auch wenn er dies gewünscht hätte, und er hatte sein Leben von dem ihren gelöst, wie ein Mann seiner eigenen Jugend den Rücken kehrt.

Warum also dieser nächtliche Besuch bei seiner einstigen Liebsten? Warum stand er auf der Fensterbank, blendete den Mond aus und starrte auf die verglühenden Kohlen. Weil er sich danach sehnte, zu reden. Zu reden wie ein Wasserfall. Die Dutzende von sonderbaren Gedanken in Worte zu fassen, die nach Freilassung schrien, schrien, seine Zunge unter Dampf zu setzen. Den ganzen Tag hatte er sich danach gesehnt.

Den Morgen, Nachmittag und Abend hatte er damit verbracht, in seinem ungewöhnlichen Zoo von einem Käfig zum anderen zu gehen.

Doch wie sehr er seine Tiere liebte, war er doch heute nacht nicht bei ihnen. Er wollte etwas anderes. Er wollte Worte, und in seinem Wunsch lag, wie er merkte, als die Sonne unterging, das Bild der einzigen Person in der weiten Welt, an deren Bettende er sitzen konnte, kerzengerade, den Kopf sehr hoch, das Kinn vorgeschoben, das Gesicht erhellt von einer endlosen Gedankenkette. Wer anders als Juno?

Er hatte gedacht, er hätte von ihr alles bekommen, was sie zu geben imstande war. Sie waren einander überdrüssig geworden. Sie wußten zuviel voneinander, aber nun, gänzlich unerwartet, brauchte er sie wieder. Es gab die Sterne, über die man reden mußte, und die Fische der Meere. Die Dämonen und die Daunenflusen an der Brust der Seraphim. Es galt über die alten Kleider nachzudenken und über schreckliche Krankheiten. Es gab fliegende Geschosse und die sonderbaren Wege des Herzens. Es war alles … alles, unter dem man auswählen konnte. Es war das Sprechen um seines lieben goldenen Selbst willen. So suchte sich Muzzlehatch, sein uraltes Automobil ignorierend, unter seinen Tieren ein großes stinkendes Lama aus, sattelte es und trabte aus dem Hof über die Hügel zu Junos Haus und sang dabei.

Er wollte nicht die anderen Schlafenden stören, und als er auf die gegen ihr Fenster geschleuderten Steinchen keine Antwort erhielt, sah er sich gezwungen, an die Tür zu klopfen. Als auch dies kein Ergebnis zeitigte und er nicht die Absicht hatte, seinen Weg gewaltsam zu erzwingen oder ein Fenster aufzustemmen, beschloß er, die Kastanie zu ersteigen, deren Äste die Fenster des zweiten Stockes befingerten. Er band das Lama an den Stamm, begann hinaufzusteigen und tat schließlich seinen Sprung.

Als er auf der Fensterbank stand, unter sich einen dreißig Fuß tiefen Abgrund, starrte er noch eine Weile auf die letzte Glut im Kamin, ehe er schließlich vorsichtig über den Sims und hinein ins dunkle Zimmer stieg.

Er war mehrere Male zuvor in diesem Zimmer gewesen, aber das war lange her, und heute nacht schien es anders. Er wußte, daß Junos Schlafzimmer unmittelbar darunter lag, und er begann auf die schattenhafte Tür zuzugehen.

Er grinste bei dem Gedanken, was für eine Überraschung er ihr bereiten würde. Es war wunderbar, wie sie solche Überraschungen aufnahm. Niemals sah sie überrascht aus. Sie sah einfach froh aus, einen zu sehen – fast, als habe sie auf einen gewartet. Wenn sie aus tiefem Schlaf aufwachte, hatte sie Muzzlehatch oft überrascht, daß sie ihm den Kopf zuwandte und fast unerträglich süß lächelte, noch ehe sie die Augen geöffnet hatte. Das wollte er noch einmal sehen, ehe die brennenden Worte herausstürzen würden.

Doch da, nur wenige Schritte von der Tür entfernt, hörte er den ersten Laut. Bei diesem Ton schwang er sich auf dem Absatz herum und starrte auf die letzten Glutkerne im Kamin.

Was genau er gehört hatte, wußte er nicht, aber es hätte ein Seufzer sein können. Oder vielleicht die Blätter des Baums vor dem Fenster, aber das Geräusch schien aus der Richtung des Kamins zu kommen.

Und da war es wieder: dieses Mal war es eine Stimme.

»Mein Liebster ... oh, süßer, süßer Liebster ...«

Die Worte ertönten so leise, daß sie niemand jemals vernommen hätte, wären sie nicht in der profunden Stille der Nacht erklungen.

Muzzlehatch wartete in dem offensichtlich von Spuk heimgesuchten Zimmer reglos mehrere Minuten lang, aber es erfolgten keine weiteren Worte und kein Laut außer einem langen Seufzer, wie das Seufzen des Meeres.

Als er lautlos weiterging, ein wenig nach rechts, wurde Muzzlehatch sich unvermittelt eines dunklen Flecks bewußt, der von tieferem Dunkel als die Umgebung war, und er bückte sich mit zur Tat erhobenen Händen hinab.

Was für ein Wesen lag wohl auf dem Boden und flüsterte? Was für eine Art Monster lockte ihn?

Und dann gab es eine Bewegung in der Dunkelheit bei der dunkler werdenden Glut und dann wieder Stille und keine weitere Regung.

Der Mond brach aus den Wolken und schien in die Bibliothek, beleuchtete eine Wand voller Bücher – beleuchtete vier Bilder, beleuchtete einen Fleck auf dem Teppich und die schlafenden Köpfe von Juno und dem Jungen.

Der Gang mit langsamen, stummen Schritten zum Fenster, das Hindurchkletterrn, der Sprung auf die Kastanie, das Absteigen, Ast für Ast, wobei er ausglitt und sein Knie aufschürfte, das Auftreffen auf dem Boden, das Losbinden des Lamas und der Heimritt – all das war ein Traum. Die Wirklichkeit war in ihm selbst – ein dumpfer, ernster Schmerz.

VIERUNDVIERZIG

Die Tage verstrichen in einer langen, süßen Sequenz aus Licht und Luft. Jeder Tag für sich originell. Doch hinter allem lag etwas anderes. Etwas Ominöses. Juno hatte es bemerkt. Ihr Liebster war unruhig.

»Titus!«

Sein Name sprang die Treppe hinauf, wo er lag.

»Titus!«

War es ein Echo oder ein zweiter Ruf? Was auch immer, er wachte nicht auf. Es gab keine Bewegung, außer in seinem Traum, wo er von einem Turm fiel und eine gescheckte Bestie ihm kopfüber folgte.

Die Stimme klang zwölf Schritte näher.

»Titus, mein Süßer!«

Seine Lider bewegten sich, doch der Traum kämpfte ums Weiterleben, und die gefleckte Bestie fiel und stürzte aus einem Himmel nach dem anderen.

Die Stimme war auf dem Treppenabsatz angekommen.

»Mein Verrückter! Mein Schlimmer! Wo bist du?«

Durch die verhangenen Fenster des Zimmers schnitt ein Bündel Sonnenstrahlen die warme, dunkle Luft und bildete einen Lichtteich auf dem Kissen. Und neben diesem Teich, in dem aschegrauen Leinenschatten, lag sein Kopf, wie ein Felsbrocken ruht oder vielleicht ein schweres Buch: reglos; unergründlich – eine fremde Sprache.

Die Stimme ertönte in der Tür; eine Wolke bewegte sich über die Sonne, und die Sonnenstrahlen welkten auf dem Kissen.

Aber die üppige Stimme war immer noch Bestandteil seines Traums, wenn auch seine Augen geöffnet waren. Sie vermischte sich mit jener Sturzflut von Bildern und Lauten, die umherschwärmten und sich ausbreiteten, als das Wesen seines Albs, das schließlich in einen See aus hellem Regenwasser fiel, in aufspritzender Gischt versank. Und als es sank, Faden um dunkler werdenden Faden, tauchte aus der Tiefe eine Armee von Köpfen auf, fremdartig, doch vertraut, und hüpfte auf der Wasseroberfläche – und Hunderte fremdartiger, doch vertrauter Stimmen begannen über die Wellen zu rufen, bis alles von einem Horizont zum anderen mit dem Aufruhr aus Bildern und Lauten erfüllt war.

Dann plötzlich waren seine Augen weit aufgerissen.

Wo war er?

Die leere Dunkelheit der Wand vor ihm gab ihm keine Antwort. Er berührte sie mit der Hand.

Wer war er? Das konnte er nicht wissen. Wieder schloß er die Augen. In ein paar Augenblicken gab es keinen Laut mehr, und dann erinnerte ihn das Rascheln eines Vogels im Efeu vor dem hohen Fenster an die Welt außerhalb seiner Selbst – etwas anderes als dieses furchterregende, regionslose Nichts.

Als er sich aufstützte, kehrte die Erinnerung in kleinen Wellen zurück, doch er konnte nicht wissen, daß eine Gestalt den Türrahmen zu seinem Zimmer ausfüllte – nicht so sehr in Masse, sondern Intensität – ausfüllte, wie eine Tigerin den Eingang ihrer Höhle ausfüllt.

Und wie eine Tigerin war sie gestreift: gelb und schwarz. Und wegen der schwarzen Schatten hinter ihr war nur das Gelb sichtbar, so daß sie durch horizontale Schwertstreiche in Stücke gehauen schien. So wirkte sie wie eine Demonstration von Magie – eine zersägte Jungfrau – recht ungewöhnlich und wunderbar anzusehen. Aber niemand sah sie. Titus hatte ihr den Rücken zugekehrt.

Und Titus konnte auch nicht sehen, wie ihr Hut, gefedert wie der eines Piraten, so natürlich aus ihrem Kopf sproß wie die grünen Wedel aus der Spitze einer Dattelpalme.

Sie hob eine Hand an die Brust. Nicht aus Nervosität, sondern in einer Art gespannter und zärtlicher Zielstrebigkeit.

So, wie er sich, ihr den Rücken zugekehrt, auf einen Ellenbogen stützte, rührte sie seine Entrücktheit. Es war nicht recht, daß er so einsam war, so verhalten, so wenig mit ihrer eigenen Existenz vermischt.

Er war eine von tiefen Wassern umgebene Insel. Keine Meerenge führte zu ihrem Überfluß, kein Pfad zu dem Kontinent ihrer Liebe.

Es gibt Zeiten, da wird die Luft zwischen Sterblichen in ihrer Stille und Stummheit ebenso grausam wie die Schneide einer Sichel.

»Oh, Titus, Titus, mein Liebling!« rief sie. »Woran denkst du?«

Er drehte nicht sogleich den Kopf, wenn er sich auch beim ersten Ton ihrer Stimme seiner Umgebung bewußt geworden war. Er wußte, er wurde beobachtet – daß sich Juno sehr nah bei ihm befand.

Als er sich schließlich umdrehte, tat sie einen Schritt auf das Bett zu und lächelte in echter Freude, sein Gesicht zu sehen. Es war kein besonders anziehendes Gesicht. Bei bestem Willen in der Welt konnte man nicht behaupten, Stirn oder Kinn oder Nase oder Wangenknochen seien wie gemeißelt. Es schien eher, daß die Züge seines Kopfes, wie die verschwommenen Unregelmäßigkeiten eines Felsbrockens, von vielen Flutwellen abgerundet waren. Jugend und Zeit waren unauflöslich miteinander verschmolzen.

Sie lächelte, als sie seine zerzausten braunen Haare sah und wie er die Brauen hochzog, das Halblächeln auf seinen Lippen, die nicht mehr Pigment zu haben schienen als das warme Sandbraun seiner Haut.

Nur die Augen verweigerten sich der monochromen Schlichtheit des Kopfes. Sie hatten die Farbe von Rauch.

»Was für eine Tageszeit, um zu schlafen«, sagte Juno und setzte sich auf die Bettkante.

Sie nahm einen Spiegel aus der Tasche, entblößte einen Moment lang ihre Zähne, und überprüfte den Rand der Oberlippe, als sei diese nicht ihre, sondern etwas, was sie vielleicht kaufen würde – oder auch nicht. Sie war perfekt – eine Kurve aus Karmesin.

Sie steckte den Spiegel fort und streckte die langen Arme aus. Die gelben Streifen ihres Kostüms glänzten in der mittäglichen Dämmerung.

»Was für eine Zeit, um zu schlafen«, wiederholte sie. »Wolltest du so gern fliehen, mein Küken? So entschlossen, mir zu entkommen, daß du hochgeschlichen bist und einen Sommernachmittag vergeudest? Aber du weißt doch, daß du in meinem Haus immer das tun darfst, was dir beliebt, nicht wahr? So zu leben, wie es dir gefällt, wo es dir gefällt, das weißt du doch, oder, mein verzogenes Schätzchen?«

»Ja«, antwortete Titus. »Ich erinnere mich, daß du das gesagt hast.«

»Und das wirst du auch tun, nicht wahr?«

»Oh, ja, das werde ich«, erwiderte Titus. »Das werde ich.«

»Liebling, du siehst so entzückend aus.«

Titus holte tief Luft. Wie üppig, wie monumental und riesig sie war, als sie dort so dicht neben ihm saß, mit ihrem wunderbaren Hut, der, wie es schien, fast die Decke berührte. Ihr Duft hing in der Luft zwischen ihnen. Ihre weiche, doch starke weiße Hand lag auf seinem Knie – aber irgend etwas war falsch – oder vorbei; weil er daran dachte, wie seine Reaktionen auf ihre Anziehungskraft vager wurden und irgend etwas mit jedem Tag anders geworden war oder anders wurde, und er konnte nur daran denken, wie sehr er sich danach sehnte, wieder allein in der baumbestandenen Stadt am Fluß zu sein – allein, um ruhelos unter den Sonnenstrahlen zu wandern.

FÜNFUNDVIERZIG

Du bist ein sonderbarer junger Mann«, sagte Juno. »Ich kann dich nicht ganz begreifen. Manchmal frage ich mich, warum ich mir so viele Gedanken um dich mache. Aber dann weiß ich natürlich einen Moment später, daß ich keine andere Wahl habe. Oder? Du rührst mich so, du Grausamer. Das weißt du auch, nicht wahr?«

»Du sagst, daß ich das tue«, sagte Titus, »aber warum, das weiß allein Gott.«

»Komplimente?« fragte Juno. »Möchtest du wieder Komplimente? Soll ich dir sagen, was ich davon halte?«

»Nicht jetzt«, erwiderte Titus. »Nicht jetzt.«

»Langweile ich dich? Das kannst du mir ruhig sagen. Sage es mir immer sofort. Und wenn du auf mich wütend bist, verbirg es nicht. Schrei mich nur an. Ich werde es verstehen. Ich möchte, daß du du selbst bist – nur du selbst. So gedeihst du am besten. Oh, mein Verrückter! Mein Schlimmer!«

Die Feder auf ihrem Hut schwankte in der goldenen Dunkelheit. Ihre stolzen, schwarzen Augen glänzten feucht.

»Du hast so viel für mich getan«, sagte Titus. »Denke nicht, ich sei stumpf. Aber vielleicht muß ich gehen. Du gibst mir zuviel. Das macht mich krank.«

Es herrschte eine plötzliche Stille, als habe das Haus zu atmen aufgehört.

»Wohin könntest du gehen? Du gehörst nicht nach draußen. Du bist mein, meine Entdeckung, mein ... mein ... Kannst du das nicht begreifen? Ich liebe dich, Liebster. Ich weiß, ich bin doppelt so ... Oh, Titus, ich bete dich an. Du bist mein Geheimnis.«

Draußen vor dem Fenster schien die Sonne hart auf die honigfarbenen Steine des hohen Hauses. Die Wand fiel ohne Unterbrechung zu einem wirbelnden Fluß hinab.

Auf der anderen Seite des Hauses lag ein großer Steinhof aus krabbenfarbenen Ziegeln und mit gräßlichen, moosbedeckten Statuen nackter Athleten und zerbrochener Pferde.

»Ich kann nichts weiter sagen«, meinte Titus.

»Natürlich kannst du nichts dazu sagen. Ich verstehe. Manche Dinge kann man niemals ausdrücken. Sie liegen zu tief.«

Sie stand auf und wandte sich von ihm ab, warf den stolzen schönen Kopf zurück. Die Augen hatte sie geschlossen.

Mit leisem Geräusch fiel etwas herab auf den Boden. Es war ihr rechter Ohrring, und sie wußte, daß die stolze, heftige Bewegung des Kopfes ihn gelöst hatte, aber sie wußte auch, dies war nicht der rechte Augenblick, einer so trivialen Unterbrechung die geringste Aufmerksamkeit zu schenken. Ihre Augen blieben geschlossen, und die Nasenflügel gebläht.

Langsam legte sie die Hände gegeneinander und hob sie an das hochgereckte Kinn.

»Titus«, sagte sie, und die Stimme klang nur ein wenig lauter als ein Flüstern, ein weniger affektiertes Flüstern, als man von einer Dame erwartet hätte, die in einer solchen Haltung verharrte, daß die Federn ihres Hutes bis auf die Schulterblätter herabhingen.

»Ja«, sagte Titus. »Was ist?«

»Ich verliere dich, Titus. Du löst dich von mir. Was habe ich falsch gemacht?«

Mit einem Sprung war Titus aus dem Bett, packte ihre Ellenbogen und drehte sie herum, so daß sie sich im warmen Halbdunkel des Raumes gegenüberstanden. Und dann wurde ihm krank ums Herz, denn er sah, daß ihre Wangen naß waren, daß in der Nässe, die die Wange hinabrann, ein Fleck von ihren Wimpern schwamm und sich ausbreitete, so daß ihr Herz ihm nackt erkennbar wurde.

»Juno! Juno! Das ist zuviel für mich! Ich kann es nicht ertragen!«

»Das brauchst du auch nicht, Titus – bitte, dreh dich um.«

Aber Titus nahm davon keine Notiz und hielt sie enger als zuvor, während ihre Wangenknochen in Tränen ertranken. Doch ihre Stimme klang fest.

»Laß mich allein, Titus. Ich möchte allein sein«, sagte sie.

»Ich werde dich nie vergessen«, sagte Titus mit zitternden Händen. »Aber ich muß gehen. Unsere Liebe ist zu intensiv. Ich bin ein Feigling. Ich kann es nicht aushalten. Ich bin selbstsüchtig, aber nicht undankbar. Vergib mir, Juno – und sag mir Lebwohl.«

Aber Juno drehte sich, sobald er sie losgelassen hatte, um, ging zum Fenster und nahm einen Spiegel aus der Handtasche.

»Lebe wohl«, sagte Titus.

Wieder keine Antwort.

Dem Jungen schoß das Blut in die Wangen, und, kaum wissend, was er tat, rannte er aus dem Zimmer und die Treppe hinab und in den Winternachmittag hinaus.

SECHSUNDVIERZIG

So floh Titus vor Juno. Er rannte, aus dem Garten und die Straße zum Fluß hinab. Ihn erfüllte sowohl ein Gefühl der Scham als auch der Erleichterung. Scham, daß er seine Geliebte verließ nach all der Freundlichkeit und Liebe, mit der sie ihn übergossen hatte, Erleichterung, weil er sich allein fand und niemand ihn mehr mit Zuneigung erdrückte.

Aber nach einer kleinen Weile war sein Gefühl von Alleinsein nicht mehr nur angenehm. Er war sich bewußt, daß irgend etwas fehlte. Etwas, was er während seines Aufenthalts in Junos Haus vergessen hatte. Es hatte nichts mit Juno zu tun. Es war das Gefühl, daß er, während er sie verließ, erneut vor dem Problem seiner eigenen Identität stand. Er war Teil von etwas Größerem, als er selbst war. Er war ein Steinsplitter, aber wo war der Berg, von dem er abgebrochen war? Er war das Blatt, aber wo war der Baum? Wo war seine Heimat? Wo war seine Heimat?

Er wußte kaum, in welche Richtung er ging, doch er merkte nach einer Weile, daß er sich dem Netzwerk von Straßen näherte, das Muzzlehatchs Haus und Zoo umgab, doch ehe er jenes quälende Viertel erreichte, wurde er sich noch etwas bewußt.

Die Straße, die er hinabstolperte, war lang und gerade, mit hohen, fensterlosen Mauern. Die Perspektive traf sich nur knapp unter dem Horizont.

Niemand war vor ihm, trotz der Länge der Straße, doch es schien, als sei er nicht mehr allein. Etwas war zu ihm gestoßen. Er drehte sich beim Rennen um, doch zunächst sah er es nicht, denn er hatte den Blick in die Ferne gerichtet. Dann blieb er unvermittelt stehen, denn er wurde sich bewußt, daß etwas neben ihm in Schulterhöhe schwebte.

Es war eine Kugel, nicht größer als die geballte Faust eines Kindes, und bestand aus einer durchsichtigen Substanz, so zart, daß sie nur in gewissem Licht sichtbar war und daher zu erscheinen und zu verschwinden schien.

Völlig verdutzt rückte Titus an den Rand der Straße, bis er die Nordmauer im Rücken spüren konnte. Ein paar Augenblicke lang lehnte er sich gegen die Mauer und sah nichts von der Glaskugel, bis sie plötzlich wieder sichtbar wurde und über ihm schwebte.

Dieses Mal konnte Titus erkennen, daß sie mit glitzernden Drähten gefüllt war, einem unglaublichen Filigran, wie Rauhreif auf einer Fensterscheibe, und dann, als sich eine Wolke über die Sonne schob und ein dämmriges, stumpfes Licht die fensterlose Straße erfüllte, begann die kleine schwebende Kugel mit einem sonderbaren Licht wie ein Glühwürmchen zu pulsieren.

Zunächst war Titus eher erstaunt als erschrocken gewesen über die bewegliche Kugel, die aus dem Nichts aufgetaucht war und jeder seiner Bewegungen folgte oder zu folgen schien, aber dann ließ Angst seine Beine schwach werden, denn er merkte, daß er nicht nur von der Kugel selbst beobachtet wurde, denn diese war nur ein Agent, sondern von einem fernen Informationsbüro, das genau in diesem Augenblick Botschaften erhielt. Das verwandelte Titus' Furcht in Zorn, und er holte mit dem Arm aus, um das flüchtige Ding zu schlagen, das in der Luft stand wie ein Paradiesvogel.

Im gleichen Augenblick, als Titus die Hand hob, tauchte die Sonne wieder auf, und die kleine Glitzerkugel mit ihren bunten Eingeweiden aus zarten Drähten glitt außer Reichweite und schwebte weiter, wie ein Augapfel, der jede Bewegung beobachtete.

Dann schoß sie unruhig fort, drehte sich um die eigene Achse bis zur anderen Seite der Straße, wo sie unmittelbar umkehrte und sich ihren Weg zurücksang, um wiederum fünf Fuß von Titus entfernt zu verharren, der nun seinen Steinknöchel aus der Tasche fischte und ihn auf den schwebenden Ball schleuderte, so daß er in einer Kaskade blendender Splitter zerbarst, und während sie brach, ertönte ein leises Seufzen, als gäbe die Kugel ihren silbrigen Geist auf – als besitze sie ein Gefühl oder sei von solcher Perfektion, daß sie für den Bruchteil einer Sekunde das Land der Lebenden betrat.

Titus ließ das zerbrochene Ding zurück und begann wieder zu rennen. Seine Furcht war zurückgekehrt, und erst in Muzzlehatchs Hof blieb er stehen.

SIEBENUNDVIERZIG

Lange, bevor Titus Muzzlehatch sehen konnte, konnte er ihn hören. Die laute, rostige Stimme reichte aus, um das Trommelfell eines Taubstummen zu zerreißen. Sie donnerte durch das Haus, trampelte treppauf und treppab, aus halbverlassenen Zimmern und durch offene Fenster, so daß Mensch und Tier die Köpfe hoben oder auf die Seite neigten, wie um die Echos zu genießen.

Muzzlehatch lag ausgestreckt auf einem niedrigen Sofa und starrte direkt durch die unteren Scheiben einer breiten Glastür im dritten Stock. Sie schenkte ihm ungehinderten Blick auf die lange Reihe von Käfigen unter ihm, wo seine Tiere in der blassen Sonne dösten.

Das war sein Lieblingszimmer und sein Lieblingsausblick. Auf dem Boden neben ihm lagen Bücher, standen Flaschen. Sein kleiner Affe hockte am anderen Ende des Sofas. Er hatte sich in ein Stück Stoff gewickelt und starrte traurig seinen Herrn an, der vor nur wenigen Augenblicken einen Trauergesang eigener Machart von sich gegeben hatte.

Plötzlich sprang der kleine Affe auf die Füße und schwang die langen Arme auf sonderbar gelenklose Weise hin und her, denn er hatte zwei Stockwerke tiefer das Geräusch von Schritten gehört.

Muzzlehatch stützte sich auf einen Ellenbogen und lauschte. Zuerst konnte er nichts hören, doch dann wurde auch er sich der Schritte bewußt.

Schließlich öffnete sich die Tür, und ein alter bärtiger Diener schob den Kopf um die Ecke.

»Nun, nun«, sagte Muzzlehatch. »Bei den grauen Fasern des Xadnosbaums, du siehst großartig aus, mein Freund. Dein Bart wirkte nie authentischer. Was möchtest du?«

»Hier ist ein junger Mann, Sir, der Sie zu sehen wünscht.«

»Wirklich? Was für ein widerwärtig schlechter Geschmack. Das kann doch nur der junge Titus sein.«

»Ja, ich bin's«, sagte Titus und tat einen Schritt in den Raum. »Darf ich hereinkommen?«

»Natürlich darfst du, süßes Rebus. Soll ich mich auf die gelähmten Füße erheben? Für dich mit deinem Anzug wie Migräne, einer getüpfelten Krawatte und korrespondierenden Schuhen – du beschämst mich. Aber du siehst in der Tat so geleckt wie ein Heringsschwanz aus. Da hat doch ohne Zweifel auch eine Schere geblitzt.«

»Kann ich mich setzen?«

»Natürlich. Setz dich. Der ganze Boden ist dein. Aber, aber«, murmelte Muzzlehatch, als der Affe auf seine Schulter sprang, »achte doch auf meine verdammten Augen, Junge. Ich brauche sie später noch«, und dann, zu Titus gewandt: »Und was möchtest du?«

»Ich möchte reden«, sagte Titus.

»Über was, Junge?«

Titus blickte auf. Der riesige, zerklüftete Kopf war auf eine Seite geneigt. Das durch das Fenster eindringende Licht umgab ihn mit einer Art frostigem Nimbus. Entrückt und bösartig erinnerte er Titus an einen aufsässigen Mond mit seinen Gruben und Kratern. Er war eine Region aus Leder, Fels und Knochen.

»Über was, mein Junge?«

»Zuerst: über meine Furcht«, sagte Titus. »Glauben Sie mir, Sir, das hat mir nicht gefallen.«

»Wovon sprichst du?«

»Ich habe Angst vor der Kugel. Sie ist mir gefolgt, bis ich sie zerschlagen habe. Und als ich sie zerstörte, da hat sie geseufzt. Und ich habe meinen Feuerstein vergessen. Und ohne den bin ich verloren ... noch verlorener als ich ohnehin bin. Denn ich habe keinen anderen Beweis meiner Herkunft oder daß ich überhaupt jemals ein Heimatland hatte. Und dieser Beweis ist auch für mich der einzige Beweis. Es ist für niemanden anders ein Beweis als für mich. Ich habe nichts mehr in der Hand. Nichts, um mich zu überzeugen, daß dies nicht ein Traum ist. Nichts, meine Wirklichkeit zu beweisen. Nichts, um zu beweisen, daß wir wirklich hier miteinander reden in diesem Zimmer. Nichts, um meine Hände zu beweisen, meine Stimme. Und diese Kugel! Diese denkende Kugel. Warum ist sie mir gefolgt? Was wollte sie? Hat sie mir nachspioniert? Ist es Zauberei oder Wissenschaft? Werden sie erfahren, daß ich sie zerbrach? Werden sie mich verfolgen?«

»Trink einen Schnaps«, sagte Muzzlehatch.

Titus nickte. »Haben Sie sie gesehen, Sir? Wer sind sie?«

»Nur Spielzeuge, Junge. Nur Spielzeuge. Sie können so einfach sein wie eine Kinderrassel oder so komplex wie das Gehirn des Menschen. Spielzeuge, Spielzeuge, Spielzeuge, mit denen man spielt. Was das angeht, den du zu zerschlagen beliebtest, Nummer LKZ00572 ARG 39 576 Aij9843K2532, wenn ich mich recht erinnere, so habe ich bereits darüber gelesen und daß er als fast menschlich galt. Nicht ganz, aber fast. Das also ist geschehen! Du hast etwas grauenhaft Wirksames zerschlagen. Du hast Blasphemie gegen den Geist des Zeitalters getrieben. Du hast die Speerspitze des Fortschritts zerstört. Und nach diesem reaktionären Verbrechen kommst du zu mir! Mir! Da dem nun so ist, laß mich aus dem Fenster spähen. Es ist immer gut, auf der Hut zu sein. Diese Kugeln haben auch einen Ursprung. Irgendwo gibt es einen Hinterzimmerjungen, dessen Seele in der urtümlichen Dunkelheit eines herabgekommenen, aber sechzig Pferdestärken starken Gehirns arbeitet.«

»Da war noch etwas, Mister Muzzlehatch.«

»Davon bin ich überzeugt! Eigentlich bleibt noch alles andere.«

»Sie machen sich über mich lustig«, sagte Titus und wandte sich plötzlich gegen ihn. »Indem Sie so reden. Mir ist es ernst.«

»Alles ist ernst oder nicht, entsprechend der Farbe eines Gehirns.«

»Meins ist schwarz«, sagte Titus. »Wenn das als Farbe gilt.«

»Nun? Spuck es aus. Den Kern der Sache.«

»Ich habe Juno verlassen.«

»Verlassen?«

»Ja.«

»Das mußte so kommen. Sie ist zu gut für Männer.«

»Ich dachte, Sie würden mich nun hassen.«

»Hassen? Warum?«

»Nun, Sir, war sie nicht Ihre ... Ihre ...«

»Sie war mein Ein und Alles. Aber als diese verdammte Kreatur, die ich unentrinnbar bin, habe ich sie gegen das Leben eingetauscht, das ich führe, gegen die Freiheit meiner Glieder. Gegen die Abgeschiedenheit, die ich zu mir nehme wie eine Nahrung. Und wenn man so will gegen die Tiere. Ich habe mich geirrt. Warum! Weil ich mich nach ihr sehne und zu stolz bin, es zuzugeben. So ist sie mir entglitten wie ein Schiff bei Ebbe.«

»Ich habe sie auch geliebt«, sagte Titus, »wenn Sie mir das glauben können.«

»Aber sicher, mein hübsches Kotelett. Und das tust du immer noch. Aber du bist jung und heikel, leidenschaftlich und hart; also hast du sie verlassen.«

»Oh, Gott«, sagte Titus. »Reden Sie mit weniger Worten. Ich bin der Sprache überdrüssig.«

»Ich versuche es«, antwortete Muzzlehatch. »Gewohnheiten sind schwer zu durchbrechen.«

»Oh, Sir, habe ich Ihre Gefühle verletzt?«

Muzzlehatch wandte sich ab und starrte durch das Fenster. Fast unmittelbar unter sich sah er durch die Stäbe eines Kuppeldaches eine Leopardenfamilie.

»Meine Gefühle verletzt? Ha ha! Ich bin doch eine Art Krokodil. Ich habe keine Gefühle. Auch nicht für dich. Mach mit dem Leben weiter. Friß es auf. Reise. Wandere in Gedanken. Wandere auf den Füßen. Ins Gefängnis mit dir auf einem schmutzigen Karren. Zum Ruhm mit dir in einem goldenen Wagen! Ergeh dich in Einsamkeit. Dies ist nur eine Stadt. Dies ist kein Ort zum Bleiben.«

Muzzlehatch war immer noch abgewandt.

»Von welchem Schloß redest du? Dieser urtümliche Mythos? Würdest du nach einer so kurzen Reise zurückkehren? Nein, du mußt weiter. Juno ist eine Etappe auf deiner Reise. Ich auch. Wate weiter, Kind. Vor dir liegen die Berge und ihre Spiegelbilder. Lausche! Hast du das gehört?«

»Was?« fragte Titus.

Muzzlehatch bemühte sich nicht um eine Antwort, als er sich auf einen Ellenbogen stützte und aus dem Fenster spähte.

Dort im Osten sah er eine Kolonne marschieren, und fast im gleichen Augenblick hoben die Tiere im Zoo die Köpfe und starrten alle in die gleiche Richtung. »Was ist es?« fragte Titus.

Wieder nahm Muzzlehatch von ihm keine Notiz, aber dieses Mal wartete Titus nicht auf eine Antwort, sondern ging zum Fenster und starrte, Wange an Wange mit Muzzlehatch, auf das unten ausgebreitete Panorama.

Dann ertönte die Musik; ein Trompetenlaut wie aus einer anderen Welt: das ferne Pulsen von Trommeln, und dann, die Ferne zertrümmernd, das rohe, unbescheidene Brüllen eines Löwen.

»Sie sind hinter uns her«, sagte Muzzlehatch. »Sie sind hinter unseren Eingeweiden her.«

»Warum?« fragte Titus. »Was habe ich getan?«

»Du hast nur ein Wunder zerstört«, sagte Muzzlehatch. »Wer weiß, mit welchen Möglichkeiten diese Kugel schwanger ging? Nun, du Donnerkopf, ein solches Ding könnte die halbe Welt ausputzen. Jetzt werden sie neu anfangen müssen. Du bist beobachtet worden. Sie warteten auf Zehenspitzen. Vielleicht haben sie deinen

Feuerstein gefunden. Vielleicht haben sie uns zusammen gesehen. Vielleicht dieses ... vielleicht das. Eines ist sicher. Du mußt verschwinden. Komm her.«

Titus runzelte die Stirn und richtete sich dann auf. Dann tat er einen Schritt auf den großen Mann zu.

»Hast du von der Unterflußwelt gehört?« fragte Muzzlehatch.

Titus schüttelte den Kopf.

»Dieses Abzeichen wird dich hinbringen.« Muzzlehatch schlug seine Manschette zurück und riß einen Stoffstreifen vom Rand. Auf diesem kleinen Stoffetzen war das Zeichen  gedruckt.

»Was soll das bedeuten?« fragte Titus.

»Sei still. Die Zeit entgleitet uns. Die Trommeln sind schon doppelt so laut. Hör zu.«

»Ich kann sie hören. Was wollen Sie? Was ist mit Ihren ...«

»Meinen Tieren? Sollen sie sie bloß berühren. Ich werde sofort den weißen Gorilla auf die Kerle loslassen. Steck das Abzeichen fort, mein Lieber. Verlier es niemals. Es wird dich hinabbringen.«

»Hinab?« fragte Titus.

»Hinab. Zu einem Orden der Dunkelheit. Verschwende keine Zeit.«

»Ich verstehe nicht«, sagte Titus.

»Jetzt ist nicht die Zeit für Verständnis. Jetzt ist ein großer Augenblick für die Beine.«

Dann erfüllte unvermittelt das Kreischen des Affen das Zimmer, und selbst Muzzlehatch mit seiner Stentorstimme war gezwungen, lauter zu reden.

»Die Treppe hinab mit dir, und in den Weinkeller. Biege unmittelbar am Fuß der Treppe nach links, und paß auf die Nägel auf dem Geländer auf. Wieder links, und du siehst vor dir verschwommen einen Tunnel, gewölbt und mit schmutzigen Spinnweben, dick wie Decken, behangen. Eile ungefähr eine Stunde dort weiter. Vorsichtig. Paß auf den Boden auf. Er ist übersät mit den Überresten eines vergangenen Zeitalters. Dort unten herrscht eine Stille, über die ich schweigen möchte. Hier, stopf dir dies in die Taschen.«

Muzzlehatch schritt durch das Zimmer, zog eine Schublade auf und nahm eine Handvoll Kerzen heraus.

»Wo waren wir? Ach ja. Hör zu. Inzwischen wirst du unter der Stadt sein, an ihrem Nordende, und die Dunkelheit wird dicht sein. Die Wände des Tunnels rücken enger zusammen. Über dir wird nicht viel Platz bleiben. Du wirst gebückt gehen müssen. Leichter für dich als für mich. Hörst du mir zu! Wenn nicht, sei verdammt, Kind. Das ist kein Kinderspiel.«

»Oh, Sir«, sagte Titus, »deshalb kann ich nicht stillbleiben. Hören Sie die Trompeten! Hören Sie die Tiere!«

»Hör lieber mir zu! Du hast die Kerze erhoben; aber anstatt der hohlen Dunkelheit siehst du vor dir ein Tor. Am Fuß des Tores steht eine schwarze Schüssel umgedreht. Darunter findest du einen Schlüssel. Es mag nicht der Schlüssel zu deinem elenden Leben sein, aber er wird dir das Tor öffnen. Wenn du da durch bist, siehst du vor dir einen langen, schmalen, abschüssigen Gang, der sich bei normalem Tempo vierzig Minuten lang erstreckt. Wenn du flüsterst, seufzt die Welt wieder und wieder. Wenn du schreist, erzittert die Welt.«

»Oh, Sir«, sagte Titus, »werden Sie nicht poetisch. Ich kann es nicht ertragen. Der Zoo wird verrückt. Und die Wissenschaftler... die Wissenschaftler...«

»Alberne Wissenschaftler!« sagte Muzzlehatch. »Hör mir zu wie ein Fuchs. Ich sagte: ein abschüssiger Gang. Ich sagte: Echos. Aber nun etwas anderes. Das Geräusch von Wasser...«

»Wasser«, sagte Titus. »Ich will lieber verdammt sein als ertrinken.«

»Reiß dich zusammen, Lord Titus Groan. Unvermeidlich wirst du nach einer Biegung plötzlich zu einer Stelle gelangen, wo du über dir etwas hörst wie fernen Donner, denn du bist nun unter dem Fluß – dem gleichen Fluß, der dich vor Monaten in die Stadt gebracht hat. Vor dir breitet sich ein dämmriges Feld aus Steinplatten aus, und am anderen Ende siehst du eine grüne Laterne glühen. Diese Laterne steht auf einem Tisch. An diesem Tisch sitzt, sein Gesicht das Licht reflektierend, ein Mann. Zeig ihm das Abzeichen, das ich dir gegeben habe. Er wird es durch ein Glas überprüfen, dann aufblicken zu dir, mit einem Auge so gelb wie Zitronenschale, und leise durch eine Zahnlücke pfeifen, bis ein Kind aus den Schatten trabt und dir winkt, ihm nach Norden zu folgen.«

ACHTUNDVIERZIG

Trotz all des Wasserlärms über ihm herrschte doch Stille. Trotz all der Finsternis gab es Lichtfetzen. Trotz all der Enge und Düsternis gab es große Räume und tiefe Nischen.

Lange Flotten aus Tischen waren wie Floße mit Beinen oder wie ein Markt, denn an diesen Tischen saßen Gestalten mit Kisten und Säcken vor oder neben sich oder auf dem feuchten Boden aufgetürmt – eine durchweichte und jämmerliche Beute, die von anderen Tagen in anderen Ländern berichtete. Tagen, als die Blasen der Hoffnung noch in ihren Brüsten brodelten und nichts vergessen oder nichts von Auflösung gehört hatten. Tage der Bravade. Goldene Tage und grüne Tage. Halbvergessene Tage. Tage voller Tau. Und hier waren sie, Hunderte von ihnen an ihren Ständen, wartend, wie es schien, auf die Stunde, die nie heranrücken würde, die Stunde, in der der Markt eröffnet und die Glocke ertönen würde. Aber es fand kein Handel statt. Nichts zu kaufen oder verkaufen. Was übrig war, würden sie auch behalten. Es hatte außerdem etwas von einer herabgekommenen Krankenstation, denn überall in den tropfenden Hallen, die in alle Richtungen vorstießen, standen Betten und Pritschen jeglicher Beschreibung, Gestelle, Nester und Strohmatratzen.

Aber es gab keine Ärzte und keine Behörde; und den Kranken war gestattet, frei durch die Schatten zu springen und sich von ihrem eigenen Fieber emportragen zu lassen. Und die Gesunden waren frei, ihre Tage im Bett zu verbringen, zusammengerollt wie Katzen oder zu voller Länge ausgestreckt wie Männer in Rüstungen.

Eine Welt der Laute und des Schweigens war hier zusammengeflickt. Eine Siedlung unter der Erde ... unter dem Fluß: ein Königreich der Ausgestoßenen, der Flüchtlinge, der Gescheiterten, der Fahrenden, der Verschwörer; eine Geheimwelt mit einem Dach, das fortwährend leckte, so daß breite Wasserflächen die Betten und Tische spiegelten, wie auch die Bürger, die sich gegen Abstützpfähle oder Säulen lehnten, die sich vor langer Zeit gezwungen gesehen hatten, sich zu Gruppen zusammenzuschließen, so daß die dunkle Szene seismisch schien und Inseln aus Holz und Eisen aufgeworfen hatte. Alles wurde hier in trübem Glimmen reflektiert. Wenn sich eine Hand bewegte oder ein Kopf zurückgeworfen wurde, oder wenn jemand stolperte, stolperte das Abbild mit ihm oder gestikulierte in den Tiefen des Wassers. Dieser Widerschein hellte aber die Dunkelheit nicht auf, sondern vertiefte sie eher, obzwar es Hunderte von Lampen gab und sich viele von ihnen in den ›Seen‹ spiegelten. Es war ein so weiträumiges Gebiet, daß notwendigerweise tiefe Schleier Dunkelheit zwischen den Kreisen von Fackeln und Laternen hingen, öde Bezirke, in deren Mittelpunkten die Luft dick vor Dunkelheit war und nach Verlassenheit roch. Schon am Rand dieser tödlichen Nischen glitzerten die Kerzen auf, flackerten und verlöschten, als versage dem Licht der Nerv.

Eine Wildnis aus Tischen, Betten und Bänken. Öfen und sonderbare Herde. Die Gestalten, die auf verschiedenen Ebenen vorbeizogen, scharf und deutlich umrissen wie Insekten, andere blaß und durchscheinend vor der Düsternis. Und die ›Seen‹ veränderten ihren Charakter: jetzt knöcheltief, das Wasser klar, so daß die gepockten, minderwertigen Ziegel durchschienen, und dann, einen Moment später, nach einer Kopfdrehung, enthüllten sie eine Welt mit einer so profunden und genauen Umkehrung, als verschluckten sie das Auge, das darauf starrte, und zögen es in die bodenlose Kulisse.

Und darüber das unaufhörliche Dröhnen des Flusses: eine Stimme, ein Aufruhr, ein irres Ringen von Wassern, dessen gedämpfte Schwingungen für alles einen Hintergrund bildeten, was immer in der Unterflußwelt geschah.

Jene, die äußerste Armut nicht kennen und die damit verbundenen Demütigungen, nichts wissen von Verfolgung und den dazugehörigen Schrecken, die verrückten Extreme der Liebe und des Hasses, für jene, die solches nicht kennen, gibt es keinen Grund, einen solchen Ort zu erdulden. Es reichte der großen Stadt, davon zu wissen und durch das Echo von Gerüchten davon gehört zu haben und ein Stillschweigen darüber zu bewahren, das ebenso schrecklich wie akzeptiert war. Ob nun aus Scham oder Angst oder dem Entschluß, es zu ignorieren, oder einfach, es nicht zu glauben, was sie als wahr erkannten – aus irgendeinem Grund war es jedenfalls für jene völlig ungebräuchlich, diesen Ort zu erwähnen, die ihr Leben weniger verzweifelt in einer der beiden großen Städte zubringen konnten, welche einander auf beiden Flußufern gegenüberlagen.

Und so waren die Hallen und Tunnel des kalten Unterflußlebens, das unter den wütenden Wassern pulsierte, für die Bevölkerung auf beiden Ufern wie ein böser Traum, sowohl zu bizarr, um ernst genommen zu werden, doch schrecklich genug, um darüber zu spekulieren, nur um zurückzuweichen, um aufs neue zu spekulieren, wieder zurückzuweichen und die klebrigen Spinnweben aus dem Gehirn zu streichen.

Was waren die Gedanken jener, die in den Winkeln unter dem Wasser lebten und schliefen? Waren es Diebe und gescheiterte Dichter, diese Flüchtlinge mit irgendeinem Stigma, waren sie eifersüchtig auf die Welt oder hatten Angst vor ihr? Wie hatten sie sich alle in dieser zwielichtigen Region gefunden? Was hatten sie alle gemein, daß sie die Gegenwart der anderen brauchten? Nichts als die Hoffnung. Hoffnung wie ein waberndes Sumpflicht, Hoffnung wie eine fahle Sonne, Hoffnung wie ein schwebendes Blatt.

Unvermittelt und sehr nahe klang ein rauhes und unerwartetes Geräusch von Metall, das geschärft wurde, in gräßlichem Gegensatz zu dem weichen Tropf... Tropf... Tropf... des Wassers.

In weiter Ferne ein wütender Laut, der zu Fragmenten zerbrach, die noch eine Weile in den hohlen Verliesen nachhallten.

Irgendwo überprüfte irgend jemand den Verschluß einer Laterne, so daß für eine kleine Weile ein Lichtstrahl erratisch durch die Dunkelheit hin- und herspielte und Gruppen von Gestalten in verschiedenen Entfernungen herauspickte, Gruppen wie Hügel von verschiedener Größe, einige pyramidenförmig, andere unregelmäßig, eine jede mit eigenem Leben und eigener Form.

Ehe die Laternentür endgültig wieder eingesetzt war, war der Lichtfaden schließlich auf einer der Gruppen zum Stillstand gekommen. Lange Zeit waren sie still geblieben, unter dem Licht von der Farbe verletzter Haut. Es hing über ihnen, warf einen Schein, der an Verbrechen denken ließ. Selbst das freundlichste Lächeln erschien geisterhaft.

NEUNUNDVIERZIG

Mister Crabcalf lag auf einem Bettgestell, die Stirn von Stunden der Halbgedanken gefurcht; sein flaches, nachdenkliches Gesicht richtete sich gegen die dunkle, aber glitzernde Decke, wo sich die Feuchtigkeit sammelte und in Tropfen herniederhing, die wie Früchte immer größer wurden, und, wenn sie wasserreif waren, zu Boden fielen.

Was sah er in den Schatten über sich? Einige mußten an seiner Stelle sicher eine Schlacht oder die riesigen Kiefer eines Fleischfressers gesehen haben, oder Landschaften von unendlichem Geheimnis und Phantasie, mit Brücken und tiefen Abgründen, Wäldern und Kratern. Aber Crabcalf sah nichts von diesen. Er sah nichts in den Schatten als großartige Profile seiner selbst, eines nach dem anderen.

Er lag still, die Arme über einer dicken, roten Wolldecke, mit der er zugedeckt war. Links von ihm saß Slingshott am Rand eines Kraters, die Knie bis ans Kinn gezogen, das lange Kinn auf den Kniescheiben. Er trug eine Wollmütze und war wie Mister Crabcalf seit einiger Zeit in Schweigen verfallen.

Am Fuß des Bettes hockte wie ein Kondor über seinen Jungen Carrow, der Essen auf einem Ofen kochte und in einer Masse rührte, die gräßlich graufasrig in einem breiten Topf schwamm. Beim Rühren pfiff er zwischen den Zähnen. Das Geräusch seiner meditativen Beschäftigung konnte man eine oder zwei Minuten lang hören, wie es leise in den weiten Bezirken verhallte, ehe Hunderte anderer Geräusche zurückglitten und es erstickten.

Mister Crabcalf saß gestützt, nicht von Kissen oder einem Polster aus Stroh, sondern von Büchern, und jedes Buch sah aus wie das andere mit dunkelgrauem Rücken. Dort in seinem Rücken, aufgetürmt wie eine Ziegelmauer, lagen die sogenannten ›Restexemplare‹ eines vor langer Zeit geschriebenen, vor langer Zeit vergessenen Epos, vergessen nur nicht von seinem Autor, denn sein Lebenswerk lag hinter seinen Schulterblättern.

Von den fünfhundert Exemplaren, die vor dreißig Jahren von einem lange schon bankrott gegangenen Verleger gedruckt worden waren, waren nur zwölf verkauft worden.

Um sein Bett herum waren dreihundert identische Exemplare aufgestapelt – wie eine Mauer oder Festung, die ihn schützte. Vor was? Es gab noch ein anderes Lager unter dem Bett, in dem sich Staub und Silberfischchen sammelten.

Er lag mit seiner Vergangenheit neben sich, unter sich und zu seinem Haupt: seine Vergangenheit, fünfhundert Mal wiederholt, bedeckt von Staub und Silberfischchen. Sein Kopf ruhte, wie der Jakobs auf dem berühmten Stein, auf den Bänden des verlorenen Odems. Die Leiter aus seinem elenden Bett streckte sich bis in den Himmel. Doch es gab keine Engel.

FÜNFZIG

Was zum Teufel machen Sie da?« fragte Crabcalf mit tiefer Stimme (einer Stimme, eindrucksvoller als alles, was sie jemals zu sagen hatte). »Ich habe in meinem Leben ganz schön ekelhafte Dinge gesehen, aber das Essen, das Sie dort bereiten, Mister Carrow, ist das abscheulichste, was mir vorgekommen ist.«

Mister Carrow gab sich kaum die Mühe, hochzublicken. Das alles gehörte zum normalen Tagesablauf. Irgend etwas hätte gefehlt, wenn Crabcalf vergessen hätte, seinen hockenden, kantigen Freund zu beleidigen, der weiter in einer Kupferschüssel rührte.

»Wie viele Menschen haben Sie zu unseren Lebzeiten schon umgebracht, frage ich mich?« murmelte Crabcalf und gestattete seinem Kopf, zurück auf den Bücherstapel zu fallen, so daß sich eine kleine Staubwolke ins Lampenlicht hob, sich neue Himmel bildeten, neue Konstellationen, als die Staubpartikelchen in Bewegung gerieten.

»Eh? Eh? Wie viele haben Sie durch Ihr gnadenloses Gift aufs Totenlager geschickt?«

Selbst Crabcalf neigte dazu, seines schweren Genöles überdrüssig zu werden, und schloß die Augen. Carrow gab wie gewöhnlich keine Antwort. Aber Crabcalf war zufrieden. Stärker als die meisten anderen verspürte er ein großes Bedürfnis nach Gesellschaft, und er sprach lediglich, um sich zu beweisen, daß seine Freundschaften echt waren.

Carrow wußte um dies alles, und von Zeit zu Zeit wandte er

seine falkenartigen Züge zu dem ehemaligen Dichter und hob die trockene Ecke seines lippenlosen Mundes zu einem trockenen Lächeln. Diese labbrige Begrüßung bedeutete Crabcalf viel. Sie gehörte zum Teil des normalen Tagesablaufs.

»Oh, Carrow«, murmelte der liegende Crabcalf. »Ihre Trokkenheit ist mir wie Saft. Ich liebe Sie mehr als einen Schiffszwieback. Sie haben keine großen Gefühle. Sie sind trocken, trocken, mein lieber Carrow, so trocken, daß sich mir der Mund zusammenzieht. Verlassen Sie mich niemals, alter Freund.«

Carrow wandte den Blick zum Bett, hörte aber dabei nicht auf, in der grauen Brühe zu rühren.

»Sie sind sehr redselig heute«, sagte er. »Übertreiben Sie es nicht.«

Der Dritte des Trios, Slingshott, stand auf.

»Ich weiß nicht, wie es Ihnen geht«, sagte er in den Raum zwischen Crabcalf und Carrow, »aber was mich betrifft, so bin ich eins mit dem Kummer.«

»Sind Sie immer«, sagte Crabcalf. »Um diese Tageszeit. Mir geht es genauso. Das ist das ewige Problem. Soll man hungrig bleiben oder die Brühe von dem alten Carrow essen?«

»Nein, nein, ich rede nicht vom Essen«, sagte Slingshott. »Schlimmer als das. Sehen Sie, ich habe meine Frau verloren. Ich habe sie zurückgelassen. Habe ich da ein Unrecht begangen?« Er hob das Gesicht zu der tropfenden Decke. Niemand gab eine Antwort.

»Als ich aus den gnadenlosen Bergwerken floh«, sagte er, und verschränkte die Arme. »Als Tage und Nächte zu Salz wurden und meine Lippen davon aufgesprungen und rissig waren und der Geschmack dieser gemeinen Chemikalie wie Messer in meinem Mund war und ein weißer Tod schrecklicher als jede Dunkelheit des Geistes ... als ... ich entkam, schwor ich ...«

»Daß, was auch immer geschehen würde, Sie sich niemals wieder über irgend etwas beklagen würden, was es auch sei, denn nichts könne so schrecklich sein wie die Salinen«, sagte Crabcalf.

»Aber woher wissen Sie all dies? Wer ...?«

»Wir alle haben es viele Male schon gehört. Sie erzählen es uns zu oft«, sagte Carrow.

»Es geht immer im Kopf herum, und ich vergesse es.«

»Aber Sie sind entkommen. Warum über Ihre Erlösung grübeln?«

»Ich bin so glücklich, daß sie mich nicht erwischen werden. Oh, niemals lasse ich mich zurück in die Salinen bringen. Es gab eine Zeit, da ich Eier sammelte, Schmetterlinge ... Motten ...«

»Ich werde langsam hungrig«, sagte Crabcalf.

»Ich habe mich immer vor der Nacht gefürchtet, wenn ich allein war, aber nach einer Weile, wenn ich aus den verschiedensten Gründen gezwungen war, das Haus zu verlassen und meine Abende mit anderen zu verbringen, habe ich mich nach jenen einsamen Abenden zurückgesehnt als Zeit der Erregung. Ich habe mich immer danach gesehnt, wieder allein zu sein und die Stille in mich aufzusaugen.«

»Ich würde niemals *allein* an diesem Ort leben wollen«, sagte Crabcalf.

»Ist auch kein schöner Ort, ganz bestimmt nicht«, sagte Slingshott, »aber ich lebe hier schon seit zwölf Jahren, und es ist meine einzige Heimat.«

»Heimat?« fragte Carrow. »Was bedeutet das? Das Wort habe ich schon irgendwo gehört. Warten Sie ... bald habe ich's ...« Er hörte auf, in der Schüssel zu rühren. »Ja, jetzt habe ich's.« (Seine Stimme klang scharf und brüchig.)

»Nun, heraus damit«, sagte Crabcalf.

»Ich werde es Ihnen sagen«, sagte Carrow. »Heimat ist ein Zimmer, gefleckt vom Feuerschein, mit Bildern und Büchern. Und wenn der Regen seufzt und die Eicheln fallen, sieht man hinter den zugezogenen Vorhängen Muster von Blättern. Heimat ist da, wo ich sicher war. Heimat ist da, wo ich entflohen bin. Wer hat das Wort Heimat erwähnt? Wer hat das Wort Heimat erwähnt?«

Der schmallippige Carrow, der etwas auf seine Kontrolle hielt und Gefühlsbeladenheit ablehnte, sprang in wütender Selbstverachtung auf die Beine und stolperte von dannen, wobei er die graue Suppe umstieß, die sich schleimig unter Crabcalfs Bett ergoß.

Diese Aufregung veranlaßte zwei Vorbeigehende stehenzubleiben. Sie hatten Carrows Ausbruch gehört.

Einer der Männer neigte den skrofulösen Kopf auf eine Seite wie ein Vogel und stieß dann seinen Begleiter so heftig an, als wolle er ihm eine der falschen Rippen brechen.

»Du hast mir ganz schön wehgetan«, knurrte sein Kamerad.

»Vergiß es«, sagte sein aufreizender Freund. Er wandte den Blick zu Crabcalf und Slingshott, deren Stirnen gerunzelt waren wie Vogelnester.

Slingshott stand auf und tat ein paar Schritte auf die Fremden zu. Dann wandte er das Gesicht zu der dunklen Decke.

»Als ich den gnadenlosen Salinen entkam«, sagte er, »als Tage und Nächte Salz waren und meine Lippen aufgesprungen und rissig und der Geschmack der verdammten Chemikalie . . .«

»Ja, mein Alter, das wissen wir alle«, sagte Crabcalf. »Setzen Sie sich und bleiben Sie still. Nun lassen Sie mich diese beiden Gentlemen fragen, ob sie sich für Literatur interessieren.«

Der größere von beiden, ein langgliedriger, kurzgeschorener Mann mit einem grasgrünen Taschentuch erhob sich auf die Zehenspitzen.

»Interessieren!« schrie er. »Ich bestehe praktisch aus Literatur. Aber gewiß ist Ihnen das bekannt? Immerhin ist meine Familie nicht ganz ohne Ruhm. Wir sind Mäzene, wie Sie wissen, Mäzene der Künste, und das seit Hunderten von Jahren. Es ist in der Tat anzuzweifeln, ob die Literatur unserer Zeit überhaupt entstanden wäre ohne die geistige und anregende Führung der Familie Foux-Foux. Denken Sie an die großen Werke, die niemals ohne die Patronage meines Großvaters entstanden wären. Denken Sie an das Werk von Morzch im allgemeinen und im besonderen an sein Meisterwerk ›Pssst‹. Und denken Sie daran, wie meine Mutter ihn aus dem Chaos zu der klaren Vision zurückbrachte . . .«

»Oh, halt die Schnauze«, sagte eine andere Stimme. »Du und deine Familie bringen mich zum Kotzen.«

Es war Crabcalf, der, umgeben und ummauert von Hunderten unverkaufter Exemplare seines vom Schicksal übel begünstigten Romans, spürte, daß er, wenn überhaupt jemand, nicht nur zum Richter über Literatur berufen sei, sondern über alles, was hinter den elenden Kulissen vorging.

»Foux-Foux, daß ich nicht lache«, sagte er. »Aber Sie und Ihre Familie sind doch nichts weiter als Hyänen der Kunst.«

»Aber wirklich«, sagte Foux-Foux. »Das ist aber nicht fair. Wir können nicht alle kreativ sein, aber die Foux-Foux-Familie hat immer . . .«

»Wer ist Ihr Freund?« unterbrach ihn Crabcalf. »Ist das auch so eine Hyäne? Nichts für ungut. Carrow ist ausgeflogen. Er hat mir in den alten Tagen geholfen, meine Gefühle abzutöten. Aber jetzt verschwindet er beim geringsten Luftzug von diesem Zeugs. Er hat mich enttäuscht. Ich brauche einen Zyniker als Freund, Alter. Einen Zyniker, der mich aufrichtet. Setzen Sie sich doch. Ist Ihr Freund auch ein Foux-Foux? Ich gebe nach, sehen Sie? Ich darf mir keine Feinde schaffen, nicht auf Dauer. Nur wenn ich auf meine Bücher sehe, dann werde ich wütend. Immerhin liegt dort mein Herzblut. Aber wer liest sie? Wen kümmern sie? Beantworten Sie mir das bitte!«

Slingshott stand auf, als sei er angesprochen worden.

»Ich habe meine Frau zurückgelassen«, sagte er. »Am Rand der Eiskappe. Habe ich das richtig gemacht?« Er setzte den Absatz mit einem Klicken auf dem Ziegelboden auf und spritzte dabei Wasser empor.

Aber da niemand darauf achtete, verblich seine Pose. Er drehte sich um und sprach den Autor an.

»Soll ich mit der Suppe weitermachen?« fragte er.

»Ja, wenn es sich um eine solche handelt«, sagte Crabcalf. »Tun Sie es ruhig. Was Sie angeht, meine Herren, treten Sie näher ... Essen Sie mit uns ... Erleiden Sie mit uns die schärfsten Leibschmerzen ... und dann, falls es notwendig sein sollte, sterben wir zusammen als Freunde.«

EINUNDFÜNFZIG

In genau diesem Augenblick, als Crabcalf gerade weiter ausholen wollte ... Carrow verschwunden war ... Slingshott sich über die Salinen auslassen wollte und Foux-Foux gerade sein langes Speisemesser aus dem Gürtel zog und sein Freund die Reste des träggrauen Schleims im Topf umrührte ... genau in diesem Augenblick trat eine Pause ein, eine Stille, und in dem schwangeren Herzen dieses Schweigens konnte man einen anderen Laut hören, das rasche, gedämpfte, fliegende Tapsen von Hundepfoten.

Das Geräusch drang aus dem schwarzen und hohlen Land, das sich wabenartig im Steinwerk der Unterflußwelt nach Süden ausdehnte: Das Geräusch wurde lauter.

»Da kommen sie wieder«, sagte Crabcalf. »Die Dandyjungen, da herrscht kein Zweifel.«

Die anderen gaben keine Antwort, sondern blieben reglos, warteten auf das Erscheinen der Hunde.

»Es ist später, als ich dachte«, sagte Foux-Foux. »Aber sehen Sie nur ... sehen Sie ...«

Aber es gab nichts zu sehen. Nur die Bewegung eines langen Schattens und ein Schimmer auf den gesättigten Ziegeln. Die Hunde waren immer noch eine Meile entfernt.

Warum waren diese Männer mit den schiefgelegten Köpfen so gespannt auf das Erscheinen der Hunde? Warum warteten sie so gebannt?

So war es immer in der Unterflußwelt, denn die Tage und Nächte konnten so unerträglich monoton sein, so lang, so konturenlos, daß, wann immer wirklich etwas geschah, auch wenn es erwartet wurde, die Dunkelheit für einen Moment durchdrungen wirkte wie ein Totenschädel von einem Gedanken, und der trivialste Vorgang nahm gewaltige Proportionen an.

Aber nun, als die anderen Gestalten aus dem Halbdunkel auftauchten, erschienen aus dem schattigen Süden sieben springende Hunde.

Sie waren ungewöhnlich schmal, und man konnte die Rippen sehen, doch sie waren keineswegs krank. Die Köpfe hielten sie hoch, als wollten sie die Welt an ihren stolzen Stammbaum erinnern, und ihre Zähne waren entblößt wie eine Erinnerung an etwas weniger Edles. Die Zungen hingen seitlich aus den Lefzen heraus. Die Schädel waren wie gemeißelt. Beim Vorbeijagen keuchten sie: die Nüstern gebläht, die Augen glänzend. Es waren sieben an der Zahl, und nun waren sie wieder verschwunden, und selbst ihre Laute wurden von der Nacht verschluckt.

Wo sind sie nun, die heiß atmenden Springer? Sie schossen fort durch tropfende Kolonnaden. Sie haben einen vier Zoll tiefen See erreicht, eine Meile breit, wo ihre Pfoten durch flaches, ernstes Wasser platschen. Gischt umgibt sie, während sie so eng in der Meute rennen, daß sie wie ein einziges Wesen scheinen.

Auf der anderen Seite des breiten Wasserspiegels stieg der Boden etwas an und war vergleichsweise trocken. Hier, über einen lampenbeschienenen Hang verteilt, lebten kleine Gemeinschaften ähnlich der Gruppe, die als liegendes Zentrum den bettlägrigen Crabcalf hatte. Ähnlich, doch anders, denn in jedem Kopf spielen sich andere Träume ab.

Und so verdoppelte die Hundsmeute unvermittelt und ohne Warnung ihre Geschwindigkeit, fädelte sich durch Gruppen, die hier und dort von Lampen beschienen wurden, bis sie einen Bezirk erreichte, wo mehr Licht herrschte, als es unter dem Fluß üblich war. Dutzende von Lampen hingen an Nägeln an hohen Pfeilern oder standen auf Borden und Vorsprüngen, und unter deren Lichtkreis sammelten sich die Hunde und richteten die Köpfe zur tropfenden Decke und stießen ein einziges, gleichzeitiges Heulen aus. Bei diesem Laut trat ein hochgewachsener dürrer Mann mit einem winzigen, fleischlosen Kopf, wie der Kopf eines Vogels, aus der lampengefleckten Düsternis, die weiße Schürze blutbespritzt, denn in den Armen hielt er sieben Stücke scharlachroten Pferdefleisches. Als er sich den Hunden näherte, zitterten diese.

Aber er gab sie nicht sofort den Hunden. Er hob die tropfenden Stücke über den Kopf, wo sie geisterhaft rot leuchteten. Dann bildete sein Mund einen perfekten Kreis, und er heulte, und in der Stille antworteten die Echos, und beim vierten Echo warf er die scharlachroten Fleischstücke hoch in die Luft. Die Hunde sprangen einer nach dem anderen nach dem herabfallenden Fleisch, erfaßten es mit den Zähnen, drehten sich dann in den eigenen Spuren um und galoppierten mit hoch erhobenen Köpfen über das weite Wasserblatt, worauf sie in nasser Dunkelheit verschwanden.

Der Mann mit dem Vogelkopf wischte sich die Hände an den beschürzten Hüften ab und tauchte die langen Arme in ein Faß mit lauwarmem Wasser. Hinter dem Faß, zwanzig Fuß westlich, war eine Mauer, überzogen mit üppigen Farnen, und in dieser Mauer befand sich eine Bogentür. Auf der anderen Seite dieser Tür befand sich ein von sechs Lampen erhellter Raum.

ZWEIUNDFÜNFZIG

Hier, in diesem farnüberwucherten Raum, der mit gesprungenen und zerbrochenen Spiegeln bestückt ist, die das Lampenlicht reflektieren, befindet sich eine Gruppe von Gestalten. Einige liegen auf verschimmelten Sofas, andere sitzen aufrecht auf Korbstühlen, andere haben sich um den Tisch in der Mitte versammelt.

Sie reden zusammenhanglos miteinander, aber wenn sie hören, wie der vogelköpfige Mann sein Heulen beginnt, endet ihre Unterhaltung. Sie haben es an die tausend Mal gehört und sind gegenüber seiner Sonderbarkeit abgestumpft, doch sie lauschen jedes Mal wieder, als sei es das erste Mal.

An einem Ende einer vergammelnden Couch, das große, bärtige Kinn auf die knöcheligen Fäuste gestützt, sitzt ein uralter Mann. Am anderen Ende sitzt seine ebenso alte Frau, die Füße unter sich gezogen. Die drei (Mann, Frau und Couch) stellen ein Bild verehrungswürdiger Hinfälligkeit dar.

Der Uralte sitzt sehr still, hebt nur gelegentlich die Hand und starrt auf etwas, was über sein Gelenk krabbelt.

Seine Frau ist lebendiger, denn hier, dort und überall verlaufen endlose Fäden bunter Wolle, in die sie eingesponnen scheint. Die alte Dame, deren Augen wund und rot sind, hat den Gedanken an Stricken schon seit langem aufgegeben, verbringt aber ihre Zeit damit, die Knoten in der Wolle aufzudröseln. Es gab Phasen, vor langer Zeit, als sie noch wußte, was sie tat, und in noch früheren Tagen, als sie in der Tat durch das Klappern ihrer Stricknadeln bekannt war. Sie waren ein Bestandteil, ein winziger Bestandteil der Unterflußwelt gewesen.

Doch jetzt nicht mehr. Verstrickung ist für sie alles. Gelegentlich sieht sie auf, fängt einen Blick ihres Mannes auf, und sie tauschen ein jämmerlich süßes Lächeln aus. Ihr kleiner Mund bewegt sich, als wolle er ein Wort formen, aber es wird kein Wort, sondern nur eine Bewegung ihrer welken Lippen. Was ihn anbetrifft, so kann man nicht durch den langen, haarigen Nebel seines Bartes blicken; kein Mund ist lokalisierbar ... aber all seine Liebe findet ihren Ausdruck durch die Augen. Er nimmt an der Entwirrung keinen Anteil, weil er weiß, daß dies ihre einzige Freude ist und die Knoten und Verwirrungen sie überleben werden.

Aber heute abend, beim Ertönen des Heulens, hebt sie den Kopf von der Arbeit.

»Lieber Jonas«, sagt sie. »Bist du da?«

»Natürlich, meine Liebe. Was ist?« fragt der Alte.

»Meine Gedanken sind zurück in eine Zeit geschwärmt ... eine Zeit ... fast noch, ehe ich ... fast, als ob ... was habe ich ... noch immer gemacht? Ich kann mich nicht erinnern ... ich kann mich absolut nicht erinnern.«

»Gewiß, mein Eichhörnchen, ist es lange Zeit her.«

»Aber an eines kann ich mich doch erinnern, mein lieber Jonas, obzwar, ob wir da zusammen waren oder ... aber wir müssen schon zusammen gewesen sein. Denn wir sind doch fortgerannt, nicht wahr, und wie zwei Federn vor unseren Feinden hergeschwebt. Wie schön wir waren, Jonas, mein Liebster, und wir sind zusammen in den Wald geritten ... hörst du mir zu, Liebster?«

»Natürlich, natürlich.«

»Du warst mein Prinz.«

»Ja, mein kleines Eichhörnchen, das war so.«

»Ich bin müde, Jonas ... müde.«

»Lehn dich zurück, meine Liebe.« Er versucht, vorzurücken, damit er sie berühren kann, muß aber aufhören, denn die Bewegung war mit einem Schmerzstoß verbunden.

Einer der vier Männer, die an dem Marmortisch Karten spielen, dreht sich auf das leise Keuchen hin um, kann aber nicht feststellen, woher das Geräusch stammt. Er dreht sich wieder um und betrachtet sein Blatt. Wer außerdem den leisen Laut gehört hat, ist ein fast nacktes Kind, das auf das vergehende Paar zukriecht und dabei das linke Bein hinter sich herzieht, als sei es ein totes, wertloses Anhängsel.

Als das Kind bei dem Sofa ankommt, wo das alte Paar nun wieder schweigend sitzt, starrt es sie abwechselnd mit einer Konzentration an, die bei einem Erwachsenen peinlich gewirkt hätte.

Dann stemmt es sich hoch und hält das Gleichgewicht, indem es sich am Rand der Couch festhält. In den Augen des zerlumpten Kindes scheint eine Unschuld zu liegen, die rührend anzusehen ist. Eine letztendliche Unschuld, die trotz einer Welt voller Unheil überlebt hat.

Oder ist es, wie einige vielleicht denken, bloße Leere? Eine himmelblaue Leere? Wäre es zu zynisch, anzunehmen, daß dieses kleine Kind weder einen Gedanken im Kopf, noch einen Lichtfunken in seiner Seele hat? Denn warum sonst hätte das Kind im gefühlsbeladensten Augenblick seine winzigen Wasserwerke anstellen und einen Goldbogen durch die Düsternis schießen sollen?

Nachdem es mit einer unpassenden Mischung aus Nonchalance und Würde gepinkelt hat, erblickt das Kind einen Löffel, der in den Schatten unter der Couch glänzt, fällt auf die kleinen nackten Schenkel, richtet sich aus und krabbelt los auf die Suche nach dem Schatz. Es ist die Essenz aller Zielstrebigkeit. Sein winziges Zipfelchen ist vergessen; es hängt wie eine Schnecke herab. Er hat das Interesse daran verloren. Der Löffel ist *alles.*

Aber das Zipfelchen hat Schlimmstes begangen ... in aller Unschuld und aller Ignoranz, denn es hat eine Phalanx von Kriegerameisen benäßt, die ahnungslos, daß ein Wolkenbruch bevorstand, gerade ihren Weg durch schwieriges Gelände gesucht hatten.

DREIUNDFÜNFZIG

Das Kind und Vater und Mutter, Flüchtlinge von der Eisenküste, sitzen einander gegenüber an dem Tisch. Der Vater spielt mit nur einem Bruchteil seines Gehirns Karten. Der Rest ist, wie ein sichelartiges Instrument, weit fort in den Reichen weißer Gleichungen.

Seine Gattin, eine Frau mit schwerem Kinn, sieht ihn mit gewohnheitsmäßigem Stirnrunzeln an. Wie gewöhnlich hat er soviel Spielgeld gewonnen, daß es einem Dutzend Vermögen gleichkäme. Aber hier in der Unterflußwelt gibt es kein Geld, noch, soweit sie es beurteilen kann, für sie irgendwo anders. Alles ist falsch gelaufen. Ihr Onkel war vor langer Zeit General gewesen und ihr Bruder einmal einem Herzog vorgestellt worden. Aber was bedeutet dies ihnen jetzt? Das waren richtige Männer. Aber ihr Mann besteht nur aus Hirn. Sie hätten nie versuchen sollen, von der Eisenküste zu fliehen. Sie hätten nie heiraten sollen, und was ihren Sohn angeht – der wäre besser nie geboren worden. Sie dreht den schwerkiefrigen Kopf zu ihrem Mann. Wie entrückt er scheint, wie geschlechtslos!

Sie steht auf.

»Bist du ein Mann?« ruft sie.

»Entzückende Frage!« ruft eine Stimme wie eine gesprungene Glocke. »›Bist du ein Mann?‹ fragt sie. Wie komisch! Wie frech! Nun, Mister Zed, sind Sie ein Mann?«

Der brillante, sprachunfähige Mister Zed mit den weißen Wimpern wendet den Blick seiner Frau zu und sieht nichts anderes als $T\ x\ {}^{1}/_{4}\ p\ {}^{3}/_{4} = {}^{1}/_{2} - prx\ {}^{1}/_{4}$ (invertiert). Dann wendet er ihn dem gertenschlanken Mann mit der gesprungenen Stimme zu und merkt in einem einzigen Augenblick, daß seine letzten drei Jahre konstruktiver Gedanken vergeudet waren. Seine Prämisse war falsch. Er hatte angenommen, daß der Raum intrinsisch geformt war.

Als Crack-Bell merkt, daß sich dieser Herr weit jenseits des Horizontes befindet, wirft er das Haar aus der Stirn, lacht wie ein Glockenspiel und gestikuliert zu seinen Spielpartnern am Tisch, als wolle er sagen:

»Ist es nicht wunderbar?«

Aber sein Partner, Sober-Carter, sieht darin nichts Wunderbares und lehnt sich mit halbgeschlossenen Augen in seinem Sessel zurück. Er ist ein mächtiger, nachdenklicher Mann, der sich weder in Gedanke noch Tat einer Extravaganz hingäbe. Er beobachtet seinen Partner, denn Crack-Bell neigt dazu, ein wenig zu fröhlich zu werden.

Ja, Crack-Bell ist glücklich. Das Leben bedeutet für ihn nur ein ›Jetzt‹, nichts anderes als das ›Heute‹. Er vergißt die Vergangenheit, sobald sie geschehen ist, und ignoriert das gesamte Konzept einer Zukunft. Aber des verstreichenden Augenblicks ist er sich voll bewußt. Er hat die Gewohnheit, den Kopf zu schütteln, nicht weil er mit irgend etwas nicht im Einklang stünde, sondern aus reiner Lebensfreude. Er wirft ihn hin und her und läßt die Locken tanzen.

»Das ist eine Marke, Ihr Gatte da«, ruft Crack-Bell, beugt sich über den Tisch und klopft Mrs. Zed auf das sommersprossige Handgelenk. »Er ist schon unverkennbar, nicht wahr? Eh? Eh? Aber so düster … warum lacht und spielt er nicht?«

»Ich hasse Männer«, sagt Mrs. Zed. »Sie eingeschlossen.«

VIERUNDFÜNFZIG

»Jonas, mein Lieber, geht es dir gut?« fragte die alte, alte Dame.

»Natürlich. Was ist denn, mein Eichhörnchen?« Der Alte strich sich den Bart.

»Ich muß eingenickt sein.«

»Ich dachte schon … dachte schon …«

»Ich habe einen Traum geträumt«, sagte die alte Dame.

»Wovon denn?«

»Ich erinnere mich nicht … etwas über die Sonne.«

»Die Sonne?«

»Die große runde Sonne, die uns vor so langer Zeit gewärmt hat.«

»Ja, es fällt mir wieder ein.«

»Und ihre Strahlen? Diese langen, süßen Strahlen?«

»Wo waren wir denn da?«

»Irgendwo im Süden der Welt.«

Die Alte schürzte die Lippen. Ihre Augen sahen sehr müde aus. Ihre Hände entwirrten weiter die Wolle, und der Alte beobachtete sie, als sei sie von allen Dingen das Wunderschönste.

FÜNFUNDFÜNFZIG

»Ha ha ha ha ha ha ha ha ha ha ha ha!« rief Crack-Bell, warf seinen Kopf zurück und lachte wie Besteck.

»Ruhe«, sagte Sober-Carter, der Schwere. »Es stünde Ihnen gut an, zu schweigen. Ihnen mag das Leben ja lächerlich erscheinen, aber sie sind Ihnen schon auf den Fersen.«

»Aber ich habe doch gar keine Fersen. Die sind schon vor langer Zeit verschwunden. Denken wir doch nicht daran. Ich bin glücklich im Halblicht. Ich habe immer schon die Feuchtigkeit geliebt. Ich kann nichts dafür. Es paßt zu mir. Ha ha!«

»Dieses Lachen«, sagte Sober-Carter, »wird Ihnen eines Tages den Hals brechen.«

»Oh, nein«, antwortete Crack-Bell. »Ich bin hier unten so sicher wie eine Nase im Nebel. Zur Hölle mit der vierten Dimension. Das *Heute* ist allein wichtig.« Er warf seinen Haarschopf aus den Augen und deutete, indem er fröhlich auf dem Absatz herumwirbelte, auf eine Gestalt in den Schatten. »Sehen Sie sie an!« rief er. »Warum bewegt sie sich nicht? Warum lacht und singt sie nicht?«

Der Schatten war ein Mädchen. Reglos stand es da. Seine dunklen Augen sahen krank aus. Ein Mann trat durch die Tür. Er blickte weder nach rechts noch links und ging auf das dunkle Mädchen zu.

Sie starrte ausdruckslos dem Mann über die Schulter, während er mit langen, staksigen Schritten auf sie zukam. Es schien, als ob sie keinen Grund sah, den Blick zu konzentrieren, weil sie seine Züge, diese hohen, unerbittlichen Wangenknochen, die blasse Haut, die glitzernden Augen, das gespaltene Kinn so gut kannte. Aber als er bei ihr ankam und angriffslustig wie eine Gottesanbeterin vor ihr stand, die Knie ein wenig gebeugt, die langfingrigen Hände zu einem Knochenbündel verschlungen, fragte sie: »Wie lange noch?«

»Bald. Bald.«

»Bald? Was ist das für ein Wort? Bald? Zehn Stunden? Zehn Tage? Zehn Jahre? Hast du den Tunnel gefunden?«

Veil wandte den Blick ab und sah die anderen, einen nach dem anderen, einen Moment lang an.

»Was hast du gefunden?« wiederholte das Mädchen und blickte immer noch über seine Schulter.

»Still, verflucht«, sagte der Mann Veil und hob den Arm.

Die Schwarze Rose stand aufrecht, ohne zurückzuzucken, doch jegliche Spannung und jeder Widerstand waren aus ihrem Körper verschwunden. Sie hatte zuviel mitgemacht, und alle Widerborstigkeit war dahin. Sie stand aufrecht da, doch gebrochen. Drei Revolutionen waren über sie hinweggefegt. Sie hatte die Schreie gehört. Manchmal wußte sie nicht, ob sie selbst es war oder jemand anders, der da schrie. Das Weinen von Kindern, die ihre Mütter verloren haben.

Eines Nachts hatte man sie nackt aus dem Bett gerissen. Sie erschossen ihren Liebsten. Sie ließen ihn in einer Blutlache zurück. Sie brachten sie in ein Gefangenenlager, und dann begann ihre Schönheit zu gerinnen und sie zu verlassen.

Dann hatte sie ihn gesehen: Veil, einen der Wärter. Eine große, staksige Gestalt mit lippenlosem Mund und Augen wie Glasknöpfen. Er beredete sie, mit ihm davonzulaufen. Zuerst hielt sie dies für eine Kriegslist, doch als die Zeit verstrich, merkte die Schwarze Rose, daß er andere Pläne im Leben hatte und entschlossen war, das Lager zu verlassen. Es war Teil seines Plans, einen Lockvogel bei sich zu haben.

So flohen sie, er vor dem verkrüppelnden Leben offizieller Grausamkeit, sie vor den Schmerzen der Peitsche und der glühenden Stäbe.

Dann kamen die Wanderungen. Dann eine Zeit der Grausamkeit, schlimmer als hinter dem Stacheldraht. Siebenmal hatte sie versucht, zu entkommen. Aber immer hatte er sie gefunden. Veil. Der Mann mit dem kleinen Kopf.

SECHSUNDFÜNFZIG

Eines Tages tötete er einen Bettler wie ein Schwein und stahl aus seiner blutdurchtränkten Tasche das Zeichen der Unterflußwelt. Die Polizei war nur eine Straße weiter. Er hockte sich mit der Schwarzen Rose in den Schatten einer Statue, und als der Mond hinter einer Wolke abtauchte, zerrte er sie zum Ufer des Flusses. Dort in den tiefen Schatten fand er endlich, was er gesucht hatte, den Eingang zu einem geheimen Tunnel, denn mit einer listigen Mischung aus Verschlagenheit und Glück hatte er in dem Lager viel gelernt.

Aber das war vor einem Jahr gewesen. Einem Jahr des Halbdunkels, und jetzt saß sie stumm und sehr gerade in dem kleinen Zimmer, und ihre Augen starrten leer in den Raum.

Zum ersten Mal wandte die Schwarze Rose sich dem vor ihr stehenden Mann zu.

»Ich möchte fast lieber wieder eine Sklavin sein«, flüsterte sie, »als in dieser Art Freiheit leben. Warum folgst du mir? Ich verliere mein Leben. Was hast du gefunden?«

Doch wieder warf der Mann den Blick über die kleine, schweigende Versammlung, ehe er ihn erneut dem Mädchen zuwandte. Von ihrem Platz aus konnte sie den Mann nur als Silhouette sehen.

»Sag es mir«, sagte die Schwarze Rose. Ihre Stimme war die ganze Zeit über fast bedeutungslos flach. »Hast du ihn gefunden? Den Tunnel?«

Der knochige Mann rieb die Hände gegeneinander, was wie Sandpapier klang. Dann nickte er mit dem kleinen Kopf.

»Eine Meile weit fort. Nicht mehr. Der Eingang ist dicht mit Farnen zugewachsen. Daraus trat ein Junge. Komm nahe zu mir. Ich möchte nicht gern belauscht werden. Erinnerst du dich noch an die Peitsche?«

»Die Peitsche? Warum fragst du mich das?«

Ehe er antwortete, ergriff die Silhouette die Schwarze Rose, und ein paar Sekunden später waren sie aus dem lampenbeschienenen Zimmer verschwunden. Sie wandten sich nach links und wieder links und gelangten an eine Steinecke wie eine Straßenecke. Ein Lichtstreifen fiel über den nassen Boden. In seinem klammerartigen Griff waren ihre Arme starr.

»Jetzt können wir reden«, sagte er.

»Laß meinen Arm los, sonst schreie ich zu Gott.«

»Der hat dir noch nie geholfen. Hast du das vergessen?«

»Vergessen was, du Leichenschädel? Du schmieriger Stangenkopf! Ich habe nichts vergessen. Ich kann mich an all deine schmutzigen Spiele erinnern. Und den Gestank deiner Finger.«

»Kannst du dich auch an die Peitsche in Kar erinnern und den Hunger? Und wie ich dir eine Extraration Brot gegeben habe? Dich durch die Stäbe hindurch gefüttert habe? Und wie du um mehr gebellt hast?«

»Oh, du Abschaum aus der Scheißegrube!«

»Und ich sah, daß du trotz deiner Hurerei, deiner ziellosen Schlamperei einmal großartig gewesen bist. Ich sah, warum man dir einen solchen Namen gab, Schwarze Rose. Du warst berühmt. Du warst begehrenswert. Aber als die Revolution kam, war deine

Schönheit nichts mehr wert. Und so haben sie dich gepeitscht und deinen Stolz gebrochen. Du wurdest immer dünner. Deine Glieder wurden zu dürren Stöcken. Dein Kopf wurde rasiert. Du sahst nicht mehr wie eine Frau aus. Du warst eher wie ein ...«

»Ich will nicht wieder daran denken ... laß mich ...«

»Erinnerst du dich, was du mir versprochen hast?«

»Nein.«

»Und dann, wie ich dich rettete und dir zur Flucht verhalf?«

»Nein! Nein! Nein!«

»Erinnerst du dich, wie du mich um Gnade angefleht hast? Auf den Knien hast du gebettelt, den geschorenen Kopf wie zur Exekution gebeugt. Und Gnade habe ich dir erwiesen, oder?«

»Ja, oh, ja.«

»Als Gegenleistung, wie du versprochen hast, für deinen Körper.«

»Nein!«

»Fliehe mit mir, oder verrotte im Lampenlicht.«

Wieder umkrallte er sie brutal, so daß sie vor Schmerz aufschrie. Doch zugleich ertönte ein anderer Laut, der aber nicht gehört wurde – das Geräusch leiser Schritte.

»Heb den Kopf hoch! Warum diese Ziererei? Du bist eine Hure!«

»Ich bin keine Hure, du schwärender Knochen. Ich kann deine Berührung ebensogut ertragen wie eine offene Wunde.«

Da hob der Mann mit dem kleinen totenschädelartigen Kopf die Faust und schlug sie auf den Mund. Es war ein Mund, der einst weich und rot gewesen war, wunderschön anzusehen, aufregend zu küssen. Aber nun schien er keine Form mehr zu haben, denn Blut rann überall herab. Als sie den Kopf zurückwarf, schlug er gegen die Mauer hinter ihr, und sofort schlossen sich ihre Augen unter dem Schmerz, diese Augen, diese Irisse, so schwarz scheinbar wie ihre Pupillen, so daß sie miteinander verschmolzen und zu einem einzigen großen Brunnen wurden, der alles verschluckte, auf was er blickte. Aber ehe sie sich schlossen, schien eine Art Geist in diesen Augen zu schweben. Es war kein Spiegelbild, sondern ein schreckliches, trauerndes Ding, ein Geist unerträglicher Desillusionierung.

Die Schritte hatten bei ihrem Aufschrei aufgehört, aber nun, als sie in die Knie zu sinken begann, begann eine Gestalt zu rennen, und jeden Moment klangen die Schritte lauter.

Der kleinköpfige Mann mit den langen, spindeldürren Gliedern neigte den Kopf auf eine Seite und ließ die Zunge mit bewußter, streichender Bewegung über die fleischlosen Lippen gleiten. Diese Zunge war wie eine Stiefellasche, so lang, so breit und dünn.

Dann, als sei er zu einer Entscheidung gelangt, hob er die Schwarze Rose auf und tat ein Dutzend Schritte dahin, wo die Dunkelheit am dichtesten war, und dort ließ er sie wie einen Sack fallen. Aber als er zurückging, sah er, daß jemand ihn erwartete.

SIEBENUNDFÜNFZIG

Solange der Mann den Atem anhalten konnte, ertönte kein Laut, nichts. Ihre Augen waren ineinander versenkt, bis endlich Veils Stimme die nasse Stille durchbrach.

»Wer bist du?« fragte er. »Und was willst du?«

Er zog beim Sprechen die Lederlippen zurück, aber der Fremde tat, statt einer Antwort, einen Schritt vor und spähte nach allen Seiten in die Finsternis, als hielte er nach etwas Ausschau.

»Ich habe dich etwas gefragt, glaube ich. Wer bist du? Du gehörst nicht hierher. Das ist nicht dein Bezirk. Du bist ein Eindringling. In den Norden mit dir, oder ich werde ...«

»Ich habe einen Schrei gehört«, sagte Titus. »Was war es?«

»Einen Schrei? Es gibt hier immer Schreie.«

»Was tust du hier im Dunkeln? Was verbirgst du?«

»Verbergen, du Welpe? Wer bist du, daß du mich verhörst? Zum Teufel, wer bist du überhaupt? Wo kommst du her?«

»Warum?«

Der Grillenmensch war plötzlich über dem Jungen, und wenn er Titus auch nicht eigentlich berührte, schien er ihn doch zu umkreisen und mit seinen Nägeln zu bedrohen, seinen Gelenken, seinen Zähnen, mit seinem sauren, gräßlichen Atem.

»Ich werde dich noch einmal fragen«, sagte der Mann. »Wo kommst du her?«

Titus, die Augen zu Schlitzen zusammengezogen, die Fäuste geballt, spürte, wie sein Mund unvermittelt trocken wurde.

»Das würdest du doch nicht begreifen«, murmelte er.

Darauf warf Mister Veil seinen knochigen Kopf zurück und lachte. Das Geräusch war unerträglich kalt und grausam.

Der Mann war ohne sein Lachen schon tödlich genug, aber hiermit wurde er auf andere Weise tödlich. Denn in diesem Lachen klang kein Humor. Es war ein Geräusch, das aus einem Loch im Gesicht des Mannes drang. Ein Geräusch, das bei Titus jegliche Illusion zerstörte, was das unentrinnbar Böse in diesem Mann betraf. Für seinen Körper, die Glieder, Organe und sogar für seinen Kopf konnte man ihn schlecht verantwortlich machen, denn so waren sie nun einmal, aber das Lachen war seine eigene Schöpfung.

Während Titus das Blut in die Wangen schoß, nahm er eine Bewegung im Dunkeln wahr, und der Junge drehte sofort den Kopf.

»Wer ist da?« rief er, und bei diesem Ruf tat der Spinnenmann einen Schritt auf ihn zu.

»Komm zurück, du Welpe!«

Die Drohung in der Stimme klang so furchterregend, daß Titus in die Dunkelheit hineinsprang, und sogleich traf sein Fuß auf etwas Nachgebendes. Zugleich ertönte ein Schluchzen unmittelbar unter ihm.

Als er niederkniete, konnte er in der Finsternis das Muster eines menschlichen Gesichts ausmachen. Die Augen waren geöffnet.

»Wer bist du?« flüsterte Titus. »Was ist mit dir geschehen?«

»Nein ... nein«, flüsterte die Stimme.

»Heb deinen Kopf«, sagte Titus, aber als er den undeutlich erkennbaren Körper aufheben wollte, bohrte eine Hand ihre Finger wie Zangen in seine Schulter und riß mit einer einzigen Bewegung nicht allein Titus auf die Beine, sondern schleuderte ihn auch noch gegen die Mauer, wo ein Strahl blassen, nassen Lichts sein Gesicht beleuchtete.

In seinen jungen Zügen stand etwas weniger Junges geschrieben: etwas, so uralt wie die Steine seiner Heimat. Etwas Kompromißloses. Die Höflichkeit war aus seinem Gesicht gerissen, wie vergehendes Fleisch von den Knochen gerissen werden kann. Eine urtümliche Liebe zu seiner Geburtsstätte, eine Liebe, die überlebte und wuchs, obwohl er seine Heimat verlassen hatte, obwohl er ein Verräter war, brannte in ihm mit einer Wildheit, die er nicht begriff. Alles was Titus wußte, als er den Spinnenmann anstarrte, war, daß er zu altern begann. Eine Wolke hatte sich über sein Herz gelegt. Er war nicht nur allein im Dickicht eines Abenteuers, sondern allein mit etwas, was nach Tod roch.

Wo sich Titus gegen die Mauer lehnte, troffen die kalten Ziegel vor Feuchtigkeit. Sie rann durch sein Haar und breitete sich über Stirn und Wangenknochen aus. Sie sammelte sich um Lippen und Kinn und fiel dann in einer Kette von Wasserperlen zu Boden.

Sein Herz hämmerte. Hände und Knie zitterten, und dann erschien aus der Finsternis die Schwarze Rose.

»Nein, nein, nein! Bleib im Dunkeln, wer immer du auch bist!«

Bei diesen Worten schwankte die Schwarze Rose und fiel wieder zu Boden, doch dann mühte sie sich mit großer Anstrengung auf einen Ellenbogen und flüsterte: »Bring die Bestie um!«

Die Spinne hatte den kleinen, knochigen Kopf in ihre Richtung gedreht, und im gleichen Augenblick brachte Titus (ohne Stich- oder Stoßwaffe und ohne Skrupel, denn er wußte, daß er in der nächsten Minute um sein Leben würde kämpfen müssen) sein Knie mit aller Kraft hoch, die er aufbringen konnte. Die Spinne hatte sich vorgebeugt, so daß die volle Kraft des Schlags ihn unmittelbar unter den Rippen traf, doch das einzige vernehmbare Geräusch war das Zischen der Luft, die Veils Kiefern entströmte. Das war der einzige Laut. Er stöhnte nicht. Er legte lediglich die Hände gegeneinander, und die Finger bildeten eine Art Gitter, um den Solarplexus zu schützen, als er sich vornüberbeugte.

Das war Titus' Augenblick. Er stolperte zu der Schwarzen Rose, hob sie auf und rannte keuchend zu einem verschwommenen Licht, das in einiger Entfernung im Westen in der Luft zu schweben schien, wo der nasse Boden, die Mauern und Decke durchsichtigschleimfarben glühten.

Beim Rennen sah er (wenn er auch kaum merkte, daß er es gesehen hatte) eine Familie vorbeigehen, stehenbleiben, zusammenrücken und starren; dann kam eine weitere Gruppe und noch eine, als strömten die Mauern selbst sie aus. Gestalten aller Art aus jeglicher Richtung. Sie sahen den Jungen mit seiner Last stolpern und blieben stehen.

Veil hatte sich inzwischen fast von dem Kniestoß erholt und folgte Titus mit gnadenloser Zielstrebigkeit. Doch trotz all des Tempos seiner Spinnenbeine kam er nicht rechtzeitig, um zu sehen, wie Titus niederkniete und die Schwarze Rose auf den Boden legte, wo ein Schatten, geworfen von einer verblichenen Pyramide vergammelter Bücher, sie vor allen Blicken verbarg.

Unmittelbar darauf drehte er sich auf dem Absatz herum und erblickte seinen Feind. Er sah auch, wie sich eine große Menge versammelt hatte. Ein Alarm war ertönt. Ein Alarm, der keiner Stimmen oder Worte bedurfte. Etwas war von einem Bezirk zum nächsten gewandert, bis die Luft voll davon war, mit einem lautlosen Geräusch, wie ein ungeheures Brüllen hinter einer schalldichten Mauer aus Glas oder der Schrei einer stimmbandlosen Kehle.

ACHTUNDFÜNFZIG

So bildete sich die graue Arena also von selbst, und die Menge wurde größer, während die Gewölbedekke tropfte und die Lampen aufgefüllt wurden, und einige hielten Kerzen, andere Taschenlampen, während andere Spiegel gebracht hatten, um das Licht zu reflektieren, bis der ganze Ort wie im Fieber glühte.

Wenn Titus' Schulter nicht von dem Griff so geschmerzt hätte, er hätte sich wohl gefragt, ob er schlafe und träume.

Um ihn her, Schicht um Schicht (denn das Zentrum der Arena war deutlich niedriger als der Rand, und der Raum gab einem fast das Gefühl eines dunklen Zirkus'), standen oder saßen die Gescheiterten der Erde. Die Bettler, die Huren, die Betrüger, die Flüchtlinge, die Verstreuten, die Verschwender, die Müßiggänger, die Bohemiens, die schwarzen Schafe, der Ausschuß, die Dichter, das Kroppzeug, die kleinen Leute, die Eigenbrötler, die Geschwätzigen, die menschlichen Austern, das Ungeziefer, die Unschuldigen, die Snobs und Strohmänner, die Parias, die Außenseiter, die Lumpensammler, die Schurken, die Wüstlinge, die gefallenen Engel, die

Trauerweiden, die Ausgestoßenen, die Verschwender, die Zahlungsunfähigen, die Träumer, der Abschaum der Erde.

Nicht eines der großen Konklaven von Unerwünschten hatte Titus zuvor gesehen. Jeder vermutete, die Unkenntnis dieses jungen Mannes träfe nur auf ihn zu, denn die Bevölkerung war zahlreich und weit verstreut.

Was Veil anbetraf, so kannten viele sein Gesicht: Sie erkannten den grauenhaften Spinnengang, den Kugelkopf, jenen lippenlosen Mund. Ihn umgab etwas Unzerstörbares, als sei sein Körper aus einer Substanz, die das Gefühl Schmerz nicht kannte.

Als er nähertrat, legte sich ein Schweigen, so faßbar wie eine Haut, herab und hing dicht in der Luft. Selbst die schnippischsten und gefühllosesten Charaktere wechselten die Farbe. Sie kannten nicht den Grund für den Konflikt, zitterten aber dennoch, als sich die Distanz zwischen beiden verringerte.

Wie die Nachricht von dem bevorstehenden Kampf die äußeren Quartiere erreicht hatte und, fast auf den Flügeln der Echos, eine solche Menge zurückbrachte, ist kaum zu begreifen. Aber kein Teil der Unterflußwelt wußte nicht Bescheid über die Szene.

Kopf auf Kopf in dichten Reihen, vielgestaltig und zusammenhängend wie Körner honigfarbenen Zuckers, ein jedes Körnchen ein Gesicht, saß oder stand das Publikum reglos.

Wenn man den Blick von einem der Gesichter zum nächsten gleiten ließ, war das erste auf immer verloren. Es war ein Delirium von Köpfen, eine endlose Überfülle. Es war kein Ende abzusehen. Ihr Erfindungsreichtum war rasch, unterschiedlich, überströmend. Jede Bewegung sank fort, sank mit einer sengenden Faust voll rohen Plunders, sank ins Nichts.

Und alles wurde von den Lampen beschienen, von den Spiegeln zurückgeworfen. Eine flache Wasserlache in der Mitte des Kreises reflektierte die langen Querbalken, reflektierte eine paddelnde Ratte, die dann auf einen hohen, glitschigen Stützpfeiler kroch, reflektierte ein Glitzern ihrer Zähne und die Steifheit ihres schauderhaften Schwanzes.

Irgendwo mitten im Herzen saß Slingshott. Eine kleine Weile hatte er sein Selbstmitleid vergessen, so eindringlich wirkte die verlorene Position des Jungen auf ihn.

Er hatte die Hände tief in den Taschen zusammengeballt, als er in den nassen Ring hinabstarrte. Wenige Fuß von ihm entfernt (wenn sie sich auch aus den Augen verloren hatten) hockte Carrow. Er biß sich auf die Knöchel, hielt den Blick auf Titus gerichtet und fragte sich, was der Junge ohne Waffe wohl anfangen würde.

Dreißig oder vierzig Fuß von Carrow und Slingshott entfernt stand Sober-Carter und auf der anderen Seite der Freifläche das alte Paar, Jonas und sein ›Eichhörnchen‹, die einander fest bei den Händen hielten.

Crack-Bell, gewöhnlich so aufreizend fröhlich, hatte die Schultern im Sitzen hochgezogen wie ein frierender Vogel. Sein Gesicht war eingefallen, der Mund hing herab. Er umklammerte seine Hände, und wenn er auch keinen Anteil an dem Konflikt hatte, waren sie doch kalt und feucht und sein Puls unregelmäßig.

Crabcalf, eingeschlossen von seinen Büchern, war in seinem Bett zur Arena getragen worden. Dieses Bett hatte, als man es vom Boden hob, ein Rechteck tiefen, üppigen Staubs enthüllt.

In die Stille klang die Stimme des Flusses, ein gedämpfter Laut, fast unhörbar, doch allgegenwärtig und gefährlich wie das Meer. Es war weniger ein Laut als eine Warnung der Oberwelt.

NEUNUNDFÜNFZIG

Titus war in der Mitte des ›Rings‹ stehengeblieben und hatte das Gesicht dem Widersacher zugewandt, dem schändlichen Veil. Er hegte nur wenig Hoffnung, denn der Mann schien aus nichts als Knochen und Peitschenschnüren zu bestehen, und er erinnerte sich daran, wie rasch sich die Kreatur nach dem Stoß in den Magen erholt hatte. Nicht, daß Titus Angst gehabt hätte; er verspürte auch Ehrfurcht vor dem, was sich da näherte, dieses Ding mit den Proportionen einer Vogelscheuche, das Ding, das größer als das Leben schien.

Es war, als stehe er einer Maschine gegenüber: etwas ohne ein Nervensystem, ohne Herz, Nieren oder andere verletzbare Organe.

Seine Kleider waren schwarz und klebten an ihm, als seien sie naß, und das betonte noch die Länge seiner Knochen. Um seine skelettartige Taille trug er einen breiten Ledergürtel. Das Messing der Schnalle glänzte im Feuerschein.

Als er sich Titus näherte, sah der Junge, daß er den Mund so zusammengezogen hatte, bis die Lippen, ohnehin dünn genug, nun nichts weiter waren als ein Faden blutleerer Baumwolle. Das wiederum hatte die Haut darüber gespannt, so daß die Wangenknochen wie kleine Felsen herausstanden. Die Augen blitzten zwischen den Lidern, und die Wirkung war die einer so heftigen Konzentration, daß alles für Wahnsinn sprach.

Nur einen Moment gab diese Konzentration nach, und in diesem Augenblick glitt sein Blick über die terrassenartig aufgereihten Horden. Aber kein Zeichen von der Schwarzen Rose. Als sein Blick sich wieder auf Titus richtete, hob er das Gesicht und sah die dicken Balken, die durch die dämmrige Luft schwebten, er sah die hohen Abstützungen, grün und glitschig vom Moos, und wie sein Blick an den verrottenden Säulen hinabglitt, sah er die Ratte.

Und jetzt bewegte sich der Spinnenmann, den Blick aus einem Augenwinkel auf Titus geheftet, die Ratte im anderen, unerwartet und gleitend nach links, bis er in Reichweite der schwitzenden Säule kam.

Eine Art keuchendes Einatmen der Erleichterung ertönte von den umgebenden Massen. Jede unvorhergesehene Aktion wurde dem unausweichlichen Näherrücken des unausgewogenen Paares vorgezogen.

Aber die Erleichterung war nur von kurzer Dauer, denn etwas Schlimmeres als das Entsetzen der Stille brachte einen jeden auf die Beine, als Veil mit einer einzigen Bewegung, zu rasch, um ihr folgen zu können, wie das Zucken einer Kobrazunge oder das Peitschen eines Krakenarms, seinen langen linken Arm vorschnellte, die hokkende Ratte aus ihrem Versteck riß und mit seinen langen Fingern dem Tier das Leben ausquetschte. Ein Schrei ertönte, doch darauf folgte ein schrecklicheres Schweigen, denn Veil hatte sich Titus zugewandt.

»Und jetzt du«, sagte er.

Während Titus niederkauerte und sich übergab, warf Veil das tote Tier in seine Richtung. Es fiel mit einem dumpfen Schlag wenige Fuß vor ihm zu Boden. Ohne zu wissen, was er tat, riß Titus in Fieber oder Furcht und Haß ein Stück seines Hemdes ab, fiel auf die Knie und legte es über den leblosen Nager.

Dann, während er noch kniete, sah er die Bewegung des Schattens, und er sprang mit einem Aufschrei zurück, denn Veil war fast über ihm. Und nicht nur das, er hielt ein Messer in der Hand.

SECHZIG

Die Schwarze Rose, auf der anderen Seite des Ringes, hatte das Messer Veils aufblitzen sehen. Sie wußte, er schliff es immer scharf wie eine Rasierklinge. Sie erkannte, daß der junge Mann keine Waffe hatte, nahm alle ihre Kraft zusammen und schrie: »Gebt ihm eure Messer – eure Messer! Die Bestie wird ihn umbringen!«

Hundert Hände glitten, als sei die Versammlung aus einem Alptraum oder aus einer Trance erwacht, in hundert Gürtel, und dann war ein Dutzend Sekunden lang die Luft hell vor Stahl, und die große Halle klirrte unter dem Geräusch von Metall auf Stein. Waffen aller Art lagen wie Sterne verstreut auf dem Boden. Einige auf trockenem Boden, andere blitzten in Wasserlachen.

Aber da war eine lange, schlanke Waffe, ein Mittelding zwischen Messer und Schwert, welche, weil sie an Titus' Kopf vorbeisauste und mit einem Aufspritzen weit von Veil entfernt niederfiel, ihn unvermittelt zur Handlung zwang. Er drehte sich um und rannte an die Stelle, und als er sie aus dem flachen Wasser hob, stieß er ein lautes Lachen aus, nicht aus Freude, sondern vor Erleichterung, daß er etwas festhalten konnte, etwas mit einer Klinge, etwas Schärferes, Härteres und Tödlicheres als seine bloßen Hände.

Er hielt sie beidhändig am Knauf vor sich wie eine Fackel. Das Wasser reichte ihm über die Knöchel und spiegelte ihn bis ins kleinste Detail wider.

Jetzt war Veil so dicht an Titus herangekommen, daß nur noch bloße zehn Fuß sie voneinander trennten, und man hätte denken können, daß einer aus der Versammlung dem jungen Mann zu Hilfe geeilt wäre. Aber kein Finger rührte sich. Die Banditen nicht weniger als die Schwächlinge starrten in einer Art allgemeiner Trance auf die Szene. Sie beobachteten, aber sie konnten sich nicht rühren.

Der Grillenmann rückte näher, und dabei tat Titus einen Schritt zurück. Er zitterte vor Furcht. Veils Gesicht schien sich zu entblößen wie eine üble Schwäre. Es verschwamm vor seinen Augen wie die Schlieren des grauen Schleims im Topf. Es war unanständig. Unanständig nicht aufgrund seiner Häßlichkeit oder auch der darin enthaltenen Grausamkeit, sondern weil es eine beständige Erinnerung an den Tod ausdrückte.

Einen Sekundenbruchteil blitzte Verständnis durch Titus' Gedanken. Einen Moment lang verließ ihn sein Haß. Er verabscheute nichts. Der Mann war mit seinem Gebein und Gedärm geboren. Er konnte nichts dafür. Er war mit einem derart geformten Schädel geboren, daß nur Unheil ihn bewohnen konnte.

Aber der Gedanke blitzte auf und versank wieder, denn Titus hatte zu nichts anderem Zeit, als zu überleben.

EINUNDSECHZIG

Was durchschießt das entzündete Hirn eines einstigen Killers? Furcht? Nein, nicht mehr, als die Augenhöhle einer Fliege füllen würde. Reue? Hat er noch nie gehört. Es ist Loyalität, die ihn erfüllt, als er den rechten Arm hebt. Loyalität gegenüber dem Kind, dem langen Kind mit den schorfigen Beinen, das vor langer Zeit den Spatzen die Flügel ausriß. Loyalität gegenüber seiner Einsamkeit. Loyalität gegenüber dem eigenen Bösen, denn nur durch das Böse ist er die faulige Treppe zum Dachboden der Hölle emporgestiegen. Wenn er es gewollt hätte, er hätte sich niemals von dem Konflikt zurückziehen können, denn es wäre gleichbedeutend damit gewesen, dem Satan die Oberherrschaft des Schmerzes abzuerkennen.

Titus hatte sein Schwert hoch in die Luft gehoben, und in diesem Augenblick schwang sein Feind die Klinge gegen den Jungen. Es fuhr durch die Luft mit der Geschwindigkeit eines von einer Schleuder geschnellten Steins, traf Titus' Schwert direkt unter dem Knauf und wirbelte es aus seinem Griff.

Die Kraft dieses Schlages warf Titus auf den Rücken. Es war, als sei er selbst getroffen worden. Seine Arme und die leeren Hände zitterten und summten unter dem Schock.

Und als er dort lag, sah er zwei Dinge: das erste, daß Veil ein paar Messer vom nassen Boden aufgehoben hatte und auf ihn zukam, Hals und Kopf vorgereckt wie eine Henne, die auf ihr Futter zurennt, die dolchbewehrten Fäuste in Ohrhöhe erhoben. Während Titus ihn gebannt anstarrte, öffnete sich der gemeine Mund einen Augenblick, und die lila Zunge fuhr von einer Ecke zur anderen. Titus starrte nur; alle Aktivität, alle Kraft war aus ihm herausgeflossen, doch selbst, als er so hilflos dort ausgebreitet lag, sah er aus dem Augenwinkel eine Bewegung, etwas über seinem Kopf, so daß er eine unfreiwillige Sekunde lang mit aufgerissenen Lidern auf einen langen, glitschigen Balken starrte, einen Balken, der durch das Halbdunkel zu schweben schien.

Aber was Titus sah und was seinen Puls zum Rasen brachte, war nicht der Balken, sondern etwas, was darüber kroch, etwas Massiges, doch absolut Geräuschloses, etwas, was sich unaufhaltsam, Zoll für Zoll, vorwärtsschob. Was es war, konnte er nicht recht ausmachen. Er konnte nur sagen, daß es schwer war, agil und lebendig. Aber Mister Veil, der Lebensvernichter, beobachtete, wie Titus für einen Sekundenbruchteil den Blick zu den oberen Schatten erhoben hatte, hielt einen Moment in seinem Vormarsch auf den ausgestreckt liegenden Jungen inne und wandte das Gesicht zu den Dachbalken. Was er in jenem Augenblick sah, entlockte den Eingeweiden des riesigen Auditoriums ein entsetztes Keuchen, denn die Gestalt, so riesig sie in dem unsicheren Licht schien, erhob sich auf dem Balken und sprang einen Moment später in den Raum.

Man konnte Gewicht und Geschwindigkeit von Muzzlehatch kaum berechnen, als er die ›Grille‹ auf den rutschigen Boden warf. Das Gesicht des Opfers war erhoben gewesen, so daß die Kiefer, die Schlüsselbeine, die Schulterblätter und fünf Rippen als erstes zerbrachen wie dürre Stöckchen in einem Sturm.

Und dennoch gab er keinen Laut von sich, dieser Teufel, diese ›Grille‹, dieser Mister Veil. Zerschmettert und auf dem Boden, stand er wieder auf, und es schien zu Titus' Entsetzen, als ob alle seine Gesichtszüge den Platz gewechselt hätten.

Man konnte ebenfalls erkennen, daß seine Glieder Schaden erlitten hatten. Als er sich fortzubewegen suchte, war er gezwungen, ein gebrochenes Bein hinter sich herzuschleppen, das ihm folgte wie etwas, was ihm an die Hüfte gebunden war: ein Stück Treibholz. Er konnte lediglich von Muzzlehatch forthinken, mit jener Mischung aus Gesichtszügen über seinem Hals wie ein grauenhaftes Nest.

Aber er kam nicht weit. Titus, Muzzlehatch und das große ehrfürchtige Publikum merkten plötzlich, daß er die Messer noch in den Händen hielt und daß seine Hände und Arme allein der Zerstörung entronnen waren. Dort funkelten sie in seinen Fäusten.

Aber er konnte seine Feinde nicht mehr sehen. Sein Gesicht war verrutscht. Doch sein Gehirn war noch unbeschädigt.

»Schwarze Rose!« schrie er in die furchterregende Stille. »Sieh mich noch ein letztes Mal«, und dann stieß er sich zwei Messer zwischen die Rippen. Dort ließ er sie stecken und löste die Hände von den Griffen.

Aus der folgenden Stille begann der grauenhafte Laut seines Lachens herauszuwachsen, und es wurde lauter, während das Blut rascher hervorsprudelte, bis schließlich zu dem Augenblick, als er mit einem letzten Krampf seiner langen Knochen auf das verzerrte, ausdruckslose Gesicht fiel, ein letztes Mal zuckte und starb.

ZWEIUNDSECHZIG

Titus stand auf und wandte sich Muzzlehatch zu. Er sah sogleich an dem entrückten Blick seines Freundes, daß dieser in keiner Stimmung zum Reden war. Er schien den langen, zerschmetterten Mann zu seinen Füßen vergessen zu haben und über eine andere Sache nachzugrübeln. Als die Schwarze Rose hochtaumelte, nahm er keine Notiz von ihr. Sie wandte sich Titus zu.

Sogleich wich Titus zurück. Nicht, weil sie ihn abstieß, denn selbst in ihrem verhärmten und gesunkenen Zustand war sie noch schön. Aber nun hatte sie keine andere Wahl, als Mitleid zu erregen, sie konnte nicht anders. Es war eine Schönheit, vor der man sich in acht nehmen mußte. Ihre riesigen Augen, so oft vor Furcht aufgerissen, waren nun groß vor Hoffnung – und Titus wußte, daß er fort mußte. Er sah sogleich, wie räuberisch sie war. Sie wußte nichts davon, aber sie war es.

»Sie durchläuft eine Hölle«, dachte Titus. »Sie watet darin, und je dicker und tiefer es wird, desto mehr sehne ich mich danach, zu entkommen. Kummer kann langweilig sein.« Titus war sofort von den eigenen Worten abgestoßen. Sie schmeckten faul auf seiner Zunge.

Er wandte sich ihr zu und wurde wieder von der starrenden Tragödie in diesen Augen gefangen. Was immer sie sagte, konnte nichts anderes bewirken als Untergrabung. Bestätigung. Es konnte lediglich die Realität ihrer beredten Augen wiederholen oder ausschmücken. Das Zittern ihrer Hände und die nassen Wangen. Diese und andere Zeichen waren redundant. Er wußte, wenn er auch nur das kleinste Samenkorn der Freundlichkeit fallen ließ, dies unvermeidlich zu einer sonderbaren Beziehung wachsen würde. Ein Lächeln konnte eine Lawine in Gang setzen.

»Ich kann nicht. Ich kann nicht«, murmelte er. »Ich kann sie nicht unterstützen. Ich kann sie nicht trösten. Ich kann sie nicht lieben. Ihr Leiden ist zu offensichtlich. Es trägt keinen Schleier, kein Geheimnis, keine Romantik. Nichts als echter Schmerz, wie der Schmerz eines bohrenden Zahns.«

Wieder wandten sich seine Augen ihr zu, als wollten sie seine Gedanken bestätigen, und wieder schämte er sich.

Sie war leer geworden. Schmerz hatte sie geleert. Nichts war übriggeblieben. Was konnte er tun?

Er wandte sich zu Muzzlehatch: Ihn umgab etwas, was den Jungen stutzig machte. Zum ersten Mal schien es, als habe sein Freund eine Schwäche, eine verwundbare Stelle. Jemand oder etwas hatte sie herausgefunden. Als Titus ihn ansah und die Schwarze Rose den Blick auf ihn geheftet hielt, wandte sich Muzzlehatch der riesigen Menge zu.

Er hatte, ohne es zu wissen, das erste Murmeln gehört, und nun wurde er sich einer wachsenden Regung bewußt, als die Menge allmählich begann, sich aufzulösen, Korn für Korn, den Weg zur Arena begann, als beginne ein riesiger Zuckerberg sich zu bewegen.

Aber was wichtiger war: die unglaubliche Bevölkerungsmenge schien sich auf die drei zuzubewegen. Innerhalb der nächsten Minute würden sie (die Schwarze Rose, Titus und Muzzlehatch), wenn sie blieben, wo sie standen, in einer unerträglichen Presse gefangen werden.

Vor ihnen ergoß sich unvermeidlich die erste Flut. Die Flut der Unerwünschten, der Enteigneten: der Abschaum der Unterflußwelt. Unter ihnen Crabcalf und der vogelköpfige Mann, der die Hunde fütterte; es kamen der Alte und sein Eichhörnchen, Crack-Bell und Sober-Carter.

Es galt, keine Zeit zu verlieren. »Hier entlang«, sagte Muzzlehatch, und Titus, an dessen Arm sich die Schwarze Rose klammerte, eilte ihm nach, als der hagere Mann in eine Decke aus Dunkelheit eilte. Nicht eine einzige Laterne brannte, nicht einmal eine Kerze. Nur nach dem Laut der Schritte konnte Titus mit dem Freund Kontakt halten.

Nach etwa einer Stunde oder mehr wandten sie sich nach Süden. Er schien Augen wie eine Katze zu haben, dieser schweigsame Muzzlehatch, denn so dunkel es war, er zögerte nie.

Und dann, nach einer weiteren Stunde, dieses Mal mit der Schwarzen Rose über der Schulter, gelangte Muzzlehatch schließlich zu einer Treppe. Als sie hinaufstiegen, wurden sie sich momentan eines schwachen Lichtschimmers bewußt, und dann mit einem Mal einer kleinen weißen Öffnung von Münzgröße in der Dunkelheit. Als sie schließlich dort ankamen, erkannten sie es als Eingang, oder für sie: als Ausgang, und Titus sah erstaunt, als er sich hinaus in die Luft wand, daß sie sich im stillen Herzen eines Waldes befanden.

DREIUNDSECHZIG

Sie mußten die Dunkelheit abwarten, bis sie sich zu Junos Haus wagten. Was konnten sie anderes mit der Schwarzen Rose anfangen, als sie dorthin zu bringen? Beim Warten wurde die Spannung fast unerträglich. Niemand sagte ein Wort. Muzzlehatchs Augen hatten einen entrückten Blick, den Titus selten zuvor gesehen hatte.

Es war felsig hier, und über die Felsen breiteten Bäume ihre Zweige. Schließlich ging Titus hinüber zu Muzzlehatch, der auf dem Rücken auf einem großen grauen Stein lag. Die Schwarze Rose folgte ihm mit den Augen.

»Ich kann das nicht länger aushalten«, sagte Titus. »Was zum Teufel ist los? Warum sind Sie so anders? Ist es wegen ...«

»Junge«, sagte Muzzlehatch, »ich sage es dir. Das wird dir den Mund schließen.« Er schwieg eine lange Weile. Dann sagte er: »Meine Tiere sind tot.«

Am Ende der darauf folgenden Waldstille kniete Titus neben dem Freund nieder. Alles, was er sagen konnte, war: »Was ist geschehen?«

»Die Geweihten«, antwortete Muzzlehatch, »die man auch als die Wissenschaftler kennt. Sie waren hinter mir her. Irgend jemand ist immer hinter mir her. Wie immer bin ich ihnen entkommen. Ich kenne viele Wege des Verschwindens. Aber was nützen sie mir nun, lieber Junge? Meine Tiere sind tot.«

»Aber ...«

»Verdutzt, weil sie mich nicht finden konnten ... nein, nicht einmal mit ihrem neuesten Gerät, das nicht größer ist als eine Nadel und ein Schlüsselloch mit Lichtgeschwindigkeit durchfährt ... verdutzt, sagte ich, wandten sie sich von der Jagd nach mir ab und töteten meine Tiere.«

»Wie?«

Muzzlehatch stand von seinem Felsen auf, hob den Arm, schnappte einen dicken Ast, der über ihm hing, und brach ihn ab. In seinem Kiefer zuckte ein Muskel unaufhörlich wie eine Uhr.

»Irgendeine Strahlung«, sagte er schließlich. »Irgendeine Strahlung. Eine hübsche Idee. Und hübsch ausgeführt.«

»Und dennoch hatten Sie das Herz, mich zu retten«, sagte Titus, »vor dem dünnen Mann.«

»So?« murmelte Muzzlehatch. »Ich war wie in einem Traum. Denk nicht mehr daran. Ich hatte keine andere Wahl, als in die Unterflußwelt zu gehen. Die Wissenschaftler sammelten sich. Sie waren hinter dir her, Junge. Sie waren hinter uns beiden her.«

»Aber Sie haben sich an mich erinnert«, sagte Titus. »Sie sind über den Balken gekrochen.«

»So? Gut! Und so habe ich ihn zerschmettert? Ich war weit fort... Ich war bei meinen Tieren... Ich sah sie sterben... ich sah sie auf den Rücken rollen, ich hörte ihren Atem schwach aus den Brustkörben entweichen. Ich sah, wie aus meinem Zoo ein Schlachthaus wurde. Meine Tiere! So lebendig wie Feuer. Sensibel und schrecklich. Dort lagen sie. Dort lagen sie – auf immer und ewig.«

Er sah Titus an. Der abwesende Blick war verschwunden, und an seine Stelle war einer so kalt und gnadenlos wie Eis getreten.

VIERUNDSECHZIG

Titus und seine beiden Begleiter verfluchten den Mond, denn er war voll, und sie waren daher zu einem langen Umweg gezwungen, um sich soweit wie möglich in den Schatten am Rand des Waldes oder unter den Mauern der Stadt zu halten. Den kürzeren Weg durch den mondüberfluteten Wald einzuschlagen, hätte das Unheil geradezu auf ihre Fersen gelockt.

Während sie liefen, wobei die Geschwindigkeit von den erschöpften Schritten der Schwarzen Rose diktiert wurde, verspürte Titus, vielleicht aufgrund seiner ungeheuren Schuld gegenüber Muzzlehatch, ein fast unkontrollierbares Bedürfnis, dies abzuschütteln wie ein schweres Gedankengewicht. Er sehnte sich nach Alleinsein, und in diesem Sehnen erkannte er den gleichen Zug von Selbstsucht, der sich in seiner Haltung gegenüber der Schwarzen Rose in ihrem Schmerz manifestiert hatte.

Wie brutal war er eigentlich? War ihm beschieden, sowohl Liebe als auch Freundschaft zu zerstören? Was war mit Juno? Hatte er weder Mut noch Loyalität, seine Freunde zu behalten? Oder den Mut, frei heraus zu sprechen? Vielleicht nicht. Er hatte immerhin seine Heimat verlassen.

Er zwang sich, dies in Worte zu fassen, und wandte den Kopf Muzzlehatch zu. »Ich will von Ihnen fort«, sagte er. »Von Ihnen und allen anderen. Ich will wieder neu anfangen, obwohl ich doch tot wäre, hätte es Sie nicht gegeben! Ist das gemein von mir? Ich kann nichts dafür. Sie sind mir zu ungeheuer und zu zerklüftet. Ihre Züge sind wie die Mondberge. In Ihrem Gehirn liegen blutende Löwen und Tiger. Rache ist in Ihrem Bauch. Sie sind zu riesig und zu entrückt. Ihre Lage ist brenzlig. Sie verlangt von mir, daß ich mich befreie. Ich bin Ihnen zu nahe. Ich will allein sein. Was soll ich tun?«

»Tu was du willst, Junge«, sagte Muzzlehatch. »Pack dich zum Pol oder verbrenn dir den Arsch am Äquator, das ist mir egal. Was diese Frau angeht? Sie ist krank. *Krank,* du Dummkopf. So krank, wie man nur sein kann, wenn man noch atmet.«

Die Schwarze Rose wandte sich Muzzlehatch zu, und ihre Pupillen starrten wie Brunnenlöcher.

»Er will auch von mir fort«, sagte sie. »Ihn ekelt meine Armut. Ich wünschte, Sie hätten mich vor Jahren sehen können, als ich noch jung und hübsch war.«

»Sie sind immer noch schön«, sagte Titus.

»Das ist mir jetzt egal«, gab die Schwarze Rose zurück. »Das spielt jetzt keine Rolle mehr. Alles, was ich jetzt will, ist, mich auf immer still niederzulegen, auf Leinen. Oh, Gott, einmal noch weißes Leinen, ehe ich sterbe.«

»Sie werden Ihr Leinen bekommen«, sagte Muzzlehatch. »So weiß wie der Unterflügel eines Seraphs. Es ist nicht mehr weit.«

»Wohin bringen Sie mich?«

»In ein Haus beim Fluß, wo Sie ausruhen können.«

»Aber Veil wird mich finden.«

»Veil ist tot«, sagte Titus. »So tot wie es geht.«

»Sein Geist wird mich schlagen. Sein Geist wird mir den Arm herumdrehen.«

»Geister sind Narren«, sagte Muzzlehatch, »und werden überschätzt. Juno wird sich um Sie kümmern. Was diesen jungen Titus Groan angeht – er kann tun und lassen, was ihm beliebt. Wenn ich in seinen Schuhen stäke, ich würde mich fortmachen und verschwinden. Die Welt ist groß. Folge deinem Instinkt, und laß uns im Stich. Deshalb hast du auch dein sogenanntes Gormenghast verlassen, nicht wahr? Eh? Um herauszufinden, was hinter dem Horizont liegt. Eh? Und wie du einst sagtest …«

»Ich glaube, Sie sagten ›dein sogenanntes Gormenghast‹. Gott verfluche Sie für diese Worte. Daß Sie das sagen! Sie! *Sie* das nicht glauben wollen! Sie! Sie sind für mich eine Art Gott gewesen. Ein grober Gott. Ich habe Sie zuweilen gehaßt, aber die meiste Zeit geliebt. Ich habe Ihnen von meiner Heimat erzählt, meiner Familie, unserem Ritual, von meiner Kindheit, der Flut, von Fuchsia, von Steerpike und wie ich ihn umbrachte, von meiner Flucht. Glauben Sie, das habe ich alles erfunden? Glauben Sie, ich habe Sie getäuscht? Sie haben mich enttäuscht. Lassen Sie mich gehen!«

»Worauf wartest du?« fragte Muzzlehatch und wandte dem Jungen den Rücken zu. Sein Herz hämmerte.

Titus stampfte vor Wut mit dem Fuß auf, aber er bewegte sich nicht. Einen Augenblick später sackte die Schwarze Rose in den Knien zusammen, aber Muzzlehatch schnappte sie rechtzeitig mit seinen starken Armen auf, als handele es sich um eine zerrupfte Puppe.

Sie waren zu offenem Gelände gekommen und blieben stehen, wo die Schatten aufhörten.

»Siehst du die Wolke?« fragte Muzzlehatch mit merkwürdig lauter Stimme. »Die da, wie eine zusammengerollte Katze? Nein da, du Hühnchen, hinter dieser grünen Kuppel? Kannst du sie sehen? Den Mond dahinter?«

»Was ist damit?« erwiderte Titus in gereiztem Flüstern.

»Das ist deine Richtung«, sagte Muzzlehatch. »Geh darauf zu. Dann weiter, so einen Monat lang, und du bist vergleichsweise frei: frei von Bürokratie, frei von der Polizei. Und frei von der Bewegung. Dort ist es größtenteils unerforscht. Sie sind schlecht ausgerüstet. Keine Schwadron für Wasser, Meer oder Himmel. Es ist, wie es sein sollte. Eine Gegend, wo sich niemand daran erinnern kann, wer gerade an der Macht ist. Aber da gibt es Wälder wie im Garten Eden, wo du auf dem Bauch liegen und schlechte Gedichte schreiben kannst. Dort gibt es Nymphen zu deinem Entzücken und Flöten zu deiner Zerstreuung. Ein Land, wo die Jungen sich zurücklehnen und den Mond anpissen, als wollten sie ihn auslöschen.«

»Ich bin Ihrer Worte überdrüssig«, sagte Titus.

»Ich habe sie als eine Art Gerüst benutzt«, sagte Muzzlehatch. »Sie verbergen mich vor mir – ganz zu schweigen vor dir selber. Worte können ermüdend sein wie ein Schwarm Insekten. Sie können stechen und brummen. Worte können nichts weiter sein als eine Reihe von Fakten, oder wiederum diamanthart, unbeugsam, unverletzlich, Stein auf Stein. Eher wie dein ›sogenanntes Gormenghast‹. (Du bemerkst, daß ich den gleichen Ausdruck wieder benutze?) Denn wenn du auch, wie es scheint, gelernt hast, wie man sich Feinde zuzieht (und das ist in der Tat gut für die Seele), bist du dennoch blind, taub und stumm, wenn es um eine andere Sprache geht. Starr. Trocken. Unzweideutig und kryptisch: ein Ding aus Krusten und Wasser. Wenn du um Schmeichelei bittest ... denk daran bei deinen Reisen. Und jetzt geh ... um Gottes willen ... GEH!«

Titus sah seinen Gefährten an. Dann trat er drei Schritte auf ihn zu. Die Narbe auf seiner Wange schien im Mondlicht silbrig.

»Mister Muzzlehatch«, sagte er.

»Was ist, Junge?«

»Ich trauere um Sie.«

»Trauere um dieses gebrochene Wesen«, gab Muzzlehatch zurück. »Sie verkörpert das Schwache der Welt.«

Aus der Stille klang die entrückte Stimme der Schwarzen Rose. »Leinen«, rief sie mit einer Stimme, sowohl kläglich als auch schön. »Leinen ... weißes Leinen.«

»Sie ist so heiß wie man durch Fieber nur sein kann«, murmelte Muzzlehatch. »Es ist, als hielte ich Glut in den Armen. Aber es gibt Juno als Zuflucht und eine Katze als Richtungsgeber für dich, und dahinter: das Ende der Welt.

Die schlafende Katze«, murmelte er mit belegter Stimme. »Hast du sie jemals angesehen ... meine kleine Wildkatze? Sie haben sie mit den anderen umgebracht. Sie bewegte sich wie eine Welle im Meer. Ich habe sie fast so geliebt wie meine Wölfe, Kind Titus. Du hast noch niemals solche Augen gesehen.«

»Schlagen Sie mich«, rief Titus. »Ich bin wie ein Hund zu Ihnen gewesen.«

»Kugeln für die!« sagte Muzzlehatch. »Es ist an der Zeit, daß die Schwarze Rose in Junos Händen kommt.«

»Ach, Juno. Schicken Sie ihr liebe Grüße«, sagte Titus.

»Warum?« fragte Muzzlehatch. »Die Liebe hast du ihr doch gerade erst entzogen. So behandelt man keine Dame. Verdammt noch mal. Liebe geben, Liebe nehmen, verheimlichen, enthüllen, als handele es sich um ein Versteckspiel.«

»Aber Sie selbst waren in sie verliebt und haben sie verloren. Und nun kehren Sie wieder zu ihr zurück.«

»Stimmt«, sagte Muzzlehatch. »Touché. Sie hat immerhin

etwas Geheimnisvolles um sich. Sie ist ein Obstgarten – ein goldenes Ding, diese Juno. Großzügig wie die Milchstraße oder die Quelle eines großen Flusses. Was meinst du? Ist sie nicht wunderbar?«

Titus wandte rasch den Blick zum Himmel.

»Wunderbar? Das muß sie gewesen sein.«

»Muß sie?« fragte Muzzlehatch.

Es folgte ein merkwürdiges Schweigen, und in dieser Stille glitt eine Wolke über den Mond. Es war keine große Wolke, so daß sie wenig Zeit zu vergeuden hatten, und in dieser Halbdämmerung bewegten sich die beiden Freunde auseinander und begannen in die Dunkelheit zu eilen, als brauchten sie sie, der eine in Richtung auf Junos Haus, die Schwarze Rose in den Armen, der andere rasch in Richtung Norden.

Aber ehe sie sich in endgültiger Düsternis verloren, blieb Titus stehen und blickte zurück. Die Wolke war vorübergeglitten, und er konnte Muzzlehatch an der Ecke des schlafenden Platzes erkennen. Sein Schatten mit dem der Schwarzen Rose in den Armen lag zu seinen Füßen, und es war, als stehe er in einem Teich schwarzen Wassers. Sein felsartiger Kopf war über das arme, zarte Wesen in seinen Armen gebeugt. Dann sah Titus, wie er auf dem Absatz kehrtmachte und mit langen Schritten loseilte, sein Schatten über den Boden glitt, und dann verschwand der Mond, und die Stille war dicht wie zuvor.

In diesem dichten Schweigen wartete der Junge, doch was er nicht wußte: Er wartete einfach nur, weil ihn großes Unglück erfüllte, das sich aber unmittelbar darauf auflöste, denn eine ferne Stimme rief durch die Dunkelheit: »Hallo! Titus Groan! Kopf hoch, Junge! Wir werden uns wiedersehen, kein Zweifel – eines Tages!«

»Warum auch nicht?« schrie Titus zurück. »Dank auf ewig ...«

Aber der Satz wurde von Muzzlehatch mit einem weiteren lauten Ruf unterbrochen: »Lebwohl, Titus ... lebwohl, mein hochnäsiger Junge! Lebwohl ... Lebwohl.«

FÜNFUNDSECHZIG

Zuerst war kein Kopf zu sehen, doch nach einer Weile hätte ein scharfer Beobachter seine Aufmerksamkeit mehr und mehr auf eine besonders dichte Stelle von Zweigen konzentriert und endlich, tief in dem Spiel von Blatt und Ranke, eine Linie entdeckt, die nur eines sein konnte: Junos Profil.

Sie hatte seit längerer Zeit in ihrer Weinlaube gesessen und sich kaum bewegt. Ihre Diener hatten sie gerufen, aber sie hatte sie nicht gehört, oder wenn doch, dann hatte sie nicht geantwortet.

Drei Tage lang saß ihr einstiger Liebhaber Muzzlehatch auf dem Dachboden verborgen. Jetzt war er wieder verschwunden. Die Erscheinung, die er mit sich gebracht hatte, war gewaschen und in ein Bett gelegt worden, aber im gleichen Augenblick gestorben, als ihr Kopf das schneeige Kissen berührte.

Dann war da die Bestattung gewesen, es hatte Fragen zu beantworten gegeben. Ihr wunderschönes Haus war von einem Schwarm von Offiziellen erfüllt gewesen, darunter Ackerblatt, der Detektiv. Wo war Titus, hatte er gefragt. Wo war Muzzlehatch? Sie hatte Stunde um Stunde den Kopf geschüttelt.

Und jetzt saß sie reglos in ihrer Laube, und ihr Herz schmerzte. Sie sah sich wieder als junges Mädchen. Sie erinnerte sich an die galanten Tage. Die Tage, als junge Männer sich nach ihr sehnten; ihre springlebendigen Körper für sie riskierten; einander anstachelten, in den hohen Zedernzweigen zu schaukeln, im dunklen Hain in der Nähe ihres Hauses, und andere, die barbarische Bucht bei Blitzen zu durchschwimmen. Und jene, die nicht so jung waren, aber deren Geist und Süße sie reizte – die Herren in den Vierzigern, die ihre Liebe vor der Öffentlichkeit verbargen, sie wie eine Wunde oder Verletzung hätschelten, nur, um so stärker aus der Dunkelheit hervorzubrechen.

Und die Alten, für die sie das unerreichbare Irrlicht darstellte, das Sumpffeuer, das ihre Lebenslust anstachelte, oder etwas Selteneres, ein Chaos der Dichtkunst, den Duft einer Rose.

Vor ihr, jenseits der Weinranken, führte ein Gänseblümchenhang zu einer hohen Taxushecke hinunter, die zu Pfauen gestutzt war: majestätisch gegen den Himmel. Und den Himmel selbst, zu dem sie nun den Blick hob, füllten kleine Wölkchen.

Es war ein Lieblingsplatz Junos, diese überwucherte Laube, und viele Male hatte sie in ihrer Abgeschiedenheit Trost gefunden. Aber heute war es anders als alle vorangegangenen Male, denn ein unbestimmtes Gefühl, von den verwobenen Zweigen eingekerkert zu sein, begann sie zu beunruhigen, wenn sie auch keine Ahnung hatte, was genau sie fühlte.

Noch erfuhr sie es jemals, denn ihr Körper arbeitete unabhängig vom Gehirn, stand auf und ging aus der Laube, wie wenn ein Schiff den Hafen verläßt.

Jetzt befand sie sich auf der Gänseblumenwiese; nun ließ sie den geschorenen Taxus hinter sich, jetzt schlenderte sie über Weiden, wo Libellen schwebten und umherschossen.

Weiter und weiter spazierte sie, nahm ihre Umgebung kaum wahr, bis sie zu dem dunklen Zedernhain kam. Sie hatte ihn nicht näherrücken sehen, denn ihre Augen waren blicklos. Aber als sie in geringem Abstand zu dem dunklen Hain stand, fand sie den Rand einer weiten Taufläche.

Jetzt war sie hellwach, starrte in die Tiefen und sah, umgekehrt, einen Traum ihrer Kindheit – den fast legendären Zedernhain.

Ihre erste Empfindung war, daß sie kopfstand, aber dieser Glaube zerplatzte, als sie den Kopf hob. Doch ehe sie ihn hob, sah sie jemanden kopfüber an der Unterseite eines großen Zedernastes entlangschlendern und auf diese Weise den Gesetzen der Schwerkraft trotzen. Aber als Juno den Kopf hob und den Mann an seinem Zweig auszumachen versuchte, war das nicht so leicht. Zuerst sah sie nichts als grüne Terrassen aus Blattwerk, doch plötzlich erblickte sie den Mann wieder. Er war näher vor ihr, als sie erwartet hatte.

Sobald der Mann merkte, daß er erblickt worden war, ließ er sich zu Boden fallen und verbeugte sich, und sein rotes Haar fiel ihm über die Augen wie ein Mop.

»Was tun Sie in meinem Zedernhain?« fragte sie.

»Hausfriedensbruch«, antwortete der Mann.

Juno beschirmte die Augen und starrte den Mann an – mit seinem roten Haar und der Boxernase.

»Nun, Hausfriedensbrecher, was wollen Sie?« fragte sie

schließlich. »Ist das ein Lieblingsplatz von Ihnen oder ein Hinterhalt für mich?«

»Hinterhalt für Sie. Wenn ich Sie erschreckt habe, dann tut mir das aufrichtig leid. Ich wollte Sie nicht erschrecken. Nein, nicht soviel wie eine Ameise auf Ihrem Handgelenk oder das Summen einer Biene.«

»Ach so«, meinte Juno.

»Aber ich habe, zum Teufel, lange gewartet«, sagte der Mann und runzelte die Stirn. »Großer Gott, das habe ich wirklich.«

»Worauf haben Sie denn gewartet?« fragte Juno.

»Auf diesen Augenblick«, gab der Mann zurück.

Juno zog eine Braue hoch.

»Ich habe darauf gewartet, daß Sie von jemandem verlassen werden. Und allein sind. Wie jetzt.«

»Was hat mein Leben mit Ihrem zu tun?« fragte Juno.

»Alles und nichts«, entgegnete der struppige Mann. »Es ist das Ihre, natürlich. Ebenso Ihr Unglück. Titus ist fort. Muzzlehatch ist fort. Nicht auf immer, vielleicht, aber für eine lange Zeit. Ihr Haus am Fluß, so schön es ist, ist nun ein Ort der Echos und der Schatten.«

Juno schlang die Hände vor der Brust zusammen. Etwas in seiner Stimme strafte den roten Mop und die allgemeine räuberhafte Haltung Lügen. Sie klang rauh, tief – und unbeschreiblich sanft.

»Wer sind Sie?« fragte sie schließlich. »Und was wissen Sie von Titus?«

»Mein Name spielt keine Rolle. Und von Titus weiß ich nur wenig. Sehr wenig. Aber genug. Genug, um zu wissen, daß er die Stadt aus Hunger verließ.«

»Hunger?«

»Dem Hunger, immer irgendwo anders sein zu wollen. Das und die Sehnsucht nach zu Hause, oder was er für sein altes Heim hält (wenn er jemals eines hatte). Ich habe ihn allein in diesem Zedernhain gesehen. Hat mit den Fäusten auf die Zweige eingeschlagen. Hat die Zweige geschlagen, als wolle er seine Seele freisetzen.«

Der Hausfriedensbrecher trat zum ersten Mal vor, und seine Füße zerbrachen den Spiegel aus grünem Tau.

»Sie können nicht dasitzen und auf einen von beiden warten.

Weder auf Titus noch auf Muzzlehatch. Sie haben ein eigenes Leben, Lady. Etwas, was jetzt erst beginnt. Ich habe Sie lange schon beobachtet, noch ehe dieser Titus die Szene betrat. Ich habe Sie aus den Schatten beobachtet. Hätte nicht dieser Muzzlehatch Ihr Herz fortgerissen, ich wäre Ihnen bis ans Ende der Welt gefolgt. Aber Sie liebten ihn. Und Sie liebten Titus. Was mich angeht, so sehen Sie, daß ich kein Liebling der Frauen bin – ich bin ein grober Klotz –, aber winken Sie nur mit dem kleinen Finger, und ich werde Sie begleiten. Sie begleiten, bis die Tür aufschwingt – Tür um Tür, vom Morgen bis zum Abend, und jeder neue Tag wird eine neue Erfindung sein! Wenn Sie mich wollen, ich bin hier, irgendwo unter diesen Zedern.«

Er machte auf dem Absatz kehrt und ging rasch fort, und ein paar Minuten später war er im Wald verloren, und alles, was als Beweis für seine Existenz übriggeblieben war, waren seine Fußabdrücke wie schwarze Flecken in dem glitzernden Tau.

SECHSUNDSECHZIG

Juno kehrte in ihr Haus zurück, und es war wahr, daß es bereits zu einem Ort der Echos, Schatten, Stimmen, von Momenten des Innehaltens und der Spannung geworden war, Momenten von vagem Leiden oder schwindelerregendem Gelächter, wo sich das Treppenhaus außer Sichtweite schwang, Momente akuter Nostalgie, wenn sie unbewußt in einem Sternschleier an einem Fenster stand, oder von einer kaum erträglichen Süße, wenn der Schatten Titus' zwischen sie und die Sonne trat, wenn diese durch den schrägen Regen drang.

Und als sie eines stillen Nachmittags auf ihrem Bett ausgestreckt lag, die Hände im Nacken, die Augen geschlossen, und ihre Gedanken einer dem anderen in einer traurigen Kavalkade folgten, saß Muzzlehatch, inzwischen Hunderte von Meilen von Juno entfernt, an einem wackligen dreibeinigen Tisch in einem anderen Strahl der gleichen heißen, allgegenwärtigen Sonne.

Rechts und links von ihm erstreckte sich die unregelmäßige Straße. Straße? Es war eher ein Pfad, denn, passend zu allem anderen in Muzzlehatchs Sichtfeld, war sie halb beendet und aufgegeben. Verworfene Projekte lagen über das Land verstreut. Da sie niemals die Vervollständigung erlebten, waren sie auch nicht verdammt. Dieses Scheindorf, das vielleicht eine zehnmal so große Stadt hatte sein wollen. Es hatte nie eine Vergangenheit, noch konnte es jemals eine Zukunft erleben. Aber es war voller Geschehen. Der vorbeistreichende Augenblick blühte fiebrig an einem Extrem und war an dem anderen zäh vor menschlichem Schlaf. Glocken ertönten und wurden rasch wieder erstickt.

Kinder und Hunde kauerten bis an die Hüftknochen in weißem Staub. Ausgedehnte Gräben, einst die Fundamente von geplanten Theatern, Märkten oder Kirchen, waren für die Kinder jenes Ortes zum Schlachtfeld geworden, über alle Träume einer normalen Kindheit hinaus.

Der Tag war schläfrig. Es war ein Tag schweigsamer Dösigkeit. An einem solchen Tag zu arbeiten, hätte geheißen, die Sonne beleidigen.

Die Cafétische bogen sich nach Norden und Süden, eine so krumme Perspektive, wie man sich nur vorstellen kann, und an diesen Tischen saßen Gruppen mit vielgestaltigen Gesichtern, Haltungen, Gesten. Doch gab es einen gemeinsamen Nenner, der diese Gruppen miteinander verband. Von der ganzen hier ausgebreiteten Gesellschaft gab es nicht einen, der nicht so aussah, als sei er gerade aus dem Bett gestiegen.

Einige trugen Schuhe, aber keine Hemden, andere keine Schuhe, aber dafür Hüte endloser Varietät in endlos unterschiedlichen Winkeln. Ehemalige Kopfputze, ehemalige Umhänge und Jakken und Nachthemden, in der Taille mit Ledergürteln zusammengehalten. In dieser Gesellschaft war Muzzlehatch zu Hause und saß an einem Tisch unter einem halbvollendeten Denkmal.

Hunderte von Spatzen zwitscherten und flatterten mit den Flügeln im Staub, und die kühnsten hüpften auf die Cafétische, wo die traditionellerweise henkellosen Kaffeetassen und Untertassen scharlachrot in der Sonne glänzten.

Muzzlehatch saß nicht allein an seinem Tisch. Abgesehen von einem Dutzend Spatzen, die er zuweilen mit dem Handrücken vom Tisch fegte, als fege er Krumen fort – abgesehen von diesen gab es eine Menge menschlicher Bummelanten. Eine Menge, die man lokker in drei Gruppen aufteilen konnte. Die erste dieser Abteilungen scharte sich um die Person Muzzlehatchs selbst, denn sie hatten noch nie einen so entspannten Mann gesehen, so gleichgültig gegenüber ihrem Starren, einen so in seinem Sessel hingebreiteten Mann in einem so unverschämten Zustand erhabenen Zusammenbruchs.

Meister, die sie in der Kunst des Nichtstuns waren, hatten sie doch in ihren Leben noch nichts gesehen, was wie dieser riesige Landstreicher sich hier hingoß. Er war, wie es schien, ein Symbol all dessen, an das sie unbewußt glaubten, und sie starrten ihn an wie einen Prototyp ihrer selbst.

Sie bemerkten das große Ruder von einer Nase, den arroganten Kopf. Aber sie hatten keine Ahnung, daß diesen ein Geist erfüllte. Der Geist Junos. Und so richtete sich sein Blick ins Weite.

Neben Muzzlehatch stand, wie ein Magnet in dem weichen, heißen Licht, sein Automobil. Die gleiche heißblütige unbotmäßige Bestie. Wie es seine Gewohnheit war, hatte er es angebunden, denn es neigte in unvorhersehbaren Augenblicken dazu, in einer Art Reflex einen Meter oder so vorzuspringen, wobei das Wasser in den rostigen Eingeweiden blubberte. Heute hatte es als Poller das unvollendete Denkmal für einen fast vergessenen Anarchisten. Und dort stand es, angebunden und zuckend. Die Personifikation reinster Gereiztheit.

Das dritte der drei Zentren des Interesses war hinten im Wagen, wo Muzzlehatchs kleiner Affe schlafend in der Sonne lag. Keiner der Anwesenden hatte jemals einen Affen gesehen, und unter wildesten Spekulationen und nicht ohne Furcht scharten sie sich um das Tier.

Das Tier war seit der Tragödie ein engerer Gefährte als je zuvor und in der Tat zum Symbol all dessen geworden, was er verloren hatte. Nicht das allein, aber es blieb doppelt lebendig in einer bitteren Region der Seele, der Erinnerung an jenen schaurigen Holocaust, als sich die Stäbe bogen und seine Vögel und anderen Tiere zum letzten Male aufschrien.

Wer hätte gedacht, daß hinter dieser großartigen Stirn, die aus einer Art Gestein zu bestehen schien, eine so sonderbare Mixtur aus Erinnerungen und Gedanken lag? Denn er lag auf solche

Weise ausgestreckt da, als würde nichts, was auch immer, in seinem Kopf stattfinden. Doch dort, in der zerebralen Finsternis, gehalten durch den Meridian seines Schädels, wanderte seine Juno durch den Zedernhain, bewegte sich sein Titus bei Nacht und schlief bei Tage, suchte sich den Weg ... wohin? Sein Affe schlief zusammengerollt, ein Auge geöffnet und kratzte sich am Ohr. Stille dröhnte wie eine Biene im Herzen einer Blüte.

Die auf den kleinen Affen, auf das Automobil Gaffenden, und jene, die aus kurzer Distanz auf Muzzlehatch selbst starrten, wandten nun ihre vereinte Aufmerksamkeit dem hingegossenen Fremden zu: denn Muzzlehatch ergriff die Lehnen seines Stuhls, zerbrach ihn fast und mühte sich in eine aufrechte Position.

Dann neigte er sehr langsam den Kopf zurück, bis sein Gesicht auf eine Ebene mit dem Himmel geriet. Aber seine Augen, wie um zu beweisen, daß sie nicht durch den Winkel des Gesichts, das sie beherbergte, prädisponiert waren, blickten nach unten, und der Rand ihres Gesichtsfeldes schabte wie eine Sichel über das blasse Feld von Haar, das aus seinen Wangenknochen – für eine Gnitze – ein Gerstenfeld machte.

Doch was er sah, war nicht die Szene vor ihm in allen Einzelheiten, sondern eine Erinnerung an vergangene Tage, nicht weniger lebhaft, nicht weniger real.

Er sah, schwimmend in den Tagen seiner Kindheit, eine Kette unwichtiger Bilder, die Tage, noch ehe er überhaupt von Juno gehört hatte, ganz zu schweigen von Hunderten anderer. Flamboyante Tage, freie Tage, und Tage des Verbergens, wenn er rücklings ausgestreckt auf Felsen lag oder durch Täler schlenderte, bis er ihre Farbe annahm und seine arrogante Nase wie ein Ruder gen Himmel wies. Und während er hier ruhte und sich gefährlich in seinem Stuhl nach hinten lehnte, umgeben von einer Horde zerlumpter Gaffer, was vielleicht Freund Satan selbst entnervt hätte, schrie eine alte Stimme:

»Kauft den Sonnenuntergang. Kauft ihn! Kauft ihn! Kauft ... Kauft ... Kauft. Eine Kupfermünze der Platz, meine Herren. Eine Kupfermünze für diesen Anblick!« Die knarrende Stimme schien sich ihren Weg durch die trockene Kehle des Kartenverkäufers zu hacken, einer winzigen Gestalt, in unbeschreibbares Schwarz gekleidet. Der Kopf stand aus dem zerrissenen Kragen heraus wie der Kopf einer Schildkröte aus dem Panzer, die Kehle ohne Runzeln, die Augen wie Knöpfe oder Jettstückchen.

SIEBENUNDSECHZIG

Zwischen jedem erstickten Schrei drehte der Alte den Kopf herum und spuckte aus, ließ die Augen herumwirbeln, warf den kleinen knochigen Kopf zurück und bellte gen Himmel wie ein Hund.

»Kauft! Kauft! Plätze für den Sonnenuntergang! Sucht euch einen aus. Man sagt, er wird grün, koralle und grau. Zwanzig Kupfermünzen! Nur zwanzig Kupfermünzen!«

Er fädelte sich den Weg zwischen den Tischen hindurch, und es dauerte nicht lange, ehe er bei Muzzlehatch ankam. Der Alte blieb mit aufgesperrtem Kiefer stehen, so scharf wurde seine Aufmerksamkeit beim Anblick des neuen Gesichts am Tisch.

Die Schatten der Blätter und Zweige lagen über den Tischen wie graue Spitze und bewegten sich unmerkbar hin und her. Der zarte Schatten einer Akazienblüte bewegte sich wie etwas Lebendiges über Muzzlehatchs Stirn.

Endlich schloß der alte Kartenverkäufer wieder den Mund und begann aufs neue.

»Plätze für den Sonnenuntergang, koralle, grün und grau. Zwei Kupfermünzen für den Stehplatz. Drei für den Sitzplatz. Eine Kupfermünze in den Bäumen. Der Sonnenuntergang vor eurer Tür, Freunde! Kauft ihn! Kauft ihn! Kauft! Kauft! Kauft!«

Als Muzzlehatch durch halbgeschlossene Lider auf den Alten starrte, senkte sich die Stille wieder warm und dick mit der Süße des Todes.

Endlich murmelte Muzzlehatch leise: »Was meint er, im Namen aller Sterblichkeit und Grübelei – was meint er nur?«

Keine Antwort. Wieder setzte sich Stille und schien entrüstet über den Gedanken, daß irgendeiner nicht wissen könne, was der Alte meinte.

»Koralle, Grün und Grau«, fuhr Muzzlehatch fort, als murmele er bei sich. »Sind das die Farben des Himmels heute abend? Bezahlt ihr, meine Lieben, um den Sonnenuntergang zu sehen? Ist der Sonnenuntergang nicht frei? Guter Gott, ist nicht einmal der Sonnenuntergang frei?«

»Das ist alles, was wir haben«, sagte eine Stimme. »Das und die Morgendämmerung.«

»Du kannst dich aber auf die Morgendämmerung nicht verlassen«, sagte ein anderer mit einem solchen Pathos, daß es schien, er hege eine persönliche Abneigung gegenüber der farbigen Atmosphäre.

Der Kartenverkäufer beugte sich vor und spähte Muzzlehatch aus näherer Distanz an.

»Frei, hast du gesagt?« fragte er. »Wie kann das umsonst sein? Mit Farben wie die edelsteinbestückte Brust einer Königin? Umsonst, ha! Ist denn nichts mehr heilig? Kauft einen Stuhl, Mister Riese, und seht ihn Euch bequem an. Man sagt, es gibt auch Streifen von Flohfarbe und geschlagenem Lachs in den oberen Regionen. Alles für eine Kupfermünze! Kauft! Kauft! Kauft! Danke, Sir, danke. Für Sie die Zedernbänke, Sir. Hölle, danke!«

»Und was, wenn der Wind drehen sollte?« fragte Muzzlehatch. »Was ist dann mit dem Grün und der Koralle? Bekomme ich meine Kupfermünzen zurück? Und wenn es regnet? Eh? Wenn es gießt?«

Jemand spuckte Muzzlehatch an, aber er nahm keine Notiz, abgesehen davon, daß er den Mann mit einem so merkwürdigen Verziehen seiner Lippen anlächelte, daß diesem der Rücken kalt wie der Tod wurde.

»Heute abend gibt es keinen Wind«, sagte eine dritte Stimme. »Eine Bö oder zwei. Das Grün wird wie Glas sein. Vielleicht schwebt ein getöteter Tiger nach Süden. Vielleicht tropfen seine Wunden über den Himmel ... aber nein ...«

»Nein! Nicht heute abend! Nicht heute abend! Grün, Koralle und Grau!«

»Ich habe Sonnenuntergänge schwarz wie Ruß gesehen, weit fort, in den westlichen Regionen, vermischt mit Katzenblut. Ich habe Sonnenuntergänge wie eine Herde Rosen gesehen, die trieben, die schönen Hintern schwebend ... Und einmal habe ich die Titte einer Königin gesehen ... die Sonne, so rosa wie ...«

ACHTUNDSECHZIG

Später an diesem Abend schüttelten Muzzlehatch und sein kleiner Affe die gaffende Menge ab und fuhren mit dem Automobil langsam hinter einer zerlumpten Kavalkade her, die, sich den Weg hier- und dorthin windend, schließlich in einem vogellosen Wald verschwand. Auf der anderen Seite jenes Waldes erstreckte sich eine Wiesenterrasse, wenn man dieses Wort zur Beschreibung der üppig bewachsenen Konstruktion benutzen kann, auf deren westlicher Seite der Boden glatte tausend Fuß abfiel, wo Gipfel von Miniaturbäumchen, nicht länger als Wimpern, im Abendnebel schwebten.

Als die beiden die Terrasse mit ihren fesselnden Ausblicken erreicht hatten, die sich wie Abschnitte des Globus selbst vor ihnen in das große Schweigen aus Ferne und Stille erstreckten, wie um ein neues Element zu bilden, verließen sie den Wagen und nahmen ihren Platz auf einer der Zedernbänke ein. Diese Bänke, die eine lange Reihe von Norden nach Süden bildeten, standen nur wenige Fuß vom Rand des Abgrundes entfernt. In der Tat gab es Zuschauer, deren Beine recht lang waren und deren Füße demzufolge über den Abhang der schwindelerregenden Schlucht hingen.

Der kleine Affe mußte etwas von dieser Gefahr gespürt haben, denn er verharrte nur wenige Augenblicke, ehe er von seinem Platz auf Muzzlehatchs Schoß sprang, von wo aus er dem Sonnenuntergang Grimassen schnitt.

Niemand merkte dies. Und niemand bemerkte Muzzlehatchs starkfingrige Hand, die den kleinen Affen unter dem Kinn kraulte. Alle Aufmerksamkeit und jedes Interesse dieser zerlumpten Leute hatte sich über dem Fremden ergossen, und er und sein Affe waren nun ein Ding der Vergangenheit. Jedes Gesicht war nun von einem allgegenwärtigen Schimmer übergossen. Jedes Auge war das Auge eines Connaisseurs. Ein Schweigen, als habe die Welt zu atmen aufgehört, legte sich über die Gesellschaft, und Muzzlehatch warf in diesem Schweigen den Kopf zurück, denn etwas hatte ihn berührt, etwas Inneres, das er nicht begreifen konnte. Ein Reiz – ein Herzschlag – eine Luftblase in einer weiten Aorta – denn unvermittelt war er durch das, was er vor sich sah, gebannt. Eine vielfarbige Cirruswolke, in einem Luftwirbel gefangen, hatte sich aufgelöst, und an ihrer Stelle strömten tausend Wolkentiere gen Westen.

Hinter den Zuschauern erhob sich sehr dicht die Flanke des hohen Waldes und wurde von der Abendsonne beschienen, außer da, wo die Schatten der Zuschauenden sich dagegen lehnten. Vor und unter den Zuschauern hatte sich das ferne Tal einen weiteren Goldschleier übergezogen. Oberhalb des Sonnenuntergangs sahen die Zuschauer die Tiere: alle mit fliegenden Mähnen, welcher Spezies sie auch immer angehörten: große Wale trugen nicht weniger Mähnen als Löwen, Tiger nicht weniger als Hirsche.

Der Himmel bestand von Nord bis Süd aus Tieren. Tieren aus Erde und Luft, die den Kopf zum Schrei hoben – zum Heulen – zum Kreischen, aber sie hatten keine Stimmen, und ihre Kinnbacken blieben geöffnet und schluckten die rasche Luft.

Und da stand Muzzlehatch auf. Sein Gesicht war dunkel von einem plötzlichen Schmerz, einem Schmerz, den er nur halb begreifen konnte.

Er stand in voller Größe in dem gebannten Schweigen, und sein ganzer Körper zitterte. Eine Weile blieb sein Blick auf den Himmel geheftet, wo die Tiere unter seinen Augen die Formen wechselten, von einer Spezies in die andere verschmolzen, aber immer von den Mähnen nach vorn getrieben.

Wenige Schritte neben Muzzlehatch klammerte sich ein großer staubiger Wacholderbusch an den Rand des Abgrunds. Ein Schritt trug Muzzlehatch zu dem einsamen Ding, und er riß es aus der Erde, hob es über den Kopf und schleuderte es in die leere Luft, wo es fiel und immer weiter fiel.

Nun war jeder Kopf ihm zugewandt. Jeder Kopf, ob weit oder nah: Alle wandten sich ihm zu. Als sie ihn sahen, wie er zitterte, konnten sie nicht verstehen, daß er durch die Wolkentiere hindurch eine andere Zeit und einen anderen Ort vor Augen hatte: einen Zoo aus Fleisch und Blut. Noch wußten sie, daß der hagere Besucher zum ersten Mal die äußerste Agonie ihres Todes spürte. Tier um Tier der oberen Luftschichten erinnerte ihn an eine besondere Feder, Schuppe oder Klaue, an eine besondere Schönheit oder Kraft ... ein Symbol des unaussprechlich Wilden.

Sie waren in einer nun freudlosen Welt seine einzige Freude gewesen. Jetzt vermoderten sie nicht einmal, seine Tiere. Noch waren sie in Asche oder wieder in Erde verwandelt. Die Wissenschaft hat sie ausgelöscht, es gab keine Spur von ihnen. Sein gesprenkelter Reiher mit dem gebrochenen Fuß – wo war er jetzt? Und der Lemur, nur fünf Monate alt, doch mit einem so klugen Gesicht und einem Kiefer voller Nadeln. Oh, Liquidierung! Und ein jedes mit seiner besonderen Geschichte. Jedes mit einer eigenen Gefangennahme. Und als sich die Wolkenlandschaft mit Gestalten bevölkerte, mit Buckeln, Flossen, Hörnern, und seine Gedanken mit Bildern von Sterblichkeit, so zitterte er noch mehr, denn Muzzlehatch erkannte, daß die Zeit für ihn gekommen war, an den Ort übelster Verderbtheit, Ungerechtigkeit und Tod zurückzukehren. Denn dort lebten sie, halbtot in Zellen, abgeschnitten vom Licht des Tages.

Der kleine Affe begann mit dünner, trauriger, ferner Stimme zu heulen, und sein Herr setzte ihn von einer Schulter auf die andere.

Benommen durch die Ungeheuerlichkeit seines Verlusts hatte er sich eine Zeitlang geweigert, es zu glauben, trotz aller Offensichtlichkeit, hatte sich geweigert, die brutale Realität einer solchen Tat zu bedenken. Aber die ganze Zeit über sammelte sich die schreckliche Saat unter seinen Rippen, und auf seiner Zunge lag ein ganz unbeschreibbar gräßlicher Geschmack.

Aber der Augenblick kam, als er trotz des Alptraums merkte, daß sein Leben, wie er es kannte, in zwei Hälften zerbrochen war. Er war nicht mehr ausgeglichen, nicht mehr heil. Es hatte einmal eine Zeit gegeben, da war er Herr der Fauna gewesen. Muzzlehatch, in seinem Haus beim Maulbeerbaum, völlig er selbst zwischen den Eisenkäfigen. Und da war der zweite, der gegenwärtige Muzzlehatch, unentschlossen, jedoch bedrohlich, der Herr des Nichts.

Doch in diesem Nichts war seitdem, wenn er es auch nicht wußte, so schwarz lag der schauderhafte Schatten auf seinem Hirn, eine unerbittliche Substanz gewachsen, ein inneres Dilemma, dem zu entkommen er kein Recht, keinen Wunsch hatte; noch wünschte er, der abstoßenden Welt zu entkommen, über deren Körper er nun seinen Weg ins Lager des Feindes zurückgehen mußte.

Und dann brach es wie eine Natter aus dem Ei – ein Giftwesen, das jeden Augenblick größer wurde, als sich die üble Szene formte.

Die Wolken waren verschwunden, und die prophezeiten Farben hingen wie Laken in der Luft. Er wandte dem Himmel den Rükken und starrte in die Bäume, die über der überwachsenen Terrasse aufragten. Dabei sickerte der Haß aus ihm heraus, und alles klärte sich. Das Chaos seiner verzögerten Wut verschmolz zu einem Karbunkel. Es bestand nicht mehr die Notwendigkeit für Wildheit oder das Herausreißen von Büschen. Hätte er es vermocht, er hätte den Wacholder wieder an seiner gefährlichen Stelle eingepflanzt. Und als er den großen Kopf zu den stummen Reihen der Bettler wandte, war sein Gesicht ausdruckslos.

»Hat irgendeiner von euch«, brüllte er, »jemals Gormenghast gesehen?«

Die Köpfe der Sonnenuntergangszuschauer regten sich nicht. Ihre Körper blieben ihm halb zugewandt. Ihre Augen hefteten sich auf den größten Menschen, den sie jemals gesehen hatten. Nicht ein Laut drang aus den langen, langen Reihen von Kehlen.

»Vergeßt eure verdammten Wolken«, schrie er. »Habt ihr einen Jungen gesehen – den Herrn einer Region? Sind hier schon irgendwelche Fremde durchgezogen?« Er warf den großen Kopf zurück. »Bin ich der einzige?«

Nicht ein Laut, nur das leise Rascheln von Blättern im Wald hinter ihm. Eine unglückliche Stille, eine häßliche, schicksalsträchtige Stille. In diesem Schweigen stieg Muzzlehatchs Wut wieder an. Sein geliebter Zoo, zerstört durch die Wissenschaft, erstand vor seinen Augen. Titus verloren. Alles verloren, außer das verlorene Reich von Gormenghast zu finden. Und dann den jungen Titus nach Hause geleiten. Aber warum? Um was zu beweisen? Nur, daß der Junge nicht verrückt war. Ein Verrückter? Er schritt zum Waldrand, den Kopf in der Hand, hob dann den Blick und dachte über Masse und Gewicht seines verrückten Automobils nach. Er löste die Bremse und brachte es zum Leben, so daß es aufschluchzte und wie ein Kind flehte. Er wendete es zum Abgrund und schickte es mit einem heftigen Stoß auf den Weg. Als es losfuhr, sprang der kleine Affe von seiner Schulter auf den Fahrersitz, ritt wie ein kleiner Kutscher weiter und stürzte mit in den Abgrund.

Affe fort. Auto fort. Alles fort?

Muzzlehatch spürte nichts; nur ein Gefühl von Ungläubigkeit, daß ein Fragment seines Lebens so lebendig vor ihm hing wie ein Bild an der Wand des dunklen Himmels. Er spürte keinen Zorn. Alles, was er fühlen konnte, war ein Gefühl von Befreiung. Welche Lasten waren in ihm geblieben? Nichts, nur Liebe und Rache.

Diese beiden schlossen Selbstmord aus, wenn auch die Reihen der Zuschauer einen Moment lang Muzzlehatch anstarrten, als er hinabsah und seine Füße sich nur einen oder zwei Zoll von dem verschlingenden Abgrund entfernt befanden. Unvermittelt drehte er der Schlucht und der schattengleichen Gemeinde den Rücken und machte sich zu Fuß auf in den vogellosen Wald, und als er weiter und weiter in den Spuren seines Hinwegs wandelte, sang er in dem Wissen, daß er im Laufe der Zeit in eine Gegend kommen würde, die er verlassen hatte, wo die Wissenschaftler arbeiteten, wie Drohnen, zum Ruhm der Wissenschaft, zum Lob des Todes.

Hätte Titus ihn jetzt gesehen und das ironische Lächeln auf dem Gesicht seines Freundes, das ungewöhnliche Licht in seinen Augen bemerkt, er hätte gewiß Angst gehabt.

NEUNUNDSECHZIG

Inzwischen ruhte sich Titus, den die Reisen auf der Suche nach seinem Zuhause und nach sich selbst durch viele Klimata geführt hatten, in einem kühlen grauen Haus aus, in dessen stillen, schützenden Mauern er im Fieber lag.

Sein Gesicht, lebendig und aufgeregt trotz seiner Reglosigkeit, lag halb in den weißen Kissen untergetaucht. Die Augen waren geschlossen. Seine Wangen gerötet und die Stirn heiß und feucht. Das Zimmer um ihn war hoch, grün, dämmrig und still. Die Jalousien waren heruntergelassen, und ein Gefühl von Unterwasserwelt durchwaberte den Raum.

Vor den Fenstern erstreckte sich ein großer Park, in dessen südöstlicher Ecke ein See – trotz der Entfernung – das Auge mit dem wilden Gleiß des Wassers verletzte. Hinter dem See, fast schon am Horizont, erhob sich eine Fabrik. Sie nahm den Himmel mit einem Schwung ein, denn die Umrißlinie beschrieb einen Bogen von hundert Grad, ein Meisterwerk der Architektur. Doch von all dem wußte Titus nichts, denn sein Zimmer war seine Welt.

Noch wußte er, daß am Fußende seines Bettes, die Brauen hochgezogen, die Tochter des Wissenschaftlers saß.

Es war gut für Titus, daß er sie nicht durch die Schleier seines Fiebers sehen konnte. Denn sie war eine Erscheinung, die man nicht leicht vergaß. Ihr Körper war exquisit. Ihr Gesicht unbeschreibbar irritierend. Sie war eine Moderne. Sie besaß eine neue Art Schönheit. Alles in ihrem Gesicht war für sich schön, doch sonderbarerweise (vom Standpunkt der Normalität aus) an der falschen Stelle. Ihre Augen waren groß und sturmgrau, standen jedoch eine Idee zu weit auseinander, jedoch nicht so weit, als daß man es gleich erkannt hätte. Ihre Wangenknochen waren ausgeprägt und wunderbar geschwungen, und die Nase, wenn auch gerade, vermittelte doch den Eindruck von Unentschlossenheit, mal eher Stubsnase, mal eher Hakennase. Was den Schwung der Lippen anging, so waren diese ein halb schlafendes Wesen, etwas, was wie ein Chamäleon die Farbe wechseln konnte (wenn nicht bewußt, so doch in jedem Fall mit einer Minute Vorwarnung). Heute war ihr Mund von der Farbe einer Fliederblüte, sehr blaß. Wenn sie sprach, zogen sich die hellen Lippen vor den kleinen weißen Zähnen zurück und erlaubten dem einen oder anderen Wort, wie ein Blütenblatt hinüberzuwandern, das daraufhin unruhig hinweggeweht wurde. Ihr Kinn war gerundet wie das schmalere Ende eines Hühnereis und erschien im Profil köstlich klein und verwundbar. Der Kopf saß ausgewogen auf dem Hals, und der Hals auf den Schultern wie ein Balanceakt, und die bizarre Diskrepanz ihrer Züge, in sich schon unpassend, kam zusammen und verschmolz zu einem recht unwiderstehlichen Gesicht.

Von weit unten hörte man Rufe und geschriene Antworten, denn das Haus war voller Gäste.

»Cheeta!« riefen sie. »Wo bist du? Wir gehen Reiten!«

»Dann geht«, antwortete Cheeta zwischen den hübschen Zähnen hervor.

Zwei Stockwerke weiter unten hingen zwei große blonde Männer dekorativ über dem Geländer.

»Komm schon, Cheeta«, brüllten sie. »Wir haben dein Pony schon fertiggemacht.«

»Dann erschießt das Biest«, murmelte sie.

Sie wandte für einen Moment den Kopf von Titus ab, und all ihre Züge, dergestalt neu orientiert, legten eine neue Beziehung zueinander anheim ... eine andere Schönheit.

»Laß sie doch«, riefen die jungen Damen, die wußten, daß sie keinen Spaß hätten, käme Cheeta mit. »Sie will nicht mitkommen – das hat sie uns ja jedenfalls *gesagt*«, quietschten sie.

Das tat sie auch nicht. Sie saß kerzengerade, die Augen auf den jungen Mann gerichtet.

SIEBZIG

Er war einige Tage zuvor von einem der Diener auf dessen mitternächtlicher Runde in einem der Nebengebäude schlafend aufgefunden worden. Seine Kleider waren durchweicht, und er zitterte und murmelte vor sich hin. Der erstaunte Diener hatte sich auf dem Weg zu seinem Herrn befunden, war aber dabei von Cheeta auf deren Weg ins Bett aufgehalten worden. Befragt von Cheeta, erzählte der Diener von dem Eindringling, und zusammen gingen sie zu dem Nebengebäude, und dort lag er zusammengerollt und zitternd.

Eine lange Weile hatte sie nichts weiter getan, als das Profil des jungen Mannes anzustarren. Insgesamt war es ein junges, ja jungenhaftes Gesicht, doch es lag noch etwas anderes, nicht leicht zu Begreifendes in seinen Zügen. Es war ein Gesicht, das auf manche Szene hinabgeblickt hatte. Es war, als sei der Schleier der Jugend herabgezerrt worden, um etwas Gröberes zu enthüllen, etwas den Knochen Näheres. Es schien, als wehe ein Schatten über dem Gesicht, eine Ausstrahlung all dessen, war es jemals gewesen war. Kurz, sein Gesicht war von der Substanz, aus der sein Leben sich zusammensetzte. Es hatte nichts mit der schattenhaften Höhlung unterhalb seiner Wangenknochen zu tun, noch den winzigen Hieroglyphen um seine Augen: Es war eher, als sei sein Gesicht sein Leben.

Aber sie hatte auch etwas anderes gespürt. Eine unmittelbare Anziehung.

»Sag nichts darüber«, hatte sie gesagt. »Verstehst du? Nichts! Es sei denn, du willst entlassen werden.«

»Jawohl, Madame.«

»Kannst du ihn hochheben?«

»Ich denke schon, Madame.«

«Versuch es.«

Unter Schwierigkeiten hatte er Titus auf die Arme gehoben, und zusammen unternahmen die drei ihren mitternächtlichen Weg zu dem grünen Zimmer am Ende des Ostflügels. Dort, in einem fernen Winkel des Hauses, hatten sie ihn aufs Bett gelegt.

»Das ist alles«, sagte die Tochter des Wissenschaftlers.

EINUNDSIEBZIG

Drei Tage waren seit jener Nacht vergangen, als sie ihn unter ihre Obhut genommen hatte. Man hätte denken sollen, daß er sicher einmal die Augen geöffnet hatte, wenn auch nur aufgrund der Nähe ihrer merkwürdigen Schönheit, doch nein, seine Augen blieben geschlossen, oder wenn nicht, so sahen sie doch nichts.

Sie bewältigte die Situation mit einer Effizienz, die bei einer so verführerischen Frau schon fast unattraktiv wirkt, als handele es sich lediglich darum, sich die Wimpern zu tuschen.

Gewiß, am zweiten Fiebertag ihres Patienten staunte sie über die Verworrenheit seiner Ausbrüche, denn er hatte sich im Bett umhergeworfen, hatte wieder und wieder aufgeschrien, in einer Sprache, die fast fremdartig klang wegen der Anzahl von Orten und Namen; Worte, von denen sie nie gehört hatte, und einen zuvörderst: Gormenghast.

›Gormenghast‹. Das war Herz und Kern von allem. Zuerst konnte Cheeta es nicht begreifen, doch allmählich folgten zwischen fiebrigen Wiederholungen dieses Wortes Namen und Phrasen, die sich langsam zu einer Art Bild zusammensetzten.

Cheeta, die Intelligente, wurde beim Zuhören in eine Zone gezogen, eine Schicht von Menschen und Geschehnissen, die sich verdrehten, umkehrten, in Spiralen bewegten, doch innerhalb der eigenen Gesetze konsistent waren. Vom kalten Zentrum von Eleganz und einem Leben geregelten Vergnügens aus eröffneten sich ihr die Abgründe einer barbarischen Region. Eine Welt der Gefangennahmen und Fluchten. Von Gewalt und Furcht. Von Liebe und Haß. Doch über allem einer unterschwelligen Ruhe. Eine Ruhe, die auf felsengleicher Sicherheit und dem Glauben an eine unsterbliche Tradition beruhte.

Hier lag schwitzend und sich auf dem Bett vor ihr umherwerfend ein Fragment, so schien es, von großer Tradition: trotz der äußeren Bewegung unendlich still in dem Vertrauen an die eigene erbliche Wahrheit. Cheeta spürte zum ersten Mal in ihrem Leben die Gegenwart von blauerem Blut als dem ihren.

Sie ließ die kleine Zunge über die Lippen gleiten. Dort lag er in der Dämmerung des grünen Zimmers, während die Stimmen im Haus unter ihnen leise über die Gänge hallten und die Reitpferde ungeduldig aufstampften.

»Kannst du mich hören ... oh, kannst du mich hören ... kannst du ...«

»Ist das mein Sohn? ... Wo bist du ... Kind?«

»Wo bist du, Mutter?«

»Wo ich immer bin ...«

»An deinem hohen Fenster, Mutter, umschwärmt von Vögeln?«

»Wo sonst?«

»Kann niemand mir sagen ...«

»Was ...?«

»Wo in der Welt ich bin ...?«

»Nicht leicht ... nicht leicht.«

»Du hast es nie mit den Zahlen gehabt, junger Mann. Nie.«

»Oh, umhüllen Sie mich mit den faulen Falten ihres Talars, Mister Bellgrove.«

»Warum hast du das getan, Junge? Warum bist du fortgelaufen?«

»Warum ...?«

»Warum ... warum ...?«

»Warum ...?«

»Hör zu ... hör zu ...«

»Warum sind deine Schultern abgewandt?«

»Die Vögel hocken auf ihrem Kopf wie Blätter.«

»Und die Katzen wie eine weiße Flut?«

»Die Katzen bleiben loyal in einer Welt der Verräter.«

»Steerpike ...?«

»Oh, nein!«

»Barquentine ...?«

»Oh, nein.«

»Ich kann es nicht aushalten ... Oh, mein lieber Doktor.«

»Ich habe dich vermißt, Titus ... oh, so sehr ... bei allem, was abdankt, den Kuchen nimmst du.«

»Aber wo bist du hingegangen ... Lieber?«

»Warum hast du es getan ... warum?«

»Warum?«

»Warum ... warum ...?«

»Warum ...«

»Dein Vater ... und deine Schwester und jetzt ... du ...«

»Fuchsia ... Fuchsia ...«

»Was war das?«

»Ich habe nichts gehört.«

»Oh, Doktor Prune ... ich liebe Sie, Doktor Prune ...«

»Ich hörte Schritte.«

»Ich hörte einen Schrei.«

»Ahoi da, Bengel! Titus der Fliegenbekleckerte ...«

»Hölle, wie weit du gewandert bist! Mit wem hast du geredet?«

»Wer war das, Titus?«

»Du würdest das nicht verstehen. Er ist anders.«

»Er trinkt den roten Himmel als Abendwein. Er liebte sie.«

»Juno?«

»Juno.«

»Er hat mir das Leben gerettet. Viele Male.«

»Genug. Schneid dir die Frau mit einem Federmesser heraus.«

»Gott rette die Süße in deinem Eisenherzen.«

»Sie sind also alle gestorben ... alle ... Fisch, Fleisch und Vogel.«

»Ha, ha, ha, ha, ha, ha! Das waren doch letztendlich nur Käfigtiere. Sieh dir diesen Löwen an. Das ist alles. Vier Beine ... zwei Ohren, eine Nase ... einen Bauch.«

»Aber sie haben den ganzen Zoo getötet! Muzzlehatchs Zoo! Federn, Schnäbel und Hörner, alles zusammen. Eine Scheibe Leben. Die Mähne des Löwen, blutverklebt, kreischend beim Zerbröseln.«

»Ich liebe dich, Kind. Wo bist du? Mache ich dir Kummer?«

»Er ist schon so lange fort.«

»So lange ... was hast du in diesem Teil der Welt gemacht, daß du so naß geworden bist?«

»Ich hatte mich verirrt. Ich habe mich immer schon verirrt. Fuchsia und ich verliefen uns immer. Verliefen uns in unserem großen Haus, wo die Eidechsen krochen und das Unkraut über die Treppen wucherte und auf den Absätzen erblühte. Wer ist das? Warum öffnest du nicht die Tür? Warum fummelst du so herum? Hast du Angst vor Holz? Keine Sorge, ich kann dich durch die Tür hindurch sehen. Keine Angst. Dein Name ist Ackerblatt. König der Polizei. Ich hasse dein Gesicht. Es ist aus Heftzwecken gemacht. Deine Arme sind mit Nägeln befestigt ... aber Juno ist bei mir. Das Schloß schwimmt. Steerpike, mein Feind, schwimmt unter Wasser, einen Dolch zwischen den Zähnen. Doch ich habe ihn umgebracht. Ich habe ihn getötet.

Komm her, und wir werden zusammen auf den Zinnen tanzen. Die Türmchen sind weiß vor Vogelkot. Ist wie Phosphor. Gib mir deine Hände, Muzzlehatch und Juno, du Schönste von allen, und tritt mit mir in den Raum. Wir werden nicht allein fallen, denn wenn wir an einem Fenster nach dem anderen vorbeikommen, wird ein Dutzend Köpfe neben uns hinausstarren und ein Zehn-vor-drei-Grinsen grinsen. Veil und die Schwarze Rose; Cusp-Canine und die Grass' ... und dicht bei mir war, während wir fielen, der Kopf von Fuchsia; ihr schwarzes Haar in meinen Augen, aber ich konnte nicht warten, denn da gab es das Ding zu sehen, das Ding. Sie lebte im Stamm eines Baumes. Die Wände waren Honigwaben, und der Stamm dröhnte, doch niemals stach uns eine Biene. Sie sprang von Ast zu Ast, bis die Schullehrer kamen, Bellgrove, Cutflower und die anderen, und die Barette schoben sich durch die Schatten. Grab ihnen eine große Grube; sing für sie. Mach ihnen Kränze aus Stockrosen. Wirf die Erbsenhülsen wie taubengrüne Kanus hinab. Das wird sie den Winter über bei Laune halten. Laune? Laune? Ha, ha, ha, ha, ha! Die Eulen von Gormenghast sind unterwegs. Ha, ha, ha! Die räuberischen Eulen ... die Eulen ... kleine Eulen.«

ZWEIUNDSIEBZIG

Als Titus sie zum ersten Mal erblickte, dachte er, sie sei nur ein weiteres auf ihn einstürmendes Bild, doch als er sie länger anstarrte, wußte er, daß dieses Gesicht nicht in den Wolken hing.

Sie hatte nicht gesehen, wie er die Augen öffnete, und so wurde Titus die Möglichkeit zuteil, den einen oder anderen Augenblick das Eis in ihren Zügen zu beobachten. Als sie den Kopf umwandte und sah, wie er sie anstarrte, unternahm sie keine Anstrengung, ihre Miene zu glätten, weil sie wußte, er hatte sie überrascht. Statt dessen starrte sie ihrerseits Titus an, bis der Augenblick kam, da sie, als hätten sie nur gespielt, einander auszustarren, so tat, als könne sie die Züge nicht mehr beherrschen, und das Eis schmolz, und ihr Gesicht brach auf zu einem Ausdruck, der eine Mischung aus dem Intellektuellen, dem Bizarren und dem Exquisiten darstellte.

»Du hast gewonnen«, sagte sie. Ihre Stimme war so leicht und träge wie Distelflusen.

»Wer bist du?« fragte Titus.

»Spielt keine Rolle«, antwortete sie. »Solange ich weiß, wer du bist – oder?«

»Wer bin ich denn?«

»Lord Titus von Gormenghast. Der Siebenundsiebzigste Graf.« Die Worte wirbelten wie Herbstblätter.

Titus schloß die Augen. »Gottseidank«, sagte er.

»Für was?« fragte Cheeta.

»Für das Wissen. Ich selbst habe fast angefangen, an diesem verdammten Ort zu zweifeln. Wo bin ich? Mein Körper brennt.«

»Das Schlimmste ist vorbei«, sagte Cheeta.

»Ja? Was für Schlimmes?«

»Die Suche. Trink dies und leg dich wieder hin.«

»Was für ein Gesicht du hast«, sagte Titus. »Es ist das Paradies auf der Kippe. Wer bist du? Eh? Antworte mir nicht. Ich weiß alles. Du bist eine Frau. Genau das. Laß mich also an deinen Brüsten saugen, den kleinen Äpfeln, und deine Warzen mit meiner Zunge umspielen.«

»Dir geht es offensichtlich besser«, sagte die Tochter des Wissenschaftlers.

DREIUNDSIEBZIG

An einem Morgen, nicht lange, nachdem er völlig genesen war von seinem Fieber, stand Titus früh auf und zog sich mit einer gewissen Fröhlichkeit an. Dies war ein für sein Herz leicht fremdes Gefühl. Es hatte eine Zeit gegeben, und es war gar nicht so lange her, als der bloße Gedanke an etwas Lächerliches ihn zum Kugeln brachte, als er über alles und jedes lachen konnte, als sei es nichts – trotz all der Dunkelheit seiner frühen Tage. Aber nun schien eine Zeit gekommen, in der es mehr Dunkelheit als Licht gab.

Aber er hatte in seinem Leben eine Phase erreicht, in der er auf andere Weise und über andere Dinge lachte. Er brüllte sein Lachen nicht mehr heraus. Er schrie nicht mehr vor Freude. Etwas war von ihm gegangen.

Doch an diesem besonderen Morgen schien etwas von seinem früheren Selbst in ihm zu stecken, als er aus dem Bett auf die Füße rollte. Ein unerklärliches Brodeln, ein Zucken vor Freude.

Als er die Jalousien hochschnappen ließ und die Landschaft enthüllte, verzog er vor Freude das Gesicht und streckte Arme und Beine (wenn es auch keinen Grund für solche Freude gab). Es war eigentlich eher das Gegenteil der Fall. Er war verstrickt. Er hatte sich neue Feinde zugezogen. Er hatte sich unwiderruflich mit Cheeta eingelassen, die so gefährlich wie dunkles Wasser war.

Doch an diesem Morgen war Titus glücklich. Es war, als könne ihn nichts berühren. Als stünde sein Leben unter einem Zauber. Fast, als lebe er in einer anderen Dimension, für andere nicht berührbar, so daß er alles riskieren, alles wagen konnte. Ebenso wie er sich an seiner Schande ergötzt und keine Angst an jenem Tag empfunden hatte, als er sich von dem Fieber erholt hatte – so befand er sich nun in einer Welt, die ebenso auf seiner Seite stand.

Er rannte also an diesem frühen Morgen die elegante Treppe hinab und galoppierte zu den Ställen, als sei er selbst eines der Ponys. In wenigen Augenblicken war die graue Stute gesattelt, und fort war er – fort zum See, auf dessen regloser Fläche das Spiegelbild der Fabrik lag.

Aus den schlanken, spitz zulaufenden Schornsteinen hob sich der Rauch wie Weihrauch in dünnen grünen Fäden. Hinter diesen

Schornsteinen lag der Morgenhimmel wie eine Fläche zerknitterten Leinens. Als er weiter galoppierte und der See mit jedem Schritt näher und näher kam, wußte er nicht, daß jemand ihm folgte. Jemand anderes war früh aufgewacht. Jemand anderes war zu den Ställen gegangen, hatte ein Pony gesattelt und war fortgerast. Hätte Titus den Kopf gewandt, er hätte einen Anblick genossen, so schön man es sich nur vorstellen konnte. Denn die Tochter des Wissenschaftlers konnte reiten wie ein Blatt im Wind.

Als Titus das Seeufer erreichte, gab er sich keine Mühe, seine Graue zu zügeln, die immer tiefer in den See rannte und das Wasser hoch aufspritzen ließ, so daß die perfekte Spiegelung der Fabrik in Bewegung geriet, Welle auf Welle, bis kein Teil des Sees nicht gekräuselt war.

Aus dem reglosen Gebäude drang eine Art Dröhnen, ein endloser, spürbarer Ton, der, hätte man ihn in die Welt der Gerüche transponiert, dem Totengeruch ähnlich gewesen wäre, eine Art süßlichen Verfallsgeruch.

Als das Wasser dem grauen Pferd an den Hals reichte und das Tier fast zum Stillstand gebracht hatte, hob Titus den Kopf, und in der Weichheit der Dämmerung hörte er zum ersten Mal die volle, üble Weichheit dieses Tons.

Doch trotz alledem sah die Fabrik alles andere als geheimnisvoll aus, und Titus ließ den Blick über die große Fassade gleiten, als handele es sich um die Flanke eines kolossalen Dampfers, lebendig mit zahllosen Bullaugen.

Sein Auge verweilte einen Moment auf einem besonderen Fenster, und er zuckte überrascht zusammen, denn in dessen winzigem Zentrum war ein Gesicht: ein Gesicht, das auf den See hinausstarrte, nicht größer als ein Stecknadelkopf.

Als er den Blick zum nächsten Fenster wandte, sah er wie zuvor ein winziges Gesicht. Schauder rannen ihm den Rücken hinab, und er schloß die Augen, doch das half nicht, denn der rasche weiche Ton schien lauter in seinen Ohren, und der ferne, muffige Geruch von Tod erfüllte seine Nase. Er öffnete die Augen wieder und sah auf das Gebäude. Jedes Fenster füllte ein Gesicht, und jedes Gesicht starrte ihn an, und am allerschrecklichsten von allem: jedes Gesicht war wie das andere.

Da hörte er von weither den leisen Ton einer Pfeife. Bei diesem Laut wurden die Tausende von Fenstern plötzlich aller Gesichter entledigt.

Alle Freude war verschwunden. Etwas Geisterhaftes hatte ihren Platz eingenommen. Langsam wendete er das graue Pferd und stand Cheeta gegenüber. Ob ihr Anblick zu rasch auf den der Fabrik folgte, so daß er in seinen Gedanken befleckt wurde, oder aus einem anderen obskuren Grund, ist schwer zu sagen, doch ob aus dem einen oder anderen Grund wurde ihm bei ihrem Anblick sofort übel. Nun war seine Freude endgültig verschwunden. Kein Abenteuer mehr in seinen Knochen. Ringsum lag die Dämmerung wie eine Krankheit. Er saß zu Pferde zwischen einem üblen Gebäude und jemandem, der zu denken schien, exquisit zu sein, reiche schon aus. Warum schürzte sie das obere Blütenblatt von einer Lippe? Konnte sie nicht den fauligen Geruch spüren? Konnte sie nicht die Schauderhaftigkeit dieses langsamen Würgens hören? War das nicht die Fabrik ihres Vaters?

»Du bist es also?« sagte er endlich.

»Ich bin's«, antwortete Cheeta. »Warum nicht?«

»Warum folgst du mir?«

»Ich habe keine Ahnung«, sagte Cheeta mit einem so lakonischen Tonfall, daß Titus unfreiwillig zu einem Lächeln gezwungen war.

»Ich glaube, ich hasse dich«, sagte er. »Ich weiß nicht genau, warum. Hat dein Vater das gebaut... dieses Gebäude?«

»So sagt man«, erwiderte Cheeta. »Aber sie behaupten alles mögliche, nicht wahr?«

»Wer?« fragte Titus.

»Frag mich etwas anderes, Liebling. Und stürm nicht einfach so los. Immerhin liebe ich dich, soviel ich nur wage!«

»Soviel du wagst? Das ist sehr gut.«

»Das ist in der Tat sehr gut, wenn du an die Narren denkst, die ich fortgescheucht habe.«

Titus wandte ihr den Kopf zu, angeekelt von der Selbstzufriedenheit in ihrer Stimme, doch sobald er sie anstarrte, begann seine Rüstung zu springen, und er sah sie wieder, wie er sie zum ersten Mal gesehen hatte, als etwas unendlich Begehrenswertes. Daß er ihren Kopf verabscheute, schien seine Lust auf ihren Körper eher zu verstärken.

Dort auf ihrem Pferd hockend schien sie zum Nehmen gemacht. Sie mußte nur genauso bleiben, wie sie war, das Profil reglos gegen den Himmel, klein, zierlich und vielleicht hinterhältig. Titus *wußte* es nicht. Er konnte es lediglich spüren.

»Was dich angeht«, sagte sie. »Du bist anders, nicht wahr? Du kannst dich benehmen.«

Die Selbstgefälligkeit dieser Bemerkung war fast zuviel, aber ehe Titus ein Wort sagen konnte, hatte sie die Zügel aufgenommen und trabte auf den Saum des Sees zu.

Titus folgte ihr, und als sie auf trockenen Boden gelangt waren, rief sie ihm zu:

»Komm, Titus Groan. Ich weiß, du denkst, du haßt mich. Versuch mich zu fangen. Jage mich, du Schurke.«

Ihre Augen glänzten in einem anderen Licht, ihr Körper so gespannt wie die letzten Worte einer Jungfrau. Der kleine Reitanzug wunderbar geschnitten und gestaltet wie für ein Püppchen. Ihr kleiner Körper entsetzlich weise, entsetzlich aufreizend. Aber oh, wie begehrenswert! Ihr Gesicht war wie von einem inneren Licht beschienen, so strahlend und klar war ihre Haut.

»Hetz mich!« rief sie wieder, doch es war der sonderbarste Schrei – ein Schrei, der an niemanden gerichtet schien, ein ferner, schwebender Laut.

Mit ihrer unruhigen Stimme im Kopf war die Fabrik vergessen; Titus nahm die Herausforderung an und befand sich in wenigen Minuten in hitziger Verfolgung.

Um sie her erhoben sich auf drei Seiten die fernen Berge, deren Gipfel schwach in den Dämmerstrahlen leuchteten.

Vor diesen Bergen glimmerten wie Bühnenbilder in den niedrigen Strahlen eine Reihe Häuser, von denen eines Cheetas Vater, dem Wissenschaftler, gehörte. Im Süden dieses Hauses befand sich ein großer schimmernder Flugplatz, Stützpunkt für alle Arten von Luftfahrzeugen. Wiederum im Süden erstreckte sich ein breiter Baumgürtel, aus dessen dunklem Inneren mitunter Schreie von Waldwesen drangen.

All dies lag am Horizont. Weit fort von Cheeta, die unvernünftig, aufreizend, eine fliegende Jungfrau, dahinraste; der Lippenstift glänzte feucht rosa-hell auf dem halboffenen Mund; das Haar wehte wie ein lebendiges Tier, als sie im Rhythmus des Pferdes dahinfegte, die schmalen Schultern durch die schlanke Gespanntheit so erotisch weiblich wie ihre Brüste oder die glockenförmigen Hüften.

Als Titus ihr nachdonnerte, fühlte er sich plötzlich albern. Normalerweise hätte er dieses Gefühl beiseite gefegt, aber heute war es anders. Es war nicht, daß es ihn störte, wenn er sich albern benahm. Das stimmte mit dem Rest seines Charakters überein, und er hätte diesen Gedanken entsprechend seiner Stimmung entweder ignoriert oder zurückgedrängt. Nein. Das war merkwürdiger. Das alles hatte etwas unausrottbar Offensichtliches an sich. Etwas Kindliches. Sie ritten auf den Flügeln eines Klischees. Mann verfolgt Frau in der Morgendämmerung. Mann muß seine Lust verzehren. Frau galoppiert wie verrückt an den Abgrund ihrer nahen Zukunft. Und reich! So reich wie sie die Fabrik ihres Vaters nur machen kann. Und er? Er ist Erbe eines Königreiches. Aber wo ist es? Wo ist es?

Links lag ein kleines Wäldchen, und Titus ritt darauf zu und warf die Zügel über den Hals des Pferdes. Sobald er den Rand erreicht hatte, kniete er mit einem sauren Lächeln nieder, weil er dachte, er sei ihr und ihren Plänen entkommen. Er schloß die Augen, doch nur für einen Augenblick, denn die Luft erfüllte plötzlich ein Parfüm, sowohl trocken als auch frisch, und als er die Augen wieder öffnete, blickte er zur Tochter des Wissenschaftlers empor.

VIERUNDSIEBZIG

Er schoß auf die Füße.

»Oh, Hölle!« schrie er. »Mußt du immer wieder aus dem Nichts hervorhüpfen? Wie dieser verdammte Phönix. Halb Glut, halb Asche? Das gefällt mir nicht. Ich bin es satt. Satt, meine Augen zu öffnen und sonderbare Frauen aus großer Höhe zu mir herabstarren zu sehen. Wie bist du hierhergekommen? Woher hast du es gewußt? Ich dachte, ich sei dir entwischt.«

Cheeta ignorierte seine Fragen.

»Hast du Frauen gesagt?« flüsterte sie. Ihre Stimme klang wie trockene Blätter.

»Habe ich«, sagte Titus. »Es gab Juno.«

»Mich interessiert Juno nicht«, sagte Cheeta. »Ich habe alles über sie gehört – zu oft.«

»Ja?«

»Ja.«

»Wie dumm von mir«, sagte Titus und schürzte die Lippen. »Großer Gott, du mußt mein Unbewußtes ausgeplündert haben. Eingeweide und alles. Was wirst du mit einer so fauligen Last anfangen? Wie weit bin ich gegangen? Was habe ich dir erzählt? Wie ich sie in einem Petersilienbeet vergewaltigt habe?«

»Wen?« fragte die Tochter des Wissenschaftlers.

»Meine Urgroßmutter. Die mit den spitzen Zähnen.«

»Ach das«, meinte Cheeta, »daran kann ich mich nicht erinnern.«

»Dein Gesicht«, sagte Titus, »ist ganz wunderbar. Aber es verrät Katastrophen. Dich zu haben hieße, eine Zeitbombe zu besitzen. Nicht, daß du gefährlich sein willst. Oh, nein! Aber deine Züge tragen eine eigene Gefahr in sich. Du kannst nichts dafür, und sie auch nicht.«

Cheeta starrte ihr Gegenüber lange an. Schließlich sagte sie: »Was ist es Titus, was uns voneinander trennt? Du scheinst alles zu tun, um unsere Freundschaft in den Schmutz zu ziehen. Du bist so schwierig. Ich wäre froh, stundenlang mit dir reden zu können, aber du bist niemals ernst, niemals. Der Himmel weiß, ich bin kein guter Unterhalter. Aber ein Wort hier und da wären schon etwas. Du scheinst nur entweder daran zu denken, mit mir zu schlafen, oder dich über mich lustig zu machen.«

»Ich weiß, was du meinst«, entgegnete Titus. »Ich weiß genau, was du meinst.«

»Dann ... warum ...?«

»Es ist schwieriger, als ich dir sagen kann. Ich muß eine Barriere gegen dich aufrichten. Eine Barriere der Späße. Ich kann, ich *darf* dieses Land, dieses Land der Fabriken, dieses *du* nicht ernst nehmen. Ich bin lange genug hier, um zu wissen, es ist nichts für mich. Du bist auch keine Hilfe mit deinem sonderbaren Reichtum und deiner Schönheit. Es führt nirgendwohin. Hält mich wie einen Tanzbären am Ende einer Leine ... Ach, du bist schon ein seltener

Vogel. Du verbringst deine Zeit mit mir, präsentierst mich deinem Vater. Aber warum? Warum? Ihn und seine Freunde zu schockieren? Du wirfst deine Bewerber einen nach dem anderen aus dem Haus und läßt sie Amok rennen. Diese aufgepeitschte Eifersucht ist wie ein Gestank. Was ist es?«

Titus streckte die Hand nach ihr aus und zog sie zu sich auf den Boden.

»Vorsicht«, sagte sie. Sie hatte die Brauen hochgezogen, als sie neben ihm lag.

Eine Libelle flog mit dünnem Surren der durchsichtigen Flügel über sie hinweg, und dann setzte sich wieder Stille.

»Nimm deine Hand fort«, sagte Cheeta. »Ich mag es nicht. Berührt werden verschafft mir Übelkeit. Das verstehst du doch, oder?«

»Nein, verdammt nochmal«, rief Titus und sprang auf die Füße. »Du bist kalt wie ein Fisch.«

»Willst du damit sagen, daß es immer und immer nur mein Körper war, der dich reizte? Willst du sagen, es gibt keinen anderen Grund, warum du nahe bei mir sein willst?«

Ihre Stimme nahm einen anderen Klang an. Trocken und fern, aber mit scharfem Unterton.

»Das Sonderbare ist«, fuhr sie fort, »daß ich dich liebe. Dich. Einen jungen Mann, der nichts in sich trägt als Lust auf mich. Ein Rätselwesen von Irgendwo, das man in keinem Atlas findet. Kannst du das begreifen? Du bist mein Geheimnis. Sex würde es zerstören. Sex hat nichts Mysteriöses. Deine Seele ist wichtig und deine Geschichten, Titus, und wie anders du bist als andere Männer, die ich jemals gesehen habe. Aber du bist grausam, Titus. Grausam.«

»Dann ist es wohl um so besser, je eher ich gehe«, rief er, und als er zu ihr herumwirbelte, fand er sich näher bei ihr, als er gedacht hatte, denn er starrte in ein kleines Gesicht hinab, bizarr, unendlich weiblich und kostbar. Sogleich umfingen sie seine Arme, und er zog sie an sich. Keine Reaktion. Und den Kopf wandte sie ab, damit er sie nicht küssen konnte.

»Hallo, hallo«, rief er und ließ sie los. »Das ist das Ende.«

Er ließ sie los, und sie begann sogleich, den Reitanzug glatt zu streichen.

»Ich bin fertig mit dir«, sagte Titus, »fertig mit deinem wunderbaren Gesicht und deinem verbogenen Hirn. Geh zurück zu deinem Jungfrauenklüngel und vergiß mich, wie ich dich vergessen werde!«

»Du Bestie!« schrie sie. »Du undankbare Bestie! Bin ich ein Nichts, daß du mich verläßt? Ist Vögeln so wichtig? Es gibt Millionen Liebende, die sich auf millionenfache Weise lieben, aber mich gibt es nur einmal.« Ihre Hände zitterten. »Du hast mich enttäuscht. Du bist billig. Du bist Talmi. Du bist schwach. Du bist wahrscheinlich verrückt. Du und dein Gormenghast! Du kotzt mich an!«

»Ich kotze mich selbst an«, sagte Titus.

»Da bin ich aber froh«, gab sie zurück. »Mögest du lange dabei bleiben.«

Jetzt, da Cheeta wußte, daß sie von Titus in keiner Weise geliebt wurde, übertrug sich die Härte, die sich in ihre Stimme eingeschlichen hatte, auch auf ihre Gedanken. Noch niemals zuvor in ihrem Leben war sie zurückgewiesen worden. Nicht ein einziger ihrer leuchtenden Bewunderer hatte es jemals gewagt, so mit ihr zu reden wie Titus. Sie waren bereit, hundert Jahre auf ein Lächeln von ihren Lippen oder das Heben einer Braue zu warten. Sie starrte ihn jetzt an wie zum ersten Mal, und sie haßte ihn. Auf merkwürdige Weise hatte er sie gedemütigt, wenn es auch Titus war, der zurückgewiesen wurde. Die Härte, die in ihre Stimme und Gedanken Einlaß gefunden hatte, verwandelte sich in angeborene Hinterhältigkeit. Sie hatte sich ihm auf jede mögliche Weise gegeben, abgesehen vom Liebesakt selbst, und sie war abgeblitzt, beiseite gefegt worden.

Was kümmerte es sie, ob er nun der Herr von Gormenghast war oder nicht? Ob er bei Verstand oder verrückt war? Sie wußte lediglich, daß ihr etwas Wunderbares entwischt war und für sie nur die absolute Rache in Frage kam.

FÜNFUNDSIEBZIG

Der gewaltsame Tod von Veil in der Unterflußwelt war Grund für endlose Spekulationen und Verwunderung, nicht nur einen oder zwei Tage, sondern monatelang. Wer war der Junge, dem eine so wunderbare Flucht gelungen war? Wer war der hagere Fremde, der ihn rettete? (Einige waren sicher, in der letzten Dekade Muzzlehatch von Zeit zu Zeit gesehen zu haben, aber selbst für diejenigen war er eher ein Geist denn Realität, und die Geschichten, die über ihn erzählt wurden, waren alles Legenden.)

Es gab auch welche, die sich erinnerten, wie Muzzlehatch floh, wie sich die tropfenden Tore mit einem so großen Seufzen öffneten, wie es nur jemals in den Träumen eines Melancholikers vorkam.

Hier, in seinem riesigen Versteck, pflegte er zu singen, bis die Glocken klein beigaben, oder er brütete stundenlang vor sich hin wie ein Monarch, zuweilen in Dornranken verstrickt oder mit Erde verkrustet, je nachdem durch welches Land er sich gestohlen hatte. Und dann gab es eine Zeit, einen nie vergessenen Tag, als man ihn von Kopf bis Zeh tadellos gekleidet sah, wie er einen scheinbar endlosen Gang hinabschritt, den Zylinder auf dem Kopf, ein Stöckchen in der Hand (das er herumwirbelte wie ein Jongleur) und mit einer Miene unbeschreiblicher Überheblichkeit.

Aber überwiegend war er aufgrund der schändlichen Vernachlässigung bekannt, in der er seine Kleider hielt.

Aber er hatte niemals dort gelebt, bei den Bürgern. Die Unterflußwelt war ein Refugium, nichts weiter, und so war er für sie ebenso sehr ein Geheimnis wie für die Intellektuellen, die in den großen Häusern am Flußufer lebten.

Aber wohin waren sie verschwunden, diese beiden Gestalten, der hagere und selbstgenügsame Muzzlehatch und der junge Mann, den er rettete? Wie sollten sie es jemals erfahren, diese sich selbst einkerkernden Rebellen, diese Diebe und Flüchtlinge? Doch sie sprachen von wenig anderem als der Flucht und wo beide wohl sein mochten. Die Gespräche bestanden ausschließlich aus Vermutungen und brachten sie nirgendwohin, doch sie stellten beinahe einen Grund zum Leben dar. Für alle außer dreien. Drei, und die unwahrscheinlichsten drei. Es schien, als ob sie auf verschiedene Weise durch den Schrecken des grauenhaften Vorfalls aufgerüttelt wurden. Sie waren schockiert, aber dabei blieb es nicht. Alles, was sie nun wollten, war fliehen, unter jedem Risiko aus der dichtbevölkerten Leere dieses Ortes fliehen.

An der Oberfläche nicht abenteuerlich, doch unruhig, diese gesättigte Morgue zu fliehen. Oberflächlich inaktiv, doch nun bereit, das Risiko der Flucht auf sich zu nehmen. Denn hinter allen dreien war die Polizei her.

Crabcalf mit seinem fahlen, eingezogenen Gesicht und seiner allgemeinen Haltung eines Märtyrers. Egozentrisch bis zum Rand des Größenwahns, oder doch dem sehr nahe. Was war mit der Tatsache seiner Bettlägrigkeit? Und was mit den schweren ›Restbeständen‹ identischer Bücher, die seit so vielen Jahren seine Kissen stützten und sein Bett umgaben?

Sein Bett war dank des Freundes Slingshott und einem oder zwei anderen gegen einen Rollstuhl eingetauscht worden. Hinten an diesem Stuhl hing ein großer Sack. Er war gefüllt mit seinen Büchern und stellte ein ziemliches Gewicht dar. Der arme Slingshott, dessen Pflicht darin bestand, den Stuhl, Bücher und Crabcalf von einem Bezirk zum anderen zu schieben, fand an dieser Betätigung wenig Vergnügen. Nicht nur hatte Slingshott über Literatur im allgemeinen die niederste Meinung überhaupt; noch mehr Abscheu hegte er gegenüber diesem besonderen Buch, insofern es so viele Male vorhanden war und jedes einzelne Mal das Herz beschwerte.

Aber wenn es auch ein sehr langes und schweres Buch war – obzwar Crabcalf sich schon des Hauptteils entledigt hatte – und wenn es auch Dutzende von Malen in Kopie vorlag, träumte doch Slingshott niemals von einer Rebellion oder stellte seine Rechte in Frage! Er wußte, daß er ohne Crabcalf verloren sein würde.

Was Crabcalf anging, so war er so sehr in schale Spekulationen vertieft, daß die Tatsache, Slingshott litte auf irgendeine Weise, ihm niemals in den Sinn kam.

Gewiß hörte er von Zeit zu Zeit ein Klagen, aber es hätte ebensogut das Scharren von Zweigen sein können, nach allem, was ihn kümmerte, so wenig kümmerte er sich darum oder achtete er darauf.

SECHSUNDSIEBZIG

In einer mondlosen, sternlosen Nacht entflohen sie der Unterflußwelt und wandten sich nach Norden. Innerhalb eines Monats setzten sie den Fuß auf fremde Erde.

Unterhalb eines kahlen Hügels stießen sie wie verabredet auf Crack-Bell. Er war trotz all seiner Idiotie der einzige von ihnen, der ein wenig Geld besaß. Nicht viel, wie sie bald herausfanden, aber genug, um zwei, drei Monate zu überleben. Dieses Geld wurde Crabcalfs Tasche überantwortet, wo es nach dessen Aussage sicherer war. Wenn es um Geld ging, schien Crabcalf seine Vagheit hinter sich zu lassen. Crack-Bell brachte keinen Einwand vor. Nichts spielte mehr eine Rolle. Er war einmal reich gewesen. Jetzt war er arm. Was spielte es für eine Rolle? Sein Lachen war so schrill und durchdringend wie ehedem. Sein Lächeln so einfältig wie immer. Seine Reaktionen ebenso rasch. Verglichen mit seinen beiden Gefährten war Crack-Bell ungeheuer lebendig, wie ein Affe.

»Hier sind wir«, rief er. »Mitten in der Mitte von irgendwo. Frag mich nicht wo, aber irgendwo. Ha, ha, ha.« Sein schepperndes Lachen rasselte in Bruchstücken den Hang hinab.

»Mister Crabcalf, Sir«, sagte Slingshott.

»Ja«, sagte Crabcalf und zog eine Braue hoch. »Was wollen Sie dieses Mal? Wieder eine Pause vermutlich?«

»Wir haben eine gute Strecke schweren Bodens zurückgelegt«, sagte Slingshott. »Und ich bin müde. Das bin ich wirklich. Es erinnert mich an jene ...«

»Jahre in den Salinen. Ja, ja. Wir allen wissen darüber«, sagte Crabcalf. »Und würden Sie bitte ein wenig vorsichtiger mit meinen Büchern umgehen? Sie behandeln den Sack, als sei er voller Kartoffeln.«

»Wenn ich ein kleines Wörtchen einschieben dürfte«, trillerte Crack-Bell. »Ich würde es so sagen ...«

»Binden Sie meine Bücher los«, sagte Crabcalf. »Alle. Stauben Sie sie bitte mit einem trockenen Tuch ab. Dann zählen Sie sie bitte.«

»Als ich in den Salinen war, wissen Sie, da hatte ich Zeit zum Nachdenken ...«, sagte Slingshott und gehorchte Crabcalf automatisch.

»Oh, la! Haben Sie es auch getan? Und an was haben Sie gedacht? Frauen? Frauen! Ha, ha, ha. Frauen. Ha, ha, ha, ha.«

»Oh, nein. Oh, nein, wirklich nicht. Ich habe keine Ahnung von Frauen«, sagte Slingshott.

»Haben Sie das gehört, Crabcalf? Was für eine außerordentliche Bemerkung. Es ist, als ob man sagte: ›Ich habe keine Ahnung vom Mond‹.«

»Nun, haben Sie denn eine Ahnung davon?« fragte Crabcalf.

»Soviel wie Sie, mein lieber Bursche. Der Mond ist trocken. Und das sind Sie auch. Aber was spielt das alles für eine Rolle? Wir sind am Leben. Wir sind frei. Zur Hölle mit dem Mond. Der ist ohnehin ein Feigling. Kommt nur nachts zum Vorschein. Ha, ha, ha, ha!«

»Der Mond kommt in meinem Buch vor«, sagte Crabcalf. »Ich kann mich nicht erinnern, an welcher Stelle – aber er spielt eine recht wichtige Rolle. Ich rede da – oder ergehe mich eher über die Veränderung, die dem Mond widerfahren ist. Seit der Mollusk ihn umrundete, ist er eine ganz andere Sache. Er hat sein Geheimnis verloren. Hören Sie zu, Slingshott?«

»Ja und nein«, sagte Slingshott. »Ich habe eigentlich an unser nächstes Lager gedacht. In den Salinen war es anders. Da gab es kein ...«

»Vergessen Sie die Salinen«, sagte Crabcalf. »Und halten Sie ihre kantigen Ellbogen von meinem Manuskript. Oh, meine Freunde, meine Freunde, ist es denn nichts, daß wir von diesem gefährlichen Ort entflohen sind? Daß wir hier in Frieden auf der Leeseite eines kahlen Hügels stehen?«

»Doch auch hier kann ich nicht umhin, an diesen tierischen Kampf zu denken. Es dreht mir den Magen um«, sagte Slingshott.

»Oh, ja, das war wirklich ein schöner Streit! Knochen, Muskeln, Sehnen, Organe und so weiter hier und dort verstreut, aber was spielt das jetzt für eine Rolle? Der Abend ist schön; da sind zwei Sterne. Das Leben liegt vor uns – oder einiges zumindest. Ha, ha, ha!«

»Ja, ja, ja. Ich weiß das alles, Crack-Bell, aber ich kann nicht umhin, mich zu fragen ...«

»Fragen?«

»Ja, nach dem Jungen. Er geht mir noch im Kopf herum«, sagte Slingshott.

»Ich habe nicht viel von ihm gesehen. Ich war ein Stück den

Berg hinunter. Aber aufgrund dessen, was ich sah und was ich vom Leben weiß, kann ich behaupten, er war gut erzogen.«

»Gut erzogen! Ha, ha, ha, ha, ha! Das ist sehr scharf!«

»Scharf? Sie Narr! Glauben Sie, ich habe mein ganzes Leben in der Unterflußwelt verbracht? Ich war einst ein Knappe.«

Slingshott stand auf.

»Der Tau senkt sich«, sagte er. »Ich muß ein Feuer anzünden. Was den Jungen angeht, so gäbe ich viel dafür, ihn zu sehen.«

»Offensichtlich«, sagte Crabcalf, »hatte er ein gewisses Etwas an sich. Aber warum sollten wir ...«

»Ihn sehen wollen?« rief Crack-Bell. »Warum? Oh, la! Ihn und seinen Krokodilsfreund. Oh, la! Was für ein Futter für Vermutungen.«

»Überlassen Sie das nur mir«, sagte Crabcalf. »Ich habe einen Kopf wie ein Kompaß und eine Nase wie ein Bluthund. Ihnen aber, mein lieber Slingshott, das Lager und die Fürsorge für die Bücher ... Crack-Bell für die Nahrung und das Umdrehen von Hühnerhälsen. Oh, mein Lieber, wie glatt und geschmeidig Sie sich bewegen, wenn der Mond auf Höfen schwarzsilbern scheint. Wie glatt und geschmeidig Sie sich an das Geflügel pirschen. Falls wir jemals auf den Jungen stoßen, werden wir Wein und Truthahn zu uns nehmen.«

»Ich trinke nicht«, sagte Slingshott.

»Still!«

»Was ist?«

»Haben Sie nicht das Lachen gehört?«

»Sch ... sch ...«

SIEBENUNDSIEBZIG

Man hörte einen Laut, und ihre Köpfe drehten sich zusammen zur Westflanke des kahlen Hügels. Durch die Dämmerung glitten die Darmschlucker: die Bauchhirnigen, auf der Suche nach Aas. Die Schakale und Füchse. Was gruben sie aus? Das Scharren der horngrauen Nägel ertönte weithin. Die Augen beweglich wie Gelee. Die Ohren zuckende Piks.

Ahoi, ihr Aasfresser. Der Mond übergibt sich.

Als sich Slingshott, Crack-Bell und Crabcalf zitternd niederkauerten (denn zunächst hätte es alles sein können, so sonderbar abstoßend war das Geräusch), brachte ein weiterer Laut sie dazu, die Köpfe wieder zu wenden, dieses Mal zum Himmel.

Aus dem blinden Raum, sonnenlos und schrecklich, drehte, wie bunte Gnitzen aus der Nacht, eine Schwadron lindgrüner Nadeln mit großer Geschwindigkeit auf die Erde zu.

Die Schakale erhoben die üblen Schnauzen. Slingshott, Crabcalf und Crack-Bell die ihren.

Keine Zeit für Furcht oder Begreifen. Sie waren ebenso rasch verschwunden, wie sie aufgetaucht waren. Aber in dem Tempo ihrer Bewegung lag etwas mehr als Geschwindigkeit um ihrer selbst willen. *Es schien, als suchten sie etwas!*

Die Schakale und Füchse kehrten zu ihren Karkassen auf der anderen Seite des kahlen Hügels zurück, und dabei konnten sie nicht die Behelmten Gestalten sehen, die nun wie große Schnitzwerke vor dem Himmel standen, identisch in jeder Einzelheit.

Sie trugen eine Art Rüstung, die ihnen aber die Freiheit beließ, sich mit absoluter Leichtigkeit zu bewegen. Wenn einer von beiden einen Schritt vortrat, unternahm der andere im gleichen Augenblick ebenfalls einen. Wenn einer von ihnen die riesigen, hohlen Augen vor dem Mond beschirmte, machte es ihm sein Begleiter nach.

Wurden sie von diesen geräuschlosen Luftpfeilen geführt? Es schien nicht der Fall zu sein, denn sie hielten die Köpfe leicht gesenkt.

Um die säulenförmigen Hälse trugen sie winzige Kästchen, aufgehängt an Metalldrähten. Was war das? Konnte es sein, daß sie Botschaften von irgendeinem fernen Hauptquartier empfingen? Aber nein! Gewiß nicht! Sie waren nicht von der Art Sterblicher, die gehorchen. Ihre Stille war an sich feindselig und stolz.

Nur einmal richteten sie den Blick auf die drei Landstreicher, und in diesem Doppelblick lag eine solche Welt der Verachtung, daß Crabcalf und seine beiden zitternden Genossen einen eisigen Hauch an den Körpern spüren konnten. Aber das Behelmte Paar war nicht auf der Suche nach ihnen.

Dann ertönte ein Knurren, als sich die Zähne eines der Schakale in der Mitte der Eingeweide eines toten Tieres trafen, und bei diesem Laut drehte sich das hochgewachsene Paar auf dem Absatz um und bewegte sich auf eine sonderbar gleitende Weise fort, die schrecklicher war als Marschtritt oder Schritte.

Und als sie verschwunden waren, machten es die Schakale ihnen nach, denn von dem armen toten Tier war nichts übriggeblieben als die Knochen. Wie ein Baldachin hingen zahllose Fliegen über einem Skelett, als bildeten sie einen Schleier oder Trauerflor.

Die drei aus der Unterflußwelt stiegen schließlich zur Spitze des Hügels und sahen auf allen Seiten im Mondlicht ausgebreitet eine unendlich brüchige lunare Landschaft. Aber sie befanden sich nicht in der Stimmung für Schönheit.

»Kein Schlaf für uns heute nacht«, sagte Crabcalf. »Dieser Ort gefällt mir kein kleines bißchen. Meine Schenkel sind so naß wie Steinbutte.«

Die beiden anderen stimmten zu, daß es kein Ort zum Schlafen sei, wenn es auch dem armen Slingshott zufiel, wie immer, den Rollstuhl die Hänge dieses schrecklichen Gebietes auf- und abzuschieben, mit nicht allein Crabcalf an Bord, sondern auch seinen ›Restbeständen‹ von sechzig Exemplaren.

Crack-Bell, der ohnehin so weiß wie ein Laken war (über den blanchierenden Effekt des Mondes hinaus), ging ein wenig hinter den beiden anderen und pfiff, in einem Versuch, mutig zu erscheinen, eine sowohl schrille als auch tonlose Melodie.

ACHTUNDSIEBZIG

Und so bewegten sie sich in einer Reihe über die weiße Landschaft und stießen auf kein Zeichen eines Lebewesens. Crabcalf in seinem hochlehnigen Stuhl auf Rädern, den Sack mit den identischen Büchern auf dem Schoß. Slingshott, sein Leibeigener, schob seinen Herrn mühsam schmale Schluchten entlang, über kalte Kämme, über Wüsten aus Geröll. Was Crack-Bell anbetraf, so hatte er schon lange das Pfeifen wieder aufgegeben und sparte seinen Atem für die undankbare Aufgabe, einen alten Kocher zu schleppen, Teil einer Campingausrüstung, sowie einen gestohlenen Truthahn. Er stolperte als letzter dieser dreiteiligen Kavalkade, mit nichts außer einer kalten Nacht vor sich, doch konnte Crack-Bell aufgrund seiner Natur nichts für sein aufreizendes Lächeln, das die unteren Regionen seines Gesichts umschwebte, noch für das verrückte Zucken in seinen leeren Augen. »Das Leben ist gut«, schienen sie zu sagen. »Das Leben ist sehr gut.«

Hätte er nicht die letzte Position eingenommen, hätten seine albernen Züge gewiß die beiden Gefährten verrückt gemacht. Aber so trottete er ungesehen einher.

NEUNUNDSIEBZIG

Sie saß reglos vor ihrem Spiegel, starrte jedoch nicht sich an, sondern durch sich hindurch, denn ihre Meditation war tief und bitter, und ihre Augen hatten die Sehfähigkeit verloren. Wäre sie sich ihres Spiegelbildes bewußt gewesen und hätte die Augen von dem Schleier befreit, der wie ein Star über ihnen lag, sie hätte zunächst die unnatürliche Starre ihres Körpers bemerkt und nicht allein die Rückenmuskeln entspannt, sondern auch die des Gesichts.

Denn ihren Kopf umgab trotz aller Schönheit etwas Makabres, etwas, was sie sicher zu verbergen gesucht hätte, hätte sie erkannt, daß es ihre Züge durchdrang. Aber sie wußte nichts davon, und so saß sie da, kerzengerade, und starrte mit unzentrierten Augen, und die leeren Reflektionen der Augäpfel starrten zurück.

Die Stille war entsetzlich, besonders wenn sie zu etwas Spürbarem gerann und fast alle authentischen Laute zu ertränken schien, wie das eines trockenen Blattes, welches von Zeit zu Zeit gegen das Glas eines fernen Fensters raschelte.

Schon die Atmosphäre von Cheetas Ankleidezimmer reichte aus, um einen bis ins Mark abzukühlen, so ernst und lieblos war der Raum. Und dennoch war es, wenn es einem auch einen üblen Schauder den Rücken hinab jagte, kein häßlicher Raum. Im Gegenteil, er war majestätisch in den Proportionen und superb in seiner Ökonomie.

Den Boden zum Beispiel bedeckte von einer Ecke zur anderen eine Tundra aus weißem Kamelfell, hell wie weißer Sand und weich wie Wolle.

An den Wänden hingen Gobelins, die in blaß-krabbenfarbenem Glanz leuchteten – ein System verborgener Lichter schenkte den Eindruck, das gedämpfte Licht fiele nicht auf die Wandbehänge, sondern dringe aus ihnen hervor, als seien diese selbst lichtspendend und verbrennten ihre Leben.

ACHTZIG

Vor nicht sehr vielen Jahren hatte sie ausgerufen: »Oh, wie ich euch alle hasse!« Die Älteren hatten die Köpfe geschüttelt. »Was meint sie bloß?« hatten sie gefragt. »Hat sie nicht alles, was man für Geld kaufen kann? Ist sie nicht die Tochter des Wissenschaftlers?«

Aber sie war unruhig, diese Cheeta. Würde sie dies mögen? Würde sie das vorziehen? Nein. Würde sie die Greeziorthspis-Gobelins annehmen? Sie würde.

Man kaufte sie für sie und brachte das kleine Land so um seinen einzigen Schatz.

Sie hingen also in dem großen Raum, der für sie geschaffen worden war, schöner als je zuvor, brannten dahin in staubigen Rosa- und Goldtönen, doch niemand sah sie an, denn Cheeta hatte aufgegeben, was einst ihre Freude gewesen war.

Sie war an ihnen abgestumpft – oder die Gobelins an ihr. Ungesehen sprangen die Einhorne. Die in den Sonnenstrahlen errötenden Felsspalten bedeuteten nichts. Die gefährlichen Brecher waren nicht mehr gefährlich.

Der Boden aus Kamelfell; die Wände aus Gobelins; der Toilettentisch, gehauen aus einem einzigen Granitblock. Auf ihm lagen wie gewöhnlich ihre Utensilien ausgebreitet.

Die Oberfläche des schwarzen Granits war makellos glatt, doch unter der Hand aufregend uneben, schien zu schwanken oder sich zu wölben, und die Reflektionen der verschiedenen Instrumente, so scharf wie die Instrumente selbst, schwankten ebenfalls. Denn in all der Vielfalt ihrer Utensilien nahmen die bunten Objekte die geringste Brechung der Oberfläche auf. Rechts und links von ihnen fächerte der Granit in harten, aber üppigen Wellen aus.

Aber Cheeta, die kerzengerade auf dem Kamelhaarpolster ihres Stuhls saß, befand sich heute in keinem Geisteszustand, um in stummem, sinnlichem Entzücken die Handflächen darübergleiten zu lassen. Etwas war mit ihr geschehen. Etwas, was ihr noch nie passiert war. Sie hatte zum ersten Mal erfahren, daß sie unnötig war. Titus Groan hatte gemerkt, daß er ohne sie sein konnte.

Unter der Starre des schmalen, schlanken, militärischen Rückgrats wand sich eine Schlange. Hinter der Starre der scheinbar toten Augen lag eine Welt des Entsetzens, denn sie wußte nun, daß sie ihn haßte. Seine Selbstgenügsamkeit haßte. Eine Qualität haßte, die er hatte und die ihr fehlte. Sie hob den benommenen Blick zum Himmel hinter dem Spiegel. Er schwamm in kleinen Wolken, und endlich klärte sich ihr Blick, und die Lider fielen herab.

Ihre Gedanken begannen sich wie Schuppen abzulösen, bis sich in ihrem Kopf absolute Leere befand, eine notwendige Leere, denn die Intensität ihrer schwarzen Gedanken war entsetzlich gewesen und konnte nicht aufrecht erhalten werden – kurz: der Wahnsinn.

Hinter dem Spiegel zickzackte sich der Stolz ihres Vaters ihren Weg über den Himmel: die letzte seiner Fabriken. Als sie dorthin sah, spiralte sich Rauch aus einem der Schornsteine.

So starr wie sie selbst waren ihre Hilfsmittel in Schlachtordnung aufgereiht. Bunt wie ein Regenbogen, glänzend wie Stahl oder Wachs, die Salbentöpfe aus Alabaster, das Kajal, die Nardensalbe.

Der Duft aus den Onyx- und Porphyrtöpfen, das flüchtige aromatische Lavendelöl ... Oliven-, Sesam- und Mandelöl. Die Puderparfüms, allein für sie zerstoßen: Rose, Mandel, Quitte. Das Rouge, die Spezereien und Amber. Augenbrauenstifte und bunter Eyeliner, Maskara und Puderquasten. Augenbrauenzupfer und Wimpernformer. Tüchlein, Läppchen und verschiedene kleine Schwämmchen. Ein jedes vor dem perfekten Spiegel an seinem Platz.

Dann ertönte ein Laut. Zuerst war er so leise, daß man unmöglich erraten konnte, was gesagt wurde, noch ob es sich in der Tat um ihre Stimme handelte. Wäre sie nicht allein im Raum gewesen, man hätte nicht vermutet, ein solcher Laut entspränge so hübschen Lippen wie denen Cheetas. Aber nun wurde er lauter und lauter, bis sie mit den winzigen Fäusten auf den granitenen Frisiertisch schlug und schrie: »Bestie! Bestie! Bestie! Geh zurück in deine schmierige Hütte. Geh zurück in dein Gormenghast!« Und sie stand auf und fuhr mit dem Arm so über den Granittisch, daß alles so wunderschön Angeordnete durch die Luft geschleudert wurde und auf den weißen Kamelfellen des Bodens und dem Staubrot der Wandbehänge zerbrach und verging.

EINUNDACHTZIG

Aus der Bitterheit heraus, die nun zu einem Teil von ihr geworden war, hatte etwas anderes begonnen, an die Oberfläche ihres Bewußtseins zu stoßen, etwas, das Ähnlichkeit mit einem Meerungeheuer hatte, das sich aus den Tiefen des Ozeans hebt: schuppig und abstoßend. Zuerst spürte oder merkte sie keine Konzentration, doch allmählich, als die Tage verstrichen, begannen die verschwommenen Grübeleien ein Zentrum zu finden. Etwas Härteres nahm ihre Stelle ein, bis sie merkte, daß sie sich nicht allein nach dem Wissen verzehrte, *wie* sie verletzen konnte, sondern auch *wann*. So erkannte sie endlich zwei Wochen nach ihrem Streit mit Titus, daß sie aktiv den Sturz des Jungen betrieb und ihr ganzes Wesen auf dieses Ziel gerichtet war.

Indem sie die Utensilien ihrer Schönheit auf dem Boden verstreut hatte, hatte sie auch ihre Leidenschaft und ihr Bewußtsein zerstört. Sie wurde nicht boshafter, sondern kälter, so daß sie, als sie Titus wieder traf, ganz beherrscht schien.

ZWEIUNDACHTZIG

Ist das der Junge?« fragte Cheetas Vater, ein bloßer Hauch von einem Mann.

»Ja, Vater das ist er.«

Seine Stimme hatte unendlich leer geklungen. Seine Präsenz war eine Art Subtraktion. Er war bis zur Peinlichkeit unbeschreibbar. Nur sein Schädel war positiv, ein schmalzfarbener Hügel.

Seine Züge, wenn man sie einen nach dem anderen beschrieb, würden nichts hergeben, und es war schwer zu glauben, daß Cheetas Körper das gleiche Blut durchrann. Doch es gab etwas – eine gewisse Ausstrahlung –, die Vater und Tochter verband. Eine Art Atmosphäre, die ihnen völlig zu eigen war, wenn auch ihre Züge daran keinen Anteil hatten. Denn er war Nichts, ein Wesen singulären Intellekts, unbewußt der Tatsache, daß er, in menschlichen Termini gesprochen, trotz des Genies in seinem Schädel, ein Vakuum war. Er dachte an nichts anderes als an seine Fabrik.

Cheeta folgte seinem Blick und sah Titus recht deutlich.

»Bleib stehen«, sagte sie mit einer Stimme, so lakonisch wie die einer Möwe.

Ihr Vater drückte auf einen Knopf, und das Automobil kam sofort seufzend zum Stillstand.

Titus stand am anderen Ende eines Hohlweges, offensichtlich zu sich selbst redend, aber gerade, als Cheeta und ihr Vater zu vermuten begannen, er habe den Verstand verloren, tauchten drei Bettler aus dem Blattgestrüpp neben Titus auf. Die Scherergruppe hatte offensichtlich den Wagen weder gehört noch gesehen.

Den langen Weg sprenkelte weiches Herbstlicht.

»Wir sind Ihnen gefolgt«, sagte Crack-Bell. »Ha, ha, ha! In und aus Ihren Spuren sozusagen.«

»Mir gefolgt? Wozu? Ich kenne Sie nicht einmal«, sagte Titus.

»Erinnern Sie sich nicht, junger Mann?« fragte Crabcalf. »In der Unterflußwelt? Als Muzzlehatch Sie rettete?«

»Ja, ja«, antwortete Titus, »aber ich erinnere mich nicht an Sie. Es gab Tausende von Ihnen … außerdem … haben Sie ihn gesehen?«

»Muzzlehatch?«

»Muzzlehatch.«

»Nein«, sagte Slingshott.

Es folgte eine Pause.

»Mein lieber Junge«, sagte Crack-Bell.

»Ja?« fragte Titus.

»Wie elegant Sie sind. Genau wie ich immer. Sie waren ein Bettler, als wir Sie zuletzt sahen. Da waren Sie wie wir. Ha, ha, ha. Ein schimmelnder Bettler. Aber sehen Sie sich jetzt an. Oh, la la.«

»Halt den Mund«, sagte Titus.

Er starrte sie wieder an. Drei Gescheiterte. So auftrumpfend, wie nur Gescheiterte zu sein vermögen.

»Was haben Sie mit mir vor?« fragte Titus. »Ich habe nichts, was ich Ihnen geben kann.«

»Sie haben alles«, sagte Crabcalf. »Daher sind wir Ihnen gefolgt. Sie sind anders, Mylord.«

»Wer hat mich so genannt?« flüsterte Titus. »Woher wissen Sie?«

»Aber alle wissen es«, rief Crack-Bell mit einer Stimme, die bis dorthin klang, wo Cheeta und ihr Vater zusahen.

»Wie haben Sie mich gefunden?«

»Wir haben unsere Ohren am Boden und die Augen blank gehalten und benutzt, was Gott uns an Verstand gegeben.«

»Immerhin sind Sie beobachtet worden. Sie sind nicht unbekannt.«

»Unbekannt!« schrie Crack-Bell. »Ha, ha, ha! Das ist gut.«

»Was ist in dem Sack«, fragte Titus sich abwendend.

»Mein Lebenswerk«, antwortete Crabcalf. »Bücher, Dutzende. Aber immer das gleiche.« Stolz erhob er den Kopf und warf ihn von einer Seite auf die andere. »Das sind meine ›Restbestände‹, Sie sind mein Zentrum. Bitte, nehmen Sie eins, Mylord. Nehmen Sie eines mit zurück nach Gormenghast. Schauen Sie, ich greife für Sie hinein.«

Crabcalf schob Slingshott vom Rollstuhl beiseite, riß den Sack auf, warf seinen Arm in dessen Schlund und zog ein Exemplar aus der Dunkelheit. Er tat einen Schritt auf Titus zu und bot ihm den rätselhaften Band an.

»Worum geht es?« fragte Titus.

»Alles«, erwiderte Crabcalf. »Alles, was ich über Leben und Tod weiß.«

»Ich bin kein großer Leser«, sagte Titus.

»Keine Eile«, sagte Crabcalf. »Lesen Sie es, wenn Sie Zeit haben.«

»Danke vielmals«, sagte Titus. Er blätterte ein paar Seiten um. »Da sind auch Gedichte drin, nicht wahr?«

»Eingeflochten«, antwortete Crabcalf. »Das ist sehr wahr. Gedichte sind eingeflochten. Soll ich Ihnen eins vorlesen, ... Mylord?«

»Nun ...«

»Ah ... da haben wir es ja ... mmm ... mmm. Ein Gedanke, nur ein flüchtiger Gedanke. Wo waren wir? Sind Sie bereit, Mylord?«

»Ist es sehr lang?« fragte Titus.

»Es ist sehr kurz«, sagte Crabcalf und schloß die Augen. »Es geht so:

Wie fliegen die Vögel des Himmels, wenn nicht auf Flügeln?
Wie traben die Hirsche, die riesigen und haarigen Könige,
Wenn nicht mit den Füßen? Wie wenden sich die Fischlein
In ihrem Wasserreich, wo Seejungfrauen sich sehnen, wenn
Nicht mit den Schwänzen? Wie sprießt die Platane, wenn
Nicht durch die Wurzeln, ohne die sie nichts wäre?«

»Wie heißen Sie?« fragte Titus.

»Crabcalf.«

»Und Ihre Freunde?«

»Crack-Bell und Slingshott.«

»Sie sind der Unterflußwelt entkommen?«

»Ja.«

»Und haben schon lange nach mir gesucht?«

»Ja.«

»Aus welchem Grund?«

»Weil Sie uns brauchen. Sehen Sie ... wir glauben, daß Sie sind, was Sie zu sein vorgeben.«

»Was gebe ich denn vor zu sein?«

Die drei taten gleichzeitig einen Schritt vor. Sie erhoben die zerklüfteten Gesichter zu den Blättern und sprachen gleichzeitig ...

»Sie sind Titus, der Siebenundsiebzigste Graf Groan und Herr von Gormenghast. So wahr uns Gott helfe.«

»Wir sind Ihre Leibwächter«, sagte Slingshott mit einer so schwachen und albernen Stimme, daß der schiere Tonfall das auslöschte, was diese Worte an Vertrauen vermitteln sollten.

»Ich will keine Leibwächter«, sagte Titus. »Trotzdem danke.«

»Das habe ich auch immer gesagt, als ich noch ein junger Mann war«, sagte Slingshott. »Ich dachte wie Sie – daß Alleinsein alles war. Das heißt, ehe sie mich in die Salinen schickten ... seitdem ...«

»Verzeihen Sie«, sagte Titus, »aber ich kann nicht länger bleiben. Ich schätze Ihre Selbstlosigkeit bei der Suche nach mir und Ihren Gedanken, mich vor diesem und jenem zu schützen – aber nein. Ich bin – oder ich werde – einer von diesen verdammenswerten, selbstsüchtigen Soundsos, die immer nach der Hand schnappen, die sie füttert.«

»Wir werden Ihnen dennoch folgen«, sagte Crack-Bell. »Wir werden dabei, wenn Sie wollen, unsichtbar bleiben. Wir haben keine Ansprüche. Uns kann man nicht leicht von einer Sache abbringen.«

»Und es wird andere geben«, sagte Slingshott. »Männer mit Spleens und Jungen voller Romantik. Im Laufe der Zeit werden Sie eine ganze Armee haben, Mylord. Eine unsichtbare Armee. Auf ewig bereit zu dem Zeichen.«

»Was für ein Zeichen?« fragte Titus.

»Das hier, natürlich«, sagte Crack-Bell, schürzte die Lippen und stieß einen Ton aus, so schrill wie der eines Brachvogels. »Das Gefahrenzeichen. Ha, ha, ha, ha! Oh, nein. Sie brauchen vor nichts Angst zu haben. Ihre unsichtbare Armee wird bei Ihnen sein, überall, nur nicht unter Ihren Augen.«

»Geht weg!« rief Titus. »Geht. Ihr überschätzt euch! Es gibt nur eines, was ihr für mich tun könnt.«

Eine Weile sahen die drei Titus stumpf an. Dann sagte Crabcalf: »Was können wir denn tun?«

»Durchsucht die Welt nach Muzzlehatch. Bringt mir Nachricht von ihm oder bringt ihn selbst. Tut das, und dann könnt ihr meine Wege teilen. Aber jetzt geht, GEHT, GEHT, GEHT!«

DREIUNDACHTZIG

Die drei aus der Unterflußwelt verschmolzen mit dem Wald, und Titus blieb allein zurück, zumindest dachte er dies. Immer wieder zerbrach er einen kleinen Zweig in den Händen, und dann drehte er sich um und ging zurück, wo die Tochter des Wissenschaftlers war. Und da sah er sie plötzlich.

Ein paar Minuten zuvor war Cheeta aus dem Wagen gestiegen, und ihr Vater hatte ihn gewendet und war leise davongeglitten, so daß Cheeta und Titus nun mit jedem Schritt aufeinander zugingen.

Jeder, der zwischen den sich nähernden Gestalten gestanden hätte, hätte mit einer Kopfdrehung in diese und die andere Richtung erkannt, wie ähnlich ihre Hintergründe waren, denn die baumgesäumte Avenue war gold- und grüngefleckt, und auch Cheeta und Titus waren so gefleckt und schwammen scheinbar auf den schrägen Strahlen der niedrig stehenden Sonne.

Ihre Vergangenheit, die sie zu dem machte, was sie waren, und nichts anderem, bewegte sich mit ihnen, fügte jedem Schritt ein neues Stück hinzu. Zwei Gestalten: Zwei Wesen: Zwei Menschen: Zwei Welten der Einsamkeit.

Ihre Leben standen bis zu diesem Augenblick in scharfem Gegensatz, und was amorph gewesen war, wurde zu einem schweren Brocken in ihrer Brust.

Doch in Cheetas Haltung lag beim Schreiten über diese Avenue kein Zeichen von Leidenschaft oder von dem Eis in ihrem Herzen. Titus konnte nur über die Art und Weise staunen, wie sie ging, unaufhaltsam, glatt, als nähere sich ein Phantom.

Sie war nur ein zarter Hauch, schlank wie eine Wimper, aufrecht wie ein kleiner Soldat. Aber oh, welche Bedrohung! Ihr Fleisch war erfüllt mit etwas, was höher springt und seinen wilden zuckenden Schatten weiter wirft, als die Klugheit des Blutes erkennen kann. Wie gefährlich, wie verzweifelt und wie explosiv für ein so kleines Gefäß.

Und Titus hielt sie fest im Blick. Sie sah alles zugleich, seinen irgendwie arroganten, lockeren Gang, die Art und Weise, wie er sein unbeschreibbares Haar aus den Augen warf, seine Grausamkeit, implizit im Hängen seiner Schultern, und diese allgemeine Miene von Entrücktheit, die bei den jungen Damen seiner Vergangenheit immer der Stein des Anstoßes gewesen war, die keinen Spaß daran fanden, wie er in den sonderbarsten Augenblicken geistesabwesend werden konnte. Das war das Ärgerlichste an ihm. Er konnte sich zu keinem Gefühl zwingen oder sich zur Liebe treiben. Seine Liebe war immer anderswo. Seine Gedanken waren anspruchsvoll. Nur sein Körper war wahllos.

Hinter ihm, ob er stand oder schlief, standen die Legionen Gormenghasts – Schicht um wolkige Schicht, wo die Eulen durch den Regen heulten und rostige Glocken klangen.

VIERUNDACHTZIG

Als Cheeta und Titus aufeinandertrafen, blieben sie starr stehen, denn der Gedanke, einander zu schneiden, wäre lächerlich dramatisch gewesen. Auf jeden Fall hatte es zumindest in Cheetas Fall niemals einen Zweifel gegeben, daß sie den jungen Mann nicht auf Nimmerwiedersehen fortziehen ließ wie eine Wolke. Sie war noch nicht mit ihm fertig. Sie hatte kaum angefangen. Sie erkannte in den gleitenden Augenblicken eine Qualität, die diesen Tag von den anderen abhob. Es war ein fiebriger Tag, dem man sich nicht verweigern konnte, ein Tag vielleicht der Einsicht und der erhöhten Furcht.

Und dennoch herrschte zugleich in beiden, trotz der Spannung, das Gefühl, daß in dem Geschehen nichts Neues lag, daß sie in den vergangenen Jahren eine ähnliche Situation erlebt hatten und es kein Entrinnen vor dem drohenden Schicksal gab.

»Danke fürs Stehenbleiben«, sagte Cheeta in ihrer leisen, trägen Weise. (Titus dachte immer, wenn sie etwas sagte, an raschelnde welke Blätter.)

»Was sonst hätte ich tun sollen?« fragte Titus. »Immerhin kennen wir einander.«

»Glaubst du?« fragte Cheeta. »Vielleicht wäre das ein guter Grund, einander zu meiden.«

»Vielleicht«, gab Titus zurück. Die Avenue summte vor Stille.

»Wer war das?« fragte Cheeta schließlich. Die drei kurzen Silben ihrer Frage trieben eine nach der anderen weiter.

»Wen meinst du?« fragte Titus. »Ich bin nicht in Stimmung für Rätsel.«

»Die drei Bettler.«

»Oh, die! Alte Freunde.«

»Freunde?« flüsterte Cheeta wie zu sich selbst. »Was tun sie auf Vaters Grund und Boden?«

»Sie kamen, mich zu retten«, antwortete Titus.

»Vor was?«

»Vor mir selbst vermutlich. Und vor Frauen. Sie sind weise. Weise sind immer Bettler. Sie denken, du bist zu protzig für mich. Ha, ha, ha, ha! Aber ich habe ihnen gesagt, sie sollen sich keine Sorgen machen. Ich habe ihnen gesagt, du seist kalt bis ins Mark. Daß dein Geschlecht von innen verriegelt sei, daß du steif wie eine Gottesanbeterin bist, die die Köpfe ihrer Anbeter auffrißt. Liebe ist so ekelhaft, nicht wahr?«

Hätte Titus dies nicht mit zurückgeworfenem Kopf von sich gegeben, er hätte für einen Sekundenbruchteil zwischen den schmalen Augenschlitzen der Tochter des Wissenschaftlers einen gefährlichen Lichtfleck gesehen.

Aber er sah ihn nicht. Alles, was er sah, als er auf sie herunterblickte, war etwas Seltenes und Makelloses, wie eine Rose oder ein Vogel.

Die Augen, die einen Moment lang gebrannt hatten, waren nun vor Liebe so strahlend wie die Augen eines affenfressenden Adlers.

»Und dennoch hast du gesagt, du liebtest mich. Das ist doch die Wurzel von allem.«

»Natürlich liebe ich dich«, sagte Cheeta, warf die Worte fort wie welke Blütenblätter. »Natürlich tue ich das und werde es immer tun. Daher mußt du gehen.« Sie zog die nachgezeichneten Brauen zusammen und wurde unvermittelt zu einem anderen Wesen, einem Wesen, ebenso einzigartig und bizarr wie zuvor. Sie wandte den Kopf ab, und da war sie wieder – oder war sie jemand anders?

»Weil ich dich liebe, Titus, so sehr, daß ich es kaum ertragen kann.«

»Dann sag mir eines«, sagte Titus mit so gelassener Stimme, daß Cheeta gerade noch ihre aufsteigende Wut im Zaum halten konnte, die, wenn sie ihr freien Lauf gelassen hätte, alle sorgfältigen Pläne über den Haufen geworfen hätte. Denn vor allem durfte Titus nicht, wie er plante, am gleichen Abend noch fortgehen.

»Was willst du mich fragen?« Sie schob sich dichter an ihn.

»Dein Vater ...«

»Was ist mit ihm?«

»Warum kleidet er sich wie ein Stummer? Warum ist er so langweilig? Was geht in seiner Fabrik vor? Warum ist seine Stirn wie eine Melone? Bist du sicher, er ist dein Vater? Was sind das für Gesichter, die ich gesehen habe? Tausende von ihnen, und alle gleich, starrend wie Wachsköpfe? Was war das für ein Gestank über dem See? Was macht er dort? Denn, bei Gott, der bloße Anblick dieses Ortes läßt mich würgen. Warum ist das Haus von Wachen umstellt?«

»Ich habe ihn nie danach gefragt. Warum sollte ich?« antwortete Cheeta.

»Hat er dir nicht alles erzählt? Was ist mit deiner Mutter?«

»Sie ... Was ist das?«

Man hörte leise Schritte, und sie schoben sich zusammen an den Waldrand, gerade noch rechtzeitig, denn während sie zurückwichen hoben zwei Gestalten ihre Köpfe in perfektem, wenn auch unbeabsichtigtem Unisono und glitten über den weichen Boden. Auf den Köpfen trugen sie Helme, die in den niedrigen Strahlen der Sonne brannten.

Als sie vorbeigingen, hörte man noch ein anderes Geräusch über dem Flüstern ihrer Schritte auf dem Gras. Titus (dessen Herz pochte, denn er erkannte das rätselhafte Paar) konnte zum ersten Mal ein anderes Geräusch ausmachen. Es war ein leises, entsetzliches Zischen. Es schien, als habe ein tiefsitzender Zorn endlich durch die Zähne dieser identischen Gestalten einen Ausweg gefunden. Die Gesichter verrieten keine Spur von Aufregung. Die Körper waren ebenso uneilig wie ehedem. Sie hatten jeden Muskel unter Kontrolle. Aber sie konnten nichts gegen das verräterische Zischen unternehmen, das so deutlich von der Wut, der Gärung und dem Schmerz berichtete, der sich in ihnen aufgetürmt hatte.

Sie gingen vorbei, und das Zischen erstarb, und man konnte nur noch die Sonnenstrahlen auf den gehämmerten Helmen sehen.

Sobald sie weit genug entfernt waren, kroch die Fauna des Waldes aus den Verstecken in Baumstämmen, in und unter Wurzeln, zusammengekauert auf dem gefleckten Weg hervor, und die Privatfehden waren allesamt vergessen, solange sie den fortgehenden Gestalten nachsahen.

»Wer war das?«

»War?« fragte Titus. »Sie sind in der Gegenwart, Gott helfe mir.«

»Wer sind sie denn?«

»Sie kreisen mich ein. Ich muß gehen.«

Cheeta wandte sich ihm zu und blickte ihn an. »Noch nicht«, sagte sie.

»Sofort«, gab Titus zurück.

»Unmöglich«, sagte Cheeta. »Alles ist bereit.«

Auf ihren Wangenknochen zitterte der Schatten eines Blattes. Ihre Augen waren riesig, als seien sie nur zu einem einzigen Zweck eingesunken ... den Unvorsichtigen in sich einzusaugen ... ihn hinabzuschlucken, wo die nassen Farne tropfen ... eine ferne Welt, tief, tief hinab in die Kälte. Sie haßte ihn, weil sie ihn nicht lieben konnte. Er war unerreichbar. Seine Liebe war irgendwo anders, wo der Staub blühte.

Cheeta biß sich auf die hübschen Lippen. In ihrem Kopf herrschte Bosheit wie ein Gewächs. In ihrem Herzen gab es eine Art Sehnen, weil Leidenschaft nicht zu ihrem Leben gehörte. Als sie ihn anstarrte, sah sie die Begierde in seinen Augen, jene dumme Männerlust, die alles billig macht.

Titus beugte sich plötzlich vor und fing mit seinem Mund ihre Unterlippe ein.

»Du bist fast ohne Substanz«, sagte er, »außer den Teilchen, die du deinen Körper nennst. Ich gehe.« Dabei hob er den Kopf, ließ die Zunge über ihren Hals gleiten und hielt mit der Linken ihre kleine perfekte Brust. »Ich gehe«, flüsterte er. »Auf immer.«

»Du kannst nicht gehen«, sagte sie. »Alles ist bereit ... für dich.«

»Für mich? Was meinst du damit. Alles ist bereit für was?«

»Nimm deine Hand fort.« Sie wandte sich bei diesen Worten beiseite, so daß Titus nicht sehen konnte, wie ein neuer Ausdruck ihr Gesicht überflog. Er war tödlich.

»Alle werden da sein«, sagte sie.

»Wer, in Gottes Namen?«

»Deine Freunde. Deine früheren Freunde.«

»Wer? Wer? Was für frühere Freunde?«

»Das würde allen Spaß verderben, nicht wahr?«

Es lag etwas Übles in der Art und Weise, wie diese glatte, kindische Phrase mit dem gleichen lakonischen Nölen abgegeben wurde. »Aber es ist alles für dich.«

»Was denn, tanzende Hölle!«

»Ich werde es dir erzählen«, sagte Cheeta, »und dann hast du keine andere Wahl mehr. Es ist nur eine Nacht und nur noch wenig Zeit bis dahin. Eine Nacht zu deinen Ehren. Eine Abschiedsparty. Ein Fest. Etwas, an das du dich dein ganzes Leben erinnern kannst.«

»Ich will keine Party«, sagte Titus. »Ich will ...«

»Ich weiß«, erwiderte Cheeta. »Ich weiß es in der Tat. Du brennst darauf, mich zu vergessen. Du vergißt aber, daß ich dich gefunden und dich gesund gepflegt habe. Das alles hast du vergessen. Und was hast du für mich getan, außer, schlecht zu meinen Freunden zu sein? Jetzt, wo du wieder stark bist, denkst du, du kannst gehen. Aber eines darfst du nicht vergessen, und das ist, daß ich dich verehre.«

»Erspar mir das«, sagte Titus.

»Ja, verehre, mein Liebling.«

»Mir wird gleich schlecht«, gab Titus zurück.

»Warum auch nicht? Mir ist auch schlecht. Bis ins Mark hinein ist mir schlecht. Aber kann ich es ändern? Kann ich das? Wenn ich dich ohne Hoffnung liebe?«

Vermischt mit dem Abscheu dessen, was sie sagte, klang ein Fetzchen Wahrheit, welches, so klein es war, ihr die Hände wie Flügel eines Kolibris zittern ließ.

»Du kannst mich nicht verlassen, Titus. Nicht jetzt, wo alles für dich vorbereitet ist. Wir werden lachen und singen und trinken und tanzen und ausflippen mit allem, was uns eine einzige Nacht schenken kann.«

»Warum?«

»Weil ein Kapitel vorüber sein wird. Laß es uns üppig beenden. Nicht mit einem Punkt, so tot wie der Tod, sondern mit einem Ausrufzeichen – einem Sprung.«

»Oder einem Fragezeichen?« fragte Titus.

»Nein. Alle Fragen sind beantwortet. Es gibt nur noch Tatsachen. Die gemeinen, scharfen, brüchigen Tatsachen wie wilde Knochensplitter und uns beide, die auf dem menschlichen Sturm reiten. Ich weiß, du hältst es nicht mehr aus. Dieses Haus, das meinem Vater gehört. Diese Lebensweise. Aber gib mir nur noch eine Nacht mit dir, Titus, nicht in irgendeiner dämmrigen Laube, wo das Ritual der Liebe die Stunden dehnt, in denen nichts Neues geschieht, sondern mit den hellen Erfindungen der Nacht, unsere Egos nackt, unsere Geister in Flammen.«

Titus, der noch nie gehört hatte, wie sie in so kurzer Zeit so viel redete, wandte sich ihr zu.

»Wir standen nicht unter einem Glückstern«, sagte sie. »Von Anbeginn an waren wir verdammt. Wir wurden in verschiedenen Welten geboren. Du mit deinen Träumen ...«

»Meine Träume?« schrie Titus. »Ich habe keine Träume! Oh, Gott! Ich habe keine Träume! Du bist es, die unwirklich ist. Du und dein Vater und deine Fabrik!«

»Ich werde für dich wirklich sein, Titus. Ich werde an diesem Abend wirklich sein, wenn sich die Welt durch die Hallen ergießt. Laß sie uns auf einen Zug leeren und dann einander auf immer den Rücken kehren. Titus, o Titus, komm zu der Party. Deiner Party. Sag mir, daß du dort sein wirst. Wenn auch aus keinem anderen Grund, als daß ich deinem zerzausten Schopf bis ans Ende der Welt folgen würde.«

Titus zog sie sanft an sich, und sie wurde in seinen Armen zur Puppe, winzig, kostbar, duftend, unendlich selten.

»Ich werde dort sein«, flüsterte er. »Keine Angst.«

Die großen, träumenden Bäume der Allee erstreckten sich in die Ferne und seufzten, und während er sie hielt, zuckte ein Krampf über ihre perfekten Züge.

FÜNFUNDACHTZIG

Als sie sich schließlich trennten, Cheeta die Eichenallee entlang schritt, und Titus sich schräg durch den Wald schob, standen die drei Landstreicher, Crack-Bell, Slingshott und Crabcalf, auf und folgten ihm sogleich, und nun waren sie nicht weiter als vierzig Schritt von ihrer Beute entfernt.

Es war für sie kein Leichtes, ihm auf der Spur zu bleiben, denn Crabcalfs Bücher wogen schwer.

Als sie sich durch die Schatten schlichen, brachte sie ein Geräusch zum Stehen. Zuerst konnten die drei Landstreicher nicht ausmachen, woher es kam, und sie starrten in alle Richtungen. Zuweilen kam der Laut von hier, manchmal von dort. Es war nicht die Art Geräusch, die sie begriffen, wenn auch die drei sich im Wald gut zurechtfanden und Hunderte von Lauten erkennen konnten, vom Gegeneinanderreiben von Zweigen bis zur Stimme einer Spitzmaus.

Und dann drehten sich unvermittelt alle drei Köpfe in dieselbe Richtung, der von Titus, und sie merkten, daß er vor sich hinmurmelte.

Sie hockten sich nebeneinander hin und erblickten ihn nun, umringt von Blättern. Langsam wanderte er durch die Halbdämmerung, und sie sahen, wie er den Kopf gegen einen harten Stamm preßte. Dabei flüsterte er leidenschaftlich vor sich hin, hob dann die Stimme und rief durch den Wald:

»Oh, Verräter! Verräter! Was soll das alles? Wo kann ich mich selbst finden? Wo ist der Weg nach Haus? Wer sind diese Menschen? Was geschieht hier? Wer ist diese Cheeta? Dieser Muzzlehatch? Ich gehöre nicht hierher. Alles, was ich will, ist der Geruch von Zuhause und den Hauch des Schlosses in meinen Lungen. Gib mir einen Beweis meiner selbst! Gib mir den Tod Steerpikes, die Nesseln, die Korridore. Gib mir meine Mutter! Gib mir das Grab meiner Schwester. Gib mir das Nest. Gib mir meine Geheimnisse wieder – denn dies ist fremde Erde. Oh, gib mir das Königreich in meinem Kopf zurück.«

SECHSUNDACHTZIG

Juno hat ihr Haus am Fluß verlassen. Sie hat die Stadt verlassen, die einst von Muzzlehatch heimgesucht wurde. Sie fährt in einem schnellen Wagen am Rand eines Tals entlang. Ihr ruhiger Begleiter sitzt neben ihr. Er sieht aus wie ein Räuber. Eine Strähne dunkelroten Haares weht ihm über die Stirn.

»Es ist schon komisch«, sagt Juno, »daß ich immer noch nicht deinen Namen weiß. Aber irgendwie will ich es auch gar nicht. Daher muß ich dir einen geben, den ich erfinde.«

»Tu das«, sagt Junos Begleiter mit einem sanften Knurren von solcher Tiefe und Kultiviertheit, daß man nur schwer glauben kann, es entstamme einem so piratischen Kopf.

»Wie soll er lauten?«

»Ah, da kann ich dir nicht helfen.«

»Nein?«

»Nein.«

»Dann muß ich mir selbst helfen. Ich glaube, ich nenne dich meinen ›Anker‹ «, sagt Juno. »Du schenkst mir ein so tiefes Gefühl von Sicherheit.«

Sie dreht sich nach ihm um und nimmt dabei eine Kurve in unnötig hohem Tempo, wobei sich das Automobil fast überschlägt.

»Deine Fahrweise ist einzigartig«, sagt Anker. »Aber ich kann nicht behaupten, daß ich ihr vertraue. Wir werden die Plätze wechseln.«

Juno fährt an den Straßenrand. Das Automobil ist wie ein Schwertfisch. Dahinter erstreckt sich eine lange, erratische Linie amethystfarbener Berge. Der darüberhängende Himmel ist wolkenlos, abgesehen von einem Fetzchen fern im Süden.

»Wie glücklich ich bin, daß du auf mich gewartet hast«, sagt Juno. »All die Jahre im Zedernhain.«

»Ach«, sagt Anker.

»Du hast mich davor gerettet, eine sentimentale, alte Langweilerin zu werden. Ich sehe mich selbst, das tränenverschmierte Gesicht gegen die Fensterscheiben gepreßt ... wie ich den längst vergangenen Tagen nachweine. Danke, Mister Anker, daß du mir den Weg gezeigt hast. Die Vergangenheit ist vorüber. Mein Haus eine Erinnerung. Ich werde es nie wiedersehen. Denn ich habe nun die Sonnenstrahlen und diese Farben. Ein neues Leben liegt vor mir.«

»Erwarte nicht zu viel«, sagt der Anker. »Die Sonne kann ohne Warnung erstickt werden.«

»Ich weiß. Ich weiß. Vielleicht bin ich zu einfältig.«

»Nein«, erwidert Anker. »Das ist kaum das rechte Wort für eine Entwurzelung. Sollen wir weiterfahren?«

»Laß uns noch ein wenig bleiben. Es ist so schön hier. Und dann fahr los. Fahr wie der Wind ... in ein anderes Land.«

Langes Schweigen. Sie sind vollständig entspannt; die Köpfe zurückgeworfen. Um sie her liegt buntes Land. Die goldenen Felder, die amethystenen Berge.

»Anker, mein Freund«, flüstert Juno.

»Ja, was ist?«

Sein Gesicht zeigt ihr das Profil. Juno hat noch nie zuvor ein so entspanntes Gesicht gesehen; ohne jegliche Belastung blickt es.

»Ich bin so glücklich«, sagt Juno, »wenn es auch so vieles gibt, über das ich traurig sein müßte. Es wird schon an die Reihe kommen, vermutlich ... die Traurigkeit. Aber jetzt ... im absoluten Jetzt. Ich schwebe vor Liebe.«

»Liebe?«

»Liebe. Liebe für alles. Für jene lila Berge, Liebe für deine rostige Stirnlocke.«

Sie sinkt zurück in die Polster und schließt die Augen, und dabei wendet ihr Anker lässig den Kopf zu. Sie ist in der Tat schön, von einer Schönheit über das Maß ihrer Klugheit hinaus. Majestätisch über den Bereich ihres Wissens hinaus.

»Die Welt geht vorbei«, sagt Juno, »und wir mit ihr. Aber heute fühle ich mich jung, jung im Geiste vor allem. Trotz meiner Fehler. Trotz meines Alters.« Sie wendet sich an Anker. ». . . ich bin über vierzig«, flüstert sie. »Oh, mein lieber Freund. Ich bin über vierzig.«

»Ich auch«, antwortet Anker.

»Was sollen wir tun?« fragt Juno. Sie umklammert seinen Arm mit ihrer edelsteinbestückten Hand und drückt ihn.

»Wir können nichts tun, außer leben.«

»Dachtest du deshalb, ich solle mein Haus verlassen? Meine Besitztümer? Meine Erinnerungen? Alles? Darum?«

»Ich habe es dir gesagt.«

»Ja. Ja. Sag es mir noch einmal.«

»Wir beginnen gerade. So unpassend, wie wir sind. Du mit deiner milden Schönheit, die hundert Mädchen übertrifft, und ich mit…«

»Womit?«

»Mit einer Art Glück.«

Juno sieht ihn an, sagt aber nichts. Die einzige Bewegung rührt von der schwarzen Seide ihres Busens her, wo sich ein großer Rubin hebt und senkt wie eine Boje auf einer mitternächtlichen Bucht.

Endlich sagt Juno: »Der Sonnenschein ist schöner als je zuvor, weil wir beschlossen haben, neu anzufangen. Wir werden die Tage gemeinsam verbringen. Aber… oh…«

»Was ist?«

»Titus.«

»Was ist mit ihm?«

»Er ist gegangen. Fort. Ich habe ihn enttäuscht.«

Der Anker bewegt sich mit langsamer, bewußter Trägheit und nimmt seinen Platz hinter dem Steuer ein. Doch ehe der Schwertfisch fortpeitscht, sagt er…

»Ich dachte, wir suchen die Zukunft?«

»Aber oh, das ist es auch«, ruft Juno. »Oh, mein lieber Anker, es ist wahrlich die Zukunft.«

»Dann laß sie uns beim Schwanz fassen und fliegen!«

Juno lehnt sich in dem gepolsterten Schwertfisch mit strahlendem Gesicht vor, und fort sind sie, geräuschlos, abgesehen vom Atem ihres eigenen Tempos.

SIEBENUNDACHTZIG

Muzzlehatch schlenderte den Weg von Westen her. Es hatte einmal eine Zeit gegeben, da hatte er weder in Geist noch in Haltung schlendern können. Jetzt war es anders. Die Arroganz war immer noch da, herrschte in jeder Geste vor, doch etwas Bizarreres war hinzugekommen. Der schlaksige Körper bildete nun für Kinder eine Herausforderung zur Nachahmung. Seine schlaksigen Gedanken spielten ihm Tricks. Er bewegte sich, als habe er die Welt vergessen. Und das hatte er auch, außer einem. So wie sich Titus nach Gormenghast sehnte, sich sehnte, die bröselnden Mauern zu umarmen, so hatte sich Muzzlehatch die Aufgabe gestellt, das Zentrum der Zerstörung zu entdekken.

Immer wieder kehrte sein Gehirn zu jenem bloßen Experiment zurück, der Liquidierung seines Zoos. In allem, was ihn umgab, gab es keine Form, weder in Zweig noch Fels, die nicht auf die eine oder andere Weise die Erinnerung an seine geliebten Tiere in ihm weckte. Ihr Tod hatte etwas in ihm angeregt, was er in früheren Tagen niemals gefühlt hatte, die langsam brennende, unstillbare Lust nach Rache.

Irgendwo würde er ihn finden, den schauderhaften Bienenkorb des Bösen; einen Bienenkorb, dessen Honig grau war und aus dem letzten Schlamm der Hölle bestand. Tag auf Tag schlich er von morgens bis abends herum, Tag um Tag wandte er sich hier- und dorthin.

Es war, als lenke seine Obsession auf sonderbare Weise seine Schritte. Es war, als folge sie einem Pfad, der nur ihr bekannt war.

ACHTUNDACHTZIG

Aus dem Gärschlamm ihres Hirns, aus dem chronischen Haß ihm gegenüber hatte Cheeta, die Jungfrau, nach außen hin glatt wie eine Nadel, doch innen faul, endlich einen Plan ersonnen, wie sie Titus in den Staub zwingen, wie sie ihn verletzen konnte.

Daß es einen Teil in ihr gab, der nicht ohne ihn sein konnte – das zu glauben weigerte sie sich. Was sich vielleicht irgendwann zu einer Art Liebe gewandelt hätte, war nun zu Abscheu geworden. Wie konnte ein solcher Irrwisch nur soviel Galle enthalten? Sie schmorte unter der Demütigung seiner offensichtlichen Langeweile ... seinem lässigen Ausweichen. Was wollte er von ihr? Den Akt und nichts anderes? Ihre kleine Gestalt zitterte vor Verachtung.

Doch ihre Stimme klang so träge wie ehedem. Ihre Worte wanderten fort. Sie war ganz Intellekt; begehrenswert, intelligent, entrückt. Wer hätte sagen können, daß unter ihren Rippen die

Mächte von Furcht und Unheil in tödlicher Umklammerung rangen?

Aus all diesem und wegen diesem hatte sie einen Plan ersonnen, eine schreckliche und verzerrte Sache, die bewies, von welcher Qualität ihr erfinderisches Hirn war, wenn sie nicht anderes bewirkte.

Ein kaltes Fieber der Konzentration trieb sie an. Es war ein Zustand, den man eher mit der Mentalität eines Mannes denn einer Frau in Verbindung bringt. Und dennoch geschlechtslos, schrecklicher als bei beiden.

Sie hatte Titus von der Abschiedsparty erzählt, die sie ihm zu Ehren vorbereitete. Sie hatte ihn angefleht, hatte die Augen glänzen lassen, die Lippen geschürzt, die Brüste zittern lassen. Geblendet durch ihr Geschlecht hatte er zugestimmt. Nun, so waren also ihre Decks klar zum Angriff. Typisch für sie war der fliegende Start, die Initiative, der Überraschungsakt, die Wahl der Waffen.

Aber um ihren Plan in die Tat umzusetzen, hatte es der Kooperation von Hunderten und mehr ihrer Gäste bedurft, abgesehen von Dutzenden von Arbeitern. Die Aktivität war gewaltig, doch geheim. Es gab Kooperation, doch niemand wußte, daß er kooperierte, und wenn er es wußte, dann nicht, wo, warum oder auf welche Weise. Jeder kannte nur jeweils seine besondere Rolle.

Auf irgendwie magnetische Weise hatte sie jeden einzelnen, Mann oder Frau, davon überzeugt, daß er oder sie der Mittelpunkt der Angelegenheit sei. Sie hatte ihnen auf groteske Weise geschmeichelt, vom niedersten zum höchsten, und ihre Art der Überzeugung war so verschiedenartig, daß nicht einer unter ihnen ihre Befehle nicht originell fand.

Hinter allem lag eine nebulöse, zunehmende Ahnung; eine Zusammenballung in einem Kumulushimmel; eine wachsende Aufregung im Herzen des Geheimnisses; ein Ding wie eine Bienenwabe, die allein Cheeta in ihrer Gänze begriff, denn sie war keine Drohne, sondern Urheber und Seele des Schwarms. Die Insekten arbeiteten sich zwar zu Tode, sahen aber nichts anderes als ihre jeweiligen Zellen.

Selbst Cheetas rätselhafter Vater, dieser Hauch, mit seinem schrecklichen Schädel von der Farbe Schweineschmalzes, wußte nichts, außer, daß er in jener schicksalsträchtigen Nacht seine Rolle in einer Charade spielen mußte.

Man hätte denken können, wo jeder offensichtlich gegen den anderen arbeitete, daß es nur eine Frage der Zeit war, ehe die gesamte feingesponnene Struktur unwiderruflich zusammenbrach. Aber Cheeta bewegte sich von einem Ende der Domäne zum anderen und synchronisierte die Aktivitäten der Gäste und Arbeiter (Schreiner, Steinmetze, Elektriker, Schornsteinfeger und so weiter), so daß diese und ihre Arbeit sich ohne eigenes Wissen zusammenfügten.

Um was ging es? Nichts dieser Art war jemals zuvor geschehen. Die Spekulation gewann ungeahntes Ausmaß. Sie kannte kein Ende. Aus jeder Zusammenreimung erwuchs eine neue. Auf jede Frage gab es von Cheeta immer nur eine Antwort.

»Wenn ich es sagen würde, wäre es keine Überraschung mehr.«

Jenen heiklen jungen Männern, die keinen Grund sahen, warum soviel Ausgaben und Aufmerksamkeit auf Titus Groan verschwendet werden sollten, zwinkerte sie auf eine solche Weise zu, als wollte sie Konspiration zwischen sich und ihren Kritikern heraufbeschwören.

Hier, dort und überall flitzte sie wie ein Schatten vorbei, hinterließ ihre Instruktionen, jetzt in diesem Raum, nun in jenem, jetzt in dem großen Holzlager, nun in der Küche; dort, wo die Näherinnen wie Fledermäuse gekauert hockten oder in den Häusern ihrer Freunde.

Aber einen Großteil ihrer Zeit verbrachte sie anderswo.

Von nun an wurde Titus Groan, wo immer er ging, heimlich beschattet.

Aber jene Schatten wurden wiederum von Crabcalf, Slingshott und Crack-Bell beschattet.

Voll von alten Verbrechen hatten sie den Wert des Schweigens gelernt, und wenn sich ein Ast regte oder ein Zweig knackte, kann man sicher sein, daß keiner dieser Gentlemen dafür verantwortlich war.

NEUNUNDACHTZIG

Als Cheeta anfangs ihren Plan ins Auge gefaßt hatte, war sie davon ausgegangen, die Party würde in dem großen Studio stattfinden, das den oberen Stock des Hauses ihres Vaters einnahm. Es war in der Tat ein Studio, wunderbar in seiner Helligkeit, mit hellen Dielen, weiter Perspektive (wenn man an der Tür stand, schien die Staffelei, nicht größer als ein Bildernagel, wie ein aufgerichtetes Insekt).

Aber es war falsch, auf fatale Weise falsch, denn es strahlte eine Atmosphäre aus – fast eine Art Unschuld, die durch nichts ausgelöscht werden kann. Und Unschuld hatte in Cheetas Plan keinen Platz.

Doch gab es keinen anderen Raum in dem Haus, so ausladend es auch war, welcher für ihren Zweck paßte. Sie hatte mit der Idee gespielt, eine lange Wand im Südflügel niederreißen zu lassen, was eine lange, schwermütige Halle eröffnet hätte, aber auch da wäre das ›feeling‹ falsch gewesen, wie auch in der längsten der zwölf Scheunen, jene vor sich hinrottenden Konstruktionen an der Nordbegrenzung.

Als die Tage verstrichen, wurde die Situation immer merkwürdiger. Nicht, daß die Lebendigkeit unter Freunden und Arbeitern etwa nachgelassen hätte; es war eher so, daß die Aussicht von Dutzenden und Aberdutzenden scheinbar nicht zusammenpassender Objekte, die sich in Arbeit befanden, die allgemeine Spekulation bis zur Unerträglichkeit anheizte.

Und dann, an einem bewölkten Morgen, wollte Cheeta gerade ihre Runde über die Baustelle beginnen, da hielt sie plötzlich inne, als sei sie geschlagen worden. Sie hatte etwas gesehen oder gehört, was in ihr eine Erinnerung weckte. Wie mit einem Blitz kam die Antwort.

Es war lange her – Cheeta war noch ein Kind gewesen –, als man eine Expedition ausrüstete, deren Hauptziel es war, die genauen Grenzen von jenem großen Landstreifen zu erforschen, der nur vage vermessen war und wie ein schattenhaftes Rätsel im Südwesten lag.

Diese Expedition erwies sich als fruchtlos, denn das Gebiet stellte sich als tückisches Sumpfland heraus, an dessen trägen Flanken sich große Bäume zum Trinken knieten.

So jung Cheeta auch gewesen war, hatte sie doch mit einer großartigen Nachahmung von Hysterie schließlich die Eltern gezwungen, sie an der Expedition teilnehmen zu lassen. Die zusätzliche Verantwortung, ein Kind auf eine solche Mission mitzunehmen, war verrückt, um es milde auszudrücken, und einige wandten sich auf dem Rückweg offen gegen das widerspenstige Kind und glaubten fest, das Scheitern sei allein auf sie zurückzuführen.

Aber das war lange her und fast vergessen. Nur eines nicht, und selbst dies hatte bislang in ihrem Unbewußten geschlummert. Wie etwas lange Unterdrücktes war es nun in aufstörender Deutlichkeit aus den Schatten ihrer Seele hervorgesprungen.

Zugleich fiel es Cheeta schwer, festzustellen, ob es eine genaue Erinnerung an etwas war, was wirklich geschehen war, hundert Meilen von ihrem Zuhause entfernt, oder ein erstaunlicher Traum, denn sie erinnerte sich weder, den Ort gefunden noch ihn wieder verlassen zu haben. Aber sie befand sich nicht mehr in Zweifeln. Bild auf Bild kehrte zurück, als sie mit weit aufgerissenen Pupillen dort stand. Sie sah es mit zunehmender Deutlichkeit: *Das Schwarze Haus.*

Dort zwischen jenen unsterblichen Eichen, umschlängelt von jenem breiten, schnellen, knietiefen Fluß ... dort gewiß, wo das Steinwerk vom Alter verkrustet war, lag die Szene für die Party.

Jetzt mußte Cheeta nur jemanden ausmachen, der an jenem fernen Tag auch dort gewesen war. Jemand, der das Haus wiederfinden konnte.

Sie fuhr mit ihrem schnellsten Wagen zu den Toren der Fabrik. Sogleich wurde sie von einem Dutzend Männern in Overalls umringt. Ihre Gesichter waren alle gleich. Einer von ihnen öffnete den Mund. Dieser Akt allein war obszön.

»Miss Cheeta?« fragte er mit einer sonderbaren Stimme, wie eine Weidenflöte.

»Genau«, gab Cheeta zurück. »Bringt mich zu meinem Vater.«

»Natürlich ... natürlich«, sagte das Gesicht.

»Aber schnell«, fügte Cheeta hinzu.

Sie führten sie in ein Empfangszimmer. Die Decke war gepelzt mit scharlachroten Drähten. Es gab einen Glastisch von unnatürlichen Ausmaßen, und die andere Seite des Zimmers wurde von einer undurchsichtigen Scheibe beherrscht, wie dem Auge eines Kabeljaus.

Elf Männer standen aufgereiht, während ihr Anführer auf einen Knopf drückte.

»Was ist das für ein komischer Geruch?« fragte Cheeta.

»Top Secret«, sagten die elf Männer.

»Miss Cheeta«, sagte der zwölfte Mann. »Ich schicke Sie jetzt durch.«

Nach ein, zwei Augenblicken erschien ein riesiges Gesicht auf der undurchsichtigen Scheibe. Es füllte die ganze Wand aus.

»Miss Cheeta?« sagte es.

»Schrumpfen Sie«, sagte Cheeta. »Sie sind zu groß.«

»Ha, ha, ha«, sagte das Gesicht. »Ich vergesse es immer wieder.«

Das Gesicht zog sich zusammen, immer weiter. »Ist das jetzt besser?« sagte es.

»Mehr oder minder«, erwiderte Cheeta. »Ich muß Vater sprechen.«

»Ihr Vater ist auf einer Konferenz«, sagte das Bild auf dem Schirm. Es war immer noch überlebensgroß, und eine kleine Fliege, die auf der riesigen Kuppel von einer Stirn landete, schien traubengroß.

»Wissen Sie, wer ich bin?« fragte Cheeta mit ihrer entrückten Stimme.

»Aber natürlich ... na ...«

»Dann rühren Sie sich.«

Das Gesicht verschwand, und Cheeta blieb allein zurück.

Nach einem Augenblick wanderte sie zu der Wand gegenüber dem Kabeljauaugenschirm und spielte gelangweilt mit einer langen Reihe bunter Hebel, die hübsch wie Spielzeuge waren. Sie sahen so unschuldig aus, daß sie einen nach vorn drückte, und sogleich ertönte ein Schrei.

»Nein, nein, nein!« schrie die Stimme. »Ich will leben!«

»Aber du bist sehr arm und sehr krank«, sagte eine andere Stimme mit der Konsistenz von Haferschleim. »Du bist unglücklich, das hast du mir erzählt.«

»Nein, nein, nein! Ich will leben. Gebt mir noch ein wenig länger!«

Cheeta legte den Hebel wieder um und setzte sich an den schwarzen Tisch.

Als sie dort saß, sehr aufrecht, die Augen geschlossen, wußte sie nicht, daß sie beobachtet wurde. Als sie endlich den Kopf hob, sah sie mit Verärgerung ihre Mutter.

»Du?« sagte sie. »Was machst du denn hier?«

»Es ist sehr aufreibend, weißt du«, sagte Cheetas Mutter. »Daddy läßt mich zugucken.«

»Ich habe mich schon gefragt, wo du jeden Tag hingehst«, murmelte ihre Tocher. »Was im Himmel machst du hier?«

»Faszinierend«, sagte die Frau des Wissenschaftlers, die niemals eine Frage zu beantworten schien.

Ein großer Arm fuhr über den Bildschirm und schob sie beiseite. Ihm folgten eine Schulter und ein Kopf. Plötzlich schwamm das Gesicht des Vaters auf Cheeta zu. Seine Augen flackerten hin und her, um festzustellen, ob sich etwas verändert hatte. Dann blieben sie auf seiner Tochter ruhen.

»Was möchtest du, meine Liebe?«

»Sag mir erst einmal«, gab Cheeta zurück, »wo du bist. Sind wir dicht beieinander?«

»Oh, nein, gute Güte«, sagte der Wissenschaftler. »Wir befinden uns weit auseinander.«

»Wie lange würde es dauern, bis ich ...«

»Du kannst nicht hierherkommen«, sagte der Wissenschaftler mit einem fast beunruhigten Ton. »Niemand kommt hierher.«

»Aber ich möchte mit dir reden. Es ist dringend.«

»Ich werde zum Abendessen daheim sein. Kannst du nicht bis dahin warten?«

»Nein«, antwortete Cheeta. »Kann ich nicht. Hör zu. Hörst du mir zu?«

»Ja.«

»Vor zwanzig Jahren, als ich sechs war, war eine Expedition unterwegs, um das Territorium im Südwesten auszukundschaften. Wir gerieten in die Sümpfe und mußten aufgeben. Auf dem Rückweg stießen wir unerwartet auf eine Ruine. Erinnerst du dich daran?«

»Ja, ich erinnere mich.«

»Ich befrage dich heimlich, Vater.«

»Ja.«

»Ich muß heute dorthin.«

»Nein!«

»Doch. Aber wer wird mich führen?«

Langes Schweigen.

»Meinst du, du willst die Party *dort* haben?«

»Genau.«

»Oh, nein … nein …«

»Oh, ja. Aber wie kann ich ihn finden? Wer war er? Der Mann, der vor langer Zeit die Expedition geleitet hat? Lebt er noch?«

»Er ist jetzt ein alter Mann.«

»Wo wohnt er? Ich habe keine Zeit zu verschenken. Die Party steht dicht bevor. Schnell, Vater, schnell!«

»Er lebt«, sagte der Wissenschaftler, »wo die beiden Flüsse ineinanderfließen.«

Cheeta verließ ihn sofort, und er war froh, denn Cheeta war das einzige, vor dem er Angst hatte.

Nur wenig wußte er davon, daß jemand, den er mehr fürchten mußte, unerkannt auf dem Weg in die Fabrik war. Eine Gestalt mit einem wilden Licht in den Augen, einem fünf Tage alten Wuchs auf dem Kinn und einer Nase wie ein Ruder.

NEUNZIG

Es dauerte nicht lang, bis Cheeta den alten Mann aufgespürt hatte – er war ein harter Brocken. Sie fragte ihn direkt, ob er sich an die Expedition erinnere, und besonders an die ungesunde Nacht, die die Gruppe im Schwarzen Haus zugebracht hatte.

»Ja, ja. Natürlich. Was ist damit, eh?«

»Du mußt mich dorthinbringen. Sofort«, sagte Cheeta, und wich innerlich zurück, denn sein Alter war spürbar.

»Warum sollte ich?« fragte er.

»Du wirst gut bezahlt – gut bezahlt. Wir nehmen den Helikopter.«

»Was ist das denn?« fragte der Siebzigjährige.

»Wir werden fliegen«, sagte Cheeta, »und es von oben finden.«

»Aha«, meinte der Alte.

»Das Schwarze Haus – verstehst du?« sagte Cheeta.

»Ja, ich habe es gehört. Das Schwarze Haus. Süd-Südwest. Entlang dem knietiefen Fluß. Aha! Westlich ins Territorium der wilden Hunde. Wieviel?« fragte er und schüttelte die schmutziggraue Mähne.

»Komm jetzt«, sagte Cheeta. »Darüber reden wir später.«

Aber es war nicht genug für den schmutzigen alten Mann, den einstigen Forscher. Er stellte hundert Fragen, manchmal über den Flug durch die Luft oder nach der Maschine, aber überwiegend nach dem finanziellen Aspekt, an dem sein Hauptinteresse zu liegen schien.

Schließlich war alles geregelt, und innerhalb von zwei Stunden waren sie unterwegs und glitten über die Baumwipfel.

Unter ihnen war nur wenig zu sehen, außer grünen Meeren aus Laubwerk.

EINUNDNEUNZIG

Titus, schläfrig in den Armen eines Dorfmädchens, einem rosiggoldenen Ding, öffnete die Augen, als sie zusammen am Ufer eines geschwätzigen Flusses lagen, denn er hatte außer den Wellen noch etwas anderes gehört. Zuerst konnte er nichts sehen, doch als er den Kopf hob, sah er zu seiner Überraschung ein gelbes Luftfahrzeug hinter den Blättern der überhängenden Bäume hergleiten. So dicht es auch war, konnte Titus doch nicht erkennen, wer die Maschine steuerte, und was die Dorfmaid anging, so wußte sie es nicht, und es war ihr auch egal.

ZWEIUNDNEUNZIG

Das Wetter war perfekt, und der Helikopter schwebte ohne die geringste Behinderung über die Baumspitzen. Eine lange Zeit herrschte Schweigen an Bord, doch schließlich drehte sich Cheeta, die die Maschine steuerte, um und blickte ihren Begleiter an. Es lag etwas Unangenehmes in der

Art und Weise, wie seine Schmierigkeit in die Lüfte getragen wurde, durch die reine Luft. Und noch schlimmer war, wie er sie anstarrte.

»Wenn du mich weiter so ansiehst«, sagte sie, »verpassen wir vielleicht die Landmarkierungen. Wonach sollten wir nun Ausschau halten?«

»Ihre Beine«, sagte der Alte. »Sie wären sehr gut genießbar mit Zwiebelsoße.« Er grinste sie an und rief dann unvermittelt mit rauher Stimme: »Der flache Fluß! Richten Sie nach Süden aus!«

Drei lange, kobaltblaue Berge hatten sich über den Horizont gestemmt, und zusammen mit dem Sonnenlicht, das die Blätter unter ihnen badete und über dem Fluß tanzte, war es eine so friedliche Szene, daß die plötzlich aufsteigende Kühle, wie ein Luftzug von unten, in seiner Unerwartetheit schrecklich wirkte. Es schien, als richte sich die Kälte der Luft gegen sie, und als sie hinabsahen, um den Grund der Kälte zu erkennen, rief Cheeta unfreiwillig aus:

»Das Schwarze Haus! Sieh doch! Da unter uns!«

Sie schwebten hinab, verharrten, senkten sich zögernd ab. Und das ungleiche Paar war nur mehr wetterhahnhoch über der Ruine – denn das war es, wenn auch seit Urzeiten als das Schwarze Haus bekannt.

Vom Dach war nur sehr wenig übrig geblieben, nichts von den inneren Wänden, aber Cheeta erinnerte sich beim Hinabstarren sofort an die weiten Ausmaße des Gebäudes.

Es hatte eine Atmosphäre, die unendlich traurig wirkte, eine Qualität, die man nicht gänzlich der Tatsache zuschreiben konnte, daß das Haus entsetzlich verschimmelt war, der Boden weich von Moos oder die Mauern in Farnen verloren. Etwas anderes schenkte dem Schwarzen Haus seine tödliche Dunkelheit, eine Dunkelheit, die nichts mit der Nacht zu tun hatte und den Tag zu trüben schien.

Sie landeten in einem grauen Teppich aus Nesseln; ein kleiner Fuchs spitzte die Ohren und trollte sich, und wie auf ein Stichwort erhob sich ein Gemurmel von Staren in einer dichten Wolke, die sich einen Weg hinauf in den Himmel ballte.

Der Alte, nun wieder auf festem Boden, machte sich nicht sofort die Mühe, auf die Beine zu kommen, sondern streckte die welken Arme und Beine aus wie eine zerlumpte Windmühle und mühte sich dann auf die Füße.

»He, Sie!« rief er. »Jetzt, wo wir da sind, was wollen Sie denn damit? Einen Arm voll verdammter Nesseln?«

Cheeta nahm davon keine Notiz, sondern ging rasch und leicht wie ein Vogel hin und her in dem, was die Hülse eines Klosters hätte sein können, denn dort lag ein Haufen alten Steinwerks, der eventuell eine Art Altar, ob heilig oder profan, sein mochte oder auch nicht.

Während Cheeta über Moos und welke Blätter hin- und herzuckte, die fahle Sonne über ihr, und der umgebende Wald vor sich hin atmete, nahm sie jede Einzelheit in sich auf. Es war ihr eine zweite Natur, alles wahrzunehmen, was sich für sie als Vorteil erweisen konnte, und das war heute der Fall: nicht nur den genauen Standort dieses Flecks, die Orientierung, die Proportionen und Ausmaß dieser bizarren Szenerie in sich aufzunehmen, sondern auch Ausgänge und Eingänge, die man mit unvorhergesehenen Gestalten ausfüllen konnte.

Inzwischen ließ der Alte freimütig Wasser in einem schlaffen Bogen, weder wissend, noch sich darum kümmernd, daß er in diesem Prozeß eine Kolonie Gnitzen überflutete, ein vier Fuß großes Gebiet von staubigen Nesseln näßte und das exquisite Kunstwerk einer Spinne ruinierte. Noch wußte er, daß er zwei Fliegen und eine kleine Wespe freilegte.

»He! Sie«, schrie er mit seiner knirschenden Stimme. »Wo ist er denn?«

»Wo ist was?« flüsterte Cheeta. Ihr Tonfall ließ erkennen, daß ihre Gedanken anderswo waren.

»Der Schatz. Dafür sind wir doch hier, oder? Der Schatz des Schwarzen Hauses.«

»Nie davon gehört«, meinte Cheeta.

Ein wütendes Erröten zog sich über das Gesicht des Alten, so daß sich der rötliche Schimmer im weißen Bart widerspiegelte.

»Nie davon gehört?« rief er. »Aber Sie ...«

»Keine weiteren Beleidigungen«, sagte Cheeta mit einer Stimme, die in ihrer Trägheit recht schaurig klang, »sonst werde ich dich hier zurücklassen. Hier, bei den tausend verfallenden Dingen.«

Der Alte schnaubte.

»Geh auf deinen Sitz«, sagte Cheeta. »Wenn du mich anfaßt, werde ich dich auspeitschen lassen.«

Der Rückweg war ein Rennen gegen die Dunkelheit, denn Cheeta war länger im Schwarzen Haus geblieben, als sie beabsichtigt hatte. Nun, als sie über die wechselnde Landschaft unter ihnen glitten, konnte sie ihre Berechnungen anstellen.

Zum Beispiel gab es das Problem, wie die Arbeiter und später die Gäste ihren Weg durch lange vernachlässigtes Waldgebiet, Sümpfe und Täler finden würden. Hier und dort, gewiß, gab es Zeichen einer alten Straße, aber darauf konnte man sich nicht verlassen, da sie jeden Augenblick im Boden verschwinden oder sich in Sumpf oder Sand verlieren konnten.

Dieses Problem wurde aber (in der Theorie) größtenteils gelöst, während Cheeta durch die Luft schwebte, denn ihre Idee war, mehrere Dutzend Männer in regelmäßigen Abständen in einer langen Reihe aufzustellen, von den bekannten Grenzen bis zur Tundra im Südosten und zu den Wäldern des Schwarzen Hauses.

Zu einem bestimmten Zeitpunkt würden diese Dutzende einzelner Männer die großen Holzhaufen anzünden, die sie den ganzen Tag lang aufgestapelt hatten. Wenn der Rauch dieser großen Feuer ihn führte, würde auch der dümmste Wanderer gewiß seinen Weg zum Schwarzen Haus finden können.

Die Arbeiter, überlegte Cheeta, während sie die Landschaft musterte, brauchten mindestens drei Tage Vorsprung und mußten vor den ersten Gästen zurück sein. Sie mußten nach Plan und in aller Stille arbeiten, und keiner durfte von den Aufgaben seines Nachbarn wissen.

Sie mußten in allen möglichen Fahrzeugen kommen, von großen, mit den unwahrscheinlichsten Dingen beladenen Wagen bis zu Ponykarren; von langen Automobilen bis zu Leiterwagen.

In der Morgendämmerung, am Tag der Party ... da mußte ein Gong über das Land ertönen. Und Cheeta hätte ein Vermögen darauf gesetzt, daß jeder in Titus' Nähe beim Ertönen dieses Gongs sehen würde, wie ein Schatten sein Gesicht überflog – als würde er an eine andere Welt erinnert, eine Welt, die er verlassen hatte.

DREIUNDNEUNZIG

Trotz all ihrer Fertigkeiten und ihres Tempos kam auch für Cheeta ein Zeitpunkt, an dem es für sie unmöglich war, überall zugleich zu sein (ein Charakteristikum, für das sie berühmt war), und innerhalb weniger Minuten trat sie aus dem Helikopter und war auf dem Weg zu den Handwerkstätten, und innerhalb weniger weiterer Minuten in rascher Unterhaltung mit den Verantwortlicheren der Macher.

Es war nun unmöglich geworden, ohne die Delegierung von bestimmten Pflichten weiterzumachen, denn die Zeit hockte ihnen auf den Fersen. Ein Teil des Geheimnisses mußte notwendigerweise weniger bindend werden, denn andernfalls bestünde, würde der Vorhang nicht ein wenig gelüpft, die Gefahr eines Chaos'. Es war eigentlich schon fast zu spät. Trotz all der Macht, die Cheeta in ihrem kleinen, wie eine Bogensehne gespannten Körper vereinte, gab es doch unzufriedenes Gemurmel in den Werkstätten, das jeden Tag lauter wurde.

Selbst unter dem Adel gab es Gemurmel, und Cheeta sah sich gezwungen, ein paar von ihnen ins Vertrauen zu ziehen.

Abgesehen davon gab es noch ihren Vater. Er war zumindest teilweise für die Sache gewonnen.

»Es wird nicht mehr lange dauern, Vater.«

»Es gefällt mir nicht«, sagte das hohle Irrlicht.

»Du mußt tun, was dir gesagt wird, nicht wahr? Ist dein Kostüm fertig? Und deine Maske?«

Eine Fliege setzte sich auf den grauenhaft eiförmigen Kopf. Er ließ die Haut seines Craniums in einem kleineren Krampf zucken und entfernte das Wesen, und als er zu einer Antwort in der Lage war, da war seine Tochter nicht mehr bei ihm. Cheeta hatte keine Zeit zu verschenken.

VIERUNDNEUNZIG

Bei einer Musterung der Exekutive, die neun Seelen zählte (Cheeta eingeschlossen, wenn man sie eine Seele nennen konnte) und die unter ihren Reihen Repräsentanten aller sozialen Schichten sah, wurde beschlossen, alle in Spannung zu halten, was den Ort der Party anbetraf; die auserwählten Neun allein befanden sich in einer Art mentaler Halberleuchtung.

Diese Neun allein waren bestochen. Diese Neun allein hatten eine Ahnung dessen, was in den Werkstätten, in den Scheunen, den Lagerhäusern, den Privatdomizilen angefertigt wurde.

Doch gab es unter den Neun Groll. Sicher waren sie verglichen mit der restlichen Horde privilegiert, aber verglichen mit Cheeta standen sie in äußerster Dunkelheit, abgespeist mit kleinen Wissensfetzen, wußten nur, daß aus dem wirren Chaos eine Art Mammuterfindung in Cheetas Hirn arbeitete.

FÜNFUNDNEUNZIG

»Ich habe ein Gefühl«, sagte Juno, »daß es nicht gut um Titus steht. Ich habe letzte Nacht von ihm geträumt. Er war in Gefahr.«

»Er ist die meiste Zeit seines Lebens in Gefahr gewesen«, sagte der Anker. »Ich glaube, er wüßte nicht, was mit sich anfangen, wenn er es nicht wäre.«

»Glaubst du an ihn?« fragte Juno nach einer langen Pause. »Ich habe dich nie zuvor gefragt. Ich hatte immer Angst vor der Antwort, glaube ich.«

Anker hob den Blick und ließ ihn über die Decke eines privaten Salons im neunundneunzigsten Stock gleiten. Dann lehnte er sich gegen ein indigofarbenes Kissen. Juno stand an einem Fenster. Sie war so königlich wie eh und je. Die Fülle unter ihrem Kinn und die winzigen Krähenfüße um die Augen beeinträchtigten ihre Großartigkeit keineswegs. Den Raum erfüllte hellblaues Licht, was dem roten Mop Ankers einen sonderbaren Schimmer verlieh. Weit entfernt hörte man ein murmelndes Geräusch wie Meeresrauschen.

»An ihn glauben?« fragte der Anker. »Was bedeutet das? Ich glaube an seine Existenz. Ebenso wie ich glaube, daß du zitterst. Bist du krank?«

Juno wandte sich um und sah ihn an. »Ich bin nicht krank«, flüsterte sie, »aber ich werde es sein, wenn du meine Frage nicht beantwortest. Du weißt, was ich meine.«

»Sein Schloß und seine Familie? Macht dir das Sorgen?«

»Er ist ein so kleiner Junge! Ein so goldener Junge. Er war immer süß zu mir. Wie könnte er mir gegenüber und allen anderen lügen? Was fühlst du beim Klang dieses sonderbaren Wortes?«

»Gormenghast?«

»Ja, Gormenghast. Oh, Anker, mein Lieber. Mein Herz tut so weh.«

Anker erhob sich mit einer einzigen ruhigen Bewegung auf die Füße und schritt mit leicht lässiger Haltung auf sie zu. Aber er berührte sie nicht.

»Er ist nicht verrückt«, sagte er. »Was immer er ist, er ist nicht verrückt. Wenn er verrückt wäre, dann wäre es für den Wahnsinn leichter, in der Welt voranzukommen. Nein. Erfinderisch vielleicht. Er ist vielleicht, nach allem was wir wissen, das letzte Wort im Reich von Phantasie, Annahme, Hypothese, Schluß und Vorstellung und allem, was von dem wilden Gewebe seiner Imagination verkleidet wird. Aber verrückt? Nein.«

Anker sah sie mit einem schwachen Lächeln an.

»Dann glaubst du also nicht an ihn, trotz all deiner langen Worte?« rief Juno. »Du hältst ihn für einen Lügner? Oh, mein lieber Anker, was hat mich überkommen? Ich habe solche Angst.«

»Das kommt von deinem Traum«, sagte Anker. »Um was ging es?«

»Ich habe ihn gesehen«, flüsterte Juno endlich. »Taumelnd, mit einem Schloß auf dem Rücken. Hohe Türme verwoben sich mit Locken dunkelroten Haars. Er schrie, als er stolperte ... ›Verzeih mir! Verzeih mir!‹ Hinter ihm schwebten Augen. Nur Augen! Schwärme von Augen. Sie sangen, während sie neben ihm herschwebten, und die Pupillen weiteten oder verengten sich je nach den Noten. Es war fürchterlich. Sie waren so gierig, weißt du. Wie Hunde, die einen Fuchs zerreißen. Doch sie sangen die ganze Zeit, so daß man nur schwer die Worte verstand, die Titus rief: ›Verzeih mir. Um des Mitleids willen, verzeih mir.‹ «

Juno wandte sich zu Anker.

»Siehst du, er ist in Gefahr. Warum sonst sollte ich träumen? Wir dürfen nicht ruhen, bis wir ihn gefunden haben.«

Sie hob den Kopf zu ihm auf.

»Es ist keine Liebe mehr«, sagte sie, »wie es einmal war. Ich kenne keine Eifersucht und Bitterkeit mehr. Das gehört nicht mehr zu mir. Ich will Titus aus einem anderen Grund ... ebenso wie ich Muzzlehatch und andere will, die ich in der Vergangenheit mochte. Die Vergangenheit. Ja, das ist es. Ich brauche wieder meine Vergangenheit. Ohne sie bin ich nichts. Ich tanze wie ein Korken auf tiefem Wasser. Vielleicht bin ich nicht mutig genug. Vielleicht habe ich Angst. Wir dachten, wir könnten neu beginnen. Aber die ganze Zeit grübele ich über das Vergangene nach. Der Dunst setzt sich wie goldener Staub. Oh, mein lieber Freund. Mein lieber Anker. Wo sind sie? Was soll ich tun?«

»Wir werden fortziehen und sie finden. Wir lauern ihren Geistern auf, meine Liebe. Wann beginnen wir?«

»Jetzt«, sagte Juno.

Anker stand auf.

»Jetzt«, sagte er.

SECHSUNDNEUNZIG

Er wußte lediglich, daß er sich in der Luft befand; daß ihm niemand auf seine Fragen antwortete; daß er sich zu bewegen schien; daß er ein leises Summen der Maschine hörte; daß die Nachtluft sanft und duftend war; daß man gelegentlich Stimmen von weit unten hörte und daß etwas neben ihm war und die Maschine mit ihm teilte, was sich weigerte mit ihm zu reden.

Seine Hände waren vorsichtig auf dem Rücken zusammengebunden, damit er keine Schmerzen erlitt, doch fest genug, um eine Flucht zu verhindern. Ebenso verhielt es sich mit dem Seidentuch über seinen Augen. Es war sorgfältig angelegt worden, damit es Titus nicht unbequem würde, aber blind war er dennoch.

Daß er sich überhaupt in einer solch mißlichen Lage befand, war ohnedies verwunderlich. Wäre es in der Tat nicht der Fall gewesen, daß sich Titus gern auf etwas Ungewöhnliches einließ, er hätte inzwischen um seine Freilassung gebrüllt.

Er verspürte keine Furcht, denn ihm war erklärt worden, daß dies der Abend der Party war und er alles zu erwarten hätte. Und er mußte daran glauben, diese zur Nacht aller Nächte zu machen, und dafür war ein Element überwichtig, und das war das Element der Überraschung. Ohne dies wäre alles nur eine Totgeburt und würde sterben, noch ehe der erste, wilde Atemzug getan.

In einem bestimmten Augenblick der Zukunft würde ihm das Seidentuch von den Augen gezogen, damit sie das Licht eines großen Feuers und Hunderte heller Kunststücke sahen.

Er mußte auf diesen letztendlichen Augenblick warten und ihn heranreifen lassen. Unter einem sterngefleckten Himmel, unter dem Seufzen von Farn und Blatt lag das Schwarze Haus. Hier war die Szenerie dunkler Pracht, das Tropfen des Nachttaus. Hier lag der verlorene Verfall von Jahrhunderten, auf den Titus den Blick richten würde, und dies würde nicht versagen, ihn an das dunkle Klima zu erinnern, das er von seinen Schultern wie einen Umhang zu werfen gehofft, aber nun als nicht abwerfbar erkannt hatte.

Nicht umsonst hatte Cheeta Stunde um Stunde am Fußende seines Bettes gesessen, während er tobte oder flüsterte in seinem Fieber. Immer und immer wieder hatte sie gehört, wie er die gleichen Namen wiederholte, wie sich die gleichen Szenen abspielten. Sie wußte bis ins kleinste Detail, wen er haßte, wen er liebte. Sie kannte es fast so, als breite sich vor ihren Augen eine Landkarte aus, das gewundene Herz von Gormenghast. Sie wußte, wer gestorben war. Sie wußte, wer noch lebte. Sie kannte jene, die Gormenghast nahestanden. Sie wußte von einem Verräter.

Sollte er seine Überraschung haben. Einen goldenen Genuß. Seine phantastische Party, für die keine Ausgabe zu hoch war. Dies würde ein Abschied, den er niemals vergaß.

Cheeta hatte geflüstert: »Es wird wie eine Fackel in der Nacht brennen. Der Wald wird sich beim bloßen Laut winden.«

Und in einem schwachen Augenblick, in der größten Hitze, als Hirn und Sinne einander widersprachen und in seiner Rüstung eine Lücke klaffte, hatte er ›Ja‹ gesagt.

Ja, er würde zustimmen – der Idee, blind in ein unbekanntes Gebiet zu gehen, damit es ein Geheimnis bliebe.

Und nun befand er sich mitten in der Abendluft, schwebte an den unbekannten Ort seiner Abschiedsparty. Wären seine Augen von dem Seidentuch befreit gewesen, er hätte gesehen, daß er gegen den Sonnenuntergang flog. Hätte er hochgeblickt, er hätte gesehen, daß er mitten in der Luft an einem wunderschönen weißen Ballon, wie an einem vom Licht getönten riesigen Wal, hing.

Über dem Ballon, hoch in der Luft bewegten sich Scharen von Flugmaschinen aller Farben, Formen und Größen.

Unter ihm flogen in Formation Fluggeräte wie goldene Pfeile, und weit, weit unter jenen hätte er im Norden das weite Gebiet schimmernden Sumpfes gesehen, das sich bis zum Horizont erstreckte.

Im Süden des Waldlandes hätte er den Rauch der Feuer gesehen, die ihnen die Richtung wiesen.

Aber von all dem sah er nichts – nichts vom Spiel des Lichts auf den silbrigen Marschen, noch wie die Schatten der verschiedenen Luftmaschinen langsam über die Baumwipfel schwebten.

Noch konnte er seine Begleiterin sehen. Sie saß wenige Fuß außerhalb seiner Reichweite, sehr aufrecht, winzig und ungeheuer effizient, die Hände auf den Hebeln und Knöpfen.

Die Arbeiter waren von der Szene verschwunden. Sie hatten geschuftet wie Sklaven. Wildes Gelände war für die Helikopter und alle Arten von Flugmaschinen gerodet worden. Die schweren Karren trugen erschöpfte Männer heim.

Der große Krater des Schwarzen Hauses, der bis vor kurzem den Mond angegähnt hatte, war nun mit etwas anderem angefüllt, als lediglich seiner Stimmung. Die Leere war verschwunden, und nun lauschte es, als verfüge es über die Gabe des Hörens.

Da hatte es wahrhaftig genügend zum Hören gegeben. Denn in der letzten Woche hatte der Wald von Hämmern, Sägen und den Rufen der Waldarbeiter widergehallt.

Nah genug, um zu beobachten, ohne selbst gesehen zu werden, doch im Namen der Gefahr auch weit genug entfernt, saßen die Scharen der kleinen Waldtiere, der Eichhörnchen, Dachse, Waldmäuse, Spitzmäuse, Wiesel, Füchse und Vögel jeder Art, hatten die Stammesfehden vergessen, blieben stumm, und ihre Augen verfolgten jede Bewegung, die Ohren gespitzt. Sie waren sich nicht bewußt, daß sie einen Kreis aus Fleisch und Blut bildeten; sie zogen den Atem in die Lungen und starrten auf die Hülse des

Schwarzen Hauses. Die Hülse und die sonderbaren Dinge, die jene füllten.

Während die Stunden verstrichen, nahm der lebendige Kreis an Tiefe zu, bis der Zeitpunkt kam, als sich ein Tag der Stille auf das Gebiet senkte, und in dieser Stille konnte man den Atem der Fauna wie das Geräusch des Meeres hören.

Gebannt durch die Stille (denn es war der Tag, an dem die Arbeiter abzogen und die Gesellschaft noch nicht angekommen war), starrten sie (jene Dutzende von Augen) auf das Schwarze Haus, das der Welt nun ein so anderes Gesicht präsentierte, daß es lange dauerte, ehe die Tiere das Schweigen brachen.

SIEBENUNDNEUNZIG

Zwei Wildkatzen mit ihren bösen Schatten brachen endlich aus der Trance, die sich auf Dutzende gebannter Tiere gelegt hatte, und Wange an Wange schlichen sie sich mit fast unglaublicher Vorsicht näher.

Sie wurden von der stummen, zusammengewürfelten Horde beobachtet, wie sie sich auf feline Weise aus dem lauschenden Wald stahlen und schließlich die Nordmauer des Schwarzen Hauses erreichten.

Lange Zeit blieben sie dort, saßen aufrecht, verborgen von einem üppigen Farnbusch, der nur die Köpfe sehen ließ. Es schien, als liefen sie auf Öl, diese lieblosen Köpfe, so geschmeidig drehten sie sich von einer Seite zur anderen.

Schließlich sprangen sie zusammen wie aufgrund eines gemeinsamen Impulses los und befanden sich auf einem breiten, moosüberzogenen Vorsprung. Sie hatten diesen Sprung viele Male zuvor unternommen, doch zum ersten Mal spähten sie nun von ihrem alten Aussichtspunkt auf eine so unglaubliche Metamorphose.

Alles war verändert, und dennoch war nichts anders. Einen Moment kreuzten sich ihre Blicke. Es war ein Blick von solch exquisiter Subtilität, daß ihnen ein Schauder fröstelnden Vergnügens die Wirbelsäulen hinabrann.

Die Veränderung war vollständig. Nichts war wie zuvor. Ein

Thron stand dort, wo einst ein Hügel grünlichen Steinwerks gelegen hatte. An den Wänden hingen alte, verrostete Rüstungen. Laternen und große Teppiche und Tische standen knietief in Schierling. Es gab der Veränderungen kein Ende.

Und dennoch war es das gleiche, insofern, als die Stimmung alles durchdrang. Eine Stimmung unendlicher Verlassenheit, die kein noch so großer Wechsel verändern konnte.

Die beiden Katzen, sich bewußt, daß sie Zentrum aller Blicke waren, wurden zunehmend kühner, bis sie, als sie die efeuüberzogene Mauer hinabglitten, mit den gesamten Körpern grinsten und in einer Mischung aus Aufregung und Wut in die Luft sprangen. Aufregung, daß es neue Welten zu erobern gab, und Wut, weil ihre Geheimpfade auf immer verschwunden waren; die grünen Winkel und Lieblingsverstecke waren fort. Die überwucherte Ruine, die diese beiden als selbstverständlichen Teil ihres Lebens angesehen hatten, seit sie als kleine lustige Bälle um die Wärme des Mutterbauches gekämpft und daran gesaugt hatten – diese Ruine war nun plötzlich etwas anderes, etwas, an das man sich gewöhnen und das man erforschen mußte. Eine Welt neuer Gefühle – eine Welt, die einst von Echos gehallt hatte, nun aber keine Antwort gab, weil die Leere geschwunden.

Wo war der lange Vorsprung – der lange, mürbe, staubige Vorsprung, besetzt mit Hirschzunge? Er war verschwunden, und was an seiner Stelle stand, hatte niemals das Gewicht eines Wildkatzenkörpers gespürt.

An seiner Stelle gab es aufragende Formen, die man unmöglich begreifen konnte. Als sie an Mut gewannen, begannen die Wildkatzen aufgeregt hin und her zu laufen, die Köpfe auf so intelligente und herrische Weise in die Luft gehoben, daß es einen an vibrierende Klugheit gemahnte.

Was waren diese großen Stoffbahnen? Was dieser komplizierte Baldachin aus knochenweißen Zweigen, der da vom Dach und über ihren Köpfen herabhing? Waren es die Rippen eines großen Wals?

Die beiden mutiger werdenden Katzen begannen sich auf sehr sonderbare Weise zu benehmen, denn sie sprangen nicht nur in wildem Spiel von einem Vorsprung zum anderen, als spielten sie

Fangen, sondern schlängelten die geschmeidigen, gehorsamen Körper in jede nur vorstellbare Position. Zuweilen rannten sie für sich über einen Gang aus haarigem Teppich, zuweilen hielten sie sich dicht beeinander und kämpften scheinbar ernsthaft, nur, um unvermittelt abzubrechen wie aufgrund eines gemeinsamen Beschlusses, indem die eine oder andere vielleicht das Ohr mit der Hintertatze kratzte.

Und immer noch keine Bewegung im Ring der beobachtenden Kreaturen, bis sich ein Fuchs plötzlich und ohne Warnung von der Peripherie löste, durch ein Fenster einer der Mauern sprang und in die Mitte des Schwarzen Hauses rannte, sich auf einen teuren Teppich setzte, das scharfe, gelbe Gesicht hob und bellte.

Dies wirkte wie ein Signal, und Hunderte von Waldtieren erhoben sich auf die Beine und waren eine Minute später unten in der Arena.

Aber nicht auf lange, denn sogleich, nachdem die beiden Katzen einen Buckel gemacht und den Fuchs und alle anderen Invasoren angefaucht hatten, geschah etwas anderes, was alle Vögel und anderes Getier zurück in die Verstecke trieb.

Der Himmel über dem Schwarzen Haus war plötzlich erfüllt von bunten Lichtern. Die Vorhut der Luftflotte fiel ein.

ACHTUNDNEUNZIG

Zierlich traten die glitzernden Schönheiten und die glitzernden Schrecken aus den Maschinen, aufgereiht wie Kolibris, traten mit ihren Begleitern heraus und in die Schatten, wobei Zungen zuckten und Augen vor Staunen aufgerissen waren, denn dies war etwas bislang Unbekanntes ... der Flug bei Nacht. Die überhängenden Bäume. Das Gefühl exquisiter Furcht, die Spannung und Aufregung des Unbekannten, die Tümpel der Dunkelheit, die flatternden Atemzüge, mit einem Schauder der Erleichterung eingesaugt, Erleichterung in jeder Brust, daß sie nicht allein war, wenn auch die Sterne kalt herabschienen und kleine Schlangen in den Ruinen lauerten.

Als die berückenden Zuflüsse auf Zehenspitzen durch die

schimmeligen Eingänge ins Schwarze Haus traten, wandten sich die Köpfe automatisch dem zentralen Feuer zu, einer sorgfältigen Konstruktion aus Wacholderzweigen, die, im brennenden Zustand wie jetzt, einen würzigen Duft abgaben.

»Oh, mein Liebling«, sagte eine Stimme aus der Dunkelheit.

»Was ist das?« fragte eine Stimme aus dem Licht.

»Das ist der Puls von allem. Wo bist du?«

»Hier, an deiner gefleckten Seite.«

»Oh, Ursula!«

»Was ist?«

»Und das alles für den Jungen!«

»Oh, nein. Das ist für uns. Zu unserem Entzücken. Es ist für das grüne Licht auf deinem Busen ... und die Diamanten in meinen Ohren. Es ist die Blüte. Es ist der Glanz.«

»Es ist ursprünglich, Liebling. Ursprünglich.«

Eine andere Stimme unterbrach ...

»Ein Ort für Frösche.«

»Ja, ja, aber wir sind voraus.«

»Wem voraus?«

»Der Avantgarde. Sieh uns an. Wenn wir nicht die Seele der Mode sind, wer sonst?«

Eine andere Stimme, die eines Mannes, eine armselige Sache: »Wenn das nicht doppelseitige Lungenentzündung bedeutet«, schniefte sie.

»Um Himmels willen, paßt auf diesen Teppich auf. Er hat mir den Schuh abgesaugt«, sagte sein Freund.

Mit jedem verstreichenden Augenblick wurde die Menge dichter. Überwiegend hielten sich die Gäste in der Nähe des Wacholderfeuers auf. Ihre Gesichter flackerten und sprangen je nach Laune der Flammen.

Wäre es nicht Cheetas Party gewesen, hätte es zweifelsohne mehrere gegeben, die die üppige Zurschaustellung kritisiert hätten – die Heterodoxie der ganzen Sache hätte an allen genagt. So jedoch wurde die Unbequemlichkeit des Schwarzen Hauses mehr als nur außer acht gelassen aufgrund des Anlasses. Denn ein besonderer Anlaß war es.

Das Gemurmel der Stimmen schwoll an, wie sich die Gäste

vervielfachten. Doch es gab viele junge Abenteurer, die es müde waren, in die Flammen zu starren, ebenso, den schrillen Zungen ihrer Partner zu lauschen, und begannen, die Wärme zu verlassen, um die äußeren Bezirke der Ruine zu erforschen. Dort stießen sie auf bizarre Formationen, die hoch in die Nacht aufragten.

Hier und dort stießen sie bei ihren Streifzügen auf sonderbare Strukturen, die schwer zu erfassen waren. Aber es war nicht schwer, den dunklen Tisch zu ergründen, dämmrig durch Kerzen beleuchtet, wo ein großer Kuchen mit Zuckerguß leuchtete, dem ›Lebwohl Titus‹ in die Flanke gemeißelt war. Hinter dem Kuchen erhob sich Schicht um Schicht im Halblicht das Buffet. Hunderte von Kelchen funkelten, und die Servietten reckten sich, als wollten sie abheben.

Sechs Spiegel reflektierten einander in den dumpfen Bereichen des Schwarzen Hauses und zentrierten ihr Licht auf etwas, was sich selbst zu widersprechen schien, denn wenn man es von einem bestimmten Winkel aus betrachtete, schien es einem kleinen Turm zu ähneln, von einem anderen schien es eher wie eine Kanzel oder ein Thron.

Was immer es auch war, ohne Zweifel war es von einiger Wichtigkeit, denn an den vier Ecken waren vier Lakaien aufgestellt, die fast unnormal eifrig jeden Gast, der so weit gekommen war, davon abhielten, dichter heranzugehen.

Inzwischen geschah etwas anderes, etwas – wenn auch nicht auf der Abschiedsparty, dann doch dicht in ihrer Nähe im Wald da draußen. Etwas, das schlich!

NEUNUNDNEUNZIG

Dieser Schleicher sah nicht gerade aus wie aus dem Buche. Zwar für das Auge barbarisch, war seine Silhouette eher wie etwas aus Seilen und Knochen Bestehendes, doch immerhin sofort als Muzzlehatch erkennbar.

Ein wenig hinter ihm näherten sich die drei einstigen Unterflußweltcharaktere. So sonderbar sie auch aussahen, verblichen sie doch zu nichts gegenüber ihrem exzentrischen Anführer, dessen jede Bewegung ein Dolchstoß ins Herz der orthodoxen Welt darstellte.

Sie hatten diesen Muzzlehatch gesucht und eher durch Glück als Klugheit (wenn sie auch das Land gut kannten) gefunden und ihn gezwungen, seine langen wilden Knochen und die gehetzten Augen ein klein wenig auszuruhen.

Was sie erhofft hatten (Crabcalf und die anderen) war, Muzzlehatch zu finden und ihn vor der Gefahr zu warnen, in der Titus schwebte. Denn sie waren zu dem Schluß gelangt, daß eine dunkle Kraft aus der Erde freigelassen worden war und Titus sich in echter Gefahr befand.

Aber was sie fanden, als sie ihn endlich aufgespürt hatten, war nicht der Muzzlehatch, den sie kannten, sondern ein Mann der Wildnis. Wildnis in ihm selbst und in seiner Erscheinung. Und nicht nur dies, sondern auch ein Mann, der kürzlich bis tief ins Stahlherz seines Feindes gedrungen war: ein Mann mit einer halbvollendeten Mission. Ein Auge war befriedigt geschlossen. Das andere brannte wie Glut.

Stück für Stück entlockten sie ihm seine Geschichte. Wie er zu der Fabrik gestoßen war und sogleich erkannte, daß er sich am Tor zur Hölle befand. Dem Tor, welches er gesucht hatte. Wie er durch List und Tücke, später durch Gewalt seinen Weg gefunden und ihn sich in einen weniger bevölkerten Bezirk dieses weiten Bereichs erzwungen hatte, wo ihm zunehmend übler wurde durch den Geruch des Todes.

Sie lauschten ihm aufmerksam, seine drei Verfolger, doch trotz all ihrer Konzentration konnten sie kaum begreifen, was er sagte. Wären ihre Interpretationen seiner Worte gesammelt und sortiert worden, um zu ermöglichen, eine Quintessenz von allem, was er flüsterte, heraufzubeschwören (denn er war zu müde, laut zu sprechen), dann hätte er, grob gesagt, den dreien, die über ihm schwebten, von den identischen Gesichtern berichtet: wie er endlose Bänder aus durchscheinender Haut entlanggeglitten war, wie sich während dieses Gleitens eine große Hand in einem Handschuh aus schwarzglänzendem Gummi nach ihm ausstreckte, so daß sich Muzzlehatch gezwungen sah, sich auf die Kreatur zu werfen, sie unter das laufende Band zu schleppen; es war abstoßend, sie zu berühren: von Kopf bis zu den Zehen in Weiß gehüllt, ein Ding, das um sich peitschte, aber Muzzlehatchs Griff nicht entkommen konnte und schließlich tot zurückfiel.

Es schien, Muzzlehatch habe dem Toten die Arbeitshülle abgenommen, ehe diese Chiffre in einen Glastunnel glitt, und war dann, in Weiß gehüllt, dem Band und der leeren Halle entkommen, war fortgesprungen und hatte sich in einem ganz anderen Bereich wiedergefunden.

So sonderbar es scheint (wenn man sich ins Gedächtnis ruft, wie entsetzlich und verschiedenartig sich der moderne Tod abspielt), doch es stimmt, daß ein Messer in den Rippen ein ebenso schreckliches Gefühl hervorrufen kann wie schleichendes Gas oder tödliche Strahlen. Sein Messer war gezückt, und es war sehr scharf, doch ehe er eine Chance erhielt, es zu benützen, verwandelte sich das Licht von klarem, kaltem Grau in ein schwammiges Scharlach, und im gleichen Augenblick begann sich der Boden der Fabrik wie der Boden in einem Aufzug zu senken.

Soviel konnten die drei Landstreicher begreifen, aber dann begann ein längeres, verwirrtes Gemurmel, welches sie nicht entziffern konnten, so sehr sie es auch versuchten. Es war offensichtlich eine ganze Menge, denn die Arme des hageren Mannes schlugen immer wieder auf den Boden, während er darum rang, seine schreckliche Erfahrung zurückzurufen.

Zuweilen ließ die Intensität nach, und die Worte folgten einander wieder wie Tiere aus dem Bau, doch fast zugleich begannen die drei sich bewußt zu werden, daß dies, trotz der Lautstärke, keine Sicherheit bedeutete, denn ihr Herr begann mehr und mehr in eine Privatsprache zu verfallen.

Aber soviel entdeckten sie: Er mußte gewartet haben, fast bis zur Verzweiflung auf die einzige Gelegenheit gewartet haben, bis er in einem einzigartigen Augenblick einen Hierophanten ausmachen und, sein Taschenmesser im Rücken der Kreatur, befehlen konnte, zum ›Zentrum‹ gebracht zu werden.

Endlich geschah es. Das Opfer war fast krank vor Angst, während es die verhüllte Gestalt Muzzlehatchs einen Gang nach dem anderen entlangführte. Und die ganze Zeit über wiederholte der Hagere: »Zum Zentrum!«

»Ja«, sagte die verängstigte Stimme. »Ja ... ja ...«

»Zum Zentrum. Bringst du mich dorthin?«

»Ja, ja. Zum Zentrum von allem.«

»Und dort versteckt er sich?«

»Ja, ja.«

Beim Weitergehen flogen weiße Horden von Gesichtern wie eine Flut vorbei. Dann herrschten Stille und Leere.

HUNDERT

T*itus, wo bist du? Sind deine Augen immer noch verhüllt? Deine Arme immer noch auf dem Rücken gebunden?*

Durch eine Lücke im Wald blickte die Nacht hinab auf die dachlose Hülse des Schwarzen Hauses, so plötzlich mit Feuern und Edesteinen bestückt. Und über der Lücke, oberhalb der Zweige, schwebte ein kleiner, grasgrüner Ballon, an der Unterseite schwach beleuchtet. Er mußte sich von seiner Reede an den Baumwipfeln gelöst haben. Und aufrecht oben auf dem flüchtigen Ballon saß eine Ratte. Sie war an einem Baum hochgeklettert, um das schwebende Ding zu untersuchen, und war dann mit zunehmendem Mut auf die schattige Rundung der Kugel geklettert, niemals daran denkend, daß die Leine im Begriff war, zu reißen. Aber sie riß, und fort war er, dieser kleine Ballon, fort in die Wildnis der Seele. Und die ganze Zeit über saß die kleine Ratte dort, hilflos in ihrer globalen Souveränität.

HUNDERTEINS

Titus befand sich nun in keiner Stimmung mehr für Zusammenspiel. Bis vor etwa einer Stunde war er willens gewesen, mitzumachen bei dem, was er für ein ausgefallenes Spiel zu seinen Ehren hielt, aber nun dachte er anders darüber. Nun, da seine Füße wieder auf terra firma standen, begann er sich nach Freilassung zu sehnen. Die Blindheit hatte zu lange gedauert.

»Nehmt mir die verdammte Binde ab«, rief er, aber es erfolgte keine Antwort, bis eine Stimme flüsterte ...

»Geduld, Mylord.«

Titus, den man nun zu dem großen Tor des Schwarzen Hauses führte, blieb stehen. Er drehte sich in Richtung der Stimme um.

»Hast du ›Mylord‹ gesagt?«

»Natürlich, Euer Lordschaft.«

»Nehmt mir sofort diese Tücher ab. Wo bist du?«

»Hier, Mylord.«

»Worauf wartest du? Laß mich frei.«

Da ertönte aus der Dunkelheit Cheetas Stimme, so trocken und brüchig wie ein Herbstblatt.

»Oh, Titus, Liebster, war es sehr unangenehm?«

Eine Gruppe Intellektueller, die sich hinter Cheeta näherdrängte, echote:

»War es sehr unangenehm?«

»Es dauert nun nicht mehr lange, mein Lieber, ehe ...«

»Ehe was?« schrie Titus. »Warum kannst du mich nicht losbinden?«

»Es liegt nicht in meinen Händen, Liebling.«

Wieder das Echo der Stimmen: »... meinen Händen, Liebling.«

Cheeta beobachtete ihn mit halbgeschlossenen Augen.

»Du hast es mir doch versprochen«, sagte sie, »daß du kein Theater machen würdest. Daß du ruhig zu der verabredeten Stelle gehen würdest. Daß du drei Stufen emporsteigst und dich dann umdrehst. Daß dann, und erst dann dein Tuch abgenommen und deine Augen befreit werden. Das ist der Augenblick der Überraschung.«

»Die beste Überraschung, die du mir bereiten kannst, ist, diese Lumpen herabzureißen. Oh, Herr aller Herren! Warum habe ich mich auf das alles eingelassen? Wo bist du? Ja, du, in deinem Zwergenkörper. Oh, Gott, Hilfe. Was soll das Geschrei?«

Cheeta, die eine Hand zum Signal erhoben hatte, ließ sie nun wieder sinken, und das Schreien ließ nach.

»Sie wollen dich sehen«, sagte Cheeta. »Sie sind aufgeregt.«

»Mich?« fragte Titus. »Warum mich?«

»Bist du nicht Titus, der Siebenundsiebzigste Graf von Gormenghast?«

»Bin ich das? Beim Himmel, so fühle ich mich nicht. Nicht in deiner Nähe.«

»Er muß müde sein, daß er sich so unhöflich benimmt«, sagte eine Sirupstimme.

»Er weiß nicht, was er tut«, sagte eine andere.

»Gormenghast, aber wirklich«, sagte eine dritte unter Kichern. »Das ganze ist höchst unwahrscheinlich, weißt du.«

Cheetas hoher Absatz landete wie ein Hammer auf dem Rist des letzten Sprechers. »Mein Lieber«, sagte sie, als wolle sie die Aufmerksamkeit von diesem Ruf ablenken, »jene, die so lange auf die Party gewartet haben, rücken näher. Alles rückt näher. Und du wirst das Zentrum sein. Ein Lord. Ein richtiger Lord!«

»Die Hölle verschlinge alle verdammten Lords. Gib mir meine Heimat wieder!« schrie er.

Die Mengen rückten näher, denn es lag etwas in der Luft, ein Frösteln, eine Drohung, eine schreckliche Dunkelheit, die aus Mauern und Böden des Hauses zu schwitzen schien. In dem Gemurmel, das einer vergleichsweisen Stille folgte, lag ein Unterton fast von Furcht, wenn auch noch nicht ausgeprägt in ihrem Unbewußten, doch real im Kitzel ihrer Nerven. Die Feiernden verließen die duftenden Nischen, und Männer aller Positionen zogen sich von den außenliegenden Bezirken zurück; gezogen von einem unsichtbaren Mittler rückten sie immer näher zu dem dachlosen Mittelpunkt des Schwarzen Hauses.

Nicht nur diese bewegten sich. Cheeta hatte einer Gruppe ihrer persönlichen Freunde befohlen, ihr zu folgen (nicht ihrem Vater, denn dieser befand sich in dem Vergessenen Raum, wo die Hauptakteure saßen und an den Nägeln kauten).

Die Kapelle schwankte mit einer eindrucksvollen Anzahl an Instrumenten herbei, während Titus auf einer Menschenwoge nach vorn getragen wurde und dagegen ankämpfte.

Es war Teil von Cheetas Plan, daß Titus äußerste Beunruhigung, um nicht zu sagen Furcht, empfinden sollte, und ihr köstlicher Mund (geschürzt wie eine winzige Zinnoberblüte) registrierte eine gewisse Befriedigung, wie die Dinge ihren Lauf nahmen. Denn sie drängte auf seine Entehrung, seine Schande und mehr. Und nun war der Zeitpunkt da, an dem Titus die drei Stufen zum Thron ersteigen sollte ... und er stolperte, während er hinaufstieg. Jetzt war es an der Zeit, sich umzudrehen; jetzt, daß seine Handgelenke befreit, jetzt daß das Tuch von den Augen abgenommen würde, und Cheeta rief: »Jetzt!«

Und jetzt geschah es auch, denn ihre Stimme lockte wie eine Stimme aus einem Kerker eine Reihe von Echos hervor. Alles geschah im gleichen Sekundenbruchteil. Man riß die Tücher von Titus' Händen und Augen. Die Kapelle fiel in gräßliche Marschmusik. Titus setzte sich auf den Thron. Er sah nichts, außer dem Glühen des Wacholderfeuers. Die Menge drängte vor, während in den umgebenden Baumwipfeln Lampen aufflammten. Alles nahm eine andere Farbe an ... eine andere Strahlung. Eine Uhr schlug Mitternacht. Der Mond trat hervor und ebenso die erste der Erscheinungen.

HUNDERTZWEI

Unter einem Licht, bei dem man Säuglinge würgt, öffnete die große und entsetzliche Blume ihre fleischigen Blütenblätter – eines nach dem anderen: eine Blume, deren Wurzeln ihre Nahrung aus dem grauen Schleim der Grube saugten und deren ekelhafter Geruch den Duft des Wacholders überlagerte. Diese Blume war böse und ihre Blüte satanisch, und wenn sie auch unsichtbar war, war sie doch allgegenwärtig.

Es war nicht die hermetische und permanente Stimmung des Schwarzen Hauses, wenn auch diese allein angsterregend genug war, mit den Pilzen wie Tellern an den Wänden und den schwitzenden Steinen; es war nicht nur dies, sondern kombiniert damit das Gefühl einer großen Konspiration: einer Konspiration zwischen Dunkelheit und Verfall – und dennoch auch von diabolischer Erfindungskraft; eine Szene, vor der die Gestalten ihre Rollen im Flutlicht spielten, wie wenn ausgesuchte Kreaturen in einer Konzentration von Licht gefangen werden, in der sie sich nicht mehr bewegen können.

Dann ertönte wieder Cheetas Stimme, und dieses Mal, schien es Titus, hatte sie eine Schärfe, die er noch nie zuvor gehört hatte.

»Flutet den Heliotrop herein.« Auf diesen obskuren Befehl hin erschauderte die gesamte Szene zu einer anderen Welt aus Licht; einer gespenstischen und lila Flut, und zum ersten Mal spürte Titus, der kerzengerade auf seinem Thron saß, eine Art schmeckbarer Furcht, die er nie zuvor empfunden hatte.

Titus, der Steerpike während eines Krieges in dichtem Efeu getötet hatte ... Titus, der sich in den unterirdischen Tunneln von Gormenghast verirrt hatte, er zitterte nun angesichts des Unbekannten. Er wandte den Kopf, konnte jedoch keine Spur von Cheeta entdecken. Nur eine Riesenmenge von Heliotropköpfen – eine Welt der Zuschauer, die dort stand, als warte sie, daß er aufstand und das Wort ergriff.

Aber waren es die Köpfe, die er kannte? Abgesehen von Cheeta, wo war ihr Vater, der unbeschreibbare Mann ohne Haare?

Es schien, als bildeten sie eine Art fremden Terrains, als befände sich in der Menge nicht eine einzige Person, die ihn nicht kannte, doch für Titus gab es keinen, den er erkannte.

Um ihn her, hinter der Menge, waren die Wände mit Fahnen verhängt. Fahnen, an die er sich schwach erinnern konnte. Zerrissene Fahnen, Fahnen aus der Vorhölle. Was tat er hier? Was oh, lieber Gott, tat er hier? Was waren dies für Schatten? Was für Echos? Wo war ein Freund, der ihn bei der Schulter packen konnte? Wo war Muzzlehatch? Wo war sein Freund? Was war das für ein Geräusch, wie das Schnurren der Flut? Was schnurrte da, wenn nicht Katzen?

Wieder erhob sich die Stimme Cheetas. Sie wurde bei jedem Befehl rauher. Das Licht veränderte sich, und eine noch beklemmendere Stimmung als zuvor legte sich über den Ort, veränderte die Qualität von allem bis ins kleinste Detail, bis zum kleinsten Wedel zu scharfem Grün.

Titus wandte mit zitternden Händen das Gesicht von der Menge ab und wollte sich von dem unerträglichen Thron erheben, sobald der Schwindel nachließ. Er wandte nicht nur das Gesicht, sondern auch den Körper, denn die falsche grüne Welt vor ihm ekelte seine Seele an.

Als er sich umdrehte, sah er, was er ansonsten niemals gesehen hätte, denn auf der Rückenlehne des Throns hockten sieben Eulen, und im gleichen Augenblick, als er sie sah, ertönte ein langgezogenes Heulen. Es ertönte hinter dem Thron, nah und zugleich fern, denn die Eulen waren ausgestopft mit Stroh. Hinter den Eulen flammte die Dunkelheit auf und teilte ein Filigran von Spinnweben so grün wie Flammen.

Titus, der sich erheben wollte, starrte reglos auf das glänzende Netz, und dabei erfaßte ihn eine neue Welle der Angst.

Irgend etwas begann irgendwie beim Anblick der Eulen in sein Herz zu schneiden. Zuerst war es eine flatternde Aufregung, er wußte nicht warum ... eine Art Erregung ... eine Erinnerung oder ein Wiederentdecken. Kehrte er in ein Reich zurück, das er begreifen konnte? War er durch Raum und Zeit zurückgegangen, um wieder auf die Schwären alter Zeiten zu treffen? Träumte er?

Aber dies dauerte nicht lange, dieses Aufzucken von Hoffnung. Er hatte nicht geschlafen. Er hatte nicht geträumt.

Das einzige Mal, wo er geträumt hatte, war in seinem Fieber gewesen. Da hatte er sich unwissend Cheetas Gnade ausgeliefert.

Cheeta war machtlos, sich Befriedigung zu verschaffen, wenn sie auch brillant die Macht ausübte, Dinge zu organisieren, und sie begann einer kleinen Gruppe der Elite Befehle zu erteilen. Diese Herren machten sich sogleich an die Arbeit, nämlich eine Gasse vom Thron herab zu bilden bis dorthin, wo in einer dunklen Halle die Zwölf lauerten.

Und dann war sie unvermittelt neben ihm, und ihr unergründlicher kleiner Kopf starrte zu ihm empor. Ihr perfekter Mund zitterte, als wolle er geküßt werden.

»Du bist so ruhig und so geduldig gewesen«, sagte sie. »Es ist fast so, als seist du am Leben. Ich habe dir Spielzeug gebracht, siehst du? Ich habe nichts vergessen. Sieh, Titus ... sieh dir den Boden an. Er ist mit rostigen Ketten bedeckt. Sieh dir die bunten Wurzeln an ... und sieh doch ... oh, Titus, sieh die Blätter an den Bäumen. War der Gormenwald jemals so grün wie diese glänzenden Zweige?«

Titus versuchte aufzustehen, doch auf seinem Herzen lag etwas Krankes wie ein Gewicht.

Wieder hob sie den Kopf, wie es ein wildes Tier wohl zum Lauschen tut. Aber ihre Stimme klang nun nicht mehr rauh; sie knirschte ...

»Laßt die Nacht herein«, rief sie mit dieser neuen Stimme.

Und so erstarb das grüne Licht, und der Mond gelangte zu seinem Recht, und Hunderte von Waldtieren krochen bis an die Mauern des Schwarzen Hauses, vergaßen all die ekelhaften Farben, die sie so abgestoßen hatten.

Und dennoch lag über dieser lunaren Szene etwas, das schrecklicher war als alles andere. Sie waren keine Gestalten in einem Stück mehr. Es war kein Kunstwerk mehr. Die Bühne war verschwunden. Sie waren nicht mehr Schauspieler in einem Drama aus sonderbarem Licht. Sie waren sie selbst.

»Das alles haben wir für dich geplant, Liebling! Das Licht, das kein Mensch ändern kann. Sitz still. Warum siehst du so erschüttert aus? Warum so aufgelöst? Immerhin kommt die größte Überraschung noch. Das Geheimnis nimmt seinen Lauf. Was ist das?«

»Eine Nachricht, Madame. Vom Außenposten.«

»Was will er? Sprich!«

»Ein großer Bettler mit einer Gruppe.«

»Was soll das?«

»Wir dachten ...«

»Laß mich in Ruhe!«

Die Unterbrechung in Cheetas Monolog hatte Titus auf die Beine gebracht. Was hatte sie gesagt, daß sich seine Furcht verdoppelt hatte? Jenes Entsetzen, nicht von Cheeta selbst oder irgendeinem anderen menschlichen Wesen ausgehend, sondern der Terror des Zweifels. Der Zweifel an seiner eigenen Existenz; denn wer war er? Allein. Genau das war er. Allein. Und nichts, was er berühren konnte. Selbst der Stein vom Pulverturm war verloren. Was blieb noch, ihn zu leiten? Was meinte Cheeta, wenn sie sagte: ›Ich habe dir Spielzeug gebracht‹? Was durchbrach da die Wände seiner Seele? Sie hatte gesagt, er sei aufgelöst. Was war mit den Eulen? Und dem Schnurren der weißen Katzen?

Was immer mit dieser Welt auch geschehen mag, eines war sicher: Vermischt mit seinem Heimweh war etwas anderes: ein beginnendes Feuer unter seinen Rippen. Ob seine Heimat nun wahr oder falsch war, existent oder nicht, es war nicht der Zeitpunkt für Metaphysisches. ›Sollen sie mir später sagen‹, dachte er, ›ob ich tot bin oder nicht, bei Verstand oder nicht: Jetzt ist die Zeit zu handeln.‹ Jawohl. Aber welche Form sollte es haben? Er konnte von seinem Thron springen, aber was würde das nützen? Dort stand sie unter ihm, die er nicht mehr zu sehen wünschte. Es schien, als verfüge sie über eine bestimmte Kraft, wenn er sie anblickte, eine Kraft, die ihn schwächte und verwirrte.

Doch er durfte nicht vergessen, daß diese Party ihm zu Ehren stattfand. Waren die Symbole, die über dem Boden des Schwarzen Hauses verstreut lagen, als glückliche Erinnerungshilfen an seine Heimat gedacht, oder waren Eulen und Thron und Blechkrone nur da, ihn zu quälen?

Er stand da wie eine Attrappe, während seine Glieder sich nach Bewegung sehnten. Ihm war nicht mehr schwindlig. Er wartete auf den richtigen Augenblick, in alles einzudringen, etwas zu tun, ob gut oder schlecht, so lange es nur *etwas* war.

Aber der Ausdruck in ihren Augen war nun nicht mehr mit falscher Liebe verschleiert. Der Schleier hatte sich gehoben oder war beiseite gezogen, und an seine Stelle war Bösartigkeit, unvergleichlich und nackt, getreten. Denn sie haßte ihn so sehr und haßte ihn um so mehr, als sie merkte, daß er nicht anfällig für das Leid war. Doch oberflächlich gesehen war bislang alles gut für sie verlaufen. Der junge Mann befand sich offensichtlich in einem Stadium besorgten Erstaunens, trotz all der Affektiertheit seiner Haltung und der verächtlichen Neigung seines Kopfes. Der Grund dafür war Angst. Aber die Angst war noch nicht groß genug, ihn zu zerbrechen. Noch sollte sie dies bewirken. Das lag noch vor ihm, und sie verlor sich, dessen gewiß, einen Moment lang in einer tödlichen Orgie der Antizipation. Denn bald würde es geschehen; und alles, was Cheeta nun tun konnte, war, die winzigen Hände vor der Brust zu ballen.

Ein Krampf nahm von Cheetas Gesicht Besitz, und für einen Moment war sie nicht mehr Cheeta, die Unbesiegbare, die Makellose, die exquisite Zwergin, sondern etwas Übles. Das Zucken oder der Krampf, so kurz er auch war, hatte sich so eindringlich eingegraben, daß er noch lange, nachdem er verschwunden war, erkennbar blieb ... dieses animalische Bild ... so lebhaft wie zuvor. Was nur einen Sekundenbruchteil gedauert hatte, breitete sich nun aus, so daß es Titus schien, ihr Gesicht sei immer so gewesen, mit jener ungewöhnlichen Verzerrung der Gesichtsmuskeln, die eine klare Schönheit in etwas Abstoßendes verwandelte. Etwas fast Lächerliches.

Aber was niemand erwartete, am wenigsten Titus oder Cheeta selbst, war, daß Titus seine Aufmerksamkeit auf etwas Lächerliches richtete und nicht auf etwas Erschreckendes.

Zusätzlich gab es noch ein anderes Element, das die Waage zugunsten dessen sinken ließ, was außer Kontrolle geraten kann, denn der Anblick der Elfe mit dem zu ihm hochgereckten Gesicht erweckte in ihm das Bild eines Hundes, der auf den Hinterbeinen hockt und auf sein Futter wartet.

Die eisige Cheeta und das Gesicht, das sie unfreiwillig zur Schau stellte, waren so voneinander unterschieden, daß es komisch wirkte. Entsetzlich, unpassend komisch.

Ein solches Gefühl kann für den menschlichen Körper zuviel werden. Es ist so leicht zu kontrollieren, wie eine ins Rutschen geratene Lawine. Es nimmt eine sakrosankte Konvention und bricht sie in der Mitte wie ein Stöckchen. Es hebt eine heilige Reliquie auf und wirft sie gegen die Sonne. Und dieses Gefühl ist das Lachen. Lachen, wenn es mit den Füßen aufstampft, wenn es die Glocken in der nächsten Stadt zum Klingen bringt. Lachen mit den Apfelkernen des Paradieses in sich.

Aus dieser Furcht und Vorahnung heraus ergriff etwas Grünes und unglaublich Junges von Titus Besitz und durchglitt seine Eingeweide. Es schoß an seinem Brustbein empor. Es strahlte nach verschiedenen Seiten ab. Es vereinigte sich wieder und durchfuhr ihn wie eine eisige Hitze, durchraste seine Lenden, nur um wieder hochzusteigen, und es ließ keinen Zoll seines schwächer werdenden Körpers unberührt. Titus war halb fort. Aber sein Gesicht war starr und entließ keinen Laut. Nicht den leisesten Atemzug oder das Zucken eines Mundwinkels. Es gab weder einen Endzustand des Erstickens, noch ein sichtbares Ringen um Haltung. Es erfolgte mit ungeheurer Plötzlichkeit, dieses Nachlassen des Drucks, und er gab sich keine Mühe mehr, als er einmal begonnen hatte zu lachen, sich wieder unter Kontrolle zu bringen. Er hörte, wie seine Stimme überkippte. Er folgte ihr. Er brüllte und antwortete sich gleichzeitig, als sei er zwei Menschen, die einander über ein Tal hinweg rufen. Im nächsten Augenblick, in seismischem Zugriff, riß er die ausgestopften Eulen von ihrem Sitz. Er warf sie zu Boden. Er konnte sie nicht mehr halten. Er hielt sich die Seiten und plumpste zurück auf den Thron.

Als er ein Auge öffnete und sein Körper unter einem neuen Lachsturm schmerzte, sah er ihr Gesicht vor sich, und im gleichen Augenblick war er nicht mehr der Bauchgröler, der Zerbrecher von Kelchen, das naßäugige, arme, baumelnde, kataleptische Wrack, das halb über dem Thron hing, sondern verrückt im Delirium einer anderen Welt: Er verwandelte sich in Stein, denn in ihren Zügen las er die reine Bosheit.

Aber lauschen wir ihrer süßen Stimme. Die Worte flattern wie Blätter von den Bäumen. Die Augen können nicht mehr spielen. Nur die Zunge. Sie fixierte ihn mit ihren schwarzen Augen.

»Hast du das gehört?« fragte sie.

Titus, der nie zuvor einen solchen Ausdruck des Hasses auf einem Frauengesicht gesehen hatte, antwortete mit einer Stimme, so flach wie das Ödland:

»Habe ich was gehört?«

»Jemand lachen«, sagte sie. »Ich hätte gedacht, es weckt dich auf.«

»Ich habe auch das Lachen gehört«, sagte eine andere Stimme. »Aber *er* hat geschlafen.«

»Ja«, sagte eine weitere. »Auf dem Thron eingeschlafen.«

»Was? Titus Groan, Lord der Trakte und Erbe Gormenghasts?«

»Genau. Ein tiefer Schläfer.«

»Sieh, wie er uns anstarrt!«

»Er ist erstaunt.«

»Er braucht seine Mutter.«

»Natürlich! Natürlich!«

»Wieviel Glück er hat!«

»Warum?«

»Weil sie schon unterwegs ist.«

»Rote Haare, weiße Katzen und so weiter?«

»Genau.«

Cheeta, außer sich vor Wut, hatte ihre Pläne ändern müssen.

Gerade, als sie die Phantome einbringen wollte, um so ein für alle Mal den Verstand des Jungen auszuhaken.

Und so begann sie, mit einem süßen Lächeln zu jenen neben sich, eine Atmosphäre zu schaffen, die für Wahnsinn höchst einladend war.

Und in diesem Augenblick nahm er, ohne zu wissen, was er tat, den läppischen Thron mit beiden Händen hoch und donnerte ihn auf den Boden. Das Schweigen wurde schmeckbar.

Schließlich ertönte eine Stimme. Es war nicht die ihre.

»Er kam zu uns, als er verloren war, das arme Kind. Verirrt, das glaubte er zumindest. Aber er hatte sich nicht mehr verirrt als einer der Unsern auf einer Reise. Er sucht nach seiner Heimat, aber er hat sie nie verlassen, denn das hier ist Gormenghast. Es ist überall um ihn her.«

»Nein!« schrie Titus. »Nein!«

»Sieh, wie er schreit. Er ist aufgeregt, der Ärmste. Er merkt nicht, wie sehr wir ihn lieben.«

Und hundert Stimmen wiederholten wie bei einem Gesang die Worte: »... wie sehr wir ihn lieben.«

»Er denkt, wenn er umherzieht, wechselt er den Ort. Er merkt nicht, daß er ein Mühlrad tritt.«

Und die Stimmen echoten: »... Mühlrad tritt.«

Dann wieder Cheetas Stimme:

»Aber dies ist dennoch unser Lebwohl. Ein Lebwohl seines alten Selbst an sein neues. Wie großartig! Seinen Thron mit den Wurzeln auszureißen und auf den Boden zu schleudern. Was war er schließlich – nur ein Symbol. Wir haben zu viele Symbole. Wir waten in Symbolen. Wir sind ihrer überdrüssig. Es ist schade um deinen Verstand.«

Titus wirbelte zu ihr herum.

»Mein Verstand«, schrie er, »was ist mit meinem Verstand?«

»Er ist auf der Kippe«, sagte Cheeta.

»Ja, ja«, ertönte der Chor aus den Schatten. »Genau das ist passiert. Sein Verstand ist auf der Kippe.«

Und dann ertönte wieder die autoritäre Stimme hinter dem Wacholderfeuer:

»Sein Kopf ist nur noch ein Emblem. Sein Herz eine Chiffre. Er ist nur noch ein Zeichen. Aber wir lieben ihn, nicht wahr?«

»Oh, ja, wir lieben ihn, nicht wahr?« ertönte der Chor.

»Aber er ist so verwirrt. Er glaubt, er habe seine Heimat verloren.«

»... und seine Schwester Fuchsia.«

»... und den Doktor.«

»... und seine Mutter.«

In diesem Augenblick, gerade als der Name seiner Mutter erwähnt wurde, nahm Titus eine totenähnliche Farbe an und sprang von den Trümmern.

HUNDERTDREI

Es hätte Cheeta sein können, aber sie war es nicht. Sie hatte ein Zeichen gegeben, und dabei war sie ein wenig zurückgetreten, um einen besseren Blick auf den Zugang zum Vergessenen Raum zu erhalten. Wer es war, der den schmerzhaften Stich in die Herzregion erhielt, wird niemals bekannt werden, aber jener geschmückte Herr brach auf den Steinen der Halle zusammen und empfing wie ein Sündenbock sämtliche Wut, die Titus gern in diesem Augenblick auf alle Versammelten ausgegossen hätte.

Keuchend, mit glitzerndem Schweiß auf dem Gesicht, wurde er plötzlich bei den Ellbogen gegriffen. Zwei Männer hielten ihn an beiden Seiten. Er versuchte sich freizukämpfen und sah wie durch den Schleier seiner Wut, daß es die gleichen großen, glatten allgegenwärtigen Behelmten Gestalten waren, die ihn schon so lange verfolgt hatten.

Sie schoben ihn die Stufen hinauf, wo der Thron gestanden hatte, als er plötzlich beim Ringen und Kämpfen aus dem Augenwinkel etwas sah, das sein Herz fast zum Stillstand brachte. Die Behelmten Gestalten lockerten die Griffe um seine Arme.

HUNDERTVIER

Aus dem Vergessenen Raum tauchte etwas auf. Etwas Massiges, Verhülltes. Es bewegte sich mit übertriebener Majestät, schleppte hinter sich einen langen, mottenzerfressenen Streifen Barchent her und war über und über mit Konstellationen des allgegenwärtigen Vogelmistes befleckt. Die Schultern des einst schwarzen Gewandes waren wie weiße Hügel, und auf diesen Hügeln hockten alle Arten von Vögeln. Was das Haar des ›Phantoms‹ anbetraf (von höchst unnatürlichem Rot), so diente auch dies als Hockplatz für kleine Vögel.

Während sich die Dame mit großartiger Autorität bewegte, fiel einer der Vögel von der Schulter und zerbrach, als er auf dem Boden auftraf. Wieder das Lachen. Das schreckliche Lachen. Es klang wie Fröhlichkeit aus der Hölle. Heiß und verächtlich.

Wenn es ein ›Gormenghast‹ gab, dann mußte gewiß diese Verspottung seiner Mutter ihn demütigen und quälen, ihn an seinen Verrat erinnern und an all das Ritual, welches er so liebte und so haßte. Wenn es andererseits keinen solchen Ort gab und das ganze ein Hirngespinst war, dann würde der Junge, gequält durch diese Zurschaustellung seiner heimlichen Liebe, gewiß zusammenbrechen.

»Wo ist er? Wo ist mein Sohn?« ertönte eine Stimme aus der voluminösen Puppe. Sie klang schwer und dick wie Kies. »Wo ist mein einziger Sohn?«

Zuckend rückte das Wesen seine Stola zurecht.

»Komm her, mein Lieber, und empfang deine Strafe. Ich bin's, deine Mutter. Gertrude von Gormenghast.«

Titus konnte in einem Lichtblitz erkennen, daß das Monster ein weitere Travestie ans Halblicht zog. In diesem Augenblick hörte Cheeta, was auch Titus hörte: einen schrillen Pfiff. Nicht, daß das Geräusch allein sie verdutzte, sondern die Tatsache, daß sich überhaupt jemand jenseits der Mauern befand. Das war nicht Teil ihres Plans.

Wenn Titus auch zuerst die Bedeutung des Pfiffs nicht begriff, spürte er doch mit dem Pfeifenden eine vage Verbundenheit. Während dies geschah, gab es im gleichen Augenblick viel zu sehen.

Was sollte die monströse Beleidigung seiner Mutter? Soweit es ihn betraf, brannte nun seine Leidenschaft auf Rache.

Die Gäste, von Fackelschein beleuchtet, begannen nun, sich wie befohlen in einem großen Kreis aufzustellen. Dort standen sie auf dem weichen Wiesenboden und reckten die Hälse wie Hennen, um zu sehen, was diesem übernatürlich Bösen auf den Fersen folgte.

HUNDERTFÜNF

Titus konnte nicht sehen, daß im Vergessenen Raum ein Dutzend bösgelaunter Monstrositäten eingekerkert gewesen waren. Doch nun regte es sich in dem Gewölbe. Die erste riesige Gestalt hatte den Eingang freigegeben, und dicht hinter ihr watschelte wie eine Ente eine böse Karikatur von Titus' Schwester. Titus sah lediglich ein Kleid in diabolischem Scharlach. Das dunkle, zerrupfte Haar reichte ihr bis in die Kniekehlen, und als sie der Versammlung das Gesicht zudrehte, erkannte Titus, daß nur wenige den Atem nicht anhielten. Ihr Gesicht war verfleckt von schwarzen, klebrigen Tränen, die Wangen waren hektisch und roh. Sie schlich hinter der riesigen Mutter her, blieb aber stehen, als sie fast den fackelbeschienenen Kreis erreichten, während sie auf jämmerliche Weise hier- und dorthin starrte und sich dann grotesk auf die Zehenspitzen stellte, als hielte sie nach jemandem Ausschau. Nach ein paar Augenblicken warf sie den Kopf zurück, so daß die schwarzen Strähnen fast den Boden berührten. Und nun wandte sie das fleckige Gesicht mitleiderregend gen Himmel, öffnete den Mund zu einem runden leeren O und bellte den Mond an. Hier war der Wahnsinn vollendet. Hier lag ein Grund für Rache. Er nahm von Titus Besitz und schüttelte ihn, so daß er sich gegen den Griff der Behelmten Gestalten heftig auflehnte.

Es war so sonderbar und schrecklich, was er dort sah, daß er im Griff seiner Wächter erstarrte. In seinem Hirn begann etwas nachzugeben. Etwas verlor das Vertrauen in ihm.

»Wo ist mein Sohn?« ertönte es aus der weichen Kieskehle, und dieses Mal wandte die Mutter sich ihm zu, und er sah sie an. Das Gesicht seiner Mutter stand im Gegensatz zu Fuchsias gerötetem, hektischem, tränenverflossenem Antlitz. Es war eine Marmorplatte, über die die falschen karottenroten Locken wie eine Kaskade fielen. Dieses Monster sprach, wenn man auch kaum so etwas wie einen Mund erkennen konnte. Ihr Gesicht war wie ein großer, flacher Felsen, der durch Tausende von Gezeiten glattgewaschen und -gerieben worden war.

Als diese Leere ihn anblickte, stieß Titus einen Schrei aus: einen inneren Schrei der Verzweiflung.

»Da ist mein Junge«, ertönte die Kiesstimme. »Habt ihr ihn nicht gehört? Das genau war der Akzent der Groans. Wie trauervoll, doch wie seltsam, daß er gestorben sein soll. Wie ist es, tot zu sein, mein wanderndes Kind?«

»Tot?« flüsterte Titus. »Tot? Nein! Nein!«

Und dann begann Fuchsia ihren unbeholfenen Gang durch den Kreis, dessen Perimeter dicht mit Gesichtern besetzt war.

»Lieber Bruder«, sagte sie, als sie den zerbrochenen Thron erreichte. »Lieber Bruder, mir kannst du doch sicher vertrauen.«

Sie wandte Titus das Gesicht zu.

»Es hilft nichts, so zu tun, als lebtest du, und du bist nicht allein. Ich habe mich doch ertränkt, wie du weißt. Den Tod haben wir gemeinsam. Hast du das vergessen? Vergessen, wie ich unter die laichigen Wasser des Burggrabens sank? Ist es nicht ruhmreich, zusammen tot zu sein? Ich auf meine Weise. Du auf die deine?«

Sie schüttelte sich, und Staubwolken trieben hoch. Inzwischen tauchte Cheeta plötzlich neben Titus auf.

»Laßt Seine Lordschaft gehen«, sagte sie zu seinen Wächtern. »Laßt ihn spielen. Laßt ihn spielen.«

»Laßt ihn spielen«, ertönte der Chor.

»Laßt ihn spielen«, flüsterte Cheeta. »Soll er doch glauben, daß er wieder lebt.«

HUNDERTSECHS

Die Behelmten Gestalten gaben seine Arme frei.

»Wir haben dir Mutter und Schwester zurückgebracht. Wen sonst möchtest du noch sehen?«

Titus wandte ihr das Gesicht zu und sah in ihren Augen das ganze Ausmaß ihrer Bitterkeit. Warum wurde er so besonders gestraft? Was hatte er getan? War es die Tatsache, daß er sie nie um ihrer selbst willen geliebt hatte, sondern nur aus Begierde? War das so verachtenswert?

Die Dunkelheit schien sich zu konzentrieren. Zuckend brannten die Fackeln, und ein dünner Regen trieb Tröpfchen durch die Nacht.

»Wir bringen deine Familie wieder zusammen«, flüsterte Cheeta.

»Sie sind schon zu lange in Gormenghast. Du mußt sie begrüßen und in den Kreis bringen. Sieh, wie sie auf dich warten. Sie brauchen dich. Denn du hast sie doch verlassen. Hast du ihnen nicht entsagt? Darum sind sie hier. Nur aus einem einzigen Grund. Dir zu vergeben. Dir deinen Verrat zu vergeben. Sieh, wie ihre Augen vor Liebe strahlen!«

Während dieser Worte geschahen drei wichtigere Dinge: Das erste (auf Cheetas Veranlassung) war, daß man schnell eine Gasse von den Stufen des Throns bis zum Kreis selbst freigab, damit Titus ohne Behinderungen seinen Weg ins Herz des Zirkels unternehmen konnte.

Das zweite war die Wiederholung des schrillen und erinnerungsträchtigen Pfiffs, den Titus und Cheeta vor einiger Zeit vernommen hatten. Dieses Mal klang er näher.

Das dritte war, daß neue Monster in den Kreis traten.

Der Vergessene Raum spie sie aus, eines nach dem anderen.

Da waren die Tanten, die identischen Zwillinge, deren Gesichter auf solche Weise beleuchtet wurden, daß sie im Raum zu schweben schienen. Die Länge ihrer Hälse, die schrecklichen, spindelartigen Nasen, die Leere ihres Blicks, all dies war schon schlimm genug ohne jene schrecklichen Worte, die sie immer und immer wiederholten:

»Brenn ... brenn ... brenn ...«

Da war Sepulchrave, der sich wie in Trance bewegte, die müde Seele in seinen Augen und Bücher unter dem Arm. Um ihn hingen die Amtsketten aus Eisen und Gold. Auf dem Kopf saß die rostrote Krone der Groan. Bei jedem Schritt stieß er ein tiefes Seufzen aus, als bilde ein jeder eine Bürde. Er ging vornübergebeugt, als drücke ihn sein Kummer nieder, und er trauerte in jeder Geste. Als er sich in die Kreismitte bewegte, schleppte er einen langen Federschwanz hinter sich her, während seinem tragischen Mund das Heulen einer Eule entfuhr.

Es wurde immer mehr zu einer entsetzlichen Charade. Alles, was Cheeta während Titus' Fieberanfällen gehört hatte, als dessen Vergangenheit herausbrach, all dies hatte in ihrer geräumigen Erinnerung seinen Platz gefunden.

Einer nach dem anderen bäumte sich oder ragte auf, tänzelte oder schritt trauernd herbei, schrie, heulte oder blieb stumm.

Eine dünne, drahtige Kreatur mit hohen, deformierten Schultern und einem scheckigen Gesicht sprang hin und her, als versuche sie, ihre Energie loszuwerden.

Als Titus sie sah, wich er zurück, nicht aus Furcht, sondern vor Erstaunen, denn er und Steerpike hatten einander vor langer Zeit bis zum Tode bekämpft.

Wer sonst war da noch in dem groben Kreis, auf den sich Titus unfreiwillig zubewegte? Da war der zarte Doktor mit dem wiehernden Gelächter. Als Titus ihn ansah, sah er nicht die bizarre Travestie mit affektierter Haltung und Stimme, er sah den richtigen Doktor. Den Doktor, den er so liebte.

Als er beim Kreis ankam und eintreten wollte, schloß er die Augen und versuchte, sich vom Anblick dieser Monster zu befreien, denn sie erinnerten ihn auf höchst grausame Weise an die fernen Tage, als ihre Prototypen in der Tat echt gewesen waren. Aber sobald er die Augen geschlossen hatte, hörte er den dritten Pfiff. Dieses Mal klang der schrille Ton näher als zuvor. So dicht, daß Titus nicht allein die Augen wieder öffnete, sondern er sah sich um, und währenddessen hörte er einen weiteren, sanften Ton.

HUNDERTSIEBEN

Als Titus die drei sah, Slingshott, Crabcalf und Crack-Bell, tat sein Herz einen Sprung. Ihre bizarren, fremdartigen Gesichter kämpften um seinen Verstand, wie ein Arzt um das Leben eines Patienten ringt. Aber nicht einmal durch das Zucken einer Wimper verrieten sie, daß sie Titus' Freunde waren.

Aber jetzt hatte er Verbündete, doch wie sie ihm helfen wollten, das wußte er nicht. Die drei Köpfe blieben ganz still in all dem Tumult. Sie sahen ihn nicht an, sondern durch ihn hindurch wie Jagdhunde, die Titus' Blick dorthin lenkten, wo sich Muzzlehatch gegen eine farnbedeckte Mauer fläzte, so rauh wie er selbst.

Und Cheeta beobachtete ihre Beute und wartete auf den Augenblick des Zusammenbruchs, schmeckte das Süßsaure der ganzen Affaire, doch plötzlich schwenkte Titus in einem Anfall von Ekel den Kopf beiseite. Sie wiederum folgte seinem Blick und sah eine Gestalt, die in keiner Weise zu ihrem Plan paßte.

Sobald Titus ihn erblickte, stolperte er auch schon auf ihn zu, wenn er auch natürlich nicht hoffen konnte, die Menschenmauer zu durchbrechen.

Aufgrund von Titus' Blick und Cheetas dauerte es nicht lange, bis eine immer größer werdende Anzahl von Gästen sich Muzzlehatchs bewußt wurde, der so lässig in den Schatten der Farnmauer lehnte.

HUNDERTACHT

Während die Augenblicke verstrichen, wurde den Spöttern im Ring immer weniger Aufmerksamkeit geschenkt, und Cheeta, die merkte, wie ihr Plan fehlschlug, richtete einen Blick konzentrierter Wut auf diesen großen, rätselhaften Fremden.

Denn nun sollte, wenn alles nach Plan verlief, Titus, der Grund ihres Herzflimmerns und ihrer Feindseligkeit, in den letzten Zukkungen der Unterwerfung liegen.

Als praktisch jeder Kopf sich dem fast legendären Muzzlehatch zuwandte, fiel eine merkwürdige Stille über die Szene. Selbst das Rauschen der Blätter in den umgebenden Bäumen war erstorben.

Als Titus seinen alten Freund sah, konnte er einen Schrei nicht zurückhalten: »Hilf mir, um des Mitleids willen!«

Muzzlehatch schien von diesem Schrei keine Notiz zu nehmen. Er starrte die Erscheinungen an, aber schließlich heftete sich sein Blick auf eine besondere. Diese unbeschreibbare Gestalt kroch in und aus dem Ring wie auf der Suche nach etwas Wichtigem. Aber was immer es auch war, das glitzernde Auge Muzzlehatchs folgte ihr überallhin. Endlich kam die Gestalt zur Ruhe; ihr kahler Kopf glänzte, und Muzzlehatch war sich nicht länger im unklaren über seine Identität. Und dennoch war die Gestalt trotz all diesem sowohl abstoßend als auch unbeschreibbar, auf eine Art und Weise, die einem das Blut in den Adern gefrieren ließ.

Wieder rief Titus nach Muzzlehatch, und wieder erhielt er keine Antwort. Doch dort stand er, lehnte in Hörweite im Halblicht. Was war los mit seinem alten Freund? Warum ignorierte er ihn nach all dieser Zeit? Titus ballte die Fäuste. Sicher würde das Wiedersehen irgendeine Art von Gefühl hervorrufen? Aber nein. Soweit man es erkennen konnte, zeigte Muzzlehatch keinerlei Reaktion. Dort lehnte er in den Schatten einer farnigen Säule, ein Wesen, das man leicht für einen Bettler halten konnte, hätte es im Leben nur einen Bettler geben können, der so zerlumpt und zugleich wie ein König aussehen konnte.

Wäre ihm Titus oder irgend jemand anders zu nahe gekommen, er oder sie hätte ein todbringendes Licht in den Augen des Hageren gesehen. Es war nur ein Glitzern, ein Feuerfleck. Doch dieser Fleck, ein gefährliches Ding, richtete sich auf niemand besonderen, noch kam oder ging es. Es war konstant. Etwas, was so sehr Teil von ihm geworden war wie Arm oder Bein. Es schien in seiner Haltung zu liegen, als ob Muzzlehatch auf ewig so verharrte, so augenscheinlich träge war seine Position. Aber diese Illusion war nur von kurzer Dauer, wenn es auch schien, als habe die Versammlung ihn seit Stunden schon beobachtet. Niemals zuvor hatten sie etwas Ähnliches gesehen. Einen Riesen, verbrämt mit Lumpen.

Und dann, ganz allmählich (denn alle brauchten eine lange Weile, bis sie den Blick von dem magnetischen Eindringling auf das Objekt seines Interesses gewechselt hatten), ganz allmählich gab es endlich niemanden mehr in der Versammlung, der nicht auf den polierten Kopf von Cheetas Vater starrte.

Man konnte nicht umhin, an den Tod zu denken, so sichtbar war der Schädel unter der gedehnten Haut. Letztendlich gab es nur noch ein Augenpaar, welches nicht auf den Kopf gerichtet war, und diese Augen gehörten zu dem Mann selbst.

Und dann, ganz allmählich, gähnte Muzzlehatch und streckte die Arme weit aus, als wolle er den Himmel berühren. Er tat einen Schritt vor, und dann endlich sprach er, doch nicht mit seiner Stimme, sondern beredter, mit einem großen narbigen Zeigefinger wie eine Krücke.

HUNDERTNEUN

Cheetas Vater erkannte, daß er keine andere Wahl hatte, als zu gehorchen (denn Muzzlehatch hatte etwas Schreckliches und Zwingendes an sich, mit diesen Feuerkrumen in den Augen) und unfreiwillig seinen Weg in Richtung auf den großen Landstreicher zu beginnen. Und immer noch kein Laut auf der ganzen Welt.

Und dann schlug Titus plötzlich, wie etwas Freigegebenes, die Fäuste gegeneinander, wie ein Mann vielleicht an eine Tür klopft, um seine Seele herauszulassen. Nicht ein einziger Kopf wandte sich bei diesem Laut, und Stille wogte zurück und erfüllte die Hülse des Schwarzen Hauses. Doch wenn es auch außer dem Schreiten des kahlen Mannes keine Bewegung gab, so fuhr doch über den Boden ein Schaudern und Frösteln, auch wo keine Brise wehte, wie der Hauch eines kalten Frescos; feucht und verrottend, erfüllt von Gestalten, war diese nokturnale Anordnung ebenso still. Doch unvermittelt schloß sich der Kreis aus Köpfen um die Protagonisten, und zugleich schlossen die beiden auf.

Muzzlehatch hatte den Zeigefinger gesenkt und näherte sich dem Wissenschaftler mit bewußt zögerndem Schritt. Zwei Welten begegneten einander.

Was war mit Cheeta? Wo in diesem Wald von Beinen konnte sie sein mit ihrem wunderschönen, kleinen Gesicht, so verzerrt und verfärbt? Alles war falsch gelaufen. Was ein genauer Plan gewesen war, wurde nun zum demütigenden Chaos. Sie war fast vergessen. Sie war in einer Welt der Glieder verloren. Sie hatte sich, eher aus Instinkt denn Einsicht, einen Weg zu der Stelle gesucht, wo sie Titus zuletzt gesehen hatte, denn ihn zu verlieren wäre gleichbedeutend, ihre Rache zu verlieren.

Aber nun hatte sie den Weg verfehlt. Ihr Plan war fehlgeschlagen. Ihr Gesicht war schrecklich geworden, der Körper gefleckt mit einem schrecklichen Schatten. Jetzt war sie mehr als je zuvor auf Titus' Fall und Auslöschung gerichtet.

Aber sie war nicht die einzige Unzufriedene. Titus war auf seine Weise ebenso erregt wie sie. Die schauderhafte Charade hatte ihn voll des Hasses werden lassen. Nicht nur das, da war auch Muzzlehatch. Sein alter Freund. Warum blieb er seinen Schreien gegenüber so stumm und taub?

In einem Anfall von Enttäuschung stieß er sich mit den Ellbogen einen Weg zum Außenrand des Ringes und rannte, endlich befreit, auf Muzzlehatch zu, als wolle er ihn angreifen.

Aber als Titus dicht genug herangekommen war, um in seiner Wut auf die große Gestalt einzuschlagen, blieb er unvermittelt stehen, denn er sah, was den kahlen Mann unterworfen hatte. Er sah die Glut in den Augen seines Freundes.

Das war nicht der Muzzlehatch, den er gekannt hatte. Dies hier war jemand ganz anderes. Ein Einzelgänger, der keine Freunde hatte und auch keine brauchte, denn er war besessen.

Als Titus sich Muzzlehatch im Halbdunkel näherte, erkannte er all dies. Er sah die Glut, und seine Wut schmolz dahin. Auf einen Blick erkannte er, wie Muzzlehatch auf Töten konzentriert, daß er nicht bei Verstand war. Was aber war es, das Titus trotz seines Entsetzens näher zu ihm trieb? Denn immer noch hatte Muzzlehatch keine Notiz von ihm genommen. Was trieb Titus voran, bis er den Blick des zerrissenen Mannes auf Cheetas Vater hinderte. Es war eine Art Liebe.

»Mein alter Freund«, sagte Titus sehr leise. »Sieh mich an. Sieh mich nur einmal an. Hast du mich vergessen?«

Endlich wandte Muzzlehatch seinen starren Blick zu Titus, der nun in Armesweite von ihm stand.

»Wer ist das? Laß meinen Affen in Ruhe, Junge.«

Sein Gesicht sah aus, als sei es aus grauem Holz geschnitzt.

»Hör zu«, sagte der Wanderer. »Du erinnerst mich an einen Freund, den ich einmal kannte. Sein Name lautete Titus. Er sagte immer, er habe in einem Schloß gelebt. Er hatte eine Narbe über der Wange. Ach, ja, Titus Groan, Herr der Trakte.«

»Das bin ich!« rief Titus verzweifelt.

»Bum!« sagte Muzzlehatch mit einer Stimme, ebenso abwesend wie die Nachtluft. »Es dauert nicht mehr lange. Bum!«

Titus starrte ihn an, ebenso Cheeta durch eine Lücke in der Menge. Er zitterte heftig.

»Hilf mir weiter, um Himmels willen. Was sollen diese ›Bums‹? Was dauert nicht mehr lange?« fragte Titus.

Inzwischen war der Wissenschaftler nur noch wenige Schritte von Muzzlehatch entfernt, als würde er langsam von einer unsichtbaren Kraft vorangetrieben.

Doch nicht nur der Wissenschaftler bewegte sich unaufhaltsam. Auch die Menge schob sich Schrittchen für Schrittchen nach vorn; die Köpfe umschlossen die Protagonisten, und zugleich näherten sich die Protagonisten einander.

Wären nicht die Blicke aller auf diese drei geheftet gewesen, hätte inzwischen jemand Juno und Anker bemerkt.

HUNDERTZEHN

Niemand hatte ihre Ankunft bemerkt. In Junos Busen klang eine große Glocke. Ihre Augen waren auf Titus gerichtet. Sie zitterte. Sie erfüllte ein Strom der Erinnerungen. Sie sehnte sich danach, auf ihn zuzurennen und ihn an sich zu ziehen. Aber Anker hielt sie zurück, und seine Hand umfaßte ihren zitternden Ellbogen.

Dagegen stand Anker, mit seinem Mop aus schwarzrotem Haar, mit allem sang-froid der Welt neben Juno. Er schien zu sich selbst gefunden zu haben.

Er beobachtete jede Bewegung und führte dann Juno fort zu einem tintigen Alkoven. Sie solle sich nicht rühren, bis er sie riefe. Er kehrte zum Zentrum potentieller Gewalt zurück. Er sah, wie sich ein Wesen aus dem Wald von Beinen löste. Es war schlank wie eine Haselrute. Auf ihrer Brust blinkte ein großer, blutfarbener Stein, als strahle er einen Geheimcode aus. Aber es war ihr Gesicht, was ihn frösteln ließ. Es war schrecklich, denn es hatte aufgehört, zu spielen. Es kümmerte sich um nichts mehr. Alle Weiblichkeit war daraus verschwunden. Die Züge waren nur noch körperliche Zusätze zum Kopf. Das Gesicht hinter ihnen war abgestorben. Es war eine leere

Stelle, durch die der Wind wehen konnte, ob heiß oder kalt, aus dem Himmel oder der Hölle.

Was den phlegmatischen Anker betraf, so hatte er die lange Reihe von Flugmaschinen bemerkt, die im Halbdunkel schimmerten. Dort, wenn nicht noch irgendwo anders, lag ihr Fluchtweg.

Nun war er bereit. Jetzt, ehe sich die Nacht schloß, mußte er zuschlagen, wenn der Augenblick kam. Wann? Er brauchte nicht lange auf eine Antwort zu warten.

Cheeta hatte nun nicht allein Titus gesehen, sondern auch ihren Vater. Sie war stehengeblieben, wie ein Vogel mitten im Lauf stehenbleibt, denn überaus erstaunt fand sie sich in der Nähe des riesigen Fremden, der gerade in diesem Augenblick ihren Vater am Nacken hochhob wie ein Hund eine Ratte.

HUNDERTELF

Alles schien mit einem Mal zu passieren. Das Licht trieb wie ein Schleier über die Szenerie, als befände sich der Mond auf dem Rückweg. Dann glänzte in der Dunkelheit etwas auf. Etwas Metallenes, denn es gab keine andere Substanz, die einen so starken Schein in die Nachtluft werfen konnte.

Titus, dessen Blick für einen Moment durch diese Blitze abgelenkt wurde, wandte den Kopf von Cheeta und ihrem in der Luft hängenden Vater und entdeckte endlich, was er suchte. Und dabei schickte ein tanzendes Feuer eine mehr als helle Zunge empor, und diese Zunge, wenn auch weit fort, reichte aus, um aus der Dunkelheit ein ausdrucksloses Gesicht zu ziehen, dann noch eines. Nun waren sie wieder verschwunden, wenn auch das Licht über sie hinwegblitzte. Zurückgefallen in ihre Höhlen existierten diese Gesichter nicht mehr, wenn auch die Spitzen im Licht tanzten. Die Behelmten Männer. Auch ohne die Helme waren sie groß. Aber mit ihnen standen sie mit Kopf und Schultern über der Menge.

Titus durchfuhr ein Schauder. Er sah, wie sich die Menge teilte, damit die Helme hindurch konnten. Er hörte, wie die Versammlung nach ihnen rief, damit sie sich mit Muzzlehatch befaßten.

»Bringt ihn fort«, riefen sie. »Wer ist das? Was will er? Er macht den Damen Angst.«

Doch nicht einer aus der Menge, außer den Helmen selbst und Cheeta, die in diabolischer Wut zitterte, kein einziger wagte einen Schritt.

Was Muzzlehatch betraf, so war sein Arm gestreckt, und der Wissenschaftler baumelte immer noch an einem Ende. Das war der Mann, den er töten wollte. Aber nun, wo er die kahle Kreatur in Reichweite hatte, fühlte er seinen Haß nicht mehr so stark.

Titus fühlte sich abgestoßen durch die Szene. Abgestoßen von der Ekelhaftigkeit des ganzen. Abgestoßen von dem, der sich so etwas ausgedacht hatte, um seine Familie derart zu verspotten. Abgestoßen und verängstigt. Er drehte sich um und sah sie, und das Blut gefror ihm in den Adern.

Rache erfüllte ihren Kreislauf und rang mit sich in ihrem Miniaturbusen. Titus hatte sie verstoßen. Und nun war da noch der zerlumpte Mann, der ihre Familie der Verachtung preisgab. Und Juno, die sie aus dem Augenwinkel erblickte. Ihr standen die Nackenhaare zu Berge. Für Cheeta gab es kein Vergessen. Das war die Juno seiner früheren Tage. Das war sie, seine einstige Geliebte.

HUNDERTZWÖLF

Man hatte das Feuer aus Wacholder nachgelegt, und wieder zuckte die gelbe Feuerzunge hoch in den Himmel. Sie beschien die nächststehenden Bäume mit schwachem Schein. Wacholderduft erfüllte die Luft. Dies war das einzige Hübsche in dieser Nacht. Doch niemand bemerkte es.

Die Tiere, die nicht schlafen konnten, sahen von allen möglichen Beobachtungsposten aus zu. Es herrschte stillschweigendes Einverständnis darüber, daß man einander nicht behelligte bis zur Dämmerung, so daß die Raubvögel dicht neben Tauben und Eulen saßen, die Füchse bei den Mäusen.

*

Titus konnte von seiner Stelle wie von einer Bühne aus die Protagonisten sehen. Die Zeit schien dem Endpunkt zuzusteuern. Die Welt hatte das Interesse an sich selbst verloren und an ihrer

Position. Sie standen zwischen Spannung und Entladung. Es war zu viel. Doch gab es weder für Herz noch Kopf eine Alternative. Er konnte Muzzlehatch nicht allein lassen. Er liebte den Mann. Ja, auch jetzt noch, wo rote Flecken in seinen arroganten Augen brannten. Titus spürte die Auflösung ringsum und begann um seinen eigenen Verstand zu fürchten. Doch es gibt Loyalität in Träumen und Schönheit im Wahnsinn, und er konnte sich nicht von der struppigen Seite seines Freundes wenden. Noch konnten die vielen Gäste etwas anderes tun. Sie waren gebannt.

Jetzt wiederholte sich das felsartige Rollen von Muzzlehatchs Stimme und wurde dann unmittelbar gefolgt von Lauten, die nicht die seinen schienen. Etwas Gedämpftes, etwas Bedrohlicheres löste es ab.

»Das war vor langer Zeit«, sagte Muzzlehatch, »als ich noch eine andere Art von Leben führte. Ich wanderte durch die Dämmerung und wieder zurück. Ich fraß die Welt wie eine Schlange, die sich selbst verschlingt, den Schwanz zuerst. Jetzt ist mein Innerstes außen. Die Löwen brüllten nach mir. Sie brüllten in meinem Blut. Aber da sie tot sind, nützt ihnen das Brüllen nichts, denn du, Blasenkopf, hast ihrem Puls ein Ende gesetzt, und jetzt ist es an der Zeit, deinen zu stoppen.«

Muzzlehatch blickte nicht auf das lebendige Bündel an seinem Arm. Er blickte durch es hindurch. Dann ließ er die Hand fallen und schleifte den Wissenschaftler durch den Staub.

»Ich ging also auf einen Spaziergang, und was für ein Spaziergang das war! Er hat mich endlich zu der Fabrik gebracht. Und da stieß ich auf deine Freunde und deine Geschöpfe, und all das ist schuld am großen Sterben meiner Tiere. Oh, Gott, meine bunten Tiere. Dort habe ich im Zentrum die Lunte angezündet. Es kann nicht mehr lange dauern. Bum!«

Muzzlehatch blickte sich um.

»Nun, nun, nun«, sagte er. »Was haben wir denn hier für eine hübsche Menge. Beim Himmel, Titus, Junge, die Luft schmeckt nach Verdammnis. Sieh sie dir an. Kennst du sie? Ha, ha! Gottes Leber, wenn das nicht die ›Behelmten‹ sind. Wie sie dir auf den Fersen hocken!«

»Sir«, sagte Anker und trat näher. »Lassen Sie mich Ihnen den

Wissenschaftler abnehmen. Auch ein Arm wie der Ihre muß einmal müde werden.«

»Wer sind Sie?« fragte Muzzlehatch und ließ den Arm, wo er war, wie einen Signalmast, denn er hatte ihn wieder erhoben.

»Spielt das eine Rolle«, fragte Anker.

»Rolle? Ha, das ist gut«, sagte Muzzlehatch. »Gut wie Ihre kupferfarbene Mähne. Wie kommt es, daß Sie aus den Reihen herausgesprungen sind, um zu uns zu stoßen?«

»Wir haben eine Dame gemeinsam«, sagte Anker.

»Wer könnte das sein?« fragte Muzzlehatch. »Die Königin der Meerjungfrauen?«

»Sehe ich so aus?« Es war Juno, die gegen Ankers Anweisung aus dem Alkoven geschlichen war und nun neben ihm stand.

»Oh, Titus, mein Liebster!« Sie rannte auf ihn zu.

Beim Anblick Junos wurde die Luft elektrisch, und durch diese Atmosphäre schoß eine Gestalt so rasch wie ein Wiesel. Es war Cheeta.

HUNDERTDREIZEHN

Das war also Juno, diese üppige Hure. Cheeta biß sich auf die Unterlippe, bis das Blut über ihr Kinn rann. Sie hatte schon vor so langer Zeit jeden Gedanken an ihre eigene Anziehungskraft aus den Gedanken vertrieben. Das war nicht mehr von Interesse für sie, denn etwas tausendmal Wichtigeres erfüllte ihre Vision wie eine Grube sich mit Rauch anfüllt. Doch als die giftige Zwergin mit fürchterlichem Vorhaben auf Juno zuschlich, ihre Rivalin, wurde sie durch eine Explosion zum vorzeitigen Halt gebracht.

Nicht nur Cheeta stoppte beim Laut der Erschütterung, sondern jeder war auf dem Boden des Schwarzen Hauses wie angewurzelt; Juno, Anker, Titus und Muzzlehatch, die ›Helme‹, die Drei und Hunderte von Gästen. Und mehr. Die Vögel und das andere Getier der umgebenden Wälder erstarrten ebenfalls auf und unter den Zweigen, bis eine riesige Vogelschar gleichzeitig das Flügelpanier ergriff und sich wie ein Nebel in die Luft erhob, die Luft verdichtete und den Mond auslöschte. Wo sie zu Tausenden gehockt hatten, hoben sich Zweige und Äste ein wenig in der vogeligen Dunkelheit.

Cheeta sah, wie die anderen Gäste an den Boden geleimt schienen, und kämpfte gegen ihre Unfähigkeit, auf sie einzudringen und sie mit den einzigen Waffen zu bekämpfen, die sie zur Verfügung hatte: zwei Reihen scharfer kleiner Zähne und zehn Fingernägel. Sie hatte sich von Titus zu Juno gewandt, da diese der erste Feind war, den sie auszuschalten gedachte, doch ebenso wie die beiden drehte sie den Kopf in Richtung des Geräusches und konnte ihn nicht mehr wenden.

Daß ihr Vater kopfüber am ausgestreckten Arm irgendeines Briganten hing, beeindruckte sie weder, noch entzündete es ihre Leidenschaften an sich, denn in ihrem kleinen zitternden Körper war kein Platz mehr für ein solches Gefühl. Sie konnte nichts für ihn empfinden. Sie war bereits vollständig verzehrt.

Der erste, der das Wort ergriff, war Anker.

»Was ist das?« fragte er. Gerade da erschien aus der Richtung des Geräusches ein Licht am Himmel.

»Das ist der Tod vieler Menschen«, sagte Muzzlehatch. »Das ist das letzte Röhren der goldenen Fauna: das rote Blut der Welt: Die Verdammnis rückt einen Schritt näher. Das war die Lunte. Die blaue Lunte. Mein lieber Mann«, sagte er zu Anker, »sehen Sie nur den Himmel an!«

Und gewiß nahm dieser ein Eigenleben an. Ungesund wie eine vernachlässigte Wunde wehten Schichten durchsichtiger Haut über den Nachthimmel, schälten sich eine nach der anderen ab, um fauligere Gewebe in einem fauligeren Empyreum bloßzulegen.

Dann erhob die Menge ihre Stimme und forderte, aus der geisterhaften Charade entlassen zu werden, die vor ihren Augen stattfand.

Aber als sich Muzzlehatch ihnen näherte, wichen sie zurück, denn in seinem Lächeln lag etwas Unberechenbares, das sein Gesicht zu einem machte, das man lieber mied.

Sie alle wichen einen oder zwei Schritte zurück, außer den beiden Behelmten. Diese beiden blieben stehen und lehnten sich vor. Jetzt, wo sie so nahe waren, erkannte man, daß ihre Köpfe wie Schädel waren, so schön wie gemeißelt. Was sie an Haut hatten, war so straff gespannt wie Seide. Über den Köpfen lag ein Schein, fast eine eigene Leuchtkraft. Und sie sprachen nicht durch ihre dünnen Münder. Noch konnten sie dies. Nur die Menge sprach, während im Fortschreiten der Nacht ihre Kleider feucht wurden, ihre exquisiten Gewänder verdarben, und Tau die Säume schwärzte. Ebenso die medaillenbesetzten Brustkörbe ihrer zungengelähmten Begleiter.

»Ich frage Sie erneut, Sir. Was war das für ein Geräusch? War es Donner?« fragte Anker, der wohl wußte, daß dies nicht der Fall war. Er beobachtete den hageren Mann, während er sprach, aber er beobachtete auch Titus; und Cheeta. Er beobachtete die Behelmten Männer, die Muzzlehatch bedrohten. Er beobachtete alles. Seine Augen waren im Kontrast zu dem Busch roten Haares grau wie Teiche.

Aber vor allem beobachtete er Juno. Alle Blicke hatten sich inzwischen von der Richtung des Geräusches und von dem üblen Himmel abgewendet und bildeten nun zwischen sich ein Muster in der Dunkelheit, und im gleichen Augenblick das erste Zucken des Sonnenaufgangs im waldigen Osten.

Juno, die Augen voller Tränen, ergriff Titus in jenem Augenblick beim Arm, als er sich im Grund seiner Seele danach sehnte, fortzugehen, auf immer zu gehen. Aber er verspannte sich nicht ein Jota oder entzog ihr seinen Arm oder tat irgend etwas, das sie verletzt hätte. Doch Juno ließ seinen Arm los, und ihre Hand fiel wie ein totes Gewicht herab.

Er starrte sie an, fast, als gehöre sie zu einer anderen Welt, und seine Lippen, wenn sie auch ein Lächeln formten, besaßen doch kein Leben. Hier standen diese beiden Seite an Seite, die den schönsten Teil ihrer Vergangenheit gemeinsam besaßen. Doch sie schienen sich verirrt zu haben. All dies in einem Blitz, und der Anker nahm es in sich auf.

Er nahm auch etwas anderes in sich auf. Die unpersönlichen Glutstücke in Muzzlehatchs Augen schienen angefacht worden zu sein. Das kleine, dumpfrote Licht hatte nun begonnen, über den Pupillen hin und her zu oszillieren.

Aber im Gegensatz zu diesem schaurigen Phänomen stand die Kontrolle, mit der er über seine Stimme verfügte. Diese war perfekt hörbar, wenn auch kaum lauter als ein Flüstern. Da sie von dem großen, rudernasigen Mann stammte, wirkte sie doppelt als Waffe.

»Das war kein Donner«, sagte er. »Donner ist nutzlos. Aber das war das Rückgrat eines Zwecks. Das war keine Explosion um der Explosion willen.«

Anker nutzte aus, daß Muzzlehatch mit seiner Rede beschäftigt war, und schritt um ihn herum, ungesehen, bis er hinter Titus stand, denn von dieser Position aus konnte er zugleich Cheeta und Juno im Auge behalten.

Die Luft regte sich, denn sie hatten einander erblickt. Ohne es zu wissen, lag der erste Vorteil bei Juno, denn Cheetas Wut war zwischen dieser und Titus geteilt.

Die ganze Travestie war geplant gewesen, um Titus zu demütigen. Sie hatte sich nach allen Seiten abgesichert, um sie zu einem Erfolg werden zu lassen; doch nun war es vorbei, und sie stand zwischen den Trümmern, und ihr kleiner Körper zitterte wie eine Bogensehne. »Nehmt sie weg!« schrie sie, denn sie sah, die Menge überragend, die beschädigten Masken, die Haarsträhnen; die Gräfin, die in zwei Hälften zerbrach, staubig und lächerlich; das Sägemehl und die Schminke.

HUNDERTVIERZEHN

»Nehmt diese Dinger fort!« schrie sie auf Zehenspitzen stehend, denn sie sah im Winkel ihres Auges eine große, wogende halbmenschliche Masse, die gerade jetzt, als sie in zwei Hälften zerfiel, sich zusammenbrechend um sich selbst drehte und dabei die langen, schmierigen Haarsträhnen zeigte und die Maske mit der grauenhaften Totenfahle, beleuchtet von der Flut der Morgendämmerung zu Boden stürzte. Auch die anderen stürzten herab, die vor so kurzer Zeit Symbole des Spottes und der Verachtung gewesen waren. Die Theaterschminke rann herab; die staubigen Reste verklebten Sägemehls.

Unvermittelt schrie eine Frau, und es brach, als sei dies ein Signal, eine allgemeine Kakophonie aus, und eine Reihe von Damen wurde hysterisch und schlug auf ihre Männer oder Liebhaber ein.

Muzzlehatch, dessen Rede unterbrochen worden war, schenkte der Menge lediglich ein Auge und starrte dann lange und unverwandt auf das, was immer noch an seinem Arm baumelte. Nach einer Weile fiel ihm wieder ein, was es war.

»Ich wollte dich umbringen«, sagte Muzzlehatch, »so wie man ein Kaninchen tötet. Ein scharfer Schlag in den Nacken mit der Handkante. Ich wollte dich erwürgen, aber das schien zu gut für dich. Dann hatte ich die Idee, dich in einem Eimer zu ersäufen, aber das alles war noch zu gut für dich. Du würdest das nicht schätzen. Aber irgend etwas muß ich mit dir machen, nicht wahr? Meinst du, deine Tochter will dich? Hat sie vielleicht bald Geburtstag? Nein? Dann versuche ich es so, meine kleine Kakerlake. Sieh sie dir doch bloß an. Aufgelöst und bösartig. Sieh, wie sie nach ihm giert. Denk doch einfach, seine Eichel ist 'ne Zwiebel. Ich muß jetzt grob werden, mein süßes Bündel, denn du hast meine Tiere umgebracht. Ah, wie sie in ihren guten Tagen frei herumrannten. Wie sie geschmeidig sich bewegten. Wie sie nach Herzenslust sprangen. Gott, wie sie die Köpfe neigten. Lieber Himmel! Wie sie die Köpfe neigten! Einst gab es Inseln mit üppigen Palmen und Korallenriffe und Sand so weiß wie Milch. Was ist da jetzt, außer dem großen Gerümpel des Herzens? Schmutz, Elend und eine Welt niedriger Menschen.«

Im gleichen Augenblick, als Muzzlehatch Atem holte, konnte man sehen, wie Cheeta die letzten hastigen Schritte zurücklegte, die sie von Titus trennten, ein bösartiges Ding, getragen von einem bösen Wind.

Wäre nicht Juno mit unerwarteter Agilität vor Titus gesprungen, sein Gesicht wäre wohl über und über von Cheetas langen grünen Nägeln zerkratzt worden.

Sie war umhüllt von ihrer Besessenheit, ihre Spuren auf Titus' Gesicht zu hinterlassen, und heulte in einem Anfall von Bösartigkeit, während sich Tränen in Make-up-Kanälen den Weg über ihre Wangen wühlten.

Denn Anker hatte in kaum mehr Zeit, als es braucht, es in Worten wiederzugeben, Titus und Juno aus der Reichweite dieses bösen Pfeils gezerrt. Sie zitterte und wartete auf die nächste Bewegung, hob und senkte sich auf den winzigen Füßen.

Die Dämmerung begann nun, die Blätter an den Bäumen des umgebenden Waldes abzuzeichnen und weich auf den Helmen der Agenten zu glühen.

Aber Titus wollte sich nicht hinter dem stämmigen Anker verstecken lassen. Er war dankbar, aber wütend, daß man ihn zurückgerissen hatte. Juno, die sich Anker vorher widersetzt hatte, tat es erneut. Denn auch sie hatte nicht den Wunsch, im Schatten ihres Freundes zu bleiben. Sie waren zu unruhig, zu aufgeregt, um stillzustehen. Anker sah, was passierte, und zuckte lediglich die Schultern.

»Der Zeitpunkt ist da«, sagte Muzzlehatch, »um zu tun, wozu wir hergekommen sind. Das ist die Zeit für die Flucht. Das ist die Zeit für Bastarde wie mich, allem ein Ende zu bereiten. Was, wenn meine Augen wund und rot sind? Was, wenn sie mir in den Höhlen brennen? Ich habe in der Meerenge von Actaphon mit Phosphor im Wasser gebadet, und meine Glieder mögen Fische. Wen kümmert's jetzt? Dich?« fragte er und warf das Bündel, das Cheetas Vater war, von einer riesigen Hand in die andere. »Du vielleicht? Sag's mir ehrlich.«

Muzzlehatch bückte sich und legte sein Ohr an das Bündel. »Es ist schauderhaft«, sagte er. »Und es ist lebendig.« Muzzlehatch warf den kleinen Wissenschaftler seiner Tochter zu, die keine andere Wahl hatte, als ihn aufzufangen.

Er jammerte ein wenig, als Cheeta ihn auf den Boden fallenließ. Als er sich auf die Beine mühte, war sein Gesicht eine Landkarte des Entsetzens.

»Ich muß wieder an die Arbeit«, sagte er mit jener dünnen Stimme, die allen seinen Arbeitern einen Schauder den Rücken hinabjagte.

»Hat keinen Sinn, dahin zu gehen«, sagte Muzzlehatch. »Das ist explodiert. Kannst du nicht die Erschütterungen hören? Siehst du nicht, wie geisterhaft die Dämmerung ist? Ist eine Menge Asche in der Luft.«

»Explodiert! Nein... Nein!... das war alles, was ich hatte; meine Wissenschaft, alles, was ich hatte!«

»Und das war eine hübsche Sache, wie man mir sagte«, sagte Muzzlehatch.

Cheetas Vater hatte zuviel Angst, um zu antworten, und begann nun, sich dem üblen Licht zuzuwenden, das immer noch am Himmel wütete. »Laßt mich los!« schrie er, obwohl niemand ihn berührte. »Oh, Gott, meine Formel!« schrie er. »Meine Formel!« Er begann zu rennen.

Weiter und weiter rannte er in die Morgenschatten. Darauf ertönte dickes, sonderbares Lachen. Es stammte von Muzzlehatch. Seine Augen waren wie zwei glühendrote Pfennige. Während Muzzlehatchs Echo verhallte, hatte sich Cheeta so nahe an Titus manövriert, daß sie wieder in Schlagweite war. Dieser hatte sich, nun etwas von Anker entfernt, umgedreht, um die starrende Menge anzublicken.

Genau in diesem Augenblick, als er den Kopf abgewandt hatte, schlug Cheeta zu, und ihre Nägel brachen ab, wie man Muscheln zerbricht. Warmes Blut rann über seinen Hals. Sogleich war Juno bei ihr.

Wie sie sich in einem solchen Tempo hatte bewegen können, vermochte man unmöglich zu sagen. Aber als sie vorsprang und den Arm zum Schlag erhob, zuckte sie vor der Berührung mit jenem fiebrigen Ding zurück, denn es lag etwas Entsetzliches in der Diskrepanz ihrer Gestalten und etwas Mitleiderregendes in Cheetas kleinem, verzerrtem blutbespritztem Gesicht, wie böse es auch immer war.

Aber hier endete auch das Gewissen, und Juno, die ebenso zitterte wie ihre Gegnerin, wurde gerade von Anker fortgerissen, als der schrillste Schrei seinen Weg durch den Sonnenaufgang schnitt wie ein Messer durch Haut; und unmittelbar auf diesen Ausbruch aus Cheetas Lungen wandte sich das kleine Wesen um und spuckte aus. Das war die einst exquisite Cheeta, die Eis-Königin, die Orchidee, geistreich und schön. Jetzt, da ihre Würde auf immer entschwunden, bleckte sie die Zähne.

Was sollte sie tun? Sie schoß einen Blick an dem Halbkreis entlang. Sie sah, wie Juno sich, so gut es ging, um Titus' Wunden kümmerte. Zwischen ihnen und ihr stand Anker. Sie blickte wild um sich und bemerkte, daß das Licht in Muzzlehatchs Augen auf sie gerichtet war, daß keine Liebe in ihnen lag und daß sie unwiderruflich allein war.

Wieder wandte sie den Blick Titus zu.

»Ich hasse dich!« schrie sie. »Ich hasse alles, für was du dich hältst! Ich hasse dein Gormenghast. Ich werde es immer hassen. Und wenn es wahr wäre, würde ich es noch mehr hassen! Du Tier! Du Bestie!«

Sie drehte sich um und rannte fort, schrie dabei Worte, die niemand verstand ... rannte wie ein Fetzchen Dunkelheit; rannte und rannte; bis nur die mit den schärfsten Augen sie in den tiefen Schatten des östlichen Waldes rennen sahen. Und als sie auch für die besten Augen zu weit fort war, konnte man immer noch ein fernes, dünnes Schreien hören, und danach nichts mehr.

HUNDERTFÜNFZEHN

Muzzlehatch wandte sein großes, gemeißeltes Gesicht gen Himmel.

»Komm her, Titus. Plötzlich erinnere ich mich an dich. Was ist los? Läufst du immer so blutüberströmt herum wie aus einem Metzgerladen?«

»Laß ihn, lieber Muzzle. Er ist sehr krank«, sagte Juno.

Aber ihnen war keine Erleichterung gegönnt. Cheeta war verschwunden, sicher, und auch ihr Vater, aber die Gefahr drohte nun aus einer anderen Richtung. Die Menge begann auf sie zuzuwogen. Man hörte Wutschreie, denn sie hatten Angst. Alles war falsch gelaufen. Sie froren. Sie wußten nicht, wo sie sich befanden. Sie hatten Hunger. Und Cheeta, der Mittelpunkt, hatte sie verlassen. An wen konnten sie sich wenden? In ihrem desolaten Zustand gab es kaum eine andere Möglichkeit, als die schattenhaften Gestalten dafür verantwortlich zu machen, und nach einem besonders häßlichen Aufwallen rief eine belegte Stimme aus:

»Sieh dir die doch an«, rief sie. »Sieh dir diesen Narren mit dem Verband an. Siebenundsiebzigster Graf: Ha! Ha! Da hast du dein Gormenghast. Warum kommst du nicht her und zeigst es uns, Mylord?«

Warum gerade diese Bemerkung bei Muzzlehatch auf den Nerv traf, ist schwer ergründbar, doch sie tat es, und er stakste an den Rand der Menge, um den Mann auszulöschen. Dabei mußte er, stolz in seinen Lumpen, zwischen den beiden unergründlichen Behelmten hindurch. Als er an ihnen vorbeiging und sie beiseite glitten, um ihn durchzulassen, senkte sich eine Art Schweigen. Dann, als sei alles genau vorhergeplant, drehten sie sich um, zogen die langschneidigen Messer und stachen Muzzlehatch in den Rükken.

Er starb nicht sogleich, wenn auch die Klingen lang waren. Er gab keinen Laut von sich, sondern schnappte nur nach Luft. Das Rot war aus seinen Augen verschwunden, und an seine Stelle war ungeheure Nüchternheit getreten. »Wo ist Titus?« fragte er. »Bringt mir den jungen Lümmel.«

Man brauchte Titus nicht zu sagen, was er zu tun hatte. Er warf sich auf Muzzlehatch, doch sanft, trotz all seiner Leidenschaft, und umklammerte die Hand seines alten Freundes.

»Hey! Hey!« flüsterte Muzzlehatch. »Drück mir nicht alles ab, was mir noch geblieben ist, mein Lieber.«

»Oh, mein lieber Muzzle ... Mein lieber Freund.«

»Übertreib nicht«, flüsterte Muzzlehatch, während er langsam in die Knie ging. »Mußt nicht rührselig werden ... eh ... eh ... wo ist deine Hand, Junge?«

Was während des Sonnenaufgangs verschwommen gewesen war, wurde schärfer. Was flüchtig gewesen war, wurde nun fast massiv. Als sie einander anblickten, erkannten sie, was andere unter dem Einfluß von Drogen sehen, eine besondere Nähe, eine Lebendigkeit, die kaum ertragbar war.

HUNDERTSECHZEHN

Juno wußte wohl, daß sie eine Außenseiterin war, und hatte trotz ihrer Ergebung beiden gegenüber nicht die Kraft, sich von ihrem einstigen Liebhaber fernzuhalten, und es ist sonderbar, daß sie Muzzlehatch in seinen letzten Momenten dringender brauchten als Rache. Rache würde kommen, und Anker war bereits auf dem Weg, sie auszuführen.

Inzwischen stand die Sonne hoch über dem Wald im Osten, und jede Gestalt und Farbe hätte sich deutlich abgezeichnet, hätte nicht dieser allgegenwärtige Schleier üblen Oranges in der Luft gehangen, dieser Bastardschein, weder rot noch gelb, sondern auf der Grenze zu beidem. Das einzige, was mit Entschiedenheit brannte, war Anker.

Mit wenigen Schritten war er neben ihnen. Den Behelmten Männern. Sie wischten die langen Stahlmesser an dem Sauerampfer ab, der auf dem Boden des Schwarzen Hauses üppig wucherte. Einen Moment drehte sich sein Magen vor Ekel um, denn auf ihren Gesichtern lag kein Ausdruck. Während dieses Augenblicks, zu kurz, um Pause genannt zu werden, wandte Anker den Blick ab und sah auf der anderen Seite der beiden ›Helme‹ die drei Gestalten aus der Unterflußwelt.

Anker wußte nichts über diese drei, wurde aber, was ihre Intentionen anging, nicht lange im Zweifel gelassen. Sie waren unbeholfen, bewegten sich jedoch in schwerfälligem Unisono, ergriffen die behelmten Mörder von hinten, schnappten sich die langen Messer und preßten ihnen die Arme an die Seiten. Doch je mehr sie drückten und quetschten, desto stärker wurde das sinistre Paar, und erst, als die Helme zu Boden fielen, verließ sie ihre übernatürliche Kraft, und sie wurden sogleich überwältigt und mit ihren eigenen Waffen ermordet.

Dann legte sich großes Schweigen über das Schwarze Haus, über die weite, tragische Szene. Titus konnte nur unter Mühen dem Hageren in die Knie helfen, Zoll für Zoll. Nicht einen Augenblick hörte er auf zu kämpfen, nicht einen Moment murmelte er. Den Kopf hielt er hoch, der Rücken war gerade wie der eines Soldaten, während er langsam niedersank. Mit einer Hand umklammerte er Titus' Unterarm, so fest er konnte. Aber der Junge spürte es kaum.

»Ein bißchen wie ein Holocaust, nicht wahr?« flüsterte er. »Gott schütze dich und dein Gormenghast, mein Lieber.«

Dann ertönte eine andere Stimme. Es war Junos.

»Ich will dich sehen. Laß mich neben dir knien«, sagte sie.

Aber es war bereits zu spät. Aus dem sonnenbeschienenen Körper auf dem Boden war etwas gewichen. Muzzlehatch war verschieden. Er war umgekippt. Der arrogante Kopf lag auf der Seite, und Juno schloß seine Augen.

Da stand Titus auf. Zuerst sah er nichts und dann nur die schwankende Menge. Er sah ein Gesicht... weiß wie ein Laken, eine Monstrosität. Es war zu groß für ein menschliches Antlitz. Es war umgeben von groben Locken karottenfarbenen Haars, und auf den staubigen Schultern hockten ausgestopfte Vögel. Es war die letzte Monstrosität, die fallen würde. Titus' Mutter. Titus wandte sich ab von Muzzlehatch und begann, den Blick auf diese Pappmachétravestie gerichtet, zu zittern, denn sie erinnerte ihn an seinen Verrat, als er sie verließ; an das Schloß, sein Erbe.

Aber er war schwach aufgrund des Blutverlustes, und ihn überkam eine unendliche Leere. Es schien, nichts spielte mehr eine Rolle, so daß, als Anker ihn sich über die Schulter warf, dies ohne Protest geschah. Titus hatte alle Kraft verloren. Wieder hörte man Schreie aus der Versammlung, die jedoch sogleich wieder erstickt wurden, denn eine Eule von der Größe einer großen Katze schwebte durch die Luft über das Schwarze Haus und kehrte nochmals zurück, um sich zu vergewissern, daß das, was sie gesehen hatte, auch wahr war.

Was sah sie? Sie sah das Verlöschen des Wacholderfeuers. Sie sah einen langen Leichnam. Der Kopf war auf die Seite gerollt. Sie sah eine Haselmaus unter einem Tuft Frauenhaar. Sie sah das Glitzern der umgedrehten Helme und ein wenig weiter westlich ihre einstigen Besitzer. Dort lagen sie, übereinander ausgestreckt.

Sie sah die Verbände Titus' und Ankers rotes Haar im faulen Morgenlicht. Sie sah einen Anhänger an Junos Handgelenk blitzen. Sie sah die Lebendigen, und sie sah die Toten.

HUNDERTSIEBZEHN

Eule oder nicht, es war wichtig, Juno und Titus von diesem ungesunden Ort fortzubringen, wo im vollen, wenn auch niederträchtigen Licht der aufgehenden Sonne die Objekte, welche während der Nacht geheimnisvoll, ja, sogar großartig geschienen hatten, nun abgeschabt, billig wirkten; ein Trödelladen.

Wäre Anker allein gewesen, er hätte wohl keine großen Schwierigkeiten gehabt, dem zu entkommen, was sich nun rasch zu einer wütenden Menge auswuchs. Denn er konnte mit den meisten Luftfahrzeugen umgehen und hatte sich bereits eines ausgesucht.

Aber Titus war schwach durch den Blutverlust, und Juno zitterte, als stehe sie in Eiswasser.

Und Muzzlehatch, der ausgestreckt dalag, als wolle er die Erdbahn beschreiben, was konnte mit ihm geschehen? Dieser schwere Körper. Jene übergroßen Glieder. Selbst, wenn er am Leben gewesen wäre, er hätte große Schwierigkeiten gehabt, sich in das Luftfahrzeug zu quetschen, das wie ein fliegender Fisch gebaut war.

Aber nun, ein totes Gewicht, dessen Muskeln steif wurden, um wie vieles schwerer!

In dem Augenblick lösten sich die drei Landstreicher aus der Menge, Crack-Bell, Crabcalf und Slingshott. Sie hatten alles mitangesehen und wußten ebensogut wie Anker, daß ihre einzige Hoffnung darin bestand, den toten Riesen aufzugeben und die Flugzeuge aufzusuchen, die in einer langen Reihe unter den Zedernzweigen standen.

»Muzzlehatch. Wo ist er?« flüsterte Titus. »Wo ist er?«

»Wir können ihn nicht mitnehmen«, gab Anker zurück. »Wir müssen ihn dort liegenlassen. Komm, Titus.«

Aber es dauerte eine Weile (trotz Ankers energischem Befehl), ehe sich Juno von dem lösen konnte, was so sehr Teil ihres Lebens gewesen war. Sie beugte sich über ihn und küßte die kalte, zerklüftete Stirn.

Dann, auf Ankers zweiten Ruf hin, überließ sie ihn dem gnadenlosen Sonnenlicht und stolperte auf die Stimme zu.

Das Gemurmel der Menge war bedrohlich geworden. War dies Cheetas Party? Die Männer wurden wütend, die Frauen müde und gemein. Ihre Kleider waren ruiniert. War es nicht natürlich für eine solche Gesellschaft, daß sie sich an dem einen oder anderen zu rächen wünschte? Wer war da besser als die verbliebenen drei?

Aber sie hatten nicht mit den Männern aus der Unterflußwelt gerechnet, die, als sie sahen, wie gefährlich die Lage Titus' und der anderen war, die offensichtlichen Ausgänge zur Welt draußen verstellten.

Aber zuerst ließen sie Titus, Juno und Anker durch ihre Finger schlüpfen, und in diesem Augenblick begann der ungeheuerlichste Aufruhr. Manche Herren, dem Ruf nach Gentlemen, waren nun gezwungen, anders zu denken, denn es gab jede Menge Schubser und Stöße, ehe sie sich alle ihren Weg aus dem Schwarzen Haus erkämpft hatten, hinaus ins Freie, wo sie ziellos herumzuwirbeln begannen. Ritterlichkeit war offensichtlich in diesem Schwarm aus Knien und Ellbogen verlorengegangen.

Die drei waren alte Kämpen und erkannten sogleich, daß sie genügend Chaos geschaffen hatten, und verloren sich in der gereizten Menge.

Der Himmel, aufgewühlt wie er war, sah nun weniger ominös aus. Ein klarer, frischerer Fleck zeigte sich.

Die Landstreicher, Crabcalf und die anderen, trafen sich wie verabredet zu einem Rendezvous in den Zweigen und hockten sich zwischen die Blätter wie riesige, graue Vögel.

Dann hob Crabcalf den Kopf und pfiff. Das war das Signal für Titus, daß alles klar war für ihren Weg zu der langen Reihe von Flugmaschinen, die wie Fregatten vor Anker lagen.

HUNDERTACHTZEHN

Wie schön sie aussahen, jene öden Maschinen, eine jede in einer anderen Farbe, jede von anderer Gestalt. Doch alle hatten eines gemeinsam: Geschwindigkeit. Das war ihr Sinn und Zweck.

Jedoch schien es Juno, Anker und Titus, daß sie schon seit Ewigkeiten so gestolpert waren, wenn es auch nicht mehr als acht Minuten gewesen waren, bis sie es sahen: ein zitronengelbes Wesen von der Form eines Spatzecks.

Als sie an Bord kletterten, konnten sie die wütenden Stimmen hören, die jeden Augenblick lauter wurden, und es war in der Tat knapp, denn als sie in die Luft abhoben, rannten die ersten aus der zurückgelassenen Menge in ihr Sichtfeld.

Aber Muzzlehatch? Was war mit seinem wuchtigen Fall? Was mit seinem Leib? Dort lag er reglos im Sonnenlicht. Und die Art und Weise, wie sein Kopf in endgültigem Tod auf die Seite gerollt war? Was konnten sie da tun? Es gab nichts, was sie tun konnten.

Die Maschine erhob sich in die Luft, und beim Aufstieg sahen sie ihn kleiner werden. Jetzt war er noch so groß wie ein Vogel, jetzt wie ein Insekt auf dem hellen Boden. Jetzt war er verschwunden. Verschwunden? Hatten sie ihn verlassen? Hatten sie ihn auf immer verloren? Verloren, wo er lag, Tiefe auf Tiefe, so als liege er unter Wasser. Muzzlehatch – auf immer still, den einen Arm von sich geworfen.

Lange Zeit, während das Flugzeug stieg und sich zugleich nach Süden bewegte, nahmen sie keine Notiz voneinander, ein jeder für sich nachdenklich, ein jeder in seiner eigenen Wildnis.

Anker war vielleicht, wie er die Finger automatisch über die Kontrollknöpfe gleiten ließ, aufgrund seiner Wachsamkeit weniger fern der Realität als Titus oder Juno, aber selbst er befand sich kaum in einem Normalzustand, und auf seinem Gesicht lag ein Schatten, den Juno noch nie zuvor gesehen hatte.

Von Zeit zu Zeit, während sie durch die oberen Luftschichten rasten und die Welt sich enthüllte, Tal um Tal, Gebirgskette um Gebirgskette, Ozean um Ozean, Stadt um Stadt, schien es, als wandere die Erde durch seinen Schädel ... ein Kosmos im Leib, ein Universum, erleuchtet von hundert Lichtern und durchpulst von Schemen und Schatten, durchwirkt mit endlosen Fäden des Zufalls ... Handlung und Ereignis. Alles nutzlos, ungeordnet; ohne Ende und ohne Anfang.

HUNDERTNEUNZEHN

Juno regte sich nicht. Ihr Profil war wie das auf einer antiken Münze. Ein bißchen füllig unter dem Kinn, die Nase gerade und kurz; ihr Gesicht schwebte, so schien es, losgelöst vor dem Himmel. Ein Planet beschien ihren Wangenknochen und enthüllte eine Träne. Sie hing dort. Sie konnte nicht herabrollen. Der süße Flaum auf ihren Wangenknochen hielt sie fest, wo sie war.

Als sich Titus umdrehte und sie sah, wich er vor ihrem Pathos zurück. Er konnte es nicht ertragen. Er sah in ihr eine Kritik seiner eigenen Fehler. Er haßte sich plötzlich für einen solchen Gedanken und erhob sich halb von seinem Sitz in einer Agonie der Verwirrung. Er verabscheute seine Existenz. Er haßte das Unnatürliche, von dessen Tisch er allzuoft gespeist hatte. In seinen Gedanken wuchs das Gesicht Muzzlehatchs immer größer. Es erfüllte ihn. Es breitete sich tiefer aus. Es erfüllte das bunte Flugzeug. Es erfüllte die Himmel. Dann eine Stimme, die dazutrat. War es Muzzlehatch, mit halbgeschlossenen Augen über den felsigen Wangenknochen?

Titus schüttelte den Kopf, um seine Gedanken zu klären. Anker sah den jungen Mann kurz an und warf eine Strähne roten Haars aus den Augen. Dann starrte er wieder Titus an.

»Wohin fliegen wir?« fragte er endlich. Aber es kam keine Antwort.

HUNDERTZWANZIG

Dunkelheit fiel, und das kleine Fahrzeug huschte weiter wie ein Insekt durch den Raum. Zeit schien bedeutungslos, aber schließlich kam die Dämmerung, ihre Brust eine Wildnis aus Federn.

Der rothaarige Pilot schien über den Kontrollknöpfen zusammengesackt, doch hin und wieder schüttelte er sich und betätigte einen Hebel. Ringsum waren die komplizierten Eingeweide der gelben Maschine; ein in seiner Geschwindigkeit schreckliches Gefährt, tödlich in der Formgebung, vielfältig in seinen Geheimnissen: eine Gleichung in Metall.

Juno schlief fest, den Kopf auf Titus' Schulter. Er saß in steinernem Schweigen, während das schlanke Flugzeug durch die Luft pfiff.

Plötzlich beugte er sich auf seinem Sitz vor und ballte die Hände zusammen. Dunkle Röte überzog seine Stirn. Es war, als habe er gerade erst Ankers Frage gehört.

»Hat jemand gefragt, wohin wir fliegen! Oder träume ich? Vielleicht ist alles eine Erfindung meines Hirns?«

»Was ist los, Titus?« fragte Juno den Kopf hebend.

»Was los ist? Hast du das gesagt? Du weißt es also auch nicht? Keiner von uns weiß es. Stimmt das? Haben wir kein Ziel? Wir bewegen uns, das ist alles, von einem Himmel zum anderen. Ist es das, was du denkst? Oder bin ich wahnsinnig? Ich habe meinen Geburtsort mit Haß überzogen, so daß sein Name gen Himmel stinkt. Gormenghast! Oh, Gormenghast, wie kann ich dich beweisen?«

Titus schlug mit dem Kopf auf die Knie, immer und immer wieder.

»Lieber Gott! Lieber Gott«, murmelte er. »Mach mich nicht wahnsinnig!«

»Du bist nicht mehr wahnsinnig als ich«, sagte Anker. »Oder irgendein anderes verlorenes Wesen.«

Aber Titus schlug weiter mit dem Kopf auf die Knie.

»Oh, Titus«, rief Juno. »Wir werden suchen, bis wir die Heimat deines Herzens gefunden haben. Habe ich jemals an dir gezweifelt?«

»Es ist dein Mitleid. Dein verdammtes Mitleid!« schrie Titus. »Du glaubst nicht. Du bist sanft, aber du glaubst nicht. Oh, Gott, es ist dein schreckliches, ignorantes Mitleid. Siehst du nicht, daß ich die grauen Türme will? Meinen Doktor, meinen Bellgrove. Wenn ich schreie, wird sie mich hören? Stell die Maschine ab, Anker, und ich werde sie aus der Luft rufen.« Juno und Anker tauschten Blicke, und der Motor wurde abgestellt. Gleitende Stille erfüllte sie. Titus erhob den Kopf zum Schrei, aber es kam kein Laut. Nur bei sich konnte er die ferne Stimme hören: »... Mutter ... Mutter ... Mutter ... Wo bist du? Wo ... bist ... du? Wo ... bist ... du?«

HUNDERTEINUNDZWANZIG

Sie wußten nicht, wo sie waren, denn sie sahen nichts als fremde Berge und ein großes Meer, von dem sie noch nie gehört hatten, doch sie hatten keine andere Wahl, als immer weiter im Unbekannten zu kreuzen.

Sie wechselten sich am Steuer der schlanken Maschine ab, und es war gut, daß auch Titus seinen Teil der Verantwortung übernahm. In gewisser Weise hielt ihn das vom Grübeln ab.

Doch selbst dann war er nur halb wach. Kindheit und Rebellion ... Ungehorsam und Trotz, die Reise, die Abenteuer, und nun kein junger Mann mehr – sondern ein Mann.

»Lebwohl, mein Freund. Kümmere dich um sie. Sie ist ganz Gefühl.«

Ehe Juno und Anker merkten, was geschah, drückte er auf einen Knopf und war eine oder zwei Sekunden später allein, fiel durch die Öde des Raumes, und sein Fallschirm öffnete sich über ihm wie eine Blume.

Allmählich füllte sich das dunkle Seidenzelt mit Luft, und er schwankte und fiel durch die Dunkelheit, denn es war wieder Nacht. Er gab sich dem Gefühl eines vermeintlich endlosen Falls hin.

Eine Weile vergaß er seine Einsamkeit, was sonderbar war, denn was hätte eine einsamere Situation sein können, als langsam durch die Nacht zu fallen? Seine Füße berührten nichts, und das war recht so, denn so abgelöst war er auch in jedem anderen Sinne. Mit Haltung fühlte und spürte er die Fledermäuse, die ihn umringten.

Nun lag Land unter ihm. Eine weite Kohlezeichnung von Bergen und Wäldern. Es war keine Siedlung zu sehen, noch sonst irgend etwas Menschliches, doch die karge Geographie und die dichten Wipfel der Bäume erinnerten fast an menschliche Gestalten. Titus landete schließlich in den Zweigen eines Waldbaumes, und dort lag er eine Weile geborgen wie ein Kind in einer Wiege.

Als er sich aus seinen Gurten befreit und die schlaffe Seide durchschnitten hatte, stieg er langsam Ast für Ast hinab, und als er den Waldboden erreichte, fädelte sich Sonnenlicht zwischen den Bäumen hindurch.

Nun war er wirklich allein, und als er sich nach Osten wandte, gab es dafür keinen besseren Grund, als daß sich von dort her die Sonnenstrahlen ergossen.

Hungrig und erschöpft machte sich Titus auf seinen einsamen Weg. Er ernährte sich von Wurzeln und Beeren und trank aus den Bächen. Monat folgte auf Monat, bis eines Tages, als er durch eine einsame Leere wanderte, ihm das Herz in die Kehle sprang.

HUNDERTZWEIUNDZWANZIG

Warum war er stehengeblieben, um sich die Form eines Felsens genau anzusehen? Dort stand er, absolut normal, ein großer flechtenbesetzter Brokken, pockengenarbt durch die Zeit, die Nordflanke leicht geschwollen wie das Segel eines Schiffes. Warum starrte er ihn an, als habe er ihn schockartig wiedererkannt?

Als seine Augen über die zernarbte Oberfläche dieses toten, jedoch beschwörenden Dings wanderten, tat er einen Schritt zurück. Es war, als empfinge er eine Warnung.

Doch er konnte dem nicht entkommen. Er hatte diesen Felsen schon einmal gesehen. Er hatte auf seinem Rücken gestanden, ein ›König des Schlosses‹, in seiner Kindheit. Nun erinnerte er sich an die lange Narbe, einen sägegezähnten Spalt entlang der krustigen Flanke. Er wußte, wenn er sich nun daran hochzog und noch einmal wie in den alten Tagen als ›König des Schlosses‹ darauf stand, würde er die Türme Gormenghasts sehen.

Deshalb zitterte er. Die lange herbeigesehnte Umrißlinie seiner Heimstatt wurde durch die bloße Nähe eines Felsbrockens abgeschirmt. Es war aus einem ihm unersichtlichen Grund eine Herausforderung.

Eine Flut der Erinnerungen kehrte zurück, und als diese sich ausdehnte und verbreiterte und vertiefte, war sich ein anderer Teil seines Gehirns näherer Manifestationen bewußt. Die anerkannte Existenz, der Beweis dieses Steins hier vor ihm, keine zwanzig Fuß entfernt, sprach für die nicht weniger echte Existenz der Höhle, die zu seiner Rechten gähnte. Eine Höhle, in der er vor einer Ewigkeit mit einer Nymphe gerungen hatte.

Zuerst wagte er nicht, den Kopf zu wenden, aber der Augenblick kam, als er es tun mußte, und da war sie, endlich, hinter seiner rechten Schulter, und er akzeptierte nun als Beweis für sich selbst, daß er wiederum in seiner eigenen Domäne angekommen war. Er stand auf dem Gormenberg.

Als er sich erhob, trabte ein Fuchs aus der Höhle. In einem nahen Wäldchen krächzte eine Krähe, und eine Kanone dröhnte. Sie dröhnte wieder. Sie ertönte siebenmal.

Dort lag es, hinter diesem Felsbrocken, das unsterbliche Ritual seiner Heimat. Es war die Dämmerungssalve. Sie dröhnte für ihn, für den Siebenundsiebzigsten Grafen, Titus Groan, Lord von Gormenghast, wo immer er auch sein mochte.

Dort brannte das Ritual, alles, was er verloren hatte, alles was er gesucht hatte. Die konkrete Tatsache. Der Beweis seiner Zurechnungsfähigkeit und Liebe.

»Oh, Gott! Es ist wahr! Es ist wahr! Ich bin nicht wahnsinnig! Ich bin nicht wahnsinnig!« schrie er.

Gormenghast, seine Heimat. Er konnte es fühlen. Er konnte es fast sehen. Er mußte nur am Fuß des großen Felsens entlanggehen oder seine krustige Kuppe erklimmen, um seinen Blick mit Türmen zu füllen. Es lag ein Hauch von Eisen in der Luft. Er spürte ein Zittern sogar in den Steinen selbst und in den brückenlosen Abgründen. Worauf wartete er?

Es wäre möglich gewesen, wenn er es gewollt hätte, den Höhleneingang ohne einen Blick auf seine Heimat zu erreichen. Er tat auch den einen oder anderen Schritt auf diesen Eingang zu. Aber wiederum hielt ein Gefühl unmittelbarer Gefahr ihn zurück, und einen Moment später hörte er seine eigene Stimme: »Nein ... nein ... nicht jetzt! Es ist nicht möglich ... nicht jetzt.«

Sein Herz schlug schneller, denn etwas wuchs ... eine Art Erkenntnis. Ein Kitzel des Verstandes. Eine Synthese. Denn Titus erkannte in einem Blick der Retrospektive, daß er eine neue Phase, der er sich nur vage bewußt war, erreicht hatte. Es war ein Gefühl von Reife, fast von Erfüllung. Er verspürte kein Bedürfnis mehr nach einem Zuhause, denn er trug Gormenghast in sich. Alles, was er suchte, rang in ihm selbst. Er war erwachsen geworden. Was ein Junge gesucht hatte, hatte ein Mann gefunden, gefunden durch den Akt des Lebens.

Dort stand er: Titus Groan, und er machte auf dem Absatz kehrt, so daß er niemals wieder jenen großen Felsen sah. Noch die Höhle: noch das Schloß dahinter, denn Titus, als schüttele er die Vergangenheit von den Schultern wie einen schweren Umhang, begann die andere Seite des Berges hinabzulaufen, nicht über den Pfad, den er gekommen war, sondern einen anderen, den er nie zuvor betreten hatte.

Mit jedem Schritt entfernte er sich weiter vom Gormenberg und allem, was zu seiner Heimat gehörte.

NACHWORT ZUR ENGLISCHEN AUSGABE

Als »Der letzte Lord Groan« (»Titus Alone«) 1959 zum ersten Mal veröffentlicht wurde, lieferte ein Typoskript die Grundlage, basierend auf den Notizbüchern, die Mervyn Peake immer zum Schreiben benutzte. Neuere Überprüfungen des Manuskripts zeigten jedoch, daß die Version von 1959 unvollständig war; in dieser, hier vorliegenden, überarbeiteten Ausgabe sind die verschiedenen Auslassungen eingefügt. Dies betrifft insbesondere die Kapitel 24 (eine gänzlich neue Episode), 77, 89 und von Kapitel 99 an bis zum Schluß, wo der ursprünglich veröffentlichte Text erheblich ausgearbeitet wurde. Wenn wir diesen Band nun neu herausgeben, so freuen wir uns, insofern den Intentionen des Autors zu folgen, und sprechen auch im Namen von Mrs. Maeve Peake unseren Dank an Langdon Jones aus für die zeitaufwendige, mühevolle Arbeit des Vergleichs der verschiedenen Versionen und der Aufdeckung der Intentionen des Autors.

Langdon Jones dazu:

»Als ich an die Rekonstruktion von ›Titus Alone‹ ging, sah ich mich drei verschiedenen Versionen gegenüber. Die wichtigste war das erste Typoskript. Dieses war die erste Version, die zur Veröffentlichung freigegeben wurde und an der die meisten Änderungen vorgenommen worden waren. Das erste Drittel bestand aus einer Kopie ohne jegliche Anmerkungen. Das zweite Typoskript war die Version, die nach den Angaben des Lektors bearbeitet war, in einem Versuch, das Buch kohärent zu gestalten, denn Mervyn Peake litt bereits an seiner schließlich zum Tode führenden Krankheit, als er es freigab. Das erste Drittel dieser Version bestand aus den Originalseiten des ersten Manuskripts mit Anmerkungen von Peake und seinem Lektor. Die letzten beiden Drittel (in denen die meisten Veränderungen vorkommen) wurden nach den Anweisungen des Lektors neu geschrieben, wenn es auch sporadisch Anmerkungen Peakes gibt. Das andere Skript, auf das wir uns beziehen, um Unleserlichkeiten zu entschlüsseln und wegen jener Teile, die aus den Typoskripten verschwunden waren, ist der erste Entwurf, handschriftlich aufgezeichnet in einer Reihe von Notizbüchern.

Als ich an der Rekonstruktion arbeitete, bezog ich mich in erster Linie auf das erste Typoskript und verglich es fortwährend mit dem zweiten, um sicher zu gehen, auch alle die Änderungen Peakes zu berücksichtigen, die er zu einem späteren Zeitpunkt an jenen Teilen vornahm, die nicht vom Lektor bearbeitet waren.

Ziel meiner Arbeit war es, alle Korrekturen von Peake selbst zu integrieren und alle anderen auszumerzen. Auch habe ich versucht, das Buch so konsistent wie möglich zu machen, mit einem Minimum eigener Änderungen.

Nur in wenigen Fällen sah ich mich gezwungen, mein Urteil durchzusetzen, wo man normalerweise den Autor befragt hätte. Ich habe einige Widersprüche bereinigt, und die einzige wichtige Änderung ist das vorsichtige Herauslösen von fünfundzwanzig Worten aus Titus' ›Delirium‹, in dem er sich an Charaktere erinnert, die nur der Leser, nicht aber er selbst, kennengelernt hat.

Hätte Peake in seiner Arbeit fortfahren können, ohne Zweifel hätte er den Stil noch mehr geschliffen. Aber ich glaube, in dieser Version ist die ›Fabrik‹ viel stärker zum Ausdruck jenes Übels geworden, das für Peake seine fürchterlichste Ausformung im Konzentrationslager Belsen fand, das er als offizieller Dokumentar nach Kriegsende besuchte. Peake schien Unheil und Tragödien als berührbare Kräfte zu sehen, und das Buch spiegelt den Kampf in der Wirklichkeit wider, in der Peake sich mit einem fürchterlicheren und permanenteren Schrecken auseinandersetzte als jenem, den Titus aushalten mußte, und dem er schließlich nach zehn Jahren unterlag.«

Aus dem Englischen übersetzt
von Annette Charpentier
Die Originalausgabe erschien 1959 im Verlag
Eyre & Spottiswoode, London
unter dem Titel: »Titus Alone«
Die Übersetzung erfolgte nach der
von Langdon Jones revidierten
vollständigen Fassung aus dem Jahr 1970.

Printed in Germany 1983
Design: Heinz Edelmann
Im Filmsatz gesetzt aus der Sorbonne
von Steffen Hahn, Kornwestheim
Bei Wilhelm Röck in Offset gedruckt
auf »Volumina« 90 g/qm holzfrei
von Cartiere del Garda
Gebunden von Wilhelm Röck, Weinsberg

CIP-Kurztitelaufnahme der Deutschen Bibliothek
Peake, Mervyn:
Gormenghast / Mervyn Peake. – Stuttgart:
Klett-Cotta (Hobbit Presse)
Buch 3. → Peake, Mervyn: Der letzte Lord Groan

Peake, Mervyn:
Der letzte Lord Groan / Mervyn Peake.
Aus d. Engl. übers. von Annette Charpentier. –
Stuttgart: Klett-Cotta, 1983.
(Gormenghast / Mervyn Peake; Buch 3)
(Hobbit Presse)
Einheitssacht.: Titus alone <dt.>
ISBN 3-608-95051-6

Mervyn Peake:

GORMENGHAST

Erstes Buch: Der junge Titus

Aus dem Englischen übersetzt
von Annette Charpentier
536 Seiten, kart., im Schuber
ISBN 3-608-95070-2

Hobbit Presse
Klett-Cotta

Mervyn Peake:

GORMENGHAST

Zweites Buch: Im Schloß

Aus dem Englischen übersetzt
von Annette Charpentier
552 Seiten, kart., im Schuber
ISBN 3-608-95050-8

Hobbit Presse
Klett-Cotta